闲暇

[法] 皮耶尔·德·芒迪亚格 著　　李胥森 译

上海译文出版社

目　录

第一章

五点钟。远处钟楼上刚传来五下钟声。午睡时，西吉斯蒙睡着没有？他自己也说不清楚。如果说，他平日总觉得自己身子虽一动不动地躺着，但脑子清醒，像个自由闲逛、但受人监视的人那样，思想在天马行空似的想入非非的话，那么，现在他却在回忆往事。记得有一次，他正在夸夸其谈，或者说，正在抱怨自己下午休息总不能入睡时，他的妻子塞尔吉娜是如何挖苦奚落他的。她蹑手蹑脚地走进农舍那间高高的卧室，想吓唬他一下。谁知他竟躺在屋里长沙发上张大着嘴在呼呼大睡。对，绝对没错，这是她亲眼所见的。她说，他鼾声大作，呼噜呼噜的大得吓人，连九月份的苍蝇都不敢闯进他的喉管，钻到胃里或更深的地方去观光游览。她还说。

他的嘴大得像座下到地下尸体间就能获赦免入地狱的圣殿，像座里面装有机器设备的庞大建筑物；还说，要是她手上当时有颜料，她可以像在那些飞虫成灾的国家人们漆门窗框那样，将他的嘴涂得青一块蓝一块，他都不会醒的。塞尔吉娜还像当年在蒙彼利埃读大学时那样爱挖苦人，挖苦起来，上附下比，旁征博引，又玄又刻薄。还需补充的是，要是有人在夜里点灯，她会暴跳如雷，因为她怕让人看见她躺在床上睡觉。她认为睡觉时人的全身都松松软软的，是一种病态。她生性急躁，连她的美和思想都带有一定的挑衅性，泼辣蛮横。她好动成性，所以想得出她的形象，就像看电影里的快镜头那样累人。西吉斯蒙心里在想，就拿午睡来说吧，她总认为是疲沓懒散的表现，或者说是一种累赘。他接着想道，现在她离我远远的，得跨过一道国境线，两道海关，还得走上 300 多公里才能到这里来，这下可挖苦不着我了。他怕心脏受压，翻了个身，打起盹来。

他迷迷瞪瞪地，心里在想，趁今天星期六，他还可以去看望他表兄在佩皮尼昂的顾客，待到下午再往巴塞罗那走，这样他就可以及时赶到途中，在海边铁路另一侧的小海滨浴场吃点儿东西。他可以在佩皮尼昂睡完午觉再走，当天晚上赶到巴塞罗那吃晚饭,因为那儿跟全西班牙各地一样,晚饭吃得很晚。虽说五点已过,他还躺在旅馆房间里的床上,提前安排了这次旅行的大致日程,所以也就心安理得地赖在床上不起来。蓦地,他朦朦胧胧地想到,万一塞尔吉娜这时鬼使神差地到了门口(门当然是上了锁的),出人意料地闯了进来,怎么办?他当然没有必要挖空心思去找藉口辩护,因为去饭厅吃饭时间还早,他完全有理由躺在床上。说来也怪,为什么他一想到自己老婆,总像耗子想到猫,或想到法官、检察官和评论家那样胆战心惊呢?塞尔吉娜的挖苦从来不带恶意,也并不厉声呵斥。这些挖苦出自历经风霜的女人之口,而且又是对着一个没有丰富生活经验的男人说的,应该将它看作是一种自然而然的日常唠叨才是。何况,她说话的嗓门,虽说超过了礼节和幽默的界线,但口气还是温和亲切的嘛。

他躺在床上继续回忆,想起刚过晌午自己在那个僻静的海滨浴场吃午饭的情景。他记得自己坐在沙滩上一片小花丛中,欣赏着蜜蜂在花丛中采蜜,闻着馥郁的花香,一边啃着上午在佩皮尼昂买来的半生不熟的火腿和抹过黄油的面包。他离家已经五天,心想能否找到个有力的藉口就此结束旅行，等下周一二就回去，这样他就可以不去塔拉戈纳[1]了，虽说他答应过表兄安东尼要去的。安东尼是尼姆人，他取的是古罗马皇帝（也是尼姆人）的名字，听说历史学家们对这位皇帝颂扬备至，说他曾使臣民们摆脱了皇后福斯蒂娜不贞行为的影响。（其实，在历史上他什么影响也没让臣民们摆脱！）西吉斯蒙心想，福斯蒂娜这名字，只有尼姆的姑娘们才配叫呢。他之所以这么想，根本不是出于什么骑士精神，而是因为他已厌倦与男人为伍，站到女人一方去了。在巴塞罗那呆上三天（星期天一天办公事），星期二就赶回塞尔吉娜正在那儿翘首等待的家去。此刻，他归心似箭，深信一切都能如愿以偿。至于理由嘛，或者说托辞嘛，他还没有想出，不过他会找到的，或者说会编造出来的，因为他眼前有的是时间，何况，他的想象力十分丰富，有时并不亚于妇道人家。不过，最最理想的，当然是塞尔吉娜来封急信催他马上回去。是呀，她为什么就不会来信呢？

此时，从外面传来一声声类似呻吟的叫声，叫声的间隔并不算短，是从临街开着的窗户传进来的（窗上只挂着一块

---

① Tarragone，西班牙省名或省会名。

窗帘，只能挡光，不能隔音）。估计这叫声是从一个上了年纪的妇女嘴里喊出来的。喊的是什么，很难辨清。西吉斯蒙从听到第一声喊声起，或者说感觉到第一声喊声起，就一直在竖着耳朵细听。他先是惊讶，接着就感到恼火，因为他只听到"帕拉博"这个词（显然不是什么好词）。"帕拉博"，他耳朵里响起三个音节（第三个拖得挺长），但是，无论他怎么苦思冥想，还是揣度不出它的意思。他正昏昏沉沉地躺在那儿，经过这一阵思索一阵恼火，困意顿消。他从床头桌上拿起睡前放着的手表，凭着微弱的光线看了看表面，啃，都快五点半啦。可就在这当儿，他耳朵里又令人厌烦地响起了"帕拉博"的喊声。他心头再次浮起方才的念头：要是塞尔吉娜来信催他立即回去，该有多好（这是真心话，他得有必要撒谎）。他想最好能把信写到巴塞罗那，由收件人自取。他完全清醒过来了，想到今天是星期六，邮局可能提前关门，最晚也晚不过六点，即便立即赶去，怕也来不及。无奈只好硬着头皮等到星期一上午再去。

他多么想在床上多躺一会儿，可是美滋滋的午睡却偏偏像一股热流蓦地灼到他麻木的躯体上那样，顷刻之间被破坏殆尽。他知道街上有节奏地传来的一声声尖叫，使他无法忍受；要摆脱只有两个办法，一是弄明白它的意思(他无能为力)，二是远离声源。于是，他一下掀掉盖在身上的毯子，一丝不挂地跳下床，直愣愣地站在那儿，旋即伸手去拿身边那张靠背椅扶手上的三角裤衩穿上。那是他脱完衣服后随手扔在那儿的，其他衣服则全都叠得整整齐齐放在椅背上。他站的地方正好在淋浴室与盥洗室洗脸池中间，所以不由得往洗脸池上面那块镜子里看了看，发现自己头发蓬乱似麻。于是就在上面抹了点水，梳理了一下，同时心中美滋滋的，因为他发现玻璃架上的盥洗用具一应俱全，那是他想得周到，一来就从鞋包里取出放上的，而另一只手提箱呢，他连开都没有开。他的头梳得光光的，实际上没有多少头发，很像倒在秃额和秃顶之间的一道道略带鬈曲的栅栏。西吉斯蒙心想："我头发看上去像是枣栗色的，可实际上是红棕色，跟我父亲一样。我的眼睛灰中带红，跟头发一模一样。我脸上的皮肤也发红，或者说无需染色就红斑点点，可胸口的皮肤却白白净净，这些全是红棕色人的典型标志。"他接着想道，塞尔吉娜有时将他比作狐狸，看来不无道理，虽说他脸上的天真多于狡诈，脸形不尖不长，生性也不贪婪。他早上在佩皮尼昂刮的胡子又开始往外长，像青铜色的皮那样贴在凹颊两旁的腮帮上。他的牙齿与塞尔吉娜的烟牙完全不同，洁白铿亮，因此常遭到她的嫉妒。

他接着又自言自语道：“再过一个月，当太阳进入巨蟹星座时，我就 43 岁了。”塞尔吉娜今年 28。他站在镜前，不知不觉地摹仿起妻子来：她总是天天习以为常地光看脖子，坐在那张梳妆台前，关切凄然地孤芳自怜，回想着自己的年龄。看到她这副样子，他心中总不免感到有点羞愧，同时又感到一阵暗喜，能呆在蒂比达博旅馆的客房里，仿佛塞尔吉娜在蒙彼利埃近郊农舍里（或农舍花园里）的那间卧室里一样。要是她写过信（兴许好几封），那肯定是支在梳妆台上写的。这封信（或这些信），他今天晚上或星期一上午就可能在邮局的留局自取处收到。啊！要是他今天就能按时赶到邮局，该有多好！

他走出盥洗室，坐到放着衣服的靠背椅上（蒂比达博旅馆的单间客房，与农舍那些漂亮的房间相比，简直窄而又窄），穿上扔在黄色方格地板上的袜子，把脚伸进与袜子并排放着的麂皮鞋里，站了起来，拿起坐在屁股底下的皮翻领棉质运动衫。在穿那条灰鼠色的涤纶长裤时，他颇费了些时间，因为它是根据所谓的意大利流行式样做的，裤腿特别瘦。

当然西吉斯蒙如果先穿裤子后穿鞋，那就不会如此费劲了（他自己也发现多次）。他把皮上衣一下套到运动衫外面，没有系领带，所以也没扣领扣。上装和裤子口袋里的东西还原封不动地装在里面。而后，这位旅行家就戴上手表，一看，已经六点差十五分。他的衣服和行装与他下车时一模一样。

正在他开门的时候，他忽地又想起了塞尔吉娜，想起她在梳妆台前玩镜子的情景。她的玩法与众不同。她一边瞅着自己镜子里的芳容，一边让镜子绕着竖轴慢慢转动，慢慢地转呀转的，直到看不见自己镜子里的脸。他仿佛又看到妻子那张快在镜里消失前的、瘦削如刀刃的长脸，又听到她那一声清脆的笑声。每当这时，塞尔吉娜总是习惯地对镜中的自己说一句："再见，塞尔吉娜·蒙特费奥尔"，她喜欢用自己出嫁前的姓，而不愿改用丈夫的姓。西吉斯蒙还听她说过，如果她生活在古代异端裁判所[①]时代，她肯定会千方百计地

---

① Inqwition，也译"宗教裁判所"、"宗教法庭"。天主教会侦察和审判"异端分子"的机构，主要由多明我会修士主持。裁判所以教皇为最高首脑，残酷迫害"异端分子"或"异端嫌疑者"以及反对封建势力的人士，包括进步思想家和自然科学家，对他们秘密审讯，严刑拷打。西班牙的异端裁判所尤为残暴。1483至1820年间，受迫害者达三十余万人，其中火刑处死者十多万人。自十六世纪起，随着教皇权势的下降逐渐趋于衰落。

摆脱那些长着胡子的多明我会[①]修士和为其卖命的刽子手们的魔掌。无论西吉斯蒙回忆的往事多么久远，只要一看她坐在镜前这么玩呀玩的，他心里总觉有些局促不安，也即产生一种出自内心的痛苦。这时，街上又响起如泣如诉的叫声。他旋即关上房门，没等喊完就将声音挡在门里，就此也就隔断了他那沉重的回忆。钥匙插在门外，他将它从锁孔中拔出。这才发现自己住的房间是17号，他早已忘了。倘若他手里没有了那块刻着房号的铜牌，恐怕待会儿还会忘的。

有个专事打扫房间的年轻女服务员（也许是监督员），神不知鬼不觉地出现在他面前，用她那双漂亮的褐色眼睛阴沉沉地打量着他，同时向他指了指电梯，并随手为他揿了电梯按钮。可他宁肯顺着她身后的楼梯走下楼去，因为他的房间在二楼，走不了几步就到楼下。于是，她靠墙一站，立在狭窄走廊里两盏壁灯下面。他从她身前擦身而过，虽说没有碰她，但眼睛却始终盯着她（正如她也在窥视他一样），同时深深吸了口气，向她暗示他已经抓到比她轻薄的黑衫衣角下隐

① 也译“多米尼克派”，天主教托钵修会之一。1215年由西班牙人多明我创立。后获教皇批准并受教皇委派主持“异端裁判所”，严酷迫害异端教派、进步思想家和自然科学家。

藏的那件东西更为秘密的隐私。不管她是女看守也好,女密探也好,还是唯命是从的女佣也好,总之她满身散发出龙涎香味。他头也不回地在楼梯上走了几步,但他心里明白,她的眼睛始终没有离开过自己。一转眼工夫,她就穿着那双灰毡软底鞋悄悄地往别处去了。

走楼梯实际上并不费事。转过两个弯弯的平台就到看门人的办公桌前。办公桌并不在什么大厅里(像老板教服务员们说的那样),而是放在一个又长又窄的候见室里。桌后的墙上挂着一只挂钟,钟上的时间比西吉斯蒙手表上的时间晚六七分钟。可西吉斯蒙的手表走得并不准,跟许多国家的下班时间差个一两分钟,更别提今天是星期六的下午,情况会显得益发严重。挂钟下方摆着一张很窄的办公桌,桌子是拼接起来的(有人走过时可以挪开半张让人过去),桌后坐着的一个人,西吉斯蒙来时就是问他要的房间。他刚睡过午觉?还是呆在那儿时间太长呆腻了?估计大家会赞同后一种假设,如果看到他那副懒洋洋和无精打采的样子,坐在深暗色的桌子后面,活像个受了处分的老中学生。当西吉斯蒙站到他面前时,他旋即放下香烟(放在摊开的一本登记簿的夹缝里),不慌不忙,彬彬有礼地同他打招呼,仿佛在接待新到的客人。他究竟多大年纪，暂且可以不问，总之，他的眼睛小而无神，长着个鹰勾鼻子，脸上的表情阴沉沉的，叫人怀疑他与楼层那个漂亮的姑娘是同一类人。西吉斯蒙迫不及待地向他提了自己最关切的问题，如：邮政总局离旅馆远不远？留局自取窗口是否已经下班？或者即将下班？如果坐他的车去（停在离旅馆不远的里尔广场土台上），或坐出租车去，能否及时赶到那儿，当晚取出寄给他的邮件？

“完全来得及，先生。”这位脸色阴沉的人回答说。“总局离这儿不远，邮局各个窗口夜里很晚才关门。要是有您的什么东西，待会儿您就能拿到。”

说完他就不再吱声，蛮以为自己的回答已满足房客要求并希望他早些离开。可西吉斯蒙还是问个不停，于是，只得再告诉他，可以坐车沿沙滩街往下走，再经科隆林荫大道，就可直接到邮政局了；不过，最简便的方法是穿小胡同走着去。西吉斯蒙当然不愿坐车而愿走着去，所以接受了他的建议，但又怕迷路，于是那人就向蒂比达博旅馆里的人要了一张市区图给他，三言两语地告诉他应该怎么走，西吉斯蒙一一重复了一遍从门坎直到留局自取窗口间的路线。然后，他又将护照还给西吉斯蒙，因为即便一切顺利，取邮件护照还是必不可少的。说完他就重新坐下，侧过脸去，不失礼节地暗示西吉斯蒙，他已无话可说。

这人究竟是谁？看门的？经理？抑或旅馆老板？这无关紧要，反正房客问他的问题，他都一一回答得清清楚楚。还是别再打扰他吧，因为他又像关在黑牢里的人那样重新陷入苦闷无聊中。西吉斯蒙离开了他，走完了狭长的候见室。耀眼的阳光顿时出现在他面前。他心想，稍稍靠左边方向笔直走下去，有封信（至少一封）正在等着他去取，给他带来塞尔吉娜的消息。

走完候见室内的阶梯，房间稍显宽敞，里面摆着比长沙发略短的沙发，沙发背对背地靠着，很像餐车上的长凳。微蓝的柱子上镶着一块块闪光的小玻璃，柱子上面是天花板，天花板上有许多罩着毛玻璃的天窗，看样子像是晚上用的顶灯。在某几张桌子上，或者说，在类似屏风那样的家具上，放着铜制的或玻璃制的花瓶，里面插的显然是些人造的假花。这种硬充豪华的穷酸相，与其说像火车车厢，还不如说它更像撒丁岛①或巴利阿里群岛②海面上小邮轮的底层客舱。

① 地中海中仅次于西西里的第二大岛，属意大利。

② 西班牙的群岛，在地中海西部。

“普通舱”,西吉斯蒙不由大声喊了出来。他发现自己像个呆傻儿童一样自言自语,心里怪不好意思的,旋即大步流星地向门口走去。

他没跨几步,到了门口,轻轻一推,门就开了。他跨到门外,“埃斯库迪耶”,他自言自语道(这次没说出声来)。记得表兄曾给他介绍过这条小巷,还建议他住到巷里的蒂比达博旅馆来。记得当时他听得津津有味的。这时,从街对面的人行道上传过来一阵喊叫声,也就是方才在房间里惹得他心烦意乱的那种沙哑得让人受不了又听不懂意思的喊叫声。原来那是个残疾妇女(至少她拄着拐杖)在向他兜售彩票。这下他明白她喊的究竟是什么意思了,心想自己真笨,为什么方才就没有听明白并为此大为恼火呢!“帕拉博”原来是“当天就拿”的意思,这个穷女人喊起来声音嘹唳,撕心裂肺,活像从十八层地狱里冒出来似的,而那日见萎缩的躯体则像个罩着破衣烂衫的传声筒。她发现西吉斯蒙在打量自己,就更加明确地喊了起来:“当天开彩拿钱。”

她声嘶力竭地喊,拼着命地打手势,谁也不忍心不买她几张。可惜西吉斯蒙对牟利并无兴趣,也不像慈善家那样乐善好施(他既不想赢钱也不想输钱,让他施舍很难)。他兴致勃勃地望着对面人行道上向他伸出的彩票，如同他好奇地打量着街对面鱼缸玻璃[①]后面那些五颜六色的漂亮金鱼[②]。此刻，他心头油然升起一股庆幸感，庆幸自己来到一个充满新奇的世界。他感到高兴，是的，高兴自己在下午六点（几乎是六点吧），赶到了巴塞罗那的埃斯库迪耶巷，到了小巷星罗棋布，只能步行的类似威尼斯市[③]的中心。他的目光早已越过那个女乞丐，在寻找那些小咖啡馆、水兵酒吧和妓院。这些地方，听表兄说，比比皆是，但他来时并未发现，因为当时带着行李。他庆幸自己能到此一游，身处琳琅满目的性具商店之间，实际上，他的眼睛早已在左顾右盼地搜索，那神情仿佛他不是站在金鱼缸前，而是穿着潜水服（其实，性质完全一样），戴着透明的头盔，游弋在千奇百怪的海底。不管怎么说，他虽身处闹市，但心中却感到孤独，仿佛戏院里的观众，只是个局外之人。他是个无声无息的无名之辈，在这花花世界和芸芸众生中，倘若他不愿与之接触，那一切都毫无意义，

① 指橱窗。

② 指妓女。

③ 意大利东北部城市，由118个小岛组成，并以177条水道、400座桥梁连成一体，以舟相通，有“水上都市”之称。此处比喻巴塞罗那大街小巷之多。

充其量也只是回忆中的幻梦，经过午休之后，他的感觉已全部苏醒，他感到近似颠狂的喜悦，因此，进入这个花花世界，与芸芸众生进行接触，就成了他的强烈愿望。当他知道自己就是主人，只要愿意就可轻而易举地掀开玻璃头盔，走出潜水服（或放进一件心爱之物）的时候，他欣喜若狂，这可是个非同小可的幸福呀。

安东尼·蓬斯（因患重感冒身体正在恢复，无法亲自去埃斯库迪耶品尝各种开胃酒和葡萄酒而求西吉斯蒙代去品尝时），曾经对他讲过：“埃斯库迪耶这地方，无论是深夜、晚间、落日时分，甚至午前，妓女都会像汪洋大海一样将你吞没。”“汪洋大海”，显然是用词不当。还是尼姆人说得确切，是运河或小溪，也即地上的水流。但是，他如果总喜欢用公共场所这个词（也许是出于乡情），来表示选民们不许设立其会址的“乡镇议会”，那也没有什么坏处。先别管他是否夸大其词吧。那么，他是在撒谎吗？是在想当然吗？还是想充当男子汉呢？要不，他说的全是实话？那条横隔在女乞丐（暂时没有叫喊）与西吉斯蒙之间的小巷道里，已是万头攒动，挤满了人。特别是这个时候，城里又开始热闹非凡，仿佛它已消化尽了那顿吃得又多又晚的午餐。在拥挤的人流中，妇女仅占少数，可西吉斯蒙却发现，两人之中必有一个是涂脂抹粉打扮得花枝招展的，一望就知是属于哪一类人。她们目不斜视，对过往行人不屑一顾，径直走进了西吉斯蒙刚刚发现、正用留声机在门口大放歌曲以招徕顾客的那家酒吧。嗨，表兄的话肯定有些夸大其词，不过，根据初步观察，他的话也并非欺人之谈。

虽说他用不着着急（如同旅馆办公室那个老阴沉着脸的人所说），不过，也该是去取塞尔吉娜信的时候了。到邮政总局去有两条路，一条是顺着埃斯库迪耶巷往沙滩街方向走，另一条是穿过或顺着对面各条街中的一条走。西吉斯蒙出了旅馆门之后，就一直停在那个卖彩票的女人虎视眈眈盯着他的那条人行道上没有动地儿。他脑子里老在想表兄说过的那些话，心里翻腾着表兄说过的那些事儿。这些事儿，如果他不认为是见不得人的话（其他人认为是见不得人的），那么，至少还是挺好奇的（他供认不讳）。

他站在街上想呀想的，忽地想起昨天晚上，在佩皮尼昂，他在两家药房里分别买的避孕套和供人用来杀身上虱子的杀虫药粉。粉盒压在旅馆房间里那只鞋包的底层，装避孕套（三只）的那只亮闪闪的小硬纸盒就放在右手裤兜里那只钱包的前夹层里。他方才还摸过那只小钱包呢。他与塞尔吉娜结婚已经5年,对她始终忠贞不渝,从来没想过要做对不起她的事,这是无可辩驳的事实。但是,自从表兄向他介绍了埃斯库迪耶巷,以及巷周围的情况之后,他心中那个禁区(只有在梦中才偶尔往里窥过几眼)门上那把从未摸过的锁,或者说那条从未摸过的门闩,终于被那些绘声绘色的描述和渲染打开或拉开了。另一个无可辩驳的事实是,不久前他做过几个梦,梦到自己偷偷地来到某个虚无飘渺的地中海港口和那个寻花问柳的地区,于是,安东尼·蓬斯的建议旋即又浮上了他的心头,表兄的建议仿佛一条暗道,不费吹灰之力地就将他的灵和肉一古脑儿全带进了那个想象中的乐园王国。世界上没有任何事情能像这件事一样,使他乐意接受。

当西吉斯蒙告诉塞尔吉娜要去那儿呆上十来天,边旅行边推销葡萄酒和开胃酒时,她笑得都闭不上嘴……至于他梦想去的那个城市,大街小巷多如牛毛,灯火通明的情况,她当然一无所知,而更主要的,是因为她根本不知道埃斯库迪耶街周围还有那些肉欲横飞的去处。她之所以痛痛快快地同意他走,那是为了能更变本加厉地嘲笑他,准备好更多的挖苦话（他本人也知道）来欢迎他的归来。她会对他说："多体面的饮料代理商！""你在酒友那儿取得的成就，多么辉煌！"

在这件事情以及大部分事情上，她并没有笑错。西吉斯蒙顶替表兄安东尼去转了一圈，毫无热情可言，更谈不上什么辉煌成就。他到过塞特、阿格德、贝济耶、佩兹纳斯、纳尔邦、佩皮尼昂[①]……在这五天的长途跋涉中，他都在昏昏沉沉地睡觉，或者说得更确切些，像是得了重病似的，身心都感到极度虚弱，十分憔悴。他一点儿不想，也不愿去想那些阴暗的角落，和在他面前走过的那些庸俗之辈。只有佩兹纳斯市在他记忆里尚留下些许痕迹，主要是那里有条利塔尼大街和一条茹伊弗里大街，街上有座建筑物，看上去阴森森的，使他激动地想起了塞尔吉娜的祖辈；其次是因为市里有家"大旅社"的餐厅里挂着许多荒诞不经的画，以及那个罗圈腿的端菜女服务员胡言乱语的瞎侃。星期五一天他是在佩皮尼昂度过的，这一天对他来说，就像一个空荡荡的既无布景又无演员的戏台。他唯一没有忘记的是那两爿药房。还有药

① 均为法国南部城市。

房里一男一女那千篇一律的微笑(如果他在同一家药房里买,那笑得怎样就可想而知了),和卖给他需要买的东西。当他跨过边境线,通过了海关检查时,他的精神又开始振作起来,嘴里吹着国际歌继续往前赶路。他加快车速,神情专注地开着车,直到离第一道海关仅几公里的第二道海关检查站。在海关人员(装模作样地)检查他身份证的时候,他看到一张西班牙头领的肖像(照相机拍的),用图钉钉在小窗口的上面,活像闹鬼的房子门前挂着的分泌恶臭的动物。他的目光停留在那个盛气凌人的将级军官身上,他检查得特别严格,搞得大家把护照递过去时,心里都七上八下的。西吉斯蒙想:"在西班牙,特别在卡塔卢尼亚[①],最好别去打量傲慢的笨蛋。"

他本可以直愣愣地一直站在那儿,突然之间,那女乞丐声嘶力竭地喊了一声"帕拉奥",几乎震破了他的耳膜。这声狂喊不仅吓了他一跳,同时也打断了他的遐想。那女人之所以这么狂叫,因为她看到西吉斯蒙始终下不了决心买她的彩票,想借此再引起他的注意。她甚至把拐杖拄到了人行道

① 西班牙东北部地名。

的外面，向他探出身子。以便突出她的乞求。毫无疑问，她不达目的是不会善罢甘休的，甚至会嗖地穿过狭窄的路面冲到他这边来，直接贴着他耳朵大喊，嘴里溅出满是恶臭的唾沫。因此，他决定自己穿过马路去，以结束这种局面，回到他曾经感到过幸福的孤独中去。他没有等疯女人喘过气来再喊，便急急地在她面前擦身而过，快步向左转弯，在洛斯·卡拉科莱斯餐厅角上径直往新圣弗朗西斯哥街走去。

这条街比埃斯库迪耶更窄也更难通过，连人行道都没有。若不是太阳当顶直射，街上从早到晚都阴森森的，所以不断可以闻到从墙脚散发出来的霉味。洛斯·卡拉科莱斯餐厅老板身材高大(活像餐厅前的活广告牌)，坐在空无一人的餐厅前的一把椅子上。他腿肚下的两只脚被一块铁皮挡着，加上他那放在膝盖上，肉团似的两只手和红光满面的脸，大家还以为他正在泡脚以减少充血呢。西吉斯蒙的表兄曾对他说过："到了那里，你一定要去吃顿洛斯·卡拉科莱斯餐厅的肉菜饭"，还告诉他这种饭里面满是肉、鱼、虾、蟹、蛤蜊和蔬菜，吃一份就饱，其他东西一概可以不吃。西吉斯蒙一向厌烦尼姆人讲究吃喝排场的传统，但这并不能证明他没有听从表兄的劝告。

他的目光从支离破碎和肮脏不堪的石铺街面转移到了那些耀眼的招牌上，有的挂在门的上面，有的贴在窗上，光怪陆离，到处都是，看上去像挂在不堪忍受的深暗色树干上的一朵朵枯萎的兰花。他被招牌上鲜艳的五光十色所吸引，旋即掏出记事本，把店名：马卡雷纳酒吧、帕蒂奥·安达卢斯酒吧、卡马罗特啤酒店等一一记下，并把记在本上又并不难懂的词一一读出声来："Tu Tu Drogueria–Pin–turas Titanlux–Colores Nerca–para beber agua Fonter, bodega los tres hermanos"，然后就走到圣日耳曼·德·普蕾酒吧和马德依拉酒吧前，透过花花绿绿的橱窗往里张望。他心里觉得不是滋味，因为这是他生平第一次扮演专爱猎奇或密探这类角色。这时，有个头上像顶桥墩似的顶着一摞电话号码本的小男孩正朝他走来，他没有看见小孩，孩子也没有看见他，结果撞上了他（幸亏电话簿没有掉）。他急忙让开，紧走几步，想与一位年轻妇女齐头并进。她正沿着对面的墙同他往一个方向走。那女人肌肉丰满，像男人一样剪着短发，发色枯黄，像把干草，看样子刚从海滨浴场回来，胳肢窝下夹着一个用毛巾裹的包，里面估计是湿漉漉的贴身游泳衣，脸被太阳晒得黑黝黝的，任何化妆品擦上去都不起作用。她穿着一件紧身的白色连衣裙，肩膀全部裸露在外面，脚上穿的是双皮凉鞋，光秃秃的没有穿袜子，左脚跟已脱皮，脚趾上尚有指甲油的痕迹。从仪表举止看，虽说根本不像个风流女人，但是，她那双栗褐色的大眼睛，却猥亵地（那位爱故弄玄虚的表兄会说是“悄悄地”，他想）朝西吉斯蒙送了个媚眼。他那只方才推过头顶电话簿男孩的手，似乎已触觉到那女人的玉肩确实又丰满又结实。只见她穿过国际俱乐部酒吧，径直走进了托莱多公寓，连头也未回，所以他知道自己并未被她发现。他在公寓（外表很破旧）前站了一段时间，眼睛望着紧闭着的百叶窗。有扇窗突然开了，有人探出头来冲着他微笑，或者说，是在嘲笑他吧。他的希望落空了，只得继续往前走（脚步很慢）。“彩色亚麻商店”、“加利西亚酒吧”……他数完这一家家店铺的招牌，终于找到了藉口，确信那个被太阳晒黑的女人没有跟来。“为什么被太阳晒黑的姑娘既挑逗于前又逃避于后呢？”他自言自语道，心里想着特别爱晒太阳的塞尔吉娜，连冬天她都要到农舍平台上去晒上一阵，可脸呢，总不见黑。这时，他眼前又出现了一块漂亮的招牌“四 A 酒吧”（用粗体字写成，下面画着红桃 A），吸引了他的注意。酒吧柜台后面站着两位女服务员，正等着顾客上门两个人都是一头棕发,很可能是姐妹俩。在快到街角的地方有个橱窗,橱窗后有一片精心装饰过的棕榈叶子(令人想起棕枝主日[①]),叶下有盏很亮的灯,灯下有台缝纫机,机旁坐着一个补袜女工正在干活。西吉斯蒙偷偷地打量着她,那女人的脸既不老又不年轻,表情呆板让人难以捉摸。她在埋头干活,除了黑影和灯光,什么也看不见。西吉斯蒙看了几眼就走了。

他走到一个广场上,那是梅迪纳塞利公爵广场,坐落在科隆大街凹进去的地方。广场上有一块方地,周围种着棕榈树,方块中央立着一根高大的柱子,上面是过去的一位海军元帅——卡塔朗·加尔塞朗·马尔盖的塑像,居高临下地俯视着四周种着棕榈树的方地,那模样看上去像是搞同性恋的皇族。西吉斯蒙在市区图上核对了一下自己所走的路线,往左拐到普里莫·德·里维拉将军大街,从那儿再转到梅尔塞德广场。在广场上他看到一座装饰性的巴罗克建筑风格的漂亮建筑物和用暖色调的涂料粉刷的墙面,旋即使他想起了三年前他与妻子在罗马的那次旅行。塞尔吉娜非常喜欢罗马。可为什么回到家后却出尔反尔,口口声声说她讨厌旅行

① 据《新约·圣经》载,耶稣"受难"前不久,骑驴最后一次进耶路撒冷城。当时群众手执棕枝踊跃欢迎耶稣。为表示纪念,此日教堂多以棕枝为装饰。

呢？而且顽固地宣称，让她再次离家，对她将是一种痛苦呢？“要是现在我握着她的手，她肯定会爱上梅尔塞德宁静、惬意的气氛的，”西吉斯蒙心里这样想着，进而又天真地自问，为什么不请她一起来呢？不知不觉地，他就埋怨她没有呆在自己身边，可他忘了自己并未真心诚意地请过她。正当他自以为找到藉口而心安理得时，他发现已经到了广场尽头处的富斯特里亚大街，于是，再往前走了几步，终于看见了邮政总局那栋非常庞大的楼房，它面朝港口，离火车站并不远。

太阳虽已西斜，但是一走出狭窄的街道，仍觉很热。别看码头上泊着三艘美国扫雷艇，艇上七高八低地高高矗立着许多类似爪子那样的东西，在宽阔的地方，气氛还如梅尔塞德广场那样安逸宁静。西吉斯蒙背转身子，因为他更感兴趣的是那座庞大、气派的邮政大楼。大楼后面还有一栋楼，两楼之间由一座天桥（与威尼斯的“喘息桥”[①]一般无二）相连，后楼虽说是新盖的，但既寒酸又不起眼，活像在石块底基上用油光光的砖板一间间隔起来的兵营。对比之下，无论在材料还是装饰方面，前楼主楼可以算得上十分富丽堂皇。就材

① 桥下为恋人们幽会之地，常能听到桥下传出恋人们因激动而发出的喘息声，故名。

料而言，它用的是既漂亮又美观的灰红相间的角砾大理石；就装饰而言，它是成千上万雕塑家和石匠大师通力合作的结晶。这一切拼凑在一起，会使人想起一家一看就让人作呕的、庞杂凌乱的糕点铺，想起一头巨兽拉出来的臭屎，或把人类创造的全部建筑风格生吞活剥下去的某位天才排泄出来的粪便。对这些“精华”和糟粕，西吉斯蒙一一品尝、咀嚼之后，慢悠悠地向大楼踱去。

大楼高高地矗立在蓝天白云底下，楼顶上塑有两个光着身子的胖孩子，孩子之间横着一个象征卡斯蒂利亚[①]的徽标。圆柱顶上雕着一只蝙蝠（西班牙语的 murciélago）是一种不吉祥的动物，西吉斯蒙想道，同时回忆起他听到过的、西班牙人常对姑娘们说的一句恭维话：“你的眼睛黑得像西班牙的未来”。圆柱旁立着四座雕像，体积大得与本人颇有差距，似乎在故意颂扬那些酒囊饭袋之徒。雕像的侧旁，有两圈壁柱保护着，壁柱上的图案，无疑是意大利建筑师兼画家博罗米尼美丽遐想的结晶。西吉斯蒙在罗马时曾对这位艺术家崇拜得五体投地。他已在台阶上登了好几级，加上离

① Castille，西班牙历史地理区，是历史上卡斯蒂利亚王国的所在地。

建筑物正面过近，所以看不到壁柱的总高度，好在他所欣赏（或所惊讶）的是四根柱子，不仅奇粗无比，而且在柱头上还饰有兼有支撑着三角楣的考林辛式和1900年近代风格的柱头。他在思想上仿佛有点置身于罗马一样，自然而然地想起了那里的圣彼得大教堂，以及人们进入那些辉煌建筑后欣喜若狂的情景，因为这些建筑极为宏伟壮丽，即便巨人站在里面，充其量也像一只蚂蚁。至于屋内呢，则比皮埃特罗大教堂要简陋，是个四方形的大厅，厅里有四根柱子和三张底座为螺旋状的大理石高桌，柱子上面是轻若羽毛华盖的玻璃天棚。西吉斯蒙已习惯于在微弱光线下看东西，他扫视着柜台上的栏栅，读着每一块牌子，终于停留在入口处左侧“邮单”那个窗口上，可以肯定里面寄存着一封塞尔吉娜的来信。

按照习惯，站在取信窗口的人最多，其中大部分是妇女。站在西吉斯蒙前面的是位瑞士姑娘，手里拿着印有“十”字国徽的护照。西吉斯蒙打量着她，只见她上身穿着透明的尼龙女衫，胸罩上的肩带和松紧带看得一清二楚；下身穿着橘黄色的布裙，腰间紧紧地系着一根黑色的皮带。一头金发梳得很平，散披在可爱的脖子和微弯的背上。她收到三封信，随手装进手提包里，拉上拉锁，袅袅婷婷地走了。西吉斯蒙先是感到一阵茫然，接着就在上衣内袋里翻找护照。他心里有些急躁，蹲下身子，望着窗口里的职员，结结巴巴地用西班牙语询问（实在没有必要）。职员拿着一封信回来了。瞧，要是打赌，他就赢了。

且慢，他会输的，因为西吉斯蒙在信封上看到的并不是塞尔吉娜那圆圆的、疾书而成（像匹小跑的良马）的字迹，信封上的字体较尖（旧字体），工整而刻板。这是费莉娜的手笔。大家知道，她可是个最不善于与人通信的人！在长方形的白色信封中间用黑墨水写着“西吉斯蒙·蓬斯先生”，每个字母都很长，像一个个十字架或一把把长剑，而塞尔吉娜信封上的字体则像轻风下冉冉升起的炊烟，下粗上细，而且给丈夫或亲人写信，从不写“先生”一词。为什么费莉娜要写信，而不去精心照看他们唯一的孩子小艾利呢？过去，她是西吉斯蒙的保姆（这段回忆）始终像一盏永不熄灭的灯一样在他心中亮着，现在她不是在照料小艾利吗？亲爱的费莉娜……可塞尔吉娜为什么不写信呢？是不是又犯什么神经了？还是她一反常态，厌倦农舍生活了？

“留局自取——邮巴塞罗那（西班牙）”，这就是费莉娜老太太写在信封上的地址，与西吉斯蒙离家前写在一张玫瑰色纸上的地址一模一样。这张纸他临走前顺手夹在了塞尔吉娜那面镜子的镜框和玻璃之间的夹缝里。要是他考虑得周到些，他本可以将表兄(那个虔诚的伪君子)建议自己决定去住的旅馆地址留下的。在他的行为中确实没什么好隐瞒的。塞尔吉娜睡着了，他躺在她身边做梦，梦中他不是常去那些常人不去的地方吗？将她蒙在鼓里常到那些小巷窄如走廊、屋子小如妓女接客的房间或牢房的城市去的吗？与梦境稍有不同的是，这次出门他希望能像躺在沉睡的妻子身边酣睡一样，希望她仍然蒙在鼓里，不知他的去向。塞尔吉娜皮肤棕褐，标准的瓜子脸，眼睛周围涂着蓝中显红的眼影，娇小的鹰钩鼻子，嘴很美，嘴唇苍白，但牙齿却不白，因抽烟太多。西吉斯蒙之所以把玫瑰色的纸放在镜子夹缝里，因为他认为当她坐在镜前顾影自赏、摇晃额头上一绺绺褐色短发卷、张嘴微笑、慢慢转动镜子、脸蛋渐渐变形的时候，那张纸的颜色与他镜中的妻子十分般配贴切的缘故。

有个问题：巴塞罗那究竟像不像个西班牙城市？西吉斯蒙接触的人很多，如果你去问，他们准能回答说不像。比如方才吧，他在埃斯库迪耶巷一爿店铺的橱窗角上，不是还隐约看到“Se habla espanôl”(该讲西班牙语)这样的字样吗？“讲西班牙语”，这不是把卡斯蒂利亚方言当外语了吗？真是开玩笑！这时，突然有人用纯正的法语（一点朗格多克[①]口音也没有）请西吉斯蒙往前挪挪，因为他手里拿着信心不在焉地站在窗口前，妨碍别人与窗口里的职员说话。那职员也正在纳闷（并未生气）为什么窗口前那么安静。说话的那个人是个女的，不过西吉斯蒙并未回头，因为他离开故土心里甚觉愉快，让他再与同胞接触不免有点厌烦（如同将他从梦中叫醒那样不舒服）。他一句道歉话也没说，往前挪了几步；然后在空些的地方站了一会儿，回到门口，出了大厅。

他把费莉娜的来信放到胸前，顺手碰了一下上衣口袋，确信护照在里面。现在，该拆信了。他环视四周，看看在不远处的阳光下能否找到一张长凳。他发现左边有个土台，一片浓密的绿草，草丛中开着许多小红花。台中有根柱子，柱子上矗立着一座塑像。他走近前去，读了塑像基座上的文字，原来这是西班牙大西洋公司的创建人科米利亚斯地区的[②]侯爵安东尼奥·洛佩斯。他想起自己为了准备这次旅

① Languedoc，法国古地区名，介于阿基坦盆地和地中海之间。

② 海水浴疗养地，位于西班牙桑坦德省内。

行曾看过不少书，最近似乎读到过这位实业家的事迹。这位先生在本世纪初曾领导建筑学家戈蒂修建过不少建筑物，大都是宗教建筑。他穿着旧式男礼服，手里攥着一张卷着的纸，很像抽象派时代乔尔乔涅·德·基里科[①]画中那些令人叹为观止的生花妙笔。这座塑像并不立在空旷的广场上，也不像石雕模型那样贴着地面安在廊柱林立的大街上，而是高高矗立在三十米高的基座上。像巴塞罗那这样把塑像安放到这么高的城市，似乎还闻未所闻，兴许是生怕别人够着这些塑像？西吉斯蒙身子靠在科米利亚斯侯爵的圆柱上，随随便便的，毫无敬仰之意（这是南部人的一种习惯，在他们眼里，纪念碑之类的东西无非是给人提供方便的休憩场所。怪不得侯爵的塑像高不可攀）。这天天气很好，阳光还挺烫人的，旅客们都想脱去麂皮上衣。一阵轻风从巴塞罗那内塔区徐徐吹来，那个区设有许多海鲜风味餐厅，所以随风刮过来一阵阵油煎味，味道实在难闻。这时，有位颇具吸引力的女郎正在西吉斯蒙面前走，原来就是他在邮局见过的那位瑞士姑娘。离他脚边不远的地方有一片浓密的草地，两只狗正在

① Giorgio de Chirico（1888—1978），意大利画家，作家。

那儿打滚。西吉斯蒙没有撕就把那封没有胶牢的信封打开了(“女人胶的信封全这样,”他心里嘀咕道,同时感到奇怪,费莉娜是个细心人,怎么会犯塞尔吉娜常犯的错误呢?)。他抽出信,发现信纸未按常规折叠,让人一拆就看到抬头,而是随随便便地一叠为二,竟然让信尾朝上放着:“她往风标塔奔去,爬上螺旋楼梯,从塔上跳下来,旋即咽了气。”

他捧着信,双手并未发抖,但也没有再往下读。周围,一切如常;天,晴朗如故,空气,仍像方才那么热;狗,仍在绿油油的草地上打滚嬉戏。那位瑞士姑娘,还站在拉耶塔娜街角那爿鞋店橱窗前。要是愿意,还能追上。西吉斯蒙把信放进信封,塞进放护照的口袋,用手拍了一下圆柱(仿佛在拍一匹能将人驮到目的地的好马),迈开脚步,不慌不忙地重新走过邮局门口,走过他在巴塞罗那第一次看到的中国餐厅,沿着科隆街往和平广场走去。

他在右边人行道上走着,这是唯一一条旁边有房子的人行道。他看见许多男男女女和小孩向他迎面走来又纷纷向两旁闪开,生怕撞了他,那情景很像一根根在水上漂浮的木材,遇上逆流而上的小船,向两侧闪开,顺流而去,最后消失在船后一模一样。有两个穿着短裙和大人鞋的小女孩,在路旁又比划又说又笑的，抬头望着西吉斯蒙，他也往女孩那光秃秃的膝盖和小腿上瞥了一眼，然后又望了望一个老头，只见他同时拄着两根白颜色的拐杖，可却不是盲人，因为他俩曾互相扫过一眼，显然谁对谁都不感兴趣。两个美国水兵，身子像蛇似的又长又软，像押俘虏那样搂着一个穿紫色紧身衣、光胳膊露腿的女郎，旁若无人地向他走来，这次倒是他往旁边躲开，免得被他们撞倒。从水手服的肩带上，他看到了船名："牛郎星"。这三个字，即使不问其内容，也像利爪一样刺痛他的心，使他柔肠百转，如丧考妣，而且随着他离开安东尼奥·洛佩斯塑像的脚步声，一下下敲痛他的心。

西吉斯蒙再次从广场的中心公园外面走过，马尔盖塑像四周的棕榈树叶吹来阵阵凉风，树下的长凳全空着，颇吸引人的，但是他无意去坐。"牛郎星"，这个来自一望无垠的遥远天际的名字，仍在他脑际萦回。人群摩肩接踵，川流不息，他根本无心辨认，模模糊糊的只觉得都是双双对对的。因此，每次碰到人时，都会出现"双"这个数字，脑子里浮现出一对对已经消失的倩影。他走到空旷的和平广场，站在军营似的房前，只见门口站着两个哨兵，穿着粪便色的制服，枪上插着刺刀，正在值勤。于是，他方才在楼角处一张布告上看到的“和平”一词又再次映入他的眼帘，记得那张布告是由卡斯蒂利亚士兵，虎视眈眈地站在卡塔卢尼亚市区守卫着的。一看到他们那副盛气凌人的凶相，他立即背转身去，无心再看（虽说他完全可以无所牵挂地去看，仿佛一个被人押去杀头和胸膛已被捅开、谁都可以瞧上一眼的囚犯）。这时，他眼前突然一亮，原来他已走到了一片空旷地带，远远地可以一直望到码头旁的栏栅和码头上的船帆。克里斯托瓦尔·哥伦布（这里是巴塞罗那，所以称科隆，俨然是一位新英雄）纪念碑的圆柱，像一幅画的中心，高高地托着一颗地球，地球上面矗立着一尊塑像，高高地直冲蓝天。西吉斯蒙看到铜像如此之高，基座和柱身装饰得如此富丽堂皇，吃惊不小，不觉自言自语道：“科米利亚斯和马尔盖立在附近显得多么寒酸……”怀着仔细观察和摸上一摸的愿望，他穿过了马路。

马路上车辆来来往往，络绎不断，想要横穿过去必须等到亮起红灯车停了才行，而且还得先走到那条街心人行道（像伸向孤岛的沙舌）上，然后再从那儿走到筑着纪念碑的那个椭圆形的小岛上。两个水兵（与方才见到的一模一样，只是没有搂着女郎）在基座周围兴致勃勃地转悠。西吉斯蒙与他们擦肩而过，不看也知道水兵服肩带上写的什么字。

但是，为了像无情的判决那样，最后证实这一点，他看了一下肩带，果然是“牛郎星”！于是，他的身子仿佛在无垠的宇宙真空中颠来倒去的人那样，晃晃悠悠地失去了控制！人们怀疑，他的双脚是否还踏在坚实的土地上？他的右手是否在粗糙的、呈颗粒状的石砌基座层面上缓慢地摸着？他的目光是否在漫不经心地扫视着八头铜狮之一和有些古怪的狮脸？他是否在望着反映航海家生平的铜浮雕？是否望着航海家保护人的那些椭圆形画像和寓意着王国各主要国家的大人物肖像？他脱口喊了一声：“库隆”，因为这使他想起了某一个历史时期和那个时期的地球。他抬起头，发现上面的那个地球是金黄色的，虽然已经失去了光泽。

他重新低下头，在基座周围走了几步，发现前面有块不大的挡雨披檐，檐下是扇朝海敞开的门，有点像地窖入口，入口上面写着一些业已褪色的字：“穹顶电梯；高度60米，纪念品售货处”。真出人意料！这地球原来是可以上去的（穹顶一词显然有错，实际上是指圆球），说得更准确些，这个勃起的生殖器龟头上是可以上去参观的。不过，想上去必须先往下走，以表示虔诚。一想到科隆这个名字，西吉斯蒙就像入了魔似的，渴望着能上去瞻仰一番，而且离塑像近些肯定会有所收益,特别是按木牌所示,顺着高高勃起的阳具上去。于是,他往下走去,边数边走了十级楼梯,到了一个形状很怪的地方,厅不像厅,走廊不像走廊,而是个环形的过道,天棚很矮,光线昏暗,不三不四,既像穴居人小教堂的圣器室,又像地下一段小铁路的车站。电梯口就在这端,门口已等着十好几个人,要乘坐电梯得先到过道另一端去买票,每张 5 个比塞塔①,能到高大的普里阿普神②体内去观光游览,花这点钱并不算贵。站在柜台后面的收款人,身子单薄,面色蜡黄,说起话来像要饭似的,与其说像车站职工,倒不如说像教堂执事。

橱窗跟板壁一样,已经弯曲,里面摆着各种用贝壳做成的吉祥物,特别是那些现代化了的圣母像,周围亮着许多红的、白的小灯泡,在陶瓷、玻璃和铝制品旁边一闪一闪的,给人一种恐怖气氛,还有皮利耶、萨拉戈萨等地产的圣母像,都是粉红色椭圆形的,此外,还有床头柜上放的塑有圣雅克像的台灯、烟灰缸……凡是下来的人,谁都得往货架上看上一眼,因为地下室里仅有的光线全都赏赐给它了。收款人的眼

① 西班牙货币单位,一比塞塔相当于 100 分。

② Priape,古希腊司肉欲和淫乐之神。

睛紧盯着来观光的顾客，只要你稍往货架上一瞥，他就会将货物塞到你手里。西吉斯蒙不是个轻信的人，所以无意在柜台前停留，而宁肯回到昏暗的过道里去等电梯，虽说排队的人仍未见减少。他发现过道尽头处有一扇小门，并不是人们预料的厕所，而是通往“科隆生平事迹陈列室”的通道。

陈列室里就他一个人。从他看到科米利亚斯圆柱以来，他心里第一次产生一种轻松舒畅的感觉，再次体验到空气的新鲜，仿佛享受到了某种爱抚或喝了一口清凉饮料。陈列室实际上是过道的延伸部分，是死胡同，也是圆形的。两面墙壁上开着许多小洞，从里面透出光来，宛如水族馆里的观察窗。不过，里面没有水，鱼也只有一条，那就是科隆，不同年龄的科隆，各个生活阶级的科隆，都由一尊尊塑像表现出来。塑像的大小差不多像一只巨大的螃蟹。塑像周围装饰不多且较简陋，只要往石头背景上一看，目光很快就会集中在那头野兽身上。室内的一切都静止不动。那也无关紧要，反正人们可以从中得到慰藉，可以在激荡中体会到稳定，科隆塑像那持续的欢乐或痛苦、那一动不动的壮丽风暴。再说，在水族馆里，或者说在动物园里，情况不也都是这样的吗？那些动物不也是一动不动地、毫无希望地呆在自己的角落里吗？从小窗洞后面射进来的唯一光线、那阴影、那孤独和凉意，这一切都让西吉斯蒙想起：能带位姑娘来此该多惬意，比如在邮局“信件自取”窗口遇到的那位瑞士姑娘……为什么他对这位姑娘如此念念不忘呢？他心中怏怏，转过身去欣赏那个“科隆跪在国王和王后面前”的小洞，努力希望能对西班牙的君王们产生兴趣，可惜没有成功。于是，只得离开满是甲壳动物的舞台，推开门重新回到人群里。

排队等电梯的人大部分都已上去，或者说，等得泄了气都走了。只剩下一位穿着黑色连衣裙的肥胖女人，领着一个穿着一套白蓝相间条纹西服的孩子，还在那里等。那孩子看上去有十三到十五岁，鹰钩鼻子与那妇女长得一模一样，估计是她的儿子。过了几分钟，电梯下来了，他俩进了电梯，西吉斯蒙将票交给开电梯的，也跟了进去。这时又来了两位姑娘（也许是年轻的妇女），年纪轻的进了电梯，另一个只好等下次，因为按照规定电梯每次只能载四人，开电梯的人随手指了指梯旁贴的通告，没有说话。他不但不爱说话，而且长得非常之胖，因此当他进来站好位置准备开动电梯时，大家都觉得有点挤得慌。

电梯显然是汽缸式的，因为它是贴着缸壁走的，不免让人想起炮口朝天的大炮炮筒里的一颗炮弹。西吉斯蒙挤在这两个胖子之间,闻着那个女的身上那股刺鼻的香水味和那男人身上的汗臭味,心里直埋怨:“真倒了邪霉了,与这些家伙一起乘电梯!”在排长队的时候,他多么想一个人单独被送上来,送到顶上,也许还能直抛到塑像里去呢!塑像,难道不就是比某些轻薄避孕工具更有效的、薄膜做成的本堂神甫或拿破仑[①]吗?这些避孕工具,表兄不是对他说过,在德·阿萨尔托伯爵大街北面的烟花区里的某几家“梅毒治疗所”里,可以随便买到的吗?拿破仑,为什么不是统治西班牙、人民最终可将他送到子弹窟隆里去的那位蠢货!子弹窟隆正是他应去的地方!电梯开动了,如果说它是颗炮弹的话,那也是颗射速极慢的炮弹,因为它既非靠火药也不靠患抽风病被推动。从窗口既可以看到一块块铁片(圆柱体正是用这些铁片像修船体那样一块块焊接起来的)在往下滑动,又可以观察、控制电梯的升降。

电梯开了足足好几分钟,时间显然不短。那位胖女人和孩子,面面相觑,手拽着手,互相没有说过一句话,只听到

---

① 指避孕套盒上印的人物,暗喻那些表面上“道貌岸然”、骨子里“男盗女娼”之辈。

“咯噔”一下，电梯像是被什么东西撞了一下，停了下来。开电梯的胖子立即将门打开，尽可能往后靠着让人出去。

出了电梯就到了圆球球体之内，球的中部几乎全被电梯占去，剩下的空间十分有限，为参观者留下的仅仅是电梯周围那块形似小环的地方，实际上这是一座环形的天桥，往前走就是铁栏杆（铁条很粗），栏杆后面是一扇扇窗洞，洞口的风要比地上大得多。头顶上的天棚很低，弯似球体，其天桥占去了球面的横切大圆。四周全被金属环绕，一有人走动就可听到咚咚咚咚和嘎吱嘎吱的脚步声；气流很强，港口的黑烟直钻鼻孔，西吉斯蒙仿佛置身于轮船的最上层，或旧式装甲舰的桅楼一样。与他同电梯上来的伙伴出了电梯全往右边走了，于是，他就往右走去（并无故意分道扬镳之意）。他很清楚，人们之所以登高，主要是为了饱览全景，只有他一人才在欣赏球体内部和天桥而没有往外赏景。

西吉斯蒙认为，花了 5 个比塞塔，饱览全景当然不成问题。他站在两位支着胳膊肘兴致勃勃地在赏景的人后面，身子前倾，从两人的夹缝中小心翼翼地向外观望，生怕打扰他们的幸福。他花了不少时间研究过市区图，知道呈现在眼前的是丘犹山（究竟是丘比特山还是犹太山？他偏向后者，为的是偏袒塞尔吉娜的祖先),还有那座抢夺过许多人的城堡、展览馆、可爱公园里的参天大树、喷泉里的潺潺流水。他发现有人在不断地推他,只得将位置让给一个小个子男人和陪着他的小个子女人,他们想挤到第一排去,要不什么也看不见。对西吉斯蒙来说,不管是丘犹山还是北部的培雷火山,是城里的旧区还是新区,是通往圣马蒂和巴达洛纳的郊区还是海景,都无关紧要。那对夫妇一走,他就紧跨几步抢到朝港口的窗前,站在那儿久久凝望。

此时此刻,他跟其他赏景人一样,需要的仅仅是目光可任意驰骋的广阔空间,藉以坚定自己的思想,因为他这时的心情仿佛是个空肚喝醉了酒的醉汉。窗前的空间一望无际,他随心所欲地极目四望,望着那停满商船的海港,那码头和防波堤,那铁轨和停在电气大吊车车臂下的一节节车皮,时而又望望那船坞和船坞里停着的那艘蓝白相间的邮轮,以及旁边那两艘红漆闪烁的货轮,时而又转眼望望那暂且空着的浮坞、那仓库平坦的屋顶,时而又遥望着那大海和在游艇如梭的航道外被阵阵西面吹来的微风刮起的阵阵细浪。他站的地方离地很高,所以下面这一切,严格说,仿佛蚂蚁搬家,万头攒动。太阳正在他身后的山坡沉落,海面上波光粼粼,渐渐远去,宛似紫色梯子的一条条横档。他心头那半似困惑半似不安的情绪仿佛也沿梯渐渐远去,终于稍稍平静下来。蓦地,有只手摸住他身边那光滑的铁栏杆,紧接着又出现一只蓝色水手服的衣袖,将窗洞口挡住不少,西吉斯蒙瞥了一下那只手上戴的刻有山羊头的戒指,并没有顺着袖子往上看,因为不看也知道肩带上印的肯定是“牛郎星”(在巴塞罗那竟然会出现如此众多的水兵,估计肯定是艘巨轮,也许是艘航空母舰也说不定)。“牛郎星”这个他记忆中都快忘却的船名又突然浮上他的脑际,他的良心又从他曾在其中失衡的真空中惊醒。虽然水兵已经离去,他仍感到一股无法抗拒的巨大力量在推着他立即往外走。过道上有许多凸在墙外的铜制花叶饰物,很难通过,不过,如果有人长得瘦,动作又机灵,他倒是可以从上面的洞口爬出去,往下滑,然后再跳到地面上,正如人们常说的那样,这种事只有走投无路的人才会干,而且不止一次。

科隆纪念碑并未变小,但是,游客们站着仰望圆球的那块土地,突然间似乎变得更近了。西吉斯蒙又漫无边际地开始回忆起往事,或者说,他的思想又回到了悲惨的现实中,只见他被拽到(被哪根鱼竿拽的？鱼竿是谁拽着的？)农舍花园的沙嘴口上，那里岩石林立，有一条通向塞特港的路，岩石上矗立着一座风标塔，此外，还有个水清如镜的水池，一个常见水蛇打闹嬉戏的小湖。建筑师异想天开，用红砖砌起一根圆柱，四周围着一圈没有栏杆的铁梯，铁梯中段有个平台，平台周围的栏杆摇摇晃晃的并不牢固，台上还加了个中国式的房顶。这就是风标塔，这名是谁起的，什么时候起的，谁也不知道。从 21 米高的塔顶上，可以望到围墙后面的葡萄园。西吉斯蒙已不记得自己多久没有去过那儿了，因为为了谨慎起见，塔基周围修了一道铁栏栅，免得他儿子小艾利闯进去。栏栅门手上还绕了一圈铁丝，想到塔上去必须先将门手上的铁丝结拧开。塔顶是巴罗克式的。整个塔就修在农舍花园荒芜的尽头处。在这座为纪念航海家修建的纪念碑的圆球体内，西吉斯蒙有一种身处农舍塔顶的感觉。是的，这种感觉稍纵即逝，接着他就从上衣口袋里掏出那封信，虽想将它扔到空中任其飞扬，但他并未这么做，而是用舌头将涂有胶水的信封口边舔湿，小心翼翼地重新粘上，准备当天晚上或第二天早上再将它拆开，到时他就知道他现在不愿意知道的事了。

他记得在塞尔吉娜怀孕的时候，曾与他一起爬到塔上去过，但是，要从螺旋形的梯子上下来非得头昏目眩不可，没有他扶着，她是下不来的！难道在信里他真的读到“死”字了吗？信已经封上了，而且得等一段时间才能打开，怎么能凭模糊的记忆去猜测它的内容呢？想着想着，他看见圆柱脚旁有个女的在追一个孩子，是不是母亲在追儿子，怕他闯到车来车往的马路上被轧死呢？

不管怎么说，信已封住，至少得封到明天。于是，他将信放回原处，即上装的内袋里。

纪念碑下来往的人群，脚步迈得似乎更快了，码头上更是人声鼎沸，万头攒动。西吉斯蒙心中茫茫然的，在窗洞口短短地站了一会(比他自己所想的还短)，因为与他同乘电梯上来的伙伴——那位胖太太和她的孩子，想观赏风景，急冲冲地抢占了他的位置。电梯在上面停着，里面空空的一个人也没有，可是周围的环形过道上却挤得水泄不通，一想起自己好不容易才排长队上来，都不愿下去。电梯里虽只有西吉斯蒙一个人，那位开电梯的胖子仍然非常高兴，将手举到黑色贝雷帽[①]边上向他表示欢迎。确信无人再来之后，旋即关上门，按下操纵柄，让这颗速度极慢的炮弹在炮筒里慢悠悠地往下滑

① 一种扁平的无檐软帽。

行。他的目光始终没离开过西吉斯蒙的胸口,仿佛早就知道那件麂皮上装当胸口袋里藏的是什么。到了下面之后,西吉斯蒙给了他一比塞塔小费,倒不是想他说声谢谢,而是想忘掉他老盯着自己口袋的那种眼神。

从顶上的圆球下到地下过道,空气闷得人喘不过气来。西吉斯蒙旋即离开那扇小门,门后就是那个展示科隆生平事迹的水族馆,他对橱窗里的带小灯泡的圣母像瞅也没瞅,也没买任何纪念品。他觉得自己如同再次滑下来的精液,钱袋如同阴囊,而这些寒酸的柜台则如同阳具(纪念碑的圆柱)下面的睾丸,一切令人作呕。于是,他急步跨出门槛,往上走了十级,立即逃之夭夭。在基座周围,他疾走如飞,闯过红灯,穿过马路,来到他自以为是兵营的这边。在荷着枪的站岗士兵之间有一张宣传“和平”的海报,他从海报前走过,圣莫尼卡河岸街立即呈现在他面前。他径直往街里走去,连坐在咖啡馆门前露天座旁边擦皮鞋的人拼命拉客的喊叫声都没有听见。街中央有条宽阔的街心人行道,绿树底下散步的人多于行人,但是他走的却是一条狭窄的人行道,即右边的那条上坡道。每逢有人迎面走来,他就闪到一边让人过去,所以脚步被迫越来越慢。经过一阵思索之后,他就干脆快快活活地款款而行。

“快快活活地”，这词听了不免让人吃惊，但用得却非常贴切，就在不久前，西吉斯蒙也未曾想到过“快活”。可是，气候是如此宜人，这位游子一想到自己在呼吸异国他乡的氧气，心中就有种称心如意的感觉。就拿这些过路的男男女女来说吧，他之所以给他们殷勤让路，唯一的原因，不就是他们都非自己的同胞吗？他又想：“那些世世代代的仇敌，难道不都是同胞近亲吗？”“那些世代遗传下来的恶疾和痛苦，难道不都来源于同一家族和同一血统吗？”当他意识到自己有些滥用形容词时，不觉失声笑了起来，谁料这时有个女人也正冲着他微笑，她站在“弗隆通”的门口（根据张贴的类目来看，似乎是个半用来打回力球，半用来演出低级歌舞的色情场所），下身穿着紧身白裙，上身穿着白毛线衫。这是他上了科隆大街以后打量的第一个女人，使他想起了安东尼·蓬斯的话（真是世代仇敌的绝妙佐证，虽然他对表兄充满感激之情，感激他把自己派到巴塞罗那来！），这位亲戚没有与他谈海，而跟他讲一群群女人。西吉斯蒙身临其境，从这个女人——这头母马的神色中，证实了表兄的话，瞧她那披在肩头的乌黑长发，那滴溜溜的大眼珠，那鹰钩鼻子，那细长光秃的大腿(实际上仅是包在干瘪皮肤下的骨骼和坚硬的肌肉)！毫无疑问,这是一个安达卢西亚[①]妓女在向他道“晚安”。

其他女郎的问安,其他姑娘的秋波还在前面等着他哩。他继续往上走,走过了阿玛亚餐厅,检阅了一遍站在比奇科默酒吧门口的那支娘子军,其中两个是典型的棕色皮肤,都穿红色连衣裙,可算得上是露天座中的一对佼佼者。再往高处走是一条阴暗的小巷,卡巴莱斯酒吧就坐落在那条巷里,酒吧深处身影憧憧,估计是娘子军里的一支女民兵吧。庞大的妓女部队呀,当你们并非为了国防的目的而集结的时候,当你们像堕落的孩子那样在街头到处铤而走险时,西吉斯蒙对你们怀有比同情更深切的同情,因为当你们雇佣来的姑娘们,为他撩起衣裙的时候,他看到的却是他疼爱的妻子和夫人的肌肤；当她们直愣愣地站在他面前时,他仿佛看到自己正躺在甜睡的妻子身边开始入梦；当夜幕降临时,他想,他会监视着你们,如果你们的哨兵不反对他随意进入不久前尚列为禁区的市郊去,那他就会流连忘返。但暂时,他还无此

① 西班牙南部地区名。

欲望，只要能望一眼这个堡垒，对里面这群苦难的妓馆招牌大致扫上一眼就感满足。于是，他穿过马路，走到剧院广场邻近的那个安全岛上，一排排出租汽车在广场上来回穿梭，形成了一堵流动的车墙，安全岛恰恰就在车墙后面，因此挡住了他的视线，使他看不见也想象不出墙后所发生的事物。那儿有座纪念剧作家弗雷德里希·索莱尔的塑像，那模样、那胡子都像上一世纪末的工程师，坐在一个十分吓人的涡形装饰物的顶部，座位被水泥砌成的波浪托着，西吉斯蒙朝塑像底下走去。剧院的拱门就在他的对面，埃斯库迪耶巷（他下榻的旅馆就在此巷内）正好坐落在塑像后面，于是，他背朝塑像基座，想再次穿越过去。

过去，他曾从一个残疾人那儿买过一包美国香烟，卖烟人坐在一辆旧机动三轮车上，车把上放上一块木板，兼卖彩票和水手们非法倒卖的香烟（兴许就是“牛郎星”号上的水手倒卖的！）。如果说他脸上浮起笑容，那是因为他想起了嗜烟如命的塞尔吉娜（他自己不抽烟，总唠叨她抽得太多），想起她见到他带烟回来又急急忙忙去取火柴时那副受宠若惊的样子。

他嫌旅馆包饭太贵，有时就随意去蒂比达博餐厅就餐。

餐厅坐落在广场与埃斯库迪耶巷的街角。餐厅在二层，一层是蒂比达博酒吧，也是旅馆开的，橱窗后面站着一群女人，从发型和举止看像是方才见到的女民兵一类的人物，兴许军衔更高些。西吉斯蒙差点儿没看出是她们，因为他在对面人行道上走，而且心里还想着旅馆门是怎么开的。他在一家食品店橱窗前停了下来，因为里面有些东西看不清，突然引起了他的注意，经过仔细观察，发现在罐头盒、果酱罐头、短颈大口瓶、小瓶、葫芦之间，有件奇形怪状的东西，那是一只瓶子，外形与他刚才上上下下都参观过的那座纪念碑的圆柱一模一样，瓶口上也有个地球状的圆球，球上是小科隆塑像，根据标签所示，里面装的是八角茴香。那标签一揭就下，从而提高了它的艺术价值。这种玻璃塔，无论是吉祥物还是不吉祥的气泡，反正是男人必备之物，即使将它敲碎了，男人的四肢仍然无法动弹，思想仍然麻木如故。西吉斯蒙觉得如果不买上一瓶是无法离开商店的。唯一的办法就是进去向老板——一个又矮又瘦、皮肤青中带黄、眼睛棕褐、头发已秃的老头打听一下价钱。5 比塞塔一瓶，这价格（光是瓶子）对蒙彼利埃的旧货商来说倒并不算贵，再说八角茴香也不见得与拉斯卡德纳斯的味道一样好，但是，奇形怪状的瓶子一到手，西吉斯蒙就心满意足，无所他求。难道这是风标塔吗？他掏出一张百元的钞票，放到柜台上，老奸巨猾的老板，找了他一枚铸有笨蛋[①]人头像、掂在手里挺沉的钱币。当西吉斯蒙往钱包里塞时，钱包已经变形了，因为钱包壁上的小硬纸板已鼓得关不上了，遗憾的是他此前并未发现。

老板向他说了再见，他回说一句“晚安”，人已到了街上。他看了看胳肢窝下夹着的那只圆柱形的瓶子，看起来像夹着根大头棒，外面包着一张结实的灰纸，纸外扎着根挺粗的红线。接着他又抬头仰望，只见有块长长的招牌，他下榻的旅馆“蒂比达博”四个字在一闪一闪地发光。他，他会出卖自己吗？如果会，那是事出偶然，抑或是理所应得，抑或是受未知的自然规律所使？长期以来，塞尔吉娜既是他所得到的无价之宝，又是他的恩人，而且，大概是命中注定（虽然她不相信）的吧，在他们俩结合之后，生活每况愈下的时候，她始终与他寸步不离，紧紧相随。提出这个问题，难道不是对她命运的嘲弄？当她确信自己被爱的时候，笑总比解释更为有力的吧。尽管根据事物的逻辑是不可能的事，他仍然希望在旅

---

① 指西班牙独裁者佛朗哥。

馆办公室内收到她的来信……

“晚安，”看门人边说边将房门钥匙交给他，并没有问他是否在邮局得到他希望得到的信。电梯门开了。关上了，将他直接送到他应去的楼层，无须顾客去按指示灯。他进了房间，从口袋里掏出信，放到淋浴室旁床头那张铺着桌布的小桌上，然后打开那张灰颜色的包装纸，把瓶子压到信封上，正好压在信封的正中。瓶上的商标已经掉了（他可打赌），它是用粘鸟胶粘的，不需要弄湿就会自行脱落。瞧，这座玻璃塔一丝不挂的，在壁灯照耀下飞扬跋扈地闪烁着光芒，它找到了自己应有的位置并在那儿称王称霸呢。

直直地躺在这座塔的旁边，可以毫不夸张地说，实在是身不由己，因为西吉斯蒙在滚烫的石铺路面上走了那么长时间已经精疲力竭。但是，当他脱去上衣、鞋袜，躺在午睡后至今仍未收拾过的床上时，他不得不承认自己对它既敬重又关切。他拉了拉伸手可及的小白梨形的灯线头，熄了灯。

他想睡吗？不，他知道自己无法入睡，只是想休息一会儿，思念思念塞尔吉娜，回想回想自己的妻子，在想象中再见见她。真奇怪（他自言自语道），在幻想中他见到的竟然是费莉娜老人的脸，这张脸从他极遥远的童年第一次见过至今，始终未变，仍然像阳光那么慈祥，一如过去雕在金黄石头上的某些狮子慈祥的脸容。与35年前一样，费莉娜仍旧穿着那件深蓝色的棉布连衣裙，洁白的领子上露着那张笑眯眯的脸。现在她在照看西吉斯蒙的儿子小艾利。她推着小艾利去葡萄园捉蜗牛的小车，是否就是他小时候她推着自己去捉蜗牛和散步并推着自己回来的那辆小车呢？一只普普通通的篮子，篮子周围放着一片片树叶，蜗牛在树叶上分泌吐沫，宛似星星在闪烁。

费莉娜的脸，仿佛善良狮子的脸庞，宛如麻风病人脸上所罩的美丽面纱，好比半明半暗灯塔上空的落日，容光焕发，与玻璃塔两相映照。

第二章

在一根与普通人齐胸高的螺纹柱上，放着一块光滑的四方大理石板，那就是农舍花园里费莉娜特别喜欢的日晷仪。西吉斯蒙小时候，费莉娜经常领他上那儿去，就是她还领小艾利去的那个地方。除了柱脚下苔藓长得比以前厚些外，其它一切都与他童年时一模一样。西吉斯蒙还记得，费莉娜怕他去摸日晷仪上的铜指针时被针尖刺伤，用结实的胳膊将他抱起，放到大理石桌上坐着的情景。从这边看，花园正对着风标塔，修整得整整齐齐，一年四季鲜花满园。一条细石铺砌的小径，两旁全种着柏树，蜿蜿蜒蜒地，从房前一直通往日晷仪周围的圆形空地。矮矮的玫瑰正在含苞欲放，一月之内都能闻到玫瑰花香，直到6月中旬它才开始凋谢。

西吉斯蒙直直地躺在床上，没有看手表，他方才已开过壁灯，知道是八点差五分，他的回忆就此中断。他回来的时候，天色已暗，透过微开着的窗户望去，街上已灯火通明。在这半明半暗的房间里，他呆了好长一会儿，心中始终在回忆着费莉娜。最后，终于说出一句（声音很低）“再见了，老费莉娜”，接着就从床上坐了起来，穿上鞋袜，纳闷自己竟然会像父亲那样自言自语。他父亲叫热代翁·蓬斯，平日总疯疯癫癫的，经常语无伦次，若不是他担任小学校长而受人敬重，恐怕早就将他关起来了。费莉娜信不过他，一到晚上更是避之犹恐不及，整夜整夜地护着孩子睡觉。西吉斯蒙小时候，就是在这头狮子监护下度过每个夜晚的。“今天夜里该怎样度过呢？”他自问道，同时想起经常在耳边响起的那句话：“巴塞罗那的夜生活”。为了度过今天夜晚，他当然必须系上领带。于是，他把那只手提箱挂到衣柜里的挂衣杆上，解开箱套扣，拉开亮闪闪的锁环，打开装着零星衣着用品的塑料套，其中有他用蝴蝶结系在一起的三根领带，就放在手帕和三角裤的下面。他选了一根黑色毛料的，站在镜前系了起来（这面镜子正是他方才照过并幻想塞尔吉娜能在镜中出现的那面)，接着就穿好上装，准备出去，临走前还向压着信的那只玻璃塔告别。

在走廊里，他没再见到那位神秘莫测的女服务员。“算了吧”，西吉斯蒙心想，本来他希望能再见到她，看她身子靠墙站着，趁机将灯灭掉，停在她面前，趁黑把她身上的味儿闻个够。既然他的希望已成泡影，他只好乘电梯来到楼下，连回忆品味一下女人肉感和温馥的时间都没有。他把钥匙往办公桌上一放，同时用西班牙语说了声早就准备好的“下午好”，可是，在这样的时候是应说“晚安”的，所以看门人笑眯眯地给他上了一课。但愿他不要忘记，一到夜里，到处都是他曾经想象过的流氓们的漂亮女友，可是他一个也未曾遇见，映入眼帘的只是头顶上玻璃天棚上满天的人造星斗，以及外面埃斯库迪耶小巷里那些饭店、酒吧和咖啡馆以及各家门前的彩灯招牌(有的灯光是固定不动的，有的则是闪烁不停)在竞相争艳。

西吉斯蒙单独一人在大城市过夜，这是有生以来第一次，记得结婚5年来，这样的事从未发生过，尤其近两三年来，他从未离开过朗格多克地区，那里的城市全是外省城市，天落黑后几小时就已荒如沙漠。塞尔吉娜在未去蒙彼利埃上大学之前住在尼斯[1]的时候，曾经给他讲过有关夜浴的事，他听了总觉是天方夜谭。现在，他仿佛是个在漆黑的深夜或月光下投河的人，被巨大的人流卷着，根本无法靠近埃斯库迪耶的两岸。他仿佛是漂在水上顺流而下的木头，仿佛是在水上沉浮的千万根麦秆中的一根麦秆，仿佛是秋季从陡峭的河岸坠下的落叶，不由自主地让人流裹着自己往前走，而且非常庆幸自己被卷入这股洪流。原因倒并不是因为他渴望黑暗，而是那顶替阳光、令人眼花缭乱的万家灯光。他想进行观察的愿望暂时已无法实现，他的观察能力暂时也无法发挥。他心头又升起一种新鲜感，纵容他去完成这次夜游。

他发现自己已走到沙滩街附近。他之所以往这方向走，完全事出偶然，或者说，是因为这边车水马龙，热闹非凡，而走另一方向则冷冷清清的缘故吧。

在剧院广场上，他仿佛一粒在流体定律的作用下被推动的微粒，被卷到了一条狭窄的街口，于是紧走了几步，挤出了嘈杂的人群，来到一块空旷的地方。他放慢了脚步，在踯躅

① 尼斯，法国东南部城市和港口。

徘徊,是否应穿过那条出租汽车纷纷停下并将妓女们送到埃斯库迪耶巷来的沥青马路。方才他挤在洪流似的人群里,现在他已孑然一人,他怏怏不乐,发现自己已成了鸡群里的野鹤,发现这个西吉斯蒙·蓬斯又经历着某种特殊的生活,他本可以毫不惋惜地在人流中放弃自己原来的生活,如同扔掉一只上面标着自己的缩写名字、在激流中沉浮的帽子。

必须承认,41 年来他一直在当该死的推销员,成天在外东奔西走,过着不幸的颠沛流离的生活,现在这一切又在他身后形成了显微镜下两块玻璃片中的一组细菌链,或者说是望远镜中见到的彗星尾巴。弗雷德里希·索莱尔在石砌的浪峰上傻笑,眉宇间既有父辈和长者的威严又有一种类似热代翁·蓬斯因说不出话来而憋得横眉竖眼的那种神色。他父亲正因为说话困难妨碍他宣讲教义才放弃牧师职务的。"你的生活道路还长,大胆往前走吧",他仿佛觉得这就是父亲要给儿子所讲的话(可惜没有成功),而西吉斯蒙呢,过去为了摆脱这位红棕色头发的白痴,除了老费莉娜的爱,他谁也不相信。现在,当他想起这些往事时,这位戏剧家在他眼里不再是慈祥的父辈和长者,于是,他离开了这座塑像,径直穿过面前的两条马路和沙滩街的街心人行道,来到了帕那姆斯，这是个酒吧、饭馆和小酒铺的集中的地方，店铺全设在地下室、底层和二楼，门窗框全是玻璃、石头和金属的，如果热代翁的火爆脾气发作起来，恐怕全得遭雷劈。那里的人来来往往，进进出出，非常之多，西吉斯蒙根本无意混杂其间，虽说这地方离埃斯库迪耶巷就近在咫尺。他先往左走，后往右拐，拐到30米处的剧院拱门下面。

拱门是条过道，涂色很暗，与供巨人们使用的公共便池里散发出的尿臭味可以说是相得益彰。不管怎么说，这拱门和这臭味，在西吉斯蒙眼里，至少像罗马，也像小艾利出生后第二年5月份（比现在稍晚些）他与塞尔吉娜一起去过的尼姆和金黄色粪便城在南部各城，这种罗马风尚到处可见，虽然去这种公共便池方便不用付钱，他想起塞尔吉娜像匹不满三岁的小雌马那样，鹰钩鼻子的鼻孔一翕一翕地，在大理石臭味过浓的地方疾步如飞，因为臭味经太阳一晒全变成了氨气蒸发出来。在雄伟壮丽的场所竟然出现这样的现象，简直让人无法忍受！他从沙滩大街穿过拱门走过来的小巷区，不像他下榻的旅馆周围那样拥挤不堪，灯光也不如那里耀眼，酒吧也不像那边那么叽叽喳喳的到处都是刺耳的音乐。他站在一家咖啡馆前，趴着从两块窗帘布的夹缝里往里窥视，看着那些女招待们在不出声地打闹嬉戏，心中顿觉一阵局促不安，这种感情是难闻的臭味不足以解释的。剧院拱门街在他面前越变越窄。在右面的第一个街角，他转身往宽阔阴森的兰卡斯特街走去，在铺着大块石头的路面上慢悠悠地走着，路上尘土飞扬，遍地垃圾。他无视那条隔得很开的人行道，也不看那家不三不四、以海盗广告招徕顾客的英国式酒吧。路上连个人影也没有。他消失在昏暗的阴影中。

过不一会儿，他从阴影中钻了出来，走到一条灯火通明的横马路上，其热闹程度并不亚于德·阿萨尔托伯爵大街。这条街他曾在市区图上见过，他表兄也曾建议他去看看，所以他就想从沙滩街走到帕拉列洛街去。沙滩街在右边，他必须往左拐弯，加上对面灯光更亮，人也更多，所以就从两辆出租车之间插了过去，只见车上坐的还是浓妆艳抹的妓女，估计是去弗雷德里希·索莱尔塑像周围掠夺那些美国水手们的腰包的。这时有家电影院吸引了他的目光，倒不是由于那些西部片的海报，而是因为有两个茨冈女郎在一家酒吧的柜台前贪婪地大吃大嚼火腿和橄榄，那副馋相不禁使他想起了食肉的鹦鹉。过去，他曾有过想养一只鹦鹉的愿望（虽然从未实现过），因为他记得费莉娜曾对他说过，用生肉喂这类鸟吃，它就会养成嗜血的习惯，尔后用灵活的爪子，拔掉全部羽毛，吸饮根部的血。塞尔吉娜只是说鹦鹉讨厌女人，还说她不愿养鹦鹉。倘若西吉斯蒙有只鹦鹉，他顶得住这种好奇心而不去证实一下它那种病态的胃口吗？当然顶不住。对那肥厚的生火腿，他不禁燃起了些许食欲，也想要它一份，就站在小鹦鹉旁边吃。可妈的，他没有要就走了。

他本是个冷眼观世界的人，现在又成了道道地地的观察者，可这不妨碍他念念不忘那座玻璃塔和塔下压着的那封信。信今天晚上肯定不会去拆的，明天估计也不会去看。这就是说他有二十四个小时的完全自由，保证他可以为所欲为。他的脚可以不遵循任何法律，想走到哪儿就走到哪儿，只要不超过二十四小时期限（也许还会延长）就行。他心里在想："有生以来，我从未像现在这样主宰过自己的命运，即便在幻梦中，我也从未享受过如此多的凡人享受不到的自由"。他自以为已成了权倾朝野的人物，因为在他目前所能享受的这段时间里，他可以为所欲为。可过不一会儿，他又觉得自己有点滑稽可笑，不禁失声笑了起来。把玻璃塔放到它应放的洞穴里，不是可以纵情作乐了吗？经过一番思索，他决定将休息时间延长到第三天，因为一切他都可自作主张。这时，正好有三个年轻人，仿佛在证实他的意图似的，互相挽着胳膊横着走了过来，逼得他退到一家小铺门口，小铺的橱窗里灯火通明，摆在里面的缎子头巾在闪闪发光。有个穿着黑衣的驼背正准备给他开门。西吉斯蒙很惊讶，都快八点半了，巴塞罗那的商店竟然还开着。出于礼貌，他对驼背摆摆手，接着又回到人行道上。说实在的，人行道并不宽，因为是高峰时期，马路上车子南来北往，川流不息。西吉斯蒙在房子中间发现一条豁口，原来右边就是圣拉蒙街，街中全挤满了人，有来的有去的，也有成群结队扎堆的。

圣拉蒙街的街角上有家商店特别引人瞩目，木板货架上摆着许多房事用的仪器和卫生用品，诸如：梨形转头的淋浴喷头、尿道状的小喷射器、阴道状的海绵制品、灌洗器、阴囊悬带，特别是那些避孕套，包装精致，形状各异，颜色鲜艳，说明翔实，与法国、德国、英国、美国，及至遥远的日本货相比，足以证明其民族工业之发达。橱窗上面可以看到大字书写的“梅毒”一词。这恐怕就是安东尼所说的德·阿萨尔托伯爵街北面遍地皆是的特殊“诊所”吧？他没有去看旅游指南（这很可能），因为他刚穿过人群密集的大街，因此根据方向，他估计已到了表兄所说的禁区边缘了。诊所也罢,不是诊所也罢,反正帽子商店开着,里面的灯光将门上的毛玻璃染成了淡雅的紫红色。转动一下门把,当然易如反掌,可那里都是些什么人呢?怎样才能小心谨慎地去调查戴着干下流勾当用的橡胶套的某位皇帝或某位罗马教士呢?最稳妥的办法还是到佩皮尼昂那普通药房去买。

虽说这里也像埃斯库迪耶巷那样嘈杂拥挤,但不像那里喧闹。这又是一个信号,说明底层开着深不可测的公共场所的这些房子,二层以上的门、窗后面藏有绝色佳丽。西吉斯蒙被一群兴高采烈的人推着往前走,忽地撞着一个衣着褴褛的白衣老妪,尽力向她道歉。待他走到一个拱门下面时,旋即悄悄地扣上装着护照的裤袋。如果他想吃想喝的话,那么,在他念念不忘的避孕套盒旁放着的钱包里,有的是一张张大面额的票子,足够他大把大把花的。他仍是孤独一人,觉得剧院或梦幻在他周围越来越现实,演员或幻觉也越来越具体。倘使他掉以轻心,去了肯定会上当受骗的。

他躲开那些抽着气味强烈的烟草的孩子,继续往前走,连头也不回,他知道(凭直觉)他们还盯着他,仿佛他背上背着块说明他是外国人的布告牌,否则他前面的那些人为什么不注意他，反倒是他一一打量他们呢？“他们的脸好青！”他心里想道，几乎喊了出来，同时忍不住又独自笑了起来，惹得大家都把他当醉鬼，但并没有把他当什么外国怪物。那一张张橄榄皮似的青脸，仿佛涂了一层胆汁，他在圣拉蒙街上昏暗灯光下看到的人，几乎全都这样，当然有几个小女孩和小男孩除外，因为他（她）们的脸色白中带灰，灰白中露出两只棕褐色的眸子。在右侧的拉莫娜酒吧门口，亭亭地站着3个妓女，身上穿着土里土气、褪了色的短上衣，衣服上那些金黄色的小扣子非常难看，一望就知是镀金的，身上的皮肤因未经化妆，所以是雪青色的。在她们身后，沿着酒吧柜台，一排站着五六个老头（因离得较远，说不准究竟几个），穿着亮闪闪的黑衣，青色的两颊深凹，尤其是那秃了顶的脑壳更是青中带绿的，活像块污染了的猪肝，油迹斑斑的仿佛涂了一层清漆，或者说像是霓虹灯管底部的电流。其实，它既不像前者又不像后者，完全可以说是集两者之大成。然而，3个妓女西吉斯蒙一个也没看中，因为他的目的并不是随便观光旅游，而是探索民风，因此，他才决心来到这个青色人种的国家，涉足妓女这个禁区。他心中装着这个疯狂的思想，仿佛孩子似的，兴奋之极。他庆幸自己来到了他眼下所处的地方！他感谢估计曾来过此地并建议自己离家来此的表兄。

他走在青皮肤人中间，绕过一堆堆人群。在圣拉蒙街和德·巴尔巴尔侯爵大街的十字路口，四个街角全被酒吧占满，这些酒吧虽说不像前面见到的那样像地洞似的，但是却更像妓院，其中最惹眼的是那家挂着“古巴”招牌的，引起了这位探索家的注意。于是，他像街上闲逛的人那样，将脸贴到玻璃门上，瞧见了 20 个等待嫖客的妓女。这些妓女比起方才见到的那些可怜巴巴的姐妹来，无论是皮肤和穿着都更为艳丽。其他各家酒吧几乎都大同小异，虽说姑娘们的穿着和线条略见逊色，唯一的差别在于：那些像马匹眷恋喂草架那样紧贴着柜台的男性消费者，要比净是丑姑娘的妓院更多。“马赛”酒吧已被西吉斯蒙甩到身后。每家（或几乎每家）门面的下端仍是酒吧，还有小餐厅。他的眼睛跟着熙来攘往的人流左顾右盼，因为从交叉路口开始，人群纷纷朝他方才走来的方向聚拢。他又往前走了几步（他会说只转了几下螺旋桨），就被人流拥簇到一条更宽阔的道上——圣帕勃洛大街。这里的餐馆多于酒吧，兴许是敬仰信徒圣保罗的标志的体现吧。如果说西吉斯蒙是由于不小心而闯进了这个肉欲横飞的禁区的话，那么，那位曾经把小西吉斯蒙的胚胎放进加尔文教派[①]良种子宫里培育，没有当上牧师的父亲，则会站在这条街的正中，目送碧眼长发的他径直走到沙滩街的树下。一想到自己的父亲，西吉斯蒙总觉有种不幸压在心头，如同那只玻璃塔压在费莉娜的信上一样沉重。费莉娜现在年事已高，但只要默默地念叨到父亲的名字，他的形象就彻底遭到破坏，像压在两家房顶之间、形状可怖的乌云。

他走着走着，眼前忽觉开朗，原来左侧有一块空地，空地上有一根木桩，木桩上挂着一盏汽灯，汽灯下有许多小贩，摆着形形色色的小塑料用品。人流在空地上拥挤着，脚步放慢了，也不去注意圣帕勃洛大街了。实际上圣帕勃洛大街从父亲形象消失的地方开始，已经没有人迹。在空地的尽头有一条小巷，巷里有一家比方才见到的第一家更下流的“梅毒诊所”，随着西吉斯蒙越走越近，橱窗上的招牌也越来越看得清楚。“拉巴多尔”街（Robador），这不是“偷盗”的意思吗？这

---

① 产生于16世纪欧洲宗教改革运动时期，以加尔文的宗教思想为依据的各派教会的统称。主张上帝预定说，认为从始祖亚当堕落犯罪后，整个人类的本性全都败坏，故人们自己毫无办法自救，谁将得到救赎，谁将永远沉沦，早由上帝“预定”。

是传说中的古称，但是，无论偷盗也罢，掠夺也罢，今天都意味着出卖肉体的女人那黑乎乎的性器官，意味着弯弯曲曲的阴阜，意味着等腰三角形底角处那毛茸茸的阴道，意味着仰面躺着、鞭子越抽越健壮、刺刀越戳越肥实、四脚朝天躺着的牛。这些人成千上万，成群结队地聚集在街头巷尾，睁眼望去，身周围全是肉团、大腿、屁股、肚皮、脖子，还有浓密披发下那一张张可爱的脸蛋、什么也藏不住的衣衫。……这一切，在拉巴多尔街，意义和作用都不占首位，而占第一位的是下体那个性器官，上帝与牲口都一样，而且贪婪如凶禽猛兽，甚至有过之而无不及。对比之下，男人是兽群或牲口群中的动物，与其说起着男性作用，不如说是食用作用。

西吉斯蒙混在嘈杂的人群中，仿佛走进了一个露天的过道，抬头望去，天空宛如一根昏暗的带子，挂在灯光耀眼的侧面窗洞上空。当他看到男人们在酒吧、咖啡厅、小咖啡馆、死胡同里进进出出，来回穿梭时，他不禁想起那些迷路的牲畜，即人们所说的无主动物。他们到拉巴多尔街来，本想追捕猎物，充当猎人，而事实却是（他心里在想），他们自己成了猎物，像无头苍蝇似的到处乱窜乱闯，不啻于乖乖地往自己头上套上笼头。他们最大的乐趣，不是想招惹或引诱女人来进攻吗？看到他们挤眉弄眼地挑逗她们，看到她们掀下披肩纵容公牛往前猛冲，人们就不会怀疑上述说法了。在妓女中间，男人自己也成了妓女，甚至比妓女更妓女。

这一次，西吉斯蒙既不愿意也不害怕当猎物（不管他把钞票装满钱夹子时是怎么想的），身处妓女和追逐猎物的男人之间，他觉得自己既不属于前者也不属于后者。当妓女们向他暗送秋波，唤他或嘲弄他时，当男人们簇拥他或踩他脚时，他想自己身处红男绿女，芸芸众生之间，但心如清澈的目光，身若转动的明镜，不食人间烟火的幽灵或天神，不动声色地周旋其间。他想神也罢，灵也罢，转镜也罢，反正他既无热情也无精力。他自言自语道："围在我周围的这些妓女，为什么总让我感到像亡灵呢？安东尼如处在我的位置，肯定会大喜过望，放荡不羁的，我正是听了他的劝告才上这里来的。究竟是什么使我丧失了人性？难道我有病？"那只玻璃塔仿佛透明的男性生殖器那样出现在他眼前，为了不致引起他至今仍然不愿接受的反应，他赶忙求助于从未使他失望过的梦境，或对梦境的回忆。是呀，躺在甜睡的塞尔吉娜身边想入非非时，他不是到过现在这样的地方，在昏暗的、幽魂出没的世界（至少是夜游神的世界）里，曾被游魂似的到处乱窜的男人、妓女和灯光团团围住过的吗？想到这里，他精神为之一振，跟着三个年轻小伙走进了通往洛拉酒吧的过道。他们是这里的常客，如同天天去学校那样。

过道两边的墙是黑瓷砖砌的，灯光昏暗，进进出出的人都在过道里相遇，其中有个人正好往外走，他挽着一个高大姑娘的胳膊。她一头红棕色头发，典型的褐色皮肤。穿着件十分袒胸露肩的乳白色仿缎连衫裙。对西吉斯蒙来说，梦（如果这算一次梦的话）已临近结束：在街上走几步，爬上楼梯，躺到一张谁来都能躺的肮脏的床上，然后，挣到钱的妓女几蹶子就将他踢回那张凄凄惨惨的床上，兴许这就是命里注定属于他的床，天天下班以后回去睡的床。过道窄得可怜，人们无法交叉而过，于是男人们就靠墙排成一队，互相也不打招呼。有个女郎走过时，向西吉斯蒙深情地斜了一眼。如果他愿进去等她，她肯定会马上回来，可以断定，这就是明摆着的所谓秋波。

狭窄的过道尽头连扇门都没有，人们从过道直接进入那个长而窄的厅，厅里有个铝制的大柜台，约占去厅长的三分之二，余下的三分之一因没有柜台，所以显得比较宽敞，里面放着一台电唱机，花花绿绿、叽里呱啦的，活像一只南美大鹦鹉。墙是用白瓷方砖砌的，从过道出来，仿佛从黑洞爬出来似的。有几个男的在喝酒，可能是为妓女拉客的，但大部分男的都在妓女中间游来晃去的。她们共有四十来个，一个个都摆出各式姿势站在那儿。当她们发现有五六个男的懒洋洋地坐在椅子上时，就扭来扭去地走了起来，以便显示她们各自的身段。她们穿得很少，其中很多都是粗大个儿。她们的眼睛一般都是金褐色的，仿佛马眼；一举一动都自行其是，要是穿上军服，可千万别称呼她们"我亲爱的上校"。那些瘦骨嶙峋的，全站在四周，看上去像是娘子军里的雏儿。

西吉斯蒙走到厅的尽头，旋即折了回来。进去时，妓女们一个个都对他大献殷勤（他自己觉得），待他渐渐往外走时，却招来了阵阵白眼和嘲笑。她们在他背后嘀嘀咕咕，似乎笑他是个窝囊废。而实际上他这样做，与大部分看热闹的人一模一样。同他一起进来的同伴，又跟他一起而出。到了外边，他心想这次进去看了看还是有收获的，不管怎么说，有件事可以肯定：拉巴多尔街上这些敞着大门的酒吧或妓院，仿佛马路一样全是人人都可涉足的公共场所，而且仅仅是马路的延伸而已，出入自由，也可随意闲逛，甚至可以呆上一会儿而无需花一个子儿。让人挖苦几句也算不了什么，如同做梦，主要印象无非是让人嘲弄一番。凡是教训总是有所裨益，宽容也是如此。

有两个褐色皮肤的胖妓女，一个穿黄一个着绿，酷似水果和树叶，从西吉斯蒙身后的特里亚那酒吧出来，亲切地推了他一下，因为他的肩膀挡了道儿（他自以为靠在墙上），妨碍别人从街上往屋里走。当他重新站好的时候，又听人冲他喊道“肩膀”，于是，他再次闪到一旁，让两个年轻嫖客过去。这两个人看上去像是技工，似乎想到车库和赌场之间的澡堂去。“干吗是技工呢？”他一边往特里亚那酒吧里走一边想道。他得出的回答是：他们走起路来身子总往前倾，那双手很粗，而且不时在动，仿佛是专门摆弄活动扳手的行家，当然这双手也能使人想起妇科医生。那就让他们去拆卸妓女吧！与此同时，他发现每家酒吧旁边都有一个楼梯，楼梯上边的墙上写着“住宅”二词，有的是用漆涂的，有的是用切下的铁皮或毛玻璃拼起来的，所以还有点亮闪闪的。这样，大家就无法从咖啡馆直接进到卧室，“道德”因此就得到保全，那些傻蛋领导下的部长们在国际刑庭前就可理直气壮地宣称，在飘扬着血红和粪黄国旗的国家里，妓院业已绝迹。在上去前必须先走到街上，某些妓女去时都热衷于横穿那条狭窄的小胡同。当她们穿着长袖端庄的衣服,腿上套着长袜,头上蒙着头巾走过时,警察们(有两个穿着浅灰警服的正在那儿不怀好意地转来转去)就可能认为她们都是良家妇女而在忏悔室的小窗口前就宽恕了她们。如果不发生什么矛盾,那么这些姑娘们看上去像在酒吧车间里干活或在家里从事家务的人一样,在街上来来往往是无可厚非的。特里亚那酒吧与洛拉酒吧几乎没有什么两样,只是厅比后者更宽敞,墙上刷的是一层玫瑰色的粗灰泥,与时而白皙时而灰褐的赤裸的肤色很相匹配。此外还有一点不同,那就是男人较少,而妓女则比洛拉酒吧还要多。西吉斯蒙来去匆匆,所以没有引起任何人的注意。作为一名以旁观者(或观察者)为业的人,他的进步确实喜人。

这时,他的左脚踩上了一件软绵绵的东西。"往左边让一让吧",他边想边像跳探戈舞似的后退一步,想看看、究竟是什么东西绊了他一下。当他发现这是一只很肥的死耗子,或一只小死灰猫时,他感到一阵阵恶心。许多人拿不准究竟是死耗子还是死猫,对它兴致很浓。为了弄个水落石出,当然得(用鞋尖)把那东西翻转过来,查一查那尾巴是滑溜溜的还是毛茸茸的。这比恶心更恶心!在特里亚那酒吧,他记忆里印象最深的人,要数那个长得很壮实的褐肤女郎,穿着胸和肩几乎全露的白色短上衣,下身穿着黑白相间、非常短的条纹短裤,脚上穿的是一双颜色比她双脚的皮肤黑一倍的黑色皮凉鞋。她年纪还很轻,两手拉在一起,放在猪肉皮似的脖子后面,慢悠悠地转动身子,在炫耀自己胳肢窝下那绺黑乎乎的腋毛。肚子上隆起的那块肉几乎与那对乳房挤起的肉团一般大。一对乳房被裹得紧紧的,活像装货时使劲往骡子身上压一样。拉巴多尔街的妓女,估计是喝可口可乐和百事可乐喝的,一个个都臃肿异常,女人身上那惊人的凸出部分很是性感,要是全放到背上(西吉斯蒙想,这实际上是她们的职业姿势),难道不像蹲在沙漠中的一群骆驼?可他方才踩过的那块毛茸茸的肉团,如何才能将它像垃圾一样地扔到畜群外边去呢?

这也许是大倒胃口的事,当他突然转身时,正好与一个瘦高个子的妓女碰了个面对面。她正往住宅区走去,手里仿佛有根无形的牵狗绳,正牵着她捕捉到的猎物——一个心急火燎、饥不择食的胖男人。她头发乌黑,短短的正好披到凸出的锁骨上,身上光秃秃的只穿了件橘黄色的仿缎短袖衬衫。她的身材生动地否定了西吉斯蒙想象中的骆驼形象。

两个人正好面对面站着,她说了声"真巧",西吉斯蒙赶紧在嘈杂的人群中往右挤了挤,她则往左挤。"真巧",她又说了一遍,冲他笑着,仿佛嘈杂的人群不让他俩分手似的。到处都是卵石,在拉巴多尔街这张狭窄的河床里,有多少被水流卷着滚动的卵石呀!最后,他终于离开了她,不过,要是他不进一步接近她,他会拥抱她吗?反正她身上那股强烈的幽香,他是不会这么快就忘掉的(他心里在想)。在熙熙攘攘的人群里,他被拥簇到了一家酒吧,里面男的远比女的多。他并没有看到橱窗上面那光闪闪的招牌,那也无关紧要,反正他进去了,因为实在受不了拥挤这份罪。

在这间小得像鸽子笼那样的屋里,"小姐"们就像夏天鸡窝里的鸡一样全都挤在里面,因此,店门口才空出了些地方,让那些下层小人物们有了驻足之地。放眼望去,黄中带灰的肩膀下面,褐色或橘黄的脖子周围,全是一片橘黄!棉的也好,纤维的也好,人造丝的也好,真缎假缎也好,是否可以说,橘黄和橘红之间的颜色,在整条拉巴多尔街,甚至在整个巴塞罗那市,是最适合于妓女肌肤的两种色彩?如果说,大家也跟西吉斯蒙一样,认为阳光给妇女皮肤带来的最佳颜色是腹泻时拉出的稀粪色,那么,人们不又回到涂在鼠疫盛行的国旗中央和两条红色横条中间那种金黄粪便色[1]上去了吗？不过，他没有继续往下想，因为在屋子的尽头处有一间四方形的小房间，三面都坐着妓女，这种坐法有点像“安达卢西亚方格图案”的装饰品。在房间里（即明信片上那个女舞蹈演员狂舞的那个地方），有个谁见了都得刮目相看的怪物。这个怪物就是坐在一张椅子上的那个世界上最矮的矮子，是个女的，上身只穿一件很短的短袖衬衫，下身只穿一条衬裤（也是橘红色的）。她的腿像老年婴儿的腿，笔直笔直的，刚耷拉过椅面，脚趾上还涂了颜色，看样子她自己一个人都无法下地。脖子（又粗又胖）周围挂着一根细线，线端系着一张“美国商船号”的行李标签，随着她上身那可怕的扭动而不断摆动……她活泼惊人，虽然样子像博物馆里的展品，但更像一只大鹦鹉。西吉斯蒙走到她跟前，她转过那张傻乎乎的脸，冲着他假声假气地说：“亲爱的情人”，吓得西吉斯蒙即刻往后退了出来。

在妓女们的一片哄笑声中逃跑，他还能干什么呢？他逃出来后，回头瞅了瞅，这才发现进去时没有看的那张管形

① 暗喻西班牙国旗，上下两边为两红色横条，中间为一橘黄色粗横条。

店号，原来那矮女人坐在宝座上的那家酒吧叫“特雷博尔”。如果说她的作用不仅是供妓女们开心消遣，或给美国海运公司做广告的话，那么，老板们肯定会时时窥视着顾客，生怕他们将她往胳膊下一挟挟到“住宅区”去。当然，如果她愿意同操此业的话，她肯定要比其他妓女值钱得多。“我真该问一下她的芳名和价钱，”西吉斯蒙想。倘若他真的去问，周围的粉头们肯定会气得发疯，她们本就因他而吵嚷不休，将他当“嫩货”看待，一个个都虎视眈眈地拍打着翅膀，如他真的去问，全笼里的鸡们还不一窝蜂似的去啄他脑袋，将他抓去献给那个奇矮的女人？与她们发生关系，屈服于她们的狂吻或乳房，肯定会使雌鸡们兴高采烈，凫趋雀跃！无非是罗马式的斗牛戏呗……

在他思想里，罗马与塞尔吉娜是无法分开的。这不，他想象中立即浮现出塞尔吉娜的身影，仿佛她就坐在妓女们中间，对他连讽带嘲，身上一丝不挂或光穿着一件橘黄绉纱短袖睡衣。面对娼妇们对他的一片哄笑，她也跟着她们的掌声节奏一起鼓掌。多丢人哪！“如果塞尔吉娜知道我想去问那矮女人的芳名和价钱，那我真可能会自杀的，尽管人们追究的应该是事实和行为（即便是件很小的事实和行为），而不是思想,”西吉斯蒙想道。

想着想着,他往前紧跨几步就离开了特雷博尔酒吧,但是,要摆脱塞尔吉娜的身影却并不那么容易。他那年轻妻子的形象,已与在闪光的黑色瓷砖贴面墙前,分三面坐着的妓女连在了一起,让她与这些令人厌恶的娼妇们为伍,他感到阵阵内疚。这种感觉,他在尼姆[1]时曾有过一次,当时有个旅馆仆役,抓住一只可怜的怀孕母猫,当着他的面往布袋里一扔装走了,他竟然愚蠢胆怯得未敢加以制止。现在,他又像上次一样感到同样的困惑,同样的负罪感,同样恶心得想呕吐(虽然他还空着肚子,而上一次他则刚吃完晚饭)。他是否敢回到酒吧,去迎战矮子女人,充次好汉,冲散婊子们的队伍,把塞尔吉娜解救出来呢?有个窑姐儿姿色秀丽,身材很美,一头棕色短发,眼睛大又水灵,皮肤金黄细腻,上身穿着件薄薄的红色短袖上衣,下身一条黄裙,脚着红色凉皮鞋,出了“住宅”门廊,直接走到西吉斯蒙跟前,仿佛人太挤(其实并不挤)无法往前走似的,贴身站到他身边。西吉斯蒙立即觉得有条大腿压在自己左腿上,同时闻到一股从短上衣里散

① Nimes,法国南部城市,位于罗讷河以西。

发出来的石竹香味。她轻轻地在他耳边说："去吗？"她的头发有些散乱，皮肤汗涔涔的，也许真的出过汗，完全说明五分钟前她刚干过那事儿。她的这股骚劲儿足以叫男人心痒难搔，恨不得马上与她再干一场。但是，西吉斯蒙旋即把腿往后缩了缩，摆脱了与她身子的接触。她不乏妩媚地笑了笑，仿佛告别似的，将嘴凑到他跟前，冲他说了声"窝囊废"，旋即穿过小巷，走进对面那家卢斯酒吧去了。

塞尔吉娜的身影仍未消逝，始终跟在方才离去的女人身边，使他又想起了已被他遗忘了的那个蒂比达博旅馆里靠在电梯旁边墙上的女服务员。女人身上的香气仿佛魔灯，不管做什么梦都无法摆脱。在西吉斯蒙的大腿上，还隐约留着那条粉腿压过的余温，脑子里的想法非常清晰：立即去卢斯酒吧赶上方才没有与自己搭伴的妓女，至于特雷博尔酒吧、矮子女人以及妓女们的四方小屋么，早已从现实中消失。卢斯酒吧的门槛上，可以看到一只握着装着绿色利口酒酒杯的手，兴许就是那个目中无人的（"窝囊废"一词谁都能懂，根本无需取得西班牙语卡斯蒂利亚方言学士文凭）漂亮小妞的玉手。玫瑰色灯管里射出的灯光，使这只酒杯闪烁出光芒，从而使它更加诱人，仿佛女魔手中飞出的那根孔雀毛。

西吉斯蒙只要往前再走几步，立即就能看到那女人的全身，看到她坐下时撩到膝盖上的裙子，看见那叼着香烟（得些时间才能抽完）的两片嘴唇……要是安东尼在的话，怕连点烟的功夫也不留给她就把她带走了，要不他会让她把烟扔掉，立即将她带走。记得在罗马的时候，有多少次塞尔吉娜光着身子，躺在旅馆房间里的床上。慢悠悠地抽着根烟（或一支接一支地抽），耽误了与西吉斯蒙亲热的时间？而他呢，有多少次绝望地望着烟灰慢慢地往下掉，望着烟雾冉冉地升向饰着红色郁金香的天花板，一似现在眼巴巴地望着那窑姐儿手中的饮料？

西吉斯蒙从遐想中惊醒，因为有两个穿得克萨斯州式裤子和紧身蓝色棉毛衫的小伙子停下脚步，站到了卢斯酒吧和他这个外乡人中间，兴致勃勃，不怀好意地打量着他，连酒吧都忘了。当然，这并不是西吉斯蒙从遐想中惊醒的唯一原因。不管他怎么想，反正在这条小巷里，他不会成为自己表兄的影子（实际上，这儿谁也不会有影子，因为街上的人摩肩接踵，拥挤不堪，二是因为昏暗的地面上从四面八方射出的灯光已把投影的条件破坏殆尽）。他若把那女人上上下下打量个遍，塞尔吉娜那永不消逝的身影，会不会又突然出现在他面前呢？这两个不怀好意的小伙子相互靠近，同时将手指放到嘴上，意思并不单指烟馆，而是想学抽烟。他们嘴里多次重复着一个词，既不是“玛诺利塔”（嫩货），也非“玛丽卡”（窝囊废），而是“玛丽波萨”（蝴蝶），在他们的行话里，最后这个词与前两个意思差不多。西吉斯蒙为了不与他们相撞，突地转过身去，发现左边也有一条街，与拉巴多尔一样窄，但更昏暗，过往行人也比拉巴多尔街少。这条街叫圣拉菲尔[①]街。他急忙钻了进去。

又一个奇怪的想法：他心里憎恶那两个讨厌的家伙，主要是因为他们穿的裤子与塞尔吉娜（上身穿着紧腰宽下摆女衫或一件粗毛线衫）在农舍花园里常穿的裤子非常相似，此外，还因为他们的屁股被淡紫色的粗麻布紧紧地包着，活像个女人。他看了很不高兴，因为这不由得使他想起打扮得像男人、臀部也包着这种布的塞尔吉娜。

塞尔吉娜的臀部并不宽，但腿部肌肉发达，从背后看，像个身材有点过于瘦长的小伙子。如果她丈夫想跑的话（从农舍台阶往风标塔跑），她都能将奔跑中的丈夫一下打倒在地。

---

① 阿根廷中西部城市名。

他暗暗吃惊，为什么他在市区各街道走时，大家都用阴性形容词称他“亲爱的”。他心想：“我的样子是不是像女人呢？”圣拉菲尔街就在拉巴多尔街附近，有许多小酒吧，每栋或几乎每栋房子的底层都供妓女专用。从外面要到“住宅”去，必须通过一条阴森森的楼梯。在玫瑰色霓虹灯照耀下，石头显得黏糊糊的，尽管气候很干燥。时不时地有个过路的人，停下脚步站在门槛前往厅里张望，旋即引起驻扎在里面的胖大姐们的一阵骚动。但是，这里不像拉巴多尔大街，很少接到客人。一般来说，狎客们都上那条街去，或者从那条街回来时路过这里，有的兴高采烈，有的心不在焉，但都行迹匆匆，极少拖拖拉拉的。西吉斯蒙加快步伐，走在马路中间（尽管他的麂皮鞋肯定会踩着街沟里的一些脏东西也在所不惜），因为他觉得若是沿墙走，跳蚤、臭虫等可能会纷纷从窗口爬出。在一条横马路的路角，有一家门面华丽的酒吧，姑娘们一个个都靠在现代化的硬币机上，穿的衣服仍然都是橘黄色的，大部分都披着乌黑的长发。正如人们所说的那样，这条街在道德上会得到净化的，如果妓院能逐步减少的话。现在，它却离资产阶级化不远了。

莱奥波尔多餐厅的门面装饰得非常漂亮，西吉斯蒙认为这是他在这个冒险家乐园的区里见到的第一家像样的餐厅。用彩笔写在石板上的菜单颇引人注目，尽管价格便宜得令人难以置信。西吉斯蒙的嘴有点馋了，就去摸门把，往里一瞥就猛地想起，巴塞罗那人晚饭是吃得很晚的。得，还得到街上去转一圈。转就转吧，只要不走远，不碰上更好的馆子，就再回来呗。

他向左（从拉巴多尔街正好是 180° 大转弯）走上圣热罗尼莫大街。这大概是条没有风月场所的街道，根本没有来往行人，只有一个小女孩子在昏暗中站在对面的面包铺前跳绳。面包铺橱窗里摆着许多漂亮的人形面包。西吉斯蒙在铺前停下脚步。那女孩子的绳子正好在他身边擦过，他并未干扰她，心里却在想，在离拉巴多尔街如此之近的这家面包铺里，而且在身影模糊的女孩那条绳子可及的地方，摆着些类似男性生殖器的细长形小面包，或类似女性阴阜的圆形蛋糕，倒并非什么怪事。在其他地方，他不是也看见过在食品中间放着酷似女人乳房那类东西吗？它们看上去像蜡制的还愿物，而实际上只是加利西亚[①]奶酪。他转过头去，在昏

① Galice，西班牙历史地理区，位于伊比利亚半岛西北角，包括拉科普尼亚、蓬特韦德腊、卢奇和奥伦塞省。

暗中睁眼打量着跳绳的女孩,她也正望着他,心里一点也不慌张,仍然保持着原来的速度跳着。每当绳子抡过头部的时候,那张脸也看得更加清楚:短而鬈曲的头发,深沉的大眼睛,小鼻子,薄薄的嘴唇微微张着,露出了细小的白牙,仿佛在冲着望她的人微笑。她是不是在玩一种叫“看谁最先让步”的游戏呢?不管怎么说,他肯定会取胜,因为他与她四目相视了几分钟,终于克制住自己,没有把手放到那一蹦一蹦、比塞尔吉娜的屁股更为丰满的屁股上去。

他慌忙逃开,她格格地笑了。他很可能听错,可他发誓说他听到了她的笑声。没有什么可观察的了,他就径直朝圣帕勃洛大街走去。这是条阔宽的横马路,来往行人很多,但他都不屑一顾,宁愿到对面那条圣奥莱加里奥小巷去。这时,左边突然出现了个颇令人瞩目的地方,吸引了他的注意,使他忘掉了那个跳绳的小妞。

那是一家“犄角”酒吧,入口处两旁的橱窗里摆着许多动物的犄角和带角的兽头,此外还有其他动物(更小的)的全身标本,如:鳄鱼、巨蜥、鬣蜥、乌龟、角鲨、各式各样的鱼;此外,还有旧时的火车头和轮船模型、1900年代的铜制小雕像、各种武器、各式年代不明的小玩艺儿,真是琳琅满目。酒吧里供应的食物全是那险恶橱窗里放着的东西，真不知道服务员们怎样从中取出一份卡塔卢尼亚式[①]蚕豆和加利西亚式的章鱼来而保证自己不受伤。门口的人行道摆的全是酒桶，桶上放着许多盘菜，上面是一层红辣椒，辣椒下面究竟是什么菜，很少有人知道，当然壳菜和缀锦蛤等除外，因为这些菜只要根据蓝色或灰色贝壳就一望便知。西吉斯蒙悄悄挤到这些酒桶之间，忽地侧转身子让三个男人出来，接着又闪到一旁让出两个，他们的嘴全油汪汪的，因为刚饱餐过一顿油腻食物。西吉斯蒙之所以要进去，因为凡是稀奇古怪他没有尝过的佳品他都想尝尝。

到了里面，西吉斯蒙感到十分满意，因为小厅的三面墙上与橱窗一样挂得琳琅满目，满满当当的。厅里连张椅子都没有（肯定是为了腾出更多的地方）。西吉斯蒙在小厅尽头一个没有人的角落里站着，突然想起了一部文学作品，于是就想问问有没有仿蒙蒂亚（Amontillado）酒。及至服务员走到他面前时，他却结结巴巴起来，只要了一杯雪利酒[②]。酒味有点苦涩，但配上辣子壳菜吃（菜碟就在顾客手边，用牙签插

① 西班牙东北部地区名。

② 西班牙赫雷斯（Jereiz）产的著名白葡萄酒。

着吃），味道并不坏。

倘若有人看到酒吧这个角落的墙上，挂有一只公山羊的脑袋，下面两旁各挂着一只牛头和野猪头，兽头中间竟然用图钉钉着一张蠢货暴君（西吉斯蒙乐意称他为“领袖”）的照片，他肯定会大吃一惊的吧？不，不会的，因为在卡塔卢尼亚和西班牙的其他省份，“山羊”一词的意思是尽人皆知的。这时西吉斯蒙脑子里突然想起了一个更贴切的写法（更适于钉在这儿供大家“欣赏”的人与物），即：“领和袖”。他自言自语道：“这写法真妙，我怎么会想出来的呢？”

经过苦苦思索，他终于回想起，在法国一条公路上看到过的一张广告牌，竟然将某个就在附近接收旅游者的医院写成了“姆医院”。

西吉斯蒙不禁暗自笑了起来（又仿佛神经错乱似的；活该）。

他把杯中剩下的酒一饮而尽，问正在窥视他的服务员：“多少钱？”7个比塞塔。他如数照付，还加了一枚小额硬币，很高兴从而减小了钱夹的肚子，接着就出了酒吧（这次却与一个正往里走，穿着暗绿色制服的军官轻轻撞了一下）。

在马路的上坡（往德·阿萨尔托伯爵大街方向），西吉斯蒙放慢脚步，停在一家小酒吧前。这家酒吧叫皮加列，里面隐隐约约地可以看到一位在这种地方可以算得上相当动人的女孩子的身影，仿佛闲扯中一次正经八板的谈话。它坐落在圣奥莱加里奥和德·巴尔巴尔侯爵大街的角上。

西吉斯蒙已光临过拉巴多尔大街上的几家妓院，受过锻炼，所以径直开门走了进去。不过，在皮加列酒吧是得花钱的，只见柜台前摆着一排凳子，有几只还空着。他坐了上去，又要了一杯雪利酒而没敢要混合酒，生怕胃受罪。

那位使他惊讶过的女孩子的身影，在室内白色灯光下渐渐地露出了轮廓。她就站在离他几米远的地方，胳膊肘支在一张机械弹子游戏机的桌上。桌旁有架投币自动电唱机，正在叽里呱啦地放着一支由响板和吉他伴奏的安达卢西亚[①]歌曲。她的人影投射在地上那块灰色亚麻油毡上，从下往上看，只见她脚上穿的是一双本色的软羊皮轻便鞋（仿佛女中学生在体操房里穿的那种羊皮衬鞋；两条长长的腿上穿的是双发亮的黑色纱长袜（他觉得是这样），再往上就是烟草色和深紫红相间的竖条纹短裙和覆盆子色的薄羊毛衫（紧

---

① 西班牙南部地区名。

裹着上身和前臂,在脖子周围勾出个凹形),往上是那细长的脖子,再往上就是那张“阿拉伯——墨西哥”型的小脸蛋,因为:她那下巴端端正正的,颧骨高高的,嘴和唇稍稍隆起,鼻子尖尖的有点像鹰钩鼻,眼睛大大的,眸子水汪汪的宛似两片褐色闪光片在浓浓弯弯的眉毛下闪烁着,额头上盖着一绺刘海,短短的头发烫成一小鬈一小鬈的,虽然她天生是环形鬈发。这一切,在西吉斯蒙看来,是相当迷人的。

他身子靠在柜台的横档上,目不转睛地盯着那个可爱的妓女,那神情一似他方才在街上凝视那个跳绳的女孩。但他心中仍未怀有恶意(虽说这次是他主动)。她,发现这位客人正在打量自己,旋即报以几丝微笑并冲他挤眉弄眼(无损于她的妩媚),见他并无反应,也不招呼自己,遂径直走到他跟前,用英文冲他说(样子像动物说话似的,他心中暗想):“性交,性交……”因为她以为他是美国人,尽管他外貌根本不像(他自己这么想)。他居高临下高高地坐在凳子上,她紧紧地挨在他膝盖上,一只手不由自主地搂着他就近的髋骨,往自己身上贴,抬起头望着他,将手指放到嘴唇上(与拉巴多尔大街上那两个捣蛋鬼一模一样)。于是,他打开烟盒给了她一支烟,又掏出从坐在三轮车上的残疾人那儿买来的火柴,给她点上烟。一接触香烟,他就习惯性地想起自己那个抽烟成瘾的妻子。“性交,性交……”姑娘气喘吁吁地一面用英文跟他说。他不无遗憾地听到自己问她:“多少钱?”她要价 200 比塞塔。既然他自己扳过道岔让自己走上了这条道,那也只得对她说:“好,走吧。”

她欣喜若狂,咧开大嘴笑了,西吉斯蒙看了越发觉得太天真可爱,遗憾的心情顿时不翼而飞。她贴在他身边,仿佛一头租来供坐骑的牲口,一头小驴(他暗想,同时付了账),旋即站起身来。她拉着他的手,双双离开酒吧。

他们走到外边,先走上左边的巴尔巴尔侯爵大街,然后又往右边的第一条街——圣拉蒙大街走去,西吉斯蒙记得他已走进了妓院区。他跟她说的唯一一句话,就是问她芳名叫什么。她回答叫华妮塔。“华妮塔,华妮塔”他连着重复了两遍,表示他要牢牢记住这个名字。此后,他俩再也没有说过话,而手呢,却始终紧握着。西吉斯蒙发现过往行人都纷纷回头瞅他们。

他不免感到惊讶,人尚未跨出酒吧,那姑娘竟然将抽了才三分之一的香烟扔掉了。

兴许是由于先前亮着灯的某些橱窗已经熄灯的缘故吧,

圣拉蒙大街显得比区里的其他街道更为昏暗。毫无固定目的而聚集在街头的人群，与其说是在闲逛，不如说是在踯躅徘徊，但是，不管怎么说，当他们俩从这些酒味夹汗臭的人群间走过时，他们都心甘情愿地给他们让路。在20号，有间房子，相当脏，门口有块牌子，上面写着："20号，住宅，每间10比塞塔"，下面还写着："住宅，舒适安逸，设备齐全"。在一处凹进去的地方有扇门，褪色的墙灰已经剥落，两扇门扉非常狭窄，门上的玻璃已用石灰浆刷过，有几块已用硬纸板代替。旁边的那些居民的住房看上去更"平民化"些，但是，华妮塔却已习惯到20号楼来住。虽说她是人家花钱租来的，但上哪去住，还得由她说了算，西吉斯蒙只有乖乖跟着走的份儿。

在一个又阴暗又隐蔽的屋里，有个粗胖的男人向他索要20比塞塔，他没有还价，如数照付，虽然他在门口看到的价钱并不是这个数，也许在其他时间价钱就有所改动吧。上了一层楼后，迎接他俩的是个全身哆嗦（兴许由于发烧？）的老婆子。西吉斯蒙赏了她几个小钱，她打开房门，让他和华妮塔进去。华妮塔一如在皮加列酒吧那样冲着他微笑。她当然会对他说："性交，性交。"

天花板上挂着一盏玻璃盘形的灯，灯光非常暗淡，在这样的灯光下，完全可以辨明这间房间很小，是四方形的，并不太脏（从外面很难看出），那么，另一个人之所以来到这间小屋，究竟是为了什么呢？门是灰漆漆的，正好对着黑瓷盥洗盆，盆的下方是一只上了釉的铁皮坐浴盆。墙面是用带红点的灰色糊墙纸贴的。那张床并不大，上面铺着一块黑底红花布披巾。黑色的穗子耷拉在洗过不久的地板上，床单呢，最好就别提了，正如最好别掀床罩一样。

正在他清点货物（塞尔吉娜说，这种怪癖他永远也无法改掉！）的时候，办事麻利的华妮塔已脱掉鞋子，连裙子也脱了，裙子里边光光的什么也没穿。她把黑长袜稍稍往下卷了卷，没有全部脱下，因为有松紧带（其中一根已经露出袜外）箍着。上身穿着覆盆子色的羊毛衫（里面戴着乳罩，布已破旧，实际上什么也罩不住）就往西吉斯蒙身上贴，一边说着"亲爱的"，一边让他立即给钱。他给了她一笔合适的租金，脱去衣裤，一丝不挂地躺在床上，心里乐滋滋的，但却怀疑这床是否干净，虽说房间既凉爽又安静。当她往他身上靠的时候，他还对她说，只要她不急急忙忙地干完了事，他愿再给她 100 比塞塔。

他让她把羊毛衫脱掉，她不肯（怕弄乱头发，秀丽的发型可是增添外表魅力的一个条件)。他求了半天,她这才同意脱下袖子露出胳膊,摘掉乳罩,让羊毛衫套在脖子周围转动。这副样子看上去挺好笑,仿佛她在被人强奸。

她肩膀白嫩,乳房滚圆,大小适中,极为可爱,茶色的乳头挺挺的,竖在颜色比乳房稍深些的一圈乳晕上。西吉斯蒙情意绵绵地望着他第一次看见的姑娘的玉身。

他之所以有这种特殊的体会和感情,是有深刻原因的。他心中琢磨眼前这对水灵灵的奶子与他的记忆中谁的乳房相似呢?接着,他就放弃了追究,心想:“亲手摸摸要强似追忆”,谁知竟然脱口说了出来。听他这么一说,躺在床上、低垂着那双涂过香脂或凡士林眼睛的女郎,仿佛精美的布娃娃,抬起双眸,立即朝着他转过身来,他也转过身子。两人做起爱来。她双脚高高抬起,在脚的上空,挂着那盏滑稽的盘形灯,他的身子就在这玫瑰色的暗淡灯光下自由自在地游动。他的思想已经毫无顾忌,早早搭起了一条鲑肉色的梯子,那银闪闪的大鱼正纷纷穿过梯子,越过一道泡沫组成的堤坝。情欲点缀起来的千万颗绚丽的水珠喷射而出,形成了一条彩虹,接着就殒落了。

他没有采取预防措施,虽说裤子就挂在墙上的衣钩上,裤袋里有个钱包,钱包里装着他在佩皮尼昂买来的小小的安全工具:3只奶色避孕套。它们装在一只银色硬纸袋里,袋外虽说没有标记,但里面却有德国制造的商标。他并没有忘记这件东西,不,没有忘记,只是不愿使用罢了。

当华妮塔快穿完衣服时,西吉斯蒙把答应过的100比塞塔给了她。她亲亲热热地向他道谢,把它与另外两张钞票一起塞到缝在腰带下裙子衬里的小口袋里,因为她没有带包。她说了声"亲爱的"(他在慢悠悠地穿衣服),表示租赁关系到此结束。不过,她在等他穿完衣服,陪他一起下了楼,到马路上时才与他道别。但他不愿就这样离开她,坚持要将她送回皮加列酒吧。酒吧到了,他弯下身吻了她的手,她却无动于衷,他对此吃惊不小,甚至有点沮丧。"真不可思议!"当他想到她正急着回去上班时说。

他往前走不了几步就到了圣奥莱加里奥街中,又走了几步就过了皮加列酒吧踏上右边的人行道。这种左右徘徊的走法比较适合于夜间行路,适合于在这个通常都左转右弯走道的区里行走,或者用海员的行话来说,叫曲折航行。当他又往左拐时,有个妓女为了引他注意,站在酒吧里敲玻璃橱窗,见他停下脚步望着自己,干脆就把经过氧化处理的长发和深蓝眼睛下面的那张嘴唇贴到玻璃上，看上去像块玫瑰红的息肉。但是，他目前需要的是吃饭，因为两杯雪利酒在他胃里引起了轻度的刺激，即人们所说的饥饿感，为此他非常感激这种饭前饮开胃酒的习俗。鲁西戎产的葡萄甜烧酒（西吉斯蒙·蓬斯是这方面的正式代表），才是他那些安达卢西亚竞争对手们的一种恶意善行呢！管它呢，反正这位（冒牌的）观光推销员要用餐去了。

他向妓女挥挥手表示再见，她见状立即将嘴唇从橱窗上收了回去。从玻璃上留下的诸多唇印来看，她的战术是：凡有顾客路过门前时，她就去吻玻璃，有人兴许会上钩咬诱饵的。“犄角”酒吧在稍稍往下走几步的地方，已经挤满了青色皮肤、喝着黄酒的胖子，正在狼吞虎咽地吃着一串串红色淡菜，把牙签吐得满地都是，让人看了大倒胃口，尽管如此，这对饥饿并无妨碍，西吉斯蒙于是走得更快了。

穿过圣帕勃洛街以后，他再次到了圣热罗尼莫街，可惜没有再看见那个跳绳的小女孩，估计回到专售形象面包的面包铺附近的某间黑房子里去了。既然她化身成了华妮塔，成了她肉体的延伸，使她达到出卖肉体的目的，既然人们可以想象她的作用仅仅是预报或准备雏妓的到来，那么，他怎么能对这类面包铺感到诧异呢？在圣拉菲尔街角，他转过弯径直往前走去，进了莱奥波尔多餐厅。

这家餐馆大如邮轮，分好几个档次，越往深处（有一与众不同的饭厅）走，菜肴越精美，桌上的摆设越齐全，价格也越昂贵。大门附近的饭桌是大理石面的，桌面光秃秃的一无所有（西吉斯蒙坐的地方还有裂缝）。杯子也没有，喝酒只能仰着脖子饮；没有餐巾，不过却有刀叉，这说明它比“饭铺”要高一档次，因为那儿没有刀只有叉（据安东尼说）。餐具柜上挂着一块石板，上面列的菜单与贴在门口的菜单一模一样。共三道菜，主菜是鱼或肉，可任选一种。西吉斯蒙趁服务员未来之前，清醒地考虑了一下，要了汤、煎鱼和一份色拉，还喝了一小瓶四分之一升的酒。

如果说他坐在价格较便宜的座位上就餐，一方面是为了不致离马路太远，另一方面也是为了使自己继续处在目前的平凡处境。自从费莉娜的信被压在那座玻璃塔下之后，他一直像是关在透明肥皂泡里一样，感到自己是个局外人。要花20比塞塔去大吃大喝一顿，他可没有这种奢望。但是，一切总是与人们期待或想象的相反（他有时这样想：不幸是可以避免的，如果人们能着眼于全局去衡量它）。令他惊讶的是，在莱奥波尔多餐厅，穷人的一顿普通晚餐竟然吃得如此新鲜，如此丰盛，如此精美。汤做得像意大利浓汤，在科西多[①]的汤汁里有绿色蔬菜，旁边漂着些鹰嘴豆和面糊。油煎食品里有沙丁鱼和切成小圈的乌鲗。黑橄榄配着莴苣叶子，既悦目又爽心，加上淋上的油，吃起来煞是可口。酒并不太浓烈，但味纯得无可挑剔，除此之外它很适合于男人。西吉斯蒙实际上是在用壶嘴往嘴里一口口咂酒，因为他知道如果他也像旁座的那些人那样往喉咙里灌的话，肯定会被酒淹死，让人笑话。但是，谁也没笑他，谁也没看他。

倒是他自己在打量着旁座的食客，自从他周围的酒杯冒起层层气泡之后，他似乎一直都在打量他们。在大理石桌旁有五个男的在各自用餐，他对他们似乎产生了一种同病相怜的深厚感情。另外两个是一对（可能是朋友吧），但他们说的话并不比单身食客多。这些人一个个都在细嚼慢咽，仿佛害怕过早吃完似的。至于年龄嘛看上去都不相上下（怪也不怪？），大概都六十来岁。大家以为他们可能都是些孤寡老人，可是，他们却尽量各自坐开，几乎像坐在五角星的星尖

① cocido，西班牙一种用肉、青菜、豌豆制成的菜。

上，而把那一对老头和西吉斯蒙围在五角星的中央。

有个男服务员上完酒菜后坐到收款台去了。他的举止不像是职员，倒像是老板。另外一位同他酷似，估计是他兄弟，负责供应豪华餐厅的饭菜，那里只有两三张桌子有人在用餐。此外，还有一个年轻小伙子，看样子像是前面两个人当中某一个人的儿子，也在帮着端菜。

人们能听到的唯一声音是有规律的嘀嗒嘀嗒的滴水声，估计是有只水龙头没有关紧。这水声配上那摩尔式瓷砖，气氛甚是协调，瓷砖砌至半墙高，让人看到修有喷水池的一个小院。站在西吉斯蒙对面的那个服务员，时不时地打开里面放着大酒桶的大冷藏柜的柜门。四周很宁静，空气也很新鲜。从莱奥波尔多得到的印象与西吉斯蒙从20号住宅里得到的印象并无多大差别。他心想："在20号里，难道只我一人被孤独地关在肥皂泡里冷眼观人生，还是华妮塔也进去过而旋即退了出去？"因为有许多这样的彩色皂泡，里面有一对男女，赤身露体地互相搂着亲热，过去的画家们都曾作过生动的描绘。在西吉斯蒙的记忆中，估计也有某些类似的画面可以追溯，如果有人用棍棒在他记忆的最底层去翻掏一番的话……至于答案嘛倒并不重要，要紧的是让他那些隐藏得很深的回忆得到休息，因为它只可能招来许多幽灵。可以肯定的一点是，此时此刻，他是孤独的。

他可能还要孤独下去，因为坐在邻桌的那两个人已经站起，走到收款处各自付了钱。尔后，门又关上了。其他五个人已经吃完或几乎已经吃完，仍坐在那儿未动，抽着呛人的烟卷。他们的嘴在不断嚅动，仿佛在空口嚼着什么，或像是在喃喃祈祷或祈求什么。那模样看上去像僧侣，头发稀稀拉拉的没有几根，虽说根据此区情况，他们估计都是些上了年纪、生活拮据的王八，根据西吉斯蒙的初步印象，至少是些死了老婆的鳏夫。如果说，他们仅仅是瞟他几眼，取笑他不懂当地的习惯或不该闯到这地方来，那么，他们对他初来乍到时的冒失，会作出虽说不上和蔼但可以容忍的反应，也并无不可。但是，他们竟然如此顽固、如此一致地冷落他，恐怕是事先合伙预谋的，虽说互相之间很少说话。也许是通过默契和暗示吧，他们似乎事先经过商量，决定采取一致行动来共同惩罚他。他们分坐在五角星的各个角上将他围在五角星的中央，这样的地理优势使他们更加有恃无恐和旁若无人。唉，西吉斯蒙本想要杯咖啡，看到这五个古怪老头，像教会法官和不说话的学监那样，板着面孔，团团围住自己，心里很不是滋味，连咖啡也不想喝了，决定出去找家酒吧喝去。

先前出去的那两个邻桌的顾客对他的行动来说非常宝贵，因为他们为他作了示范，教会了他当天的一些习惯。如果他不细心观察他们怎样离开酒吧，他肯定会像在高档餐厅那样，把服务员叫来结账，那非遭到那五个分坐在五角星各个角端的老头冷讽热嘲不可。好在那两个人先他出去，告诉了他应如何离开酒吧。于是，他站起身来，大大咧咧地径直往收款处走去，告诉收款员自己吃了什么和喝了什么。一份客饭，一瓶四分之一升的酒，共 30 比塞塔。此外，他又额外付了 5 比塞塔（他边琢磨边付），估计是在柜台付款时出的差错。但是，服务员（肯定是老板）高高兴兴地收起，说了声谢谢和晚安。西吉斯蒙也向他道了晚安。

他向门口走去，准备跨过门槛时最后一次回转望了望酒吧，谁知那五个人谁也没回头望他，这本是意料中事。他的苦恼和不适就此消失，剩下的只是有些生气，真想不久能砸烂这座男子修道院里的陈规陋习。

出了酒吧，他的怒气也烟消云散。他朝着与原路相反的方向，沿着他所熟悉的道路，圣热罗尼莫、圣奥莱加里奥街走去。塞尔吉娜曾经骂过一匹马，只知径直往马厩走，说它

“恶习难改”,他心想如果她知道自己走这条路,肯定也会用这句话来数落他。

他在皮加列酒吧橱窗前停下脚步,看见华妮塔靠在电唱机旁,身子随着音乐节奏一晃一晃的。虽说酒吧里挤满了酒客,但谁也没注意她在扭动,看来大部分时间她都未引人注目。她个子不高,又是一脸稚气,根本不合那些专好寻花问柳者的胃口。进去同她一起喝杯咖啡?不,他思之再三(与其说是出自对她的关心,怕白白地打扰她使她失望,莫如说他害怕听到她说“性交,性交”),自言自语道(颇自鸣得意)“真是怜香惜玉的多情公子”。

这位多情公子趁着那些阿拉伯—墨西哥的眼睛尚未注意他的时候,赶忙紧走几步来到下条街的街角,也就是圣奥莱加里奥街与塔皮亚街的街角。他看见两家几乎面对面的“野鸡”酒吧。他进了左边那家,并非因为这家门面粉刷得漂亮,而是因为里面有台显然是意大利造的速饮咖啡机。当即有人在一只涂着厚厚一层彩釉的杯子里冲了一杯,他要求冲浓些,但是水兑的还是很多。这情况有些像法国的淡冲咖啡,可他不愿勾起乡思,让思想飞往罗马,回想起狂饮塞尔吉娜日夜为他准备的浓烈咖啡的情景。但愿罗马从他思想中消失得无影无踪！因为时下他已无心再去回忆，回忆那些金黄色的墙，那些大理石，花园里那些香气扑鼻的花草和大松树下水花四溅的喷泉，他眼前感兴趣的是坐在旁边穿着紧腰宽下摆透明女衫的姑娘，她那一头未被理发大师们横加作践过的褐色秀发，那双扁长得近乎可笑的淡黄眼睛，那淡淡扑过粉的光滑皮肤。她脖子上汗涔涔的，说明她刚接过客人（与华妮塔不同，估计她是个赚钱能手），大概是为了恢复体力吧，她也在喝咖啡。看到有外国人可是个天赐良机，她赶忙走过去，说共饮一杯能增加乐趣。“不”，西吉斯蒙回答说，即刻从钱包里掏出 5 比塞塔，伸出罩着尼龙衫的肩膀，递给服务员付了钱，把剩下的两枚比塞塔铜币往兜里一塞就走了。

他走的是塔皮亚街，因为一出酒吧就是。他事先没想到会上这儿来也未想到要上其他地方去，即便现在他也不明确自己想上哪儿。只见街面破烂不堪，人行道窄得不能再窄，道基比车行道的路基还糟。一走上街头就能看到许多摇摇晃晃的楼梯在不断吞吐着妓女和嫖客，吞吐量之大并不亚于或几乎不亚于拉巴多尔大街，因为这条街的两侧有许多按一刻钟论租的住宅，足以满足周围全部酒吧的非法买卖。再往前走，有个半在地下的拉赫瓦酒吧，看上去像个狭长形的小地下室，如果在楼梯旁俯身往下看，就能见到许多尚有几分姿色的娼妓。至于其他酒吧的情况则越来越差，只有些简陋的活像牢房的单人小房间，墙上蓝色或暗红色的泥灰全已剥落。那些妓女像女囚犯似的一字儿排开，一个个面黄色衰，一似那灰暗的破墙。快到街尽头处，地势渐渐升高，街头满是娼妓，走在街上必须竭力克制自己才不致坠入酒糟鼻似的怀抱。借助地下室通风窗口射出的微弱灯光，可以窥见寒酸的石榴裙下那一双双可怕的青筋毕露的大腿。西吉斯蒙暗想："塔皮亚，简直是肉欲横飞的野鸡窝，"要不是受了街上阴森可怖的气氛影响，估计他还说不出如此下流的字眼来。他不无抵触地说了声："他妈的！"说完他精神再次为之一振。然而，在街道右侧对面十米远的地方，他看到一家"梅毒防治所"，比另一家大一倍(也许大小相等或几乎相等)，在向行人推销房事"前"用的、稍许降低快感的避孕套和房事"后"清洗用的高锰酸钾，因此，人们对内部忏悔室被悄悄地当作精神预防圣地这种现象，也勿庸见怪不怪了。"他妈的，"西吉斯蒙又大声骂了一句，他骂的既是肉体和灵魂上的疾病预防，又是出现在路上、由红披巾盖着、藏在黄色脏布衫下的那些鼓鼓的乳房。

骂完之后他赶忙离开，匆匆穿过一条狭缝，走出这条阴暗的街道。肥胖的老妓女也罢，勒班陀海战[①]中的青年胜利者也罢，他觉得除披巾外没有其他共同点，然而，一艘著名的装甲舰，在他眼里渐渐地与重垂的乳房形成了迭影，西吉斯蒙嘴里不禁迸出了一句："奥地利的唐璜[②]，去他妈的吧。"他一连说了好几遍，然后沉思片刻，嘴上浮起了比方才更为得意的微笑。"活着不是挺好玩的吗？"他接着想道，胸部微微往前一挺，吸了一口风夹带着空气送来的灰尘。在街角一家电影院和咖啡店之间有一块路牌，上面写着"杜埃罗侯爵大街"。当他在市区墙上认出这条对角线上的交通干线时，立即想起这就是表兄十分留恋地跟他谈起过的帕拉列洛街，即"三十年前"来此闲逛的人任意寻欢作乐的地方。

对面那条人行道远比西吉斯蒙站着的街角热闹，电影院、各式剧院、餐馆、酒吧……应有尽有，还有一个公园，里面

---

① 1570—1573 年威尼斯、土耳其战争期间，于 1571 年 10 月在勒班陀（位于希腊科林斯湾北岸）附近发生的海战。结果，西班牙——威尼斯和教皇的联合舰队打败土耳其舰队，从此土耳其逐渐丧失其在地中海的优势。

② 在勒班陀海战中，率领基督教舰队并打败土耳其航队的统帅。

设有各种娱乐场所，灯光闪烁，铃声不绝于耳，正在招揽顾客前来兑换货币或印着“领袖”头像的硬币。这不也可以算是寻欢作乐的一种吗？三十年前，寻欢作乐的范围远比现在要多？毫无疑问，硬币上面铸的是一位神情略带沮丧的笨蛋国王头像，反面是个盾牌，由一头狮子驮着，即由乞丐最愿看的、可爱的“肥胖母狗”驮着。但是，在帕拉列洛街，有没有这条母狗开辟的肉欲市场呢？再说，什么叫“任意寻欢作乐”呢？如果说这就是（很可能）安东尼·蓬斯所指的随意交媾，那么，与不久前或过去相比，今天又在哪些方面有所节制呢？男人和女人，男孩和少女，一个个神情消闲，无拘无束地坐在咖啡店的橱窗前，或者不断逛来逛去。他们举止轻薄，神情傲慢，态度粗暴，一举一动，一顾一盼，无不暴露出他们的本性，因此他们的父母往往猛烈抨击卡斯蒂利亚人。领袖豢养的警察在到处游弋，也无法使他们的恶习有所收敛。再说，帕拉列洛这地方对他们也非常合适，因为它既是个野蛮残暴之地，又是个寻欢作乐之所，既有古代之风又洋溢着现代化的气息，一切都乱糟糟的，一如东方或拉丁美洲城里的大道。也许是由于地方宽阔和人口众多的原因吧，与市区那些又窄又小的胡同相比，反差非常强烈，那些胡同里遍地皆是妓女，它们像布满刀叉的陷阱或者说像座张开大口的坟墓专等有人坠落进去。

电线杆上的信号灯亮起红灯，车停了，有轨电车在路轨上滚动的摩擦声也随即停止，行人可以穿过马路到对面那条热闹非凡的人行道上去了。西吉斯蒙的脚刚跨出人行道边踏上马路，就听到吱的一声，有辆摩托车擦过他的大腿停在了他的面前。车身像国际象棋盘那样漆成（重漆的）红白相间的方格，上面坐着两名男青年，上身穿着打过白蜡的茄克衫，下身穿着紫色得克萨斯裤子。两人都是一头乌黑的鬈曲长发，窄长的马脸，嘴角叼着香烟，露出一副玩世不恭的样子。那开车的毫无表情地坐在长长的双人座前端，那坐车的紧贴着他身子坐在后边，突然"扑"的一声从嘴里吐出烟蒂，刚好吐在西吉斯蒙脚边，还明目张胆地用西班牙语冲他喊了一声"脓包"。说完连红绿灯都不看就启动车子，朝右拐上德·阿萨尔托伯爵大街，往中间有人行道的马路方向疾驶而去。

"脓包"是当地人的一句骂人话，没有错，不过，也可以说是鬈发流氓（估计是茨冈人）的行话。"可我方才还与华妮塔作乐来着……"西吉斯蒙暗自想道，同时回想起了表兄的介绍。难道这就是“作乐”？他反复思考着，或者说，他在20号住宅那间小房间里与漂亮妓女的结合，真的仅仅是为了“作乐”？深深吸一口帕拉列洛大街上的尘土，闻一闻蒂比达博旅馆女仆身上的香味，或者俯身闻一下过路女人发髻上别着的茉莉花香，这些都不是人生不可分割的吸入和呼出的简单活动吗？只要人活着，生活就应充满乐趣，这难道不是天经地义的吗？在对面，在这位旁观生活者的左边（下坡朝海的方向）有一家破旧的小电影院，房顶上竖着一块广告牌，画着一朵淡紫色的花，花萼内有张在褐色穗子下张嘴欢笑的脸，挡住了花蕊。大家可能以为这是朵大兰花，或者蝴蝶花的一种古怪变种，虽然影片的片名是《兰花女郎》。在右侧还有一家十分宏伟的新影院，门前的整面墙上装点着红黄两种彩灯，勾划出亮闪闪的《野蛮的心》四个大字。在两家电影院之间，有一爿咖啡馆，门前有张海报，告诉大家在最靠里的大厅——阿波罗酒厅，设有咖啡音乐会、这也是德·阿萨尔托伯爵大街街角远近闻名的娱乐公园的一个组成部分。一入夜，到处闪烁着灯光和广告牌上五光十色的拉丁字母。

尽管大家一致谴责广告粗鲁和愚蠢，但却不能否认它在现今人的眼里，仍像罗马神话中的农牧神、花神或石头山岩那样，占有重要的位置。特别是入夜之后，广告闪闪烁烁地散射出的那些神秘灯光，没有它们现代化的城市就会像一片荒芜的沙漠，或一片没有树叶的树林。广告上的那些字，有一闪一闪的，有固定不闪的，有凭借另一侧的帕拉列洛街上的灯光才反光的，西吉斯蒙读起来觉得比西班牙语、德语、英语、法语或意大利语更敏感，它们远比戏剧、服装、内衣、轿车、清扫工具、白兰地或汽水等平淡的广告更引人瞩目。这些广告的字原本是让他看懂后作出反应的，可惜没有达到目的。不过，西吉斯蒙仍然觉得它们挺有吸引力，仿佛听到卡塔卢尼亚这座大城市在向他说“你好”（或更动听的“晚安”）。他津津有味地一一浏览过去，心里在想(追忆往事)：方才与华妮塔干那事时，实际上并非在作乐，而是在亲切地满足这些琳琅满目的招牌和广告提出的要求。根据他前面的想法，这种满足是生命本能的需要，如同人需要呼吸一样。呼吸进一步发展就成了接吻，参与外部世界的必然结晶就成了爱。

西吉斯蒙一边读着，或退一步说，记下这些自己并不渴望读懂的广告，一边在两条人行道间停着的一辆有轨电车前犹豫徘徊。交通灯闪出黄色亮起了绿灯，电车开动了，汽车也开动了，在加速往前行驶。在两股车流之间，他的注意力开始分散。

一辆西特牌出租车越过一辆小卡车向他迎面开来，为了不被撞死，他只得往后急退。路上暂时没有车驶过，他急忙奔到对面人行道上。那辆散热器栅板上也像摩托车一样漆成一格一格（只是黄黑相间的）、马力很强、向西吉斯蒙疾驶而来的西特牌出租车渐渐地从他视野中消失了。娱乐公园门口两旁全是货架，上面摆满了各种三明治，模模糊糊的也辨不清它与阿波罗酒厅有多少差别。他从公园那黄色浓于黑色的栏栅后面，隐约看到里面有种种漂亮的机械装置、小巧玲珑的火车、自动木偶剧场、把球扔进头像大嘴里的游戏场、旋转木马、练习拳击用的绘有黑人脑袋的吊球……他未加停留，随即穿过德·阿萨尔托伯爵大街。

《野蛮的心》是一部西部译制片的片名，上面配有许多巨幅彩色照片，其中有一张印度女人的脸（背景是一辆正在着火的马车），用阴沉的目光望着帕拉列洛街的来往行人，仿佛她早已看到了他们的末日而对他们深表同情。毫无疑问，野蛮的心也就是她的心。不过，这颗心装着多少西班牙的悲欢，它既令人想起了女人的胸衣又令人想起了士兵的护胸甲，它回荡在全部歌曲中，响彻在安达卢西亚和卡斯蒂利亚的全部诗歌中，西吉斯蒙对此并不感到陌生。他边走边想，当他把覆盆子色的毛衣围在华妮塔脖子上时，真该将这几个字悄悄告诉她听。全世界的妓女听到这样的字都会骚动的。这个片名应该改为《骗子的心》，因为克维多[1]已经看见从他屋里走出来一个彪形大汉式的妓女[2]（una bus cona）。

"去他妈的领袖！"（按照殖民主义者的风格在印度女人头像周围装点着许多25支光的灯泡，那血红和金黄的灯光，与他这声默喊并非绝对格格不入。）

西吉斯蒙离开这座大电影院（灯光太刺眼，他没有看清片名），没走几步就来到一条相比之下比较昏暗的人行道上。那里只有一家剧院，或者说得更确切些，是一间样子很寒碜的演出间。它是给这条街带来些许生机的唯一场所。大门紧闭，门前昏暗。它本来是应该开着的，因为今天是星期六，而且只剩下几个小时了，况且墙上用粉笔写着今晚和星期日

---

① Francisco de Quevedo y Villegas（1580—1645），西班牙作家。因写诗讽刺宫廷的腐败，被囚禁四年。作品体裁多样，题材广泛，内容多揭露社会黑暗。成名作有《骗子》（1926）和《梦》（1927）。

② 西班牙语 bust' on 阳性指"骗子、小偷、扒手"，阴性指"妓女"。

早晚都有演出。可大门却紧闭着,从百叶窗缝里往里张望,只见厅里空无一人,椅子东倒西歪的。剧院头头们挂在破木板上的那些安达卢西亚舞蹈演员、穿着茄克衫的吉他演奏员、袒胸露臂的歌唱演员以及扮演假强盗的演员的照片,毫无吸引力可言,只要看上一会儿(如怠倦、好奇的西吉斯蒙那样),你就会说它们仅是少数几个男性在门口来回转悠的藉口,其实他们根本不在看照片,而是在相互打量,特别是打量来往行人。其中有一个穿着黑色天鹅绒西服、玫瑰红衬衣、系着黑领带的男人,朝西吉斯蒙转过身,往他身边走来,咧开涂过香脂的嘴唇冲他微笑。他眼睛乌黑,眼圈用铅笔描过,眼圈下的底色涂得很亮,因此脸看上去像是瓷做的。他走到西吉斯蒙跟前(样子一看就像流氓),向他要烟,估计是为了搭话吧。但事实却与此相反,是他主动从口袋里摸烟,熟练地掏出两根美国过滤嘴香烟,递给西吉斯蒙一根。

"不会抽," 西吉斯蒙说(这是实情)。

可是,那人用法语坚持请他抽并说,如果说一个男人不愿抽烟,那他肯定爱抽烟斗;还说他嘴唇并不觉得冷,但是有机会让它暖和暖和总是好的;还说他自己是个名符其实的烟鬼。随即当着有点吓呆了的西吉斯蒙的面点上了烟,用那根又脏又灵活、与苍白的嘴唇相比近乎深红的舌头熟练地舔了舔香烟。这时走过来另一个人，随即点上那根原本递给西吉斯蒙的香烟。他们两人相视大笑，而那个被他们错当成自己人的西吉斯蒙早已溜之大吉了。

“寻欢作乐的花样应有尽有，”安东尼·蓬斯曾经说……

西吉斯蒙离开这两个流氓之后，飞快地走过一家也许两家（他记不清了）咖啡馆，连正眼也没往橱窗里瞧，最后来到一个较大的十字路口。只见好几条街和有轨电车车轨纵横交错，街角尽是酒吧和餐馆，但特别引人注目的却是一幢小楼，稍稍凹进街面，门前挂有四叶风车翼，翼上饰满彩灯，远远望去就能看清它的招牌“莫利诺剧院”。毫无疑问，在新旧大陆上的大部分大城市里都有供娱乐用的风车，但这架风车非常古怪，特别引人注意，仿佛它是被一个业经消逝了的美梦扔在那里似的。只要一看它那优美的姿态就足以叫西吉斯蒙开心一阵子，因为这使他想起了经常萦绕心头的那件事，即：他父亲经常像那个穿天鹅绒西服的流氓一样伸出舌头，特别是当他用类似手术刀那样的工具，小心翼翼地将雪茄头切下以后准备抽的时候，或用照相机镜头对准他的某个年轻学生的时候。黑公牛、好色的梦游人，棕红头发的公牛热代翁·蓬斯，是的，一个好伸舌头的人，身上总免不了有牛的习性……西吉斯蒙正在这样推理（或胡思乱想）的时候，不知不觉已走到了莫利诺剧院门口。

这次他没有太注意四叶飞车翼下贴着的那些长长的海报，上面列着一长串女人的姓名。但是，他脑子里早已记下了大量的名字和小名，诸如玛丽亚、康塞普西翁、孔奇塔、多洛雷斯、洛拉、卡门、伊莎贝尔、伊萨贝利塔、特雷莎、多拉、佩皮塔、皮拉尔、库斯托迪亚、雷梅迪奥斯、索科罗、梅赛德斯、赫苏萨等等等等，这一串串女人可爱的名单所产生的强大诱惑力是不言而喻的。丁零零，铃声响起来了。估计戏马上要开始了，虽然十点半已经过了几分钟。观众不慌不忙地鱼贯而入。与海报名单相反，或者说是补充名单吧，来看戏的清一色全是男人，大部分都是单身，与挤满巴里奥（大街）各酒吧的那些人没有丝毫差别。“这大概是可以找到未婚妻的一家磨坊吧？”西吉斯蒙暗想。自己也好奇地走了进去，想看看这圆屋顶下究竟会发生什么事。

在走廊深处，有扇门敞开着。有块帷幔估计是玫瑰红的拉开着，他往里瞅了瞅，只见戏正在演出，虽然外面传来的铃声与乐队的演奏声在戏场里各不相让、竞相吼叫。（因为）

有个异常性感的、穿着红色比基尼三点式泳衣的高大女郎正在台上一边旋转一边嘶哑地叫嚷。剧场有一半还空着。为了弄票,西吉斯蒙转身往后去找售票处或办公室。结果白跑一趟,只得暗暗观察其他顾客们的动向,跟着第一个碰到的、穿着一身黑衣服的满头花白头发的人,这人告诉他进莫利诺剧院就像进红磨坊一样是不付钱的。“那敢情更好,”他心中想道(心中不无惊讶)。

剧院里没有引座员,只有出纳员。只见往右第二排有个座子空着,他就往那儿一坐,发现左右邻座面前的小桌上(前排靠背后倒下的)都放着一只杯子。莫利诺剧院实际上是有节目演出的咖啡馆,有歌舞杂耍表演的咖啡馆,是个专靠卖饮料收入的地方。西吉斯蒙当然也得喝,他看了看周围的人都喝些什么,这时服务员正好走过来问他,他于是要了一杯啤酒,啤酒端来了,要 30 比塞塔,与价格表上的价格完全一致,他照付了。

穿红衣服的矮胖姑娘一演完,幕布落了下来。休息时间并不长。第一个节目过去后,钢琴开始试弹了几下,然后就演奏乐曲,接着就响起了其它乐器,可惜铜管乐跟得慢了些而且拖泥带水的。因为演奏员全部抽烟。看来只得等下一支乐曲才吹奏小号或小猎号了。台上又上来一位女艺术家（她肯定是这样自我标榜的），身材并不比前面那位矮。头上戴着一顶消防员的消防帽。估计是用金黄色硬纸板做的、身上裹着一件白缎短斗篷，肩章上饰有很粗的螺旋形流苏，胸口挂着一枚绣花缎勋章。她歌中的迭句是“我还应该说”，不过她唱的内容并不比她的唱法重要，为了对她作出评价，大家等着她脱去斗篷。一直等到观众吹了几声口哨之后，她才开始脱衣服，只见那件斗篷十分潇洒地飘到了地板上，看上去像是一面投降时扔到地上的国旗，她身上紧紧裹着一件紧身衣，与消防帽一样也是金黄色的，袒胸露臂得很厉害，一直露到大腿根，作为一个姑娘来说，这样的装束可以说是十分骇人听闻的，这模样就像一只翅膀全拔光了的大得出奇的苍蝇，像放下了武器的人民或军队，而胜利者则永远是观众（如果他们拼命鼓掌并得意地猛力跺脚就不会失望）。接着，帽子也扔到斗篷旁，把那一头最不自然和最刺激的棕红浓密的秀发露了出来，大量的奴隶走到乐队和观众之间的聚光灯架旁，她呢，则让观众摸着她的脚后跟，给自己的歌词添上某种意思（当然只一次），最后，她躺卧在聚光灯架下滚动着身子，嘴里仍在不断地歌唱，观众一个个都想够她，摸她。于是，钱币、香烟纷纷塞进她的胸罩，一卷水果糖滑进了她腹股沟的松紧带下。我还应该说……

有个观众是个小老头，铁青的皮肤，上面满是灰色的毛，穿着一套正经八板的蓝色西服，突然从第一排正中的座位上站了起来，西吉斯蒙看见他轻巧地将一枚鸽蛋大小的小蛋塞到她两个乳房中间，但愿它是枚煮熟的鸡蛋。或者是一粒圆形的糖果。否则，那姑娘就更不放心了。他这么干完之后（这一举动没有招来抗议），她似乎什么也没有说，只是从胸罩、乳房中间将得到的各种礼物重新掏了出来，然后腾出手来，厚颜无耻地支起身子，站起来走了。观众为她鼓掌，但狂热劲儿已不如方才，似乎胜利者拿俘虏取乐已经累了。金黄色的灯光熄灭了，幕布落了下来。该轮到下一位女艺术家了。

这位一身女猎人打扮，在穿着褐色长袜，像护腿套一样一直套到脚跟的脚上套着一副小鞋罩，活像养兔村里兔子的白爪子，肤色的小短裙，褐色的紧身衣一直裹到耳旁和手腕处，一顶本色毛皮帽子，帽子两边有两只假耳朵一直耷拉到肩上。她手里握着支木枪，举起瞄准观众，有时重复喊着："一、二、三。"表示她既是猎手（因为穿着猎人服装）——爱吃肉的人，又是杀戳的对象——猎物。她走到聚光灯架前时，节目表演完毕，她并没有躺下，两手举着枪托，谁也没有往她身上塞钱币或香烟以及鸡蛋（很难往紧身衣里塞）。但是，她得到自己希望得到的东西：她退出舞台时人们经久不息的掌声。在一片拍手喝彩声中，蓝色天鹅绒帷幔像切菜刀一样啪地落下了。

接着表演的女艺术家是阿拉贡[①]的一个农妇，至少她穿的是这种服装。她没有唱歌，而是热情洋溢地跳着西班牙阿拉贡地区的一种民间舞蹈；打着响板的霍塔舞（jota）。她腿上像男孩那样扎着绑腿，不时地做着高腾跳动作，露出了三角裤和白长袜之间的褐色的大腿。她并不像前面那几位女演员那样风骚，也没有把脚放到聚光灯架上。没有得到常见的奖励，没有得到小鸡蛋，只是凭技艺获到不断的喝彩声，幸亏她以此为满足……接着上台的是一对演员，穿着怪里怪气的土耳其服装，也是一个劲儿地跳舞。其中男的比女的更女人气。当他站在女舞伴前扭着腰用右手上的薄绸头巾抚摸左手的戒指、伸出玫瑰红的舌头时，西吉斯蒙立即想起了自己的父亲。热代翁·蓬斯在自己学生面前故作姿态，显示自

---

① 西班牙东北部地区名。

己侃侃善辩的样子，始终在他当时被吓得战战兢兢的儿子的脑子里保留着深刻的记忆。幸好，他的注意力从沉痛的记忆中被拽了回来，因为台上出了一件大事，那个土耳其姑娘跳了几下就离开了舞台，坐在舞台包厢内的观众，为了让她把衣服脱得更光一些，从背带上摘下香槟酒瓶往她身上扔了过来。他们也许是穿着便服以麻痹水上警察的美国水兵，也许是斯堪的纳维亚货船上的军官。这是一瓶西班牙酿造的香槟。在这只正在像橡皮一样摇摇晃晃的酒瓶上，在这位土耳其姑娘未把紧身衣脱下之前以及在她尚未廉价得到它之前，西吉斯蒙可以读到："Cordoniucarta blanca"，一种令人恶心、呕吐而又带甜味的脏水，这很可能……这样的酒瓶，那些坐在小楼厅后面的捐赠人，还有不少，因为第二只酒瓶不一会儿又朝着胸罩摇晃起来，当茨冈人走过去与她恶作剧时，她的酒瓶又飞回去了。"水兵的生活作风很正派，"西吉斯蒙自语道。事实并非如此，他们的作风很不正派，因为酒瓶刚好从男舞蹈演员合起的手中掉下来，虽然女演员正在慢慢地解开衣服搭扣。剧场里响起了满堂的喝彩声，这对演员抓紧时机成功地结束了自己的演出。但是，西吉斯蒙在寻思，以后的每位女演员是否会得到精粉面包呢？抑或一枚小鸡蛋将是对她们的最佳褒奖呢?

啤酒有点变温,他一饮而尽。又有好几位女歌唱演员走上舞台羞怯怯地脱去了衣服,待她们走到聚光灯架前时站在那儿。最后那个人唱的主要句子是"闭上眼睛然后再睁开",还一边唱一边用她那涂过的眼皮和假睫毛挤眉弄眼,这样子就像热代翁·蓬斯放在自己照相室独脚小圆桌上的那个会弹奏的旧布娃娃(后来被塞尔吉娜卖给一个古玩商了)。除了挤眉弄眼(机械的卖俏)之外,这位丰满得像鲸鱼的戴着金黄色假发的姑娘连一点新鲜的诱惑力都没有,而她那金黄的环形鬈发倒与她的牙齿非常相配。在她尚未唱完她那令人厌倦的歌曲之前,包厢里的水兵们(是的,是水兵)都已纷纷出席。大概与女舞蹈家们到某几间在楼厅里就能看见的闲人免进的包厢里喝酒去了吧,这并非不可能。但令人遗憾的是,再也喝不到挂在背带上的香槟了。

Cielode piedra,石头天国,为什么就不存在呢?悲剧的平庸是个业已得到证明了的旧方法。女情人的不幸与稍带嘶哑的嗓子完全相适应。绝望与舞台的关系最为密切,特别是当她羞羞答答地脱下罗纱,露出白皙的胴体的时候,以及在一张瓜子形的脸蛋在平直的乌发下仰起、在两只裸露的胳膊之间被两手紧紧搂着的时候腋毛已被剃光,腋窝里还搽着香脂,扑过香粉,如同皮肤那样光秃秃的,一无遮盖,对比之下,一眼就能看出那胸衣是黄色的。站在聚光灯架下的那位最好快跑,因为大家很可能认为她是肮脏的(西吉斯蒙想)。她疾步如飞,管布景的人都未来得及拉幕就逃之夭夭,另外一位又接着上台,她的肌肤和服装都是金黄色的,走起路来扭扭捏捏,装腔作势,步子迈得很小,说话声音轻如蚊蝇,西吉斯蒙都没有注意听。聚光灯骤地打在她身上,于是使她全身金光闪闪,光芒四射,可惜幕布过早地落下,夺去了她预期的小小的成功。观众并未站起为她鼓掌喝彩。

瞧,人们又站起来了,原来有个蒙面人吵吵嚷嚷地跑上了台。蒙面人个子非常高大,加上红鞋的后跟高得出奇就更显高大,身上裹着一件带黑色风帽的红色长外衣,两片嘴唇涂得血红血红的,两只手拽着嘴唇上的风帽帽檐,跳着一种(慢节奏的)伦巴舞,边舞边唱,反复唱着歌曲的迭句"一个女人的舌头说她同意"。第一段唱完了,节奏越来越快,这女人(肯定是个女的)把风帽往后一甩,把长外衣往两边一抖开,那样子活像展开两只着了火的翅膀。只见她那乌黑的头发梳得很高很高,头发上面插着一根珊瑚梳子(肯定也是假货），但是，大家还是看不见她的脸，因为脸上戴着一只小巧的半截面罩，是用红缎做的，眼睛周围绣着乌黑的煤玉。长外衣滑到地上以后，她身上几乎一丝不挂，上身只戴一副黑色的胸罩，胸罩上因饰有玻璃珠子而金光闪闪的；下身只着一条三角裤衩，像是从钻石晶体玻璃上切下来似的；网状的黑色长袜只穿到细长大腿的三分之二的地方，由绣着许多玫瑰花的红色松紧袜带紧紧勒住。"一个女人的舌头说她同意"，她边唱边伸出舌头去舔风帽帽檐，样子非常自然（西吉斯蒙也自然而然地想起自己的父亲和搞同性恋的人）。

抖动乳房的舞蹈开始了，使他从沉思中清醒过来，这种舞蹈的激烈程度并不亚于用脚舞蹈，而且根据体积和重量使胸罩上挂着的缘带经受了严峻的考验。当她的双手在脖子后勾住的时候，或者当她那两只伸直的食指放在风帽上当成两只犄角时，她拼命地抖动肚皮，简直像厚颜无耻的女魔，唱完五段之后。即叠句唱了五遍之后，观众热血沸腾，简直把凳子都摇翻了。瞧，她不唱了，只是一个劲儿地狂舞乱扭，汗水（乱扭的代价）一直流到下巴颏和胸口，她会站到聚光灯架前来吗？如果不站，非把观众气得七窍生烟，暴跳如雷不可，如果站呢，一个个肯定会心花怒放，拍手称快。瞧，她过来了，舞步速度丝毫未减，走到中间时，第一排的男子汉们个个全都站了起来，拼命鼓掌，或把手向她的大腿伸去。她脱掉面罩，面罩飞过演奏员头顶落到了舞台上。人们这才发现，她美若天仙。大家希望，要求她弯下身去，她欣然同意，身体向后弯曲两手着地，在聚光灯架上摆出了弓形姿势。跳了一出横向的伦巴。乐池只剩下咚咚咚的一片鼓声和锵锵锵的一片钹声，她并没有站起来，而是忽地躺倒在地上，左右翻滚了几下，终于趴下了。礼物就像天上的洗碗布一样纷纷落到她身上，钻进了她唯一遮羞的薄薄一层衣裤里面。

坐在西吉斯蒙左边的那个全身长满灰短毛的男人，出神地望着高大的女郎。大家都在那儿起哄扔礼物时，他却纹丝不动。这时只见他从双排扣的西服上衣口袋里掏出一只与第一只一般大小的鸡蛋，举起让观众欣赏了一遍（这怕不是弥撒中的举扬圣体，而是神甫在讲主日课吧？），然后慢悠悠地将它往还在喘气的肉乎乎的胸脯上伸去，顺手塞到乳峰中间的深沟里，把手放在那儿好几分钟，与此同时，乐师们加入了观众的行列，为他的英勇壮举大鼓其掌。女郎的身子在微微颤动，看样子在休息，但也可认为她已受伤或失去了知觉。最后，为了下场，她站了起来，场内顿时出现了类似前一个节目那样的尴尬局面（西吉斯蒙是这样认为的），多亏乐队又哇拉哇拉地奏起了，局面才被打开。

此后上舞台来演出的女演员（估计有两三个吧）。西吉斯蒙几乎都没有去看，也没有去听她们唱的什么，连帷幕最后一次是什么时候落下的，中间休息的灯光是什么时候亮的，他都一概不知。当他看到闹哄哄的塞鸡蛋场面再次出现时，他突然产生了一种丰满的好奇感……旋即他冒冒失失地跟在邻座观众的后面，他们想到过道和外面去活动活动胳膊腿儿。在那儿他看到许多照片，知道了下面第二部分都有哪些（将演些什么）节目，以及节目要到休息之后才开始，这些节目可能都是些喜剧性的黄色歌舞。可是，他累了，而且都过了午夜十二点了，干等吧，心里又腻得慌，与人闲聊开玩笑也强不了多少，先回去也好。

他往下走到了那个绿树成荫的阴暗地段，也就是他碰到那个伸舌头的人的地方，他看到许多年轻人正在来回徘徊，人数比以前更多。有人走过他的身旁时，只听见他们在嗡嗡地说些什么。西吉斯蒙立即想起那些人们称之为粗壮的多毛蝴蝶，当然也叫烛蛾。他转而又想烛蛾是只在黄昏而不在夜间活动的。午夜过后是不会有烛蛾的。这时候只有尺蛾才出来活动。如果民政当局长官懂得昆虫学,他就会对这些男性蝴蝶的活动严加整顿。

在阿波罗酒坊前,西吉斯蒙停了一会儿,想借助灯光查看一下巴塞罗那市区图,看完之后,他决心找一条没有走过的路回旅馆去,于是他穿过车辆稀少的林荫道,背对德·阿萨尔托伯爵街,往下朝海边方向走上了左边的人行道。

除了一家快散场的电影院外(如果门都开着而售票处已关,广告灯也熄了的话),那里的大部分房子看样子都像正在修建或拆建。灯光很暗,走路时很难避免碰上瓦砾和石灰。兴许正因为这个原因吧,路上根本见不到行人。到处弥漫着生石膏味,渐渐被夹着咸味的海风冲散并带来一股股煎炸过火的油焦味,当人们从孤寂的街上走出来回到居民闹市区时,这种感觉犹为明显。西吉斯蒙往左拐了个弯,到了剧院拱门大街。

在帕拉列洛大街那边,在街头即通向兰布拉大街出口处,有一条破烂不堪的小巷。路面坑坑洼洼得很厉害,走起路来只能看着自己的脚,走一步路看一步。如果你想瞅瞅那些既漂亮又可怜的低级下流的咖啡馆或酒吧,那你干脆就得停下不走。那些破屋里的墙上挂着纸做的花叶,已经发黑,像是国内战争以前剪下来的。屋里净是些老头，与已经和他们长得挺像的孩子们一起坐在纸花叶下喝酒。两个面色铁青的警官，嘴里叼着已经发臭的小雪茄，在监视那些迷路的人别让他们破坏领袖的制度，以及监视那些有幸忘了这一制度的醉鬼。穿粗布短工作服的水兵朝西吉斯蒙迎面走来，他只得闪到一旁让他们过去。他所在的气泡（或只有华妮塔才可能与他一起呆在里面的气泡）能抗得住撞击吗？警官走过去之后，焦油味变得新鲜、友好起来，新鲜中会有多少人情味，他们身上又有多么粗暴。小巷稍许变宽了，路面差不多平了。低级妓女打扮的妇女在酒吧里又出现了。

再往前走几步就走不过去了：原来西吉斯蒙已站到了早些时候窥伺过的那家高级咖啡馆前，他并不反对透过窗户瞟一眼原先看到过的那些女服务员，她们正同上次一样正在与那些色眯眯的酒客（与上次见到过的好色之徒不相上下）吵架。拱门还是那么臭气熏天的，活像挺大但无水的小便池。在兰布拉大街，虽然时间已过半夜，但仍然热闹非凡。天上的月亮已微微下斜。可是在旧犹太区的佩塞那斯，月儿还圆着呢。

一辆辆出租车在帕那姆斯街前疾驶而过。全部驶过之后，西吉斯蒙急速穿过马路走到街心人行道上，那儿非常宽阔。无家可归的人一个个都在树下瞌睡，树上当然也不乏正在酣睡的鸟儿。因此，这条人行道看上去像是避难的佳地。“我该有多么谨慎！”西吉斯蒙心中想道，转过身子朝着距他下榻的旅馆不到百米的大街走去。他穿过另一半马路，当然是在出租车全驶过之后，它们将停到停车场去，弗雷德里希·索莱尔雕像在自己的微坡的基座上高高地俯视着这个停车场。乘车的客人似乎全是娼妓。她们三三两两地下车，或拉着个男的上车，估计是到此区里更隐秘的某座房子里去。穿着白色或蓝色制服的都是“阿尔塔伊”牛郎星号上的水兵，在埃斯库迪耶乱闯。咖啡馆的娼妓们与他们厮混在一起，然后洒洒而去，那情景很像在电唱机的乐曲声中，全体演员悄悄地共同编排某出芭蕾舞的队形。西吉斯蒙有几分钟也参与了这出芭蕾的演出，有好多次他在蒂比达博旅馆门口来来回回地走着，根本不想与那一张张在自己面前晃动、牢记在“心”的脸庞分离，因为来的人始终是那些人，因此他得出的印象是：自己已卷入了这出永无结尾的舞蹈。

当他从中挣扎出来并真正回到旅馆的时候，他才退出了舞台（但始终处在气泡之中）。他离开了有灯光的地方，前厅,走廊昏昏暗暗的,几乎没有一缕光线,办公室里的灯光也很暗、西吉斯蒙没有认出看门的人(兴许已不是白天那个职员)。但是,幸亏他认得西吉斯蒙,没等他开口就把房门钥匙交给了他,房间号他早就忘得一干二净。17号。还没说出口,电梯门已经打开。“晚上好”(虽然已是半夜)。他到了二楼,进了房间,一按电钮,灯亮了。

他全身脱了个精光,也不想穿睡衣睡裤(连件睡衣的上衣也不穿),虽然它们就在手提箱内三个衣架的第一层衣架上。他非常讨厌使用杀虫药粉,虽然他知道它就压在鞋袋底下,装在佩皮尼昂药剂师包的圆的灰硬纸里。他在盥洗室里的镜子里照了照,华妮塔的身子像幻影似的又出现在镜子里,而且就贴在他身旁,直到他转过身来才离去。

信还在原地未动,在塔形酒瓶下面压着。西吉斯蒙望着它,用手摸着,如同在抚摸着母猫的脖子,然后就躺到床上,熄了灯。

第三章

西吉斯蒙用完早餐。他吃的烤面包,上面抹了一层旅馆里供应的黄油,还加了一些盐,那盐是在路上吃清煮鸡蛋时剩下的,因为他对放在盘里的那块紫红色果冻有些信不过,像是用西红柿或化学颜料染的。装在两个小袋里的茶已在壶底溶尽,味道比法国的普通茶要香。标签上写着"英国制"三字。挂在褐色的陶器上,肯定是从海上偷运过来的走私货,因为非法买卖在港口可以说是合法的,西吉斯蒙之所以这样认为是因为他看见过那些残疾人所摆的货摊,曾从水兵手里买进卖出。他在茶里只加了些糖(四块糖差不多够冲三杯的)。他没有往茶里兑奶,因为他不喜欢喝奶,而且搞得塞尔吉娜也讨厌喝奶,虽然她与他不一样,没有受过多毛人种的满头棕色头发的父亲的折磨，而且还喜欢将面包在大碗牛奶咖啡里泡着吃。他打电话定午饭时，已经九点多了。他连看表都没有顾上，因为他注意的第一件东西，是那封放在桌上压在塔式玻璃瓶底下的信，它像一条被散开的毯子盖着的、盘曲在他脚边的蛇那样已过了整整一夜，午饭已经要了很久，正当他等得不耐烦的时候才送来。“可能晚了，”他在心中自言自语道，直后悔在钟声召唤大家去城里教堂做弥撒的时候没有再睡上一会儿。

因为那天正是星期天，早上（旅馆的服务可能也不按常规行事）钟声敲得格外清脆，所以很像《四月一个美丽的星期天》（正如许多法国歌曲所哼哼的那样，比起在莫利诺剧院所听到的那些歌来，其愚蠢程度毫不逊色），打此天就要变热了。空气新鲜，天空晴朗，他所在的房间开始骚动不安，室内那透明的板壁估计会一直抵抗到周一，如果在这个犄角多如教堂的国家里，没有任何东西来捅破它的话。星期天是斗牛日。西吉斯蒙在尼姆·贝济耶[①]或卡尔卡松[②]时，经常兴致勃勃看斗牛，但是，他在西班牙呆的时间虽说很短，但足以

① 法国南部城市。

② 法国南部奥德省首府。

使他了解到斗牛受到了领袖制度多大支持(斗牛到了什么程度),而且又替它作了多少宣传:它甚至容忍鲜红的血来供大家消遣,从而维持这腐败的秩序。从这一观点看,它又是多么陈腐,多么可怖,它像罗马教堂里的弥撒一样也是一种祭品,但后者的形式则完全不同,虽说在姻亲关系上同样丑陋。绣在不久前杀手胸口的圣心,与装饰在斗牛士衣服上的金黄饰带相比,仅是花样的变换而已。一说到斗牛士,又怎能不联想到领袖呢?不,西吉斯蒙绝不去看斗牛。

他心里记着恨,在默默沉思,一会儿就心情愉快地觉得一阵迷糊,眼看就要打盹,小睡片刻,“笃笃”一声蓦地使他惊醒,有人在外敲门。“进来,”他随口说道(睡眼惺忪地),突然想了起来,立即用西班牙语改口道,“请进!”原来是个女仆,是进来取盘子的,而不是在他记忆中的那位香气扑鼻的漂亮小姐。在弯身的时候,她的胳膊肘碰了一下塔形的酒瓶。西吉斯蒙忘了自己光着身子,突地掀开毯子,坐了起来,喊了一声,“注意!”她是个非常小心的人,没有碰坏任何东西,她动作敏捷,有些自负,轻快地扭着舞步出去时,往西吉斯蒙身上瞥了一眼,他觉得她眼神中充满了蔑视和怜悯,仿佛看透了他内心的邪念。西吉斯蒙认为来取盘子仅是一种藉口,实际上她是来警告赖在床上的他,告诉他马上她就要收拾房间了。显然该是起床的时候了。

逼着他起来的并不是他这种模模糊糊的意识,而是透过百叶窗射到他脸上的一缕阳光。他正躺在对着窗户的床上,身上一丝不挂,因为女仆走了以后,他干脆把毯子扔到一边去了。当然,他转个身就能躺在阳光晒不到的地方去,但这也无济于事,丝毫阻止不了阳光射进来,而且他发现阳光已照到了放在窗户和自己双脚之间那只玻璃瓶的瓶顶上。瓶盖上的科隆在半明半暗的屋子里闪闪发光,塔形酒瓶上空映出了一个个子不高的人影,满身火红色,阴森可怖,像西吉斯蒙最后记忆中的父亲,经常被他那火红的头发和胡子照得满身通红。那根柱子看上去像是为了临时封信而竖在那封倒霉的信上的男人的阳具,那龟头射出的闪光精液,看了使人既害怕又厌恶。他是性格火爆如火山的种族的精虫后裔,是被刺刑盖棺定论的种族最后一批精液的产物(即雕塑在墓石上的死者卧像射出的精液的产物),他面临这一景象能无动于衷吗?他无法随随便便地将玻璃瓶移走,因为他很迷信,固执地认为一旦拎起玻璃瓶,他必然会去看信,他的金屋生活就会中断,他就得远离此屋,终止临时与普通生活隔绝的日日夜夜。汹涌的洪水夹着巨风的怒吼铺天盖地地涌入宁静的航道是普天下公认的灾难。为了眼前不受损害，必须尽早离开房间，越快越好。

西吉斯蒙钻到（为什么？）阳光底下，站起身来，虽说按平时的习惯，他总喜欢梳妆打扮一番，这次却连花上必要的一刻钟时间他也受不了。他没有淋浴，没有刮胡子（实际上并不硬），连牙也没刷、头也没洗、衣服也没有换，昨天穿的衣服就放在桌子（上面的酒瓶在闪光）旁边那张椅子上，穿上它再穿上鞋袜就行。转眼之间（最多两分钟），他将衣服穿上，拿上手表，在过道里系上表带，就往外走：楼梯上、大厅里空无一人，他把钥匙插在房门上，让值班的女郎自己去取，这样他就用不着在办公室里停留了。他没有跟任何人说话，径直到了街上，幸亏没有见到那个叫卖彩票的老太婆，肯定做弥撒去了，因为已十一点多了，卖彩票已经晚了。钟声终于渐渐消失了。

在埃斯库迪耶，星期天的来往行人比平日或下午要少。在关着大门的商店前面，有几个"牛郎星"号船上的水手在闲逛，一个在前、两个居中，另一个断后，他们一边从沙滩大街往这边走，一边左顾右盼地仔细观察着两侧的小巷，肯定是在找女人。可是，区里的妓女这时候都在休息，要找最好去拉巴多尔大街那边看看。西吉斯蒙正站在旅馆前面这条街的街心。但是，他的思想还停留在他刚离开的房间里，突然间他又想起了那封信。他产生了强烈的愿望，想再上去，挪开（这是他的失败）酒瓶，打开信封去读信纸上的内容，去触动一下他将受伤害的时刻。蒂比达博，难道他不想接受理应赠于他的一切？

是的，他不想接受，至少现在还不想。因为他已站到旅馆门口的人行道上给两个往沙滩街方向去的人让道呢。正因为她们的出现，才暂时忘掉了他想去看信的危险打算。他推测她俩是一对母女，母亲很胖，长着棕色的头发，脖子很粗、喉节都凸在紫红丝缎连衣裙的领子下面；但是那个姑娘却穿着一双白色的皮鞋，黑色的袜子，橘黄色的裙子和玫瑰红的羊毛套衫。他见了不禁心里一动，因为她的眼睛跟华妮塔的一般大，眼神也与之一样令人消魂，满头鬈发，无论走步和服饰都酷似华妮塔。说来也真荒唐，一想起那个孩子似的粉头，他心头就思绪万千，那只塔形的酒瓶无形中就退居了二位。他暗自在想，不等天黑，要去圣奥莱加里奥和皮加列酒吧，住宅西区的 20 号大宅（大概是行程的终点吧）当然是不在话下喽。不知不觉，他就已经跟在母女俩后面。两人头上都围着一块黑色花边的头巾，说明两人都要到教堂去或从教堂回来。

华妮塔十二三岁的时候，也是这样(寒寒酸酸地)头上系着一块绣花破布，跟着一个粗壮笨重的母亲(比这个穿着紫红衣服的胖女人更寒酸)去做弥撒吗？她几岁开始当的妓女？兴许 20 岁、兴许 16 岁……

在沙滩大街上，他自言自语道："让她们去见圣徒和魔鬼吧！"说完就高高兴兴地让她们走了，因为他追逐的是一种虚假的爱情。

他稍稍靠近树边走，鸟屎像取之不竭的甘露蜜汁一样从树上纷纷往下掉，尔后就走到街心人行道上，那里有些人在散步闲逛，但人并不太多。阳光相当猛烈，烤得扑过黄粉、没有唇膏的几个女人脸上直流汗，这种化妆方法在大白天，尤其是配着黑纱是产生不了最佳效果的，虽然它作为弥撒上的一种装饰，得到了教士的允许，甚至赞赏。幸亏那张市区图还留在上衣口袋里，西吉斯蒙往图上瞥了一眼。他要不要重新往上走沙滩大街一直走到卡塔卢尼亚广场去呢？在这时候，街上的行人不知不觉地越来越多，旧大街颇具有一种吸引力，即可以在那儿安安静静地漫步。可一过了中午，教堂里做弥撒的人散了，加上正好是用饭时候，肯定街上人来人往，异常嘈杂。再说，那些大腹便便的军官们和那些肥胖丝毫不下于其主子的军官夫人们一个个都摇摇摆摆招摇过市。这些卡斯蒂耶的先生们的大肚皮上系着皮带，枪套咣啷在屁股旁边，走在老实巴交的卡塔卢尼亚人中间，显得格外显眼。

突然，西吉斯蒙想起塞尔吉娜曾对他说过，到了巴塞罗那，一定要去看一下博物馆。再也没有其他东西更能吸引她的了（因为她不了解莫利诺和妓女区）。她还说过，除了谢萘博物馆外，巴塞罗那的博物馆里的原始绘画是欧洲最丰富的。西吉斯蒙终于找到了充分的根据，决定去饱览一番，因为他无法想象，这些牲口似的丘八老爷会把星期天的早晨全花去欣赏绘画和壁画。于是，他决定前去（是坐车去）一饱眼福并再次翻阅着市区图。

他很快就穿过了十字路口，在林荫道上往下走了二十来米，穿过左边的马路，到了一条通往皇家广场，两边全是拱廊的短车道上。街上那些擦皮鞋的，一边打着瞌睡，一边用双手围成喇叭形向他吆喝，他瞅了瞅自己那双麂皮鞋，漫不经心地继续往前走去。正当他往左街角拐时，不料一个穿着白色薄连衣裙的黑人姑娘与他擦身而过，她那漂亮的嘴唇，漂亮的脖子和身上那甘甜扑鼻的香气，与广场中央呆呆地竖立在空中，在他眼皮底下纷纷倒下的棕榈树非常协调。她急忙闪开，协调的气氛顿时随之消失。但是，在碰撞中她却放浪地笑了起来，西吉斯蒙认为她肯定是“巴西”来的女郎，因为他在拱门下面旅馆的招牌上刚才还看到过“巴西女郎”的字样。跟她共饮一杯，是不成问题的，如果他不想去博物馆浏览的话。而她，却越过街角往沙滩大街方向走了，很难说西吉斯蒙还会看到她。

他的车就停在几步远的地方，车身上那些亮闪闪的蓝色图案全都蒙上了一层厚厚的灰尘，半个车身停在广场人行道上的一根拱门柱的旁边。为了尽快赶到车前，他穿过路角在自己的车子与一辆并排停着的挂着瑞典牌照的灰色“大众”车之间挤了进去，他用钥匙打开车锁，车门只能开个小缝，他只能硬往里挤。小“雷诺”的钥匙既能开门也能开接触器（起动器），只一拨，发动机就响了。

于是，西吉斯蒙松开刹车闸，脱开离合器，将车往后倒。他慢慢地合上离合器，往后倒了几米，准备往前开去。孩子们仍然在街上玩，到处都是尘土飞扬的，挡风玻璃和车身上落得全是，搞得车前什么也看不清。要想往前开哪怕走上一小段路，也得先擦玻璃。放手套的箱子里塞满了各种各样的破布，用来干什么都行。

西吉斯蒙掏出来的那块还是新的，他拿到车外一看，觉得有点面熟，原来这是塞尔吉娜睡衣上的一块玫瑰红的上等细布，因穿的时间很长，旧了，才将它撕成了一块块碎布。在丈夫出门前她把旧破布从车中取出换上了新的，西吉斯蒙的手颤巍巍地用这块漂亮的布擦着车上的玻璃。有个小女孩，看上去不到五岁，头发金黄，穿着件非常短的红色小裙，露出了棕褐色的皮肤，突然走到他面前，停下了脚步，神情严肃地望着他，一只手支着滚铁圈的推棍，另一手往玫瑰红碎布前伸。虽说他还没有擦完玻璃，可是看到她这副样子，他怎能忍心不给她呢？为了向他表示感谢，她欠了欠身，但脸上并无笑容，然后就踏着她那双白色的小鞋一溜烟地走了。他情绪坏到了极点，心像被刀绞了似的。棕榈树上空没有一丝云彩，是呀，天可以被劈成两半，但是，在西吉斯蒙内心却没有引起任何不可思议的感觉。

大概在四年多前的正月底吧，塞尔吉娜生下了（如他所想……）他们的儿子小艾利。但是，塞尔吉娜被压在他身子下面处女膜被破流血时，却是六月初的事，都快六年了。难道他还要久久地去追忆那些无限温存或令人痛心的往事？那些具体的日子和时间吗？棕榈树下，孩子们分成两个阵营在打仗，他们手持木剑在互相刺杀，喷泉座基周围节奏鲜明的淙淙流水声，和着那响起阵阵喊杀声，说明他们正在玩基督教徒与摩尔人打仗的游戏。历史故事的本义是为了使孩子们能消遣娱乐。至于他，西吉斯蒙·蓬斯，他的过去却与众不同是封闭式的，而他的未来也是被半透明的塔封镇住的。当前，他最理想的去处就是博物馆。

他走出汽车，但是，没有关闭发动机，汽车仍在发出轻微的隆隆声，他再次悟出了这声音的意思，那是在劝他立即到博物馆去。他走回车边，再次坐到车里，拉上倒挡将车又往后退了退，然后就把排挡推到一挡，再推到二挡，慢慢地沿着广场转了起来，一直转到唯一的进出口处。如果开车的人开得更快些或者说他不猛地来个急刹车，那么，一位年轻的英雄肯定会被这位格勒那德地区的哈里发[①]抛到雷诺汽车的防冲装置上了，但是，他并没有撞倒那个正在逃跑的孩子（撒

① 穆罕默德的继承者，伊斯兰国家的领袖，这里指西吉斯蒙。

拉逊人真是好样的！），而是将他放了过去，当他的车开到那个黑人姑娘消失的地方时，他情不自禁地用目光将一家咖啡馆的桌子一张张地扫视了一遍，搜索着她的芳迹。是的，他很希望能再见到她，但是，当他再次意识到她那与众不同的骗术，顿时觉得自己身上的一切痛苦都渐渐地减轻了。

他的车沿着右边的沙滩大街开着，一直开到第一个十字路口，往左来了个大转弯，往反方向一直开到剧院新场，继续往下走，直到那条能往右转的路上，把车开到帕拉列洛脚下，尔后又往右转，爬上高坡，他开得很慢，心里觉得很奇怪，竟然在有点类似地中海的阳光下，认出了昨夜曾经迷过路的那个地方。

坐在车上的人与走在路上的行人，看东西时角度并不一样，在前者眼里，空间（不光是距离）变小了，而树荫和人工照明的范围，比其在日光下表面大小更大。在剧院拱门大街与阿波罗酒坊之间，有段非常短的路，可是，昨天他却跌跌撞撞地走了大半天。酒坊、旧影院和游乐场全是可怜巴巴的木板房。新影院坐落在广场的那面，并不像昨天那么高大，只有节目并没有变，西吉斯蒙又想起了广告上印度女郎的那张勾人消魂的大脸，没有注意高杆上的交通信号已经亮起了红灯。幸亏星期天交通并不拥挤，不看红绿灯也没关系，反正警察都不当班，也没有车横穿马路。西吉斯蒙又斜瞟一眼红灯长叹一声（塞尔吉娜要在，肯定会拧他，怨他心不在焉不好好看红绿灯的），在人行道前（有个小流氓正在向他伸舌头）稍稍加快了些车速，尽管上午在这个区里很少出现不良之徒。

瞧，莫利诺到了，在上午的时候，灯火已全灭了，它像个装有尾翼的大鸡蛋，下面还有底座，装有尾翼的大鸡蛋，不是炸弹又是什么呢？如果大家管它叫“炸弹”，那么，在卡斯蒂利亚方言中，那个心慌地报幕的女演员，那个勾人消魂的著名女歌唱家，那个塞到胸衣下面的小鸡蛋不就起着雷管的作用了吗？用这种或那种方法去燃起华妮塔的欲火，谁能想得出来？就拿他自己来说吧！难道他曾有意识地点燃过塞尔吉娜的欲火？

随即他就后悔自己竟然会提出这样的问题来问自己，驶过大十字路口之后，他一脚将加速器踩到底，到最高一挡，也即第三挡，汽车飞速前进，速度盘上的指针已超过 90，以后又推到第四挡并继续供足油料，尽管是座空城，用每小时 120 公里的速度往上坡爬上帕拉列洛大街也是很不明智的。

然而，当他在不乏鼓包的路面超过一辆黑色西特牌出租车时，却并没有抬脚，车速还在加快，而是在快到西班牙广场的时候才切断进气刹住车。因为那里肯定有警察。

实际上，那里确实有警察，穿着食粪虫那样的蓝黑制服，幸好都背朝帕拉列洛，忙于疏导沿着何塞·安东尼大街朝谢特热方向往海滨而去的车流。其中的一个允许西吉斯蒙的雷诺牌汽车插进西特牌出租车流之中，从而使他临时混迹在实用车辆自谑的小富之家，他平稳地绕过正中间的人行道，沿着另外一边不快不慢地出了拥挤的车流，朝通蒙比亚什公园的宽阔大道驶去。耳朵中机器的噪音消失了，取而代之的是喷泉发出的悦耳的流水声。公园里的小径静悄悄的空无一人。

在一块路牌上他已看到过一次“博物馆”三个字，还带有指明方向的箭头。要是深入想想，这个词也真奇怪，进入大部分语言时，总带有其古色古香的色彩，指某个冷冰冰的，特别是观赏裸体雕塑和裸体画的，极力推荐给游人前往参观的地方，这些游人，当他们在不够严肃的地方寻欢作乐，看腻了裸体女人，因而感到无聊烦躁的时候，到这儿来似乎就可得到某种辩解或摆脱。为什么这个词今天会有如此巨大的效果呢？比如说：妓院这个词也有古色古香的味道，为什么就没有这样的魅力呢？它不也写在带有指明方向的箭头的各种牌子上的吗？“博物馆”三个字又出现了，这次该往左驶了。

在高耸入云的大树底下，可以看见许多高墙，上面长满不知其名的爬藤植物，开着白花，香气扑鼻，一看就知季节。春意正浓，阳光炽热，此情此景，西吉斯蒙若开车去松林和海滨沙滩，与逃避做弥撒的人为伍，悠然自得地享受一番，不是更好吗？瞧，“博物馆”三个字又出现了，在一条小径的拐弯处，有个又长又宽的平台，可以鸟瞰整个城市。那座宏伟的建筑物——塞尔吉娜知道并感到好奇并主张丈夫去一饱眼福的民族宫殿，像排便一样终于重落入了他的眼帘。由于汽车的出现，惊得鸽子一群群飞上房顶，西吉斯蒙跟着其它几辆车子，把车停在一列阶梯前。

锁车门看来并没有必要。台阶很高，令体格欠佳的业余艺术爱好者望而生畏。西吉斯蒙一步一步地拾级而上，一直爬到阶梯顶端，建筑物的正面有三个窗洞，他在那儿喘了几口气。在屋里，看守人厌恶地瞪着他（他心里这么想），仿佛他破坏了他们的宁静。墙上挂着一张照片，是领袖的半身像，与真人差不多一般高，似乎并没有给他好脸色看，该去半身像边买张票了，游人们得付 5 比塞塔（一张上面印着领袖小像的钱币）才得以通过旋转栅门。进去之后，他就去找宽敞无人的地方，开始他一无所见，或者说，几乎什么也看不见，因为天花板很高，屋里的光线比外面暗得多。等他的眼睛慢慢习惯之后，他看见许多轮廓鲜明的石刻浮雕和许多肖像画，脸部轮廓画得非常粗糙，色彩主要是红、蓝两种，这是艺术的世界，主要是原始艺术的世界，也就是塞尔吉娜三言两语打发他来观赏的原始艺术世界，简直像一爿了不起的肉铺。

是的，他从这座卡塔卢尼亚博物馆得到的第一个印象，那就是误入了一爿专门的、官方的、奢侈豪华的肉铺而迷失了方向。他打了个寒噤，拉起并不太厚的皮上衣领子。在这艺术世界里，竟然其冷如此（与外部世界相比）！这显然是为了艺术（与肉一样）保存良好，不受腐蚀，才使其始终保管在凉爽的环境中，人们可以想象，一般大博物馆的隔墙内壁或地面下的制冷系统是多么复杂！一幅幅艺术品都平平整整地挂在墙上，有时用水泥或灰泥镶嵌，有时还用铁钩钩住，除了雕塑以外，它们都像是被能使血管崩裂、器官破碎、骨头断裂、神经系统支离的压力机压过，全部支离破碎，因为画中血红色的主体部分已全部龟裂，像似一张布满杂乱无章白色裂缝的破网。当西吉斯蒙在某种旧习惯（他自知这是种愚蠢的习惯）的驱使下走到这些薄似纸片的画前仔细观察一番，想看看上面究竟画的什么时，才发现画的主题远比其外形残酷。有个外表可怜巴巴的人心甘情愿地让人把自己光秃的上身锯成两半（从右边三分之一处锯开，以保全心脏），这位殉难者就是圣基兰，如果木牌上的传说写得无误的话，那几个锯他的人可能是长胡子的娼妓，是从妓院跑出来的、是穿着猩红短紧身衣和黑袜的面目狰狞的女刽子手。在另外一些地方，这位对艺术充满好奇的人，以为自己认出了一座用人肉筑成的城堡，如同一幅穿着人肉衣服、用人肉制成的男男女女们装配起来的画，这些男男女女倚在断裂了的小窗前，这些小窗也全部用人肉制成，于是，这座城堡，以及城堡中的居民，色调一律都是鲜红和青紫色的，与肉案上放着的牛肉颜色一模一样。画面上最轻的酷刑是杀头这种最野蛮的采集法，人头就像玫瑰花朵那样，一个个掉进箩筐。

这些屠宰的场面，说得更确切些，表现这种场面的绘画、浮雕和残存的壁画，究竟属于哪个朝代？根据画下面的简短解说词，平均起来说，它们大约产生于七个多世纪或不到七个世纪之前，这些画早就闻不出气味，因为博物馆与教堂不同，特别是在西班牙，是最讲卫生的地方，这时刚好有只苍蝇停在西吉斯蒙脖子上，他十分厌恶，急忙将它闷死，随即想到了在法老墓中遭蚊叮的考古学家们以及随之而发生的种种传闻。虽说几经消毒，这门古老的艺术仍然并不卫生也不健康。不管怎么说，不健康的应是人们在寒冷阴森的大古墓中（大部分作品全藏在其中）对它的长期凝视了。不健康的还有人们看到它的尸体以及对尸体腐烂的残骸的崇拜所产生的兴趣。

兴许，巴塞罗那人的疯狂劲儿比不上其他地方的人，兴许他们已落后于世界各国的疯狂潮流。到民族宫殿来观光的艺术爱好者，其数量远比西吉斯蒙曾在某星期天上午涉足其间的其他博物馆为少，其中外国人更是寥寥无几。有个小伙子和一位姑娘，或一对年轻夫妇估计是法国人（据他们的导游的肤色判断），走得非常之快，一眨眼就远远地走到西吉斯蒙的前面去了，而西吉斯蒙呢，则因为身旁的两个美国水兵而耽误了好长时间。那两个水兵的肩章上写着“牛郎星”号等字样，但是，与那些在满是妓女的大街小巷乱窜的美国水兵不同，他们的举止更像笨重的粗鲁女人，而又像随机应变的巧妇。他们走路时特别小心，肩膀总在转来转去，免得被这些凸凸凹凹杂乱无章的艺术品碰破而流血。他们喜形于色，晃着脑袋，有时还互相猜拳头。还像狗叫似的叽里呱啦地互相说着谁也听不懂的话。他们最感兴趣的是那些奇形怪状的走兽，很可能是古时的艺术家们画出来专门咬活人或吃死人肉的、狮子、龙、蛇、狗或乌鸦……这些凶残贪婪的飞禽走兽和那些头上往往长角的鬼怪一起，共同分享着水兵们的喜悦。西吉斯蒙还不时听到其中的一个在看到这些野兽惨无人道地用嘴咬人或用爪子抓人的画面时，激动得吹起了口哨，吹口哨的头发金黄，梳着平顶式的发型，另一个长着栗褐色头发，头上有点秃，歪着个脖子表示赞许。说他们对艺术的兴趣来源于《圣经》故事，怕未必是真的吧。因为西吉斯蒙本人就是读《圣经》长大的，他受的圣经教育与年轻的美国佬相比，至少不分伯仲。可是，他却非常厌恶艺术，为此他曾感到惊讶。

稍加思索之后，他觉得有生以来自己是第一次单独进入艺术博物馆。其他几次，他是与塞尔吉娜同去的，她跑博物馆就像跑美容厅或跑舞会那么起劲。而此前，他是跟着父亲一起去的，他父亲看希腊—罗马雕塑时那副似醉似痴久久不肯离去的样子，常常引起看守们的猜疑。就某种程度而言，塞尔吉娜迷恋（原始）绘画，如同迷恋舞蹈演员，按摩师和理发师，当她从艺术的诊所出来之时，她精神振奋，容光焕发，满面红光，也许人也丰满了，这一切使她看上去像个美丽的小吸血鬼。而他父亲热代翁·蓬斯，当他站在心爱的、亚历山大学派的大理石未婚男子面前时，那神态举止则活像个鸡奸者。可是，西吉斯蒙，当他独自面对艺术佳作时，却为什么会感到扫兴和厌倦呢？他的错误难道是因为他从和蔼可亲的吸血鬼妻子那里或从伟大的鸡奸者父亲那里，一无所得，毫无继承？

他一边想着鸡奸者的模样，一边跟在水兵后面走，走得有点太久了，于是就离开了他们，旋即又碰上了一位上了岁数的德国人，正在让另一位年纪稍小些的看画上的猪，画上讲的是《圣经》中的故事，说的是魔鬼被装进猪身里。他离开了这两个德国人和猪。有个看管人员像只被关在笼里的野兽似的，在室内转着圈走着，常常蓦地猛扑，吓人一跳，西吉斯蒙发现这人在不断打嗝。如果有人吓他一跳，或者允许他解开裤扣，平躺在地，肯定会不治而愈的。

指控艺术犯了打嗝罪，如同指控它本身染有疾病一样，是将绘画与挂在宏伟壮丽肉铺里铁钩上的大块生肉对比之后的必然后果。此时西吉斯蒙突然想到，倘若有个什么机械装置，肯定能将这些肉块像翻烙饼一样在桌上翻来覆去，以及在壁洞里露出半个身子的蒙面和尚，肯定会从艺术中为参观者割下大块大块肉片。消费是必然的（或者说，拒绝消费是亵渎神明的，将受到宗教裁判法庭的审判）。“艺术是多么沉闷呀！”西吉斯蒙想，同时想起了一首单音节二行诗：

艺　术
肥　肉

他感到羞惭自己竟然愚笨如此，真想对自己的胡思乱想抽上 20 宗鞭，以予惩罚。想到这里，他又情不自禁地将艺术与僧侣的食物，将博物馆与女修院的食堂两相对比起来。他对自己非常不满，就大步流星地离开那里，走进了另一间展室，走到了德国人的前面，赶上了那两个水兵，再次超过了他们，赶上了走得极快的法国人。终于来到了一间狭长的展室，看起画来。他的目光落到了种种酷刑上，除此之外，没有任何使他惊愕的东西，因为宗教艺术大都是沾染鲜血的，这就是他的看法。但是，画上的这些酷刑方法却并不平庸，也没有初看起来那么强烈。换句话说，这里的画更是经过烹调的，烹调出来的肉都带有矫揉造作的味道。他盲目地接连走了好几个展室，跨越了好几个世纪，一直到了原始绘画时代。西吉斯蒙完全是为了敬重和仿效塞尔吉娜（她只对这种艺术感兴趣）而走进博物馆的，因此，为了表示对她的忠实，他不得不去转它半圈。

想到做到（何况“忠实”一词像是在他脑间生了根似的，始终没有离开过他也没有使他反感过），他像来时那样大步流星地走了不知多少个展室。在某个展室门口，他与那两个德国人撞了个满怀（他想如是撞上“牛郎星”号上水兵，恐怕连嘴巴都要被揍碎了……）。他忙不迭地对两个德国佬说了声“对不起”，那两人也双双向他说了“对不起”。

瞧，这会儿他又回到了塞尔吉娜崇拜的罗马艺术室，仿佛紧靠着塞尔吉娜身边，挽着她的胳膊，领她到了最残忍的画面前，一旦需要，他一定英勇地挺身而出保护她与僧侣的队伍进行搏斗，并将那些蛀虫、败类重新关进墙里，他会咯噔一下猛地将门板狠狠地打在戴着尖帽的禁欲主义者们的头上，重新将他们禁锢在油污的窗洞里，塞尔吉娜笑了……

一想到塞尔吉娜的笑声，西吉斯蒙又把目光移到她正在观赏的画上。这些画上画的仍然像血淋淋的苦修院，跟现实情况一模一样，麇集着各种各样的人物。画上被宰杀的人往往面带笑容，而杀人的人却没有笑容。这时，这位观察者兴致勃勃地欣赏着一幅奇怪的画，画面上的人物正在把玩鸡蛋。

是的！在这幅画上（残缺的镶嵌壁画）有三个人看上去正在把弄鸡蛋，三人的上衣盖住了他们的肚子，肚子下方的衣褶下画着一只大鸡蛋，仿佛他们正在下蛋似的。第四个人面现惊色，将手伸向画面上角、凸出在一个四分之一圆圈处的那只手，看上去像是一支搭在弓上的箭，鸡蛋纷纷飞向那张弓形的圆圈，一只只打在他的脑壳上，敲出一只只犄角或鼓包。画旁写有说明：圣艾蒂安受刑遭石击。那就是说，这些不是鸡蛋而是石块，至少是白卵石，估计是人物与人物之间的联络（通讯）工具，而那张弓（天上的）估计是上帝的手。但是，西吉斯蒙对塞尔吉娜顽固的叛逆性格过于百依百顺，所以并不相信考古学家或神父们对艺术作品的解释和论据。此外，对于那些外形非常规则，在空中飞来飞去的亮闪闪的石块或白卵石，光看还不行，还必须进行思考。这些蛋状物魅力无边，永远令人叹为观止。这不是使莫利诺的观众与坠入地面的妓女们发生联系的那只小鸡蛋吗？西吉斯蒙站在这幅宗教艺术品前笑了起来，庆幸自己这时想起了塞尔吉娜，他尽情享受这美好的时刻，内心充满无比喜悦。

根据从鸡蛋中得出的这番道理，艺术对西吉斯蒙来说，已不再是咄咄逼人的。他仍沉浸在想象中，想象着自己与妻子塞尔吉娜手拉着手，走在巨幅壁画之间。这时他离博物馆入口处已经不远，所以他就追溯起它们的年代来。只见壁画比前面看到的更为庄重，宗教色彩更为浓郁，主题大部分都是基督，周围罩着光轮，形象一如慈祥的父亲，气氛中充满对慈父的敬爱，画的色调以冷青、深绿或钢青为主，暖褐色为辅。上帝那椭圆形的脑袋，一直是那个老样子，鲜明地突出在白色的光轮上。说实在的，很像“盘子上的一只鸡蛋”，藏在胡子、胡髭、鬈发中的那双眼睛，其目光总是喜欢沿着非常明显的椭圆形曲线向四周环视。更精彩的是，这些巨幅的画，从头到手，直到脚都被框在一个椭圆的光轮框中，这个光轮框的水平投影就是一只鸡蛋，鸡蛋就是光轮框，在椭圆的中心，威严的基督像慈父一样容光焕发、神采奕奕。从那双令人入迷的眼睛中，人们不又看见两只鸡蛋吗？

Ab ovo，即原始光点，在西吉斯蒙眼里，就是他父亲热代翁·蓬斯——令人怀疑的教师和一事无成的牧师。在椭圆形中，他仿佛看到了给了他生命的那个红棕色头发的播种人。他听人家说，当他父亲从学生中挑上了一个最漂亮的把他带到顶楼上那间照相室里时，当他将他剥得一丝不挂（除了山羊色的皮肤之外）之后，手里握着笛子将他放在考林辛式柱头的复制品前，想得到一个模糊的古代牧人的形象时，他的眼神也是这样的。他那弓形的眉毛也在圆圈的四分之一处微微翘起。而那孩子在他那吸引力强似磁铁的目光下已放弃了全部自由。热代翁就是这样威严地坐在他儿子的眼前，坐在蛋形的或光轮形的框内，框的形状与西吉斯蒙从中出来的那滴精液一模一样。热代翁花了很长时间把照相机的外套拆开，然后安正了三脚支架、调好焦距，难道仅仅是为了取下和重新盖上镜头盖？也许是吧。但是，那孩子呢，只见他红棕色的眉毛紧紧皱起，眼睫毛沉重地垂在金黄的眼珠子上，迅速穿上衣服，叫喊着往楼下跑去。而他这位趾高气扬的父亲立即泄了气，像只打碎了的鸡蛋，蛋清直往外流。

为了挣脱霸道父亲的统治，西吉斯蒙就向塞尔吉娜求救，而塞尔吉娜呢，总是有求必应，及时前来相救使他免遭红棕头发暴君的折磨，所以即使在罗马艺术馆里，他也总愿想起那位不在眼前的妻子。当这位叛逆反抗精神很强的女人颤颤巍巍地叫着“菲利皮普娜”这个名字时，她是多么温存呀，宛似在一只尚未成熟的蛋壳里孵着一对小鸡一样。而这次，她的胜利则在于使那些伟大威严的鸡奸者在光圈中变得越来越模糊；使他们那炯炯有神、但冷酷无情的目光变得越来越暗淡。他们的威慑力量一旦失去，他们的脖子瘪得就像眼镜蛇的脖子。热代翁·蓬斯那股邪念的力量也因此而渐渐削弱。西吉斯蒙站到最原始时代的艺术品前，他觉得如果自己再努把力就能听到塞尔吉娜的声音，听到她对最完美的形式议论以及娓娓动听讲述它们的深邃的意义。但是在想象中，他仿佛在抚摸塞尔吉娜的膀子（光秃秃地露在玫瑰红的无袖纱衫的外面，他俩一起去参观梵蒂冈博物馆那天，她穿的正是这件纱衫），他想起过去当她看得入了迷而无法自拔时，他总是这样拽着她的胳膊才把她拽开的。因为艺术，即便是原始时代，以至罗马时代的吧，已经使他厌倦。他眼前的全部愿望，是穿过那些古老雕塑展室，直奔他进来时走过的大门并将它推开。浮现在他脑间的塞尔吉娜同意了他的这一要求。当他用手推开玻璃门时,她就站在他身边。

西吉斯蒙往那粗糙的门玻璃上瞥了一眼自己的脸,发现自己的脸色比前更加忧郁,神色比前更加孤独,他在自己家盥洗盆上的镜子里从未见过这般模样。久久浮现在他脑间的回忆中断了,塞尔吉娜的人影渐渐消失在远处,热代翁的影子也随之而去,要是这时有个水兵能彬彬有礼地闪开道让西吉斯蒙过去(从而驳倒了水兵都粗暴野蛮的这种坏名声),那么,肩章上“牛郎星”号这个词在他眼里只会更加显眼。他再次在领袖的相片前走过,立即又想起了那只塔形的酒瓶。他走过往反方向转的旋转栅门,走出了国家博物馆,大门随即在他身后关上了。外面骄阳如火。

强烈的阳光十分刺眼,他在台阶上踉跄了几步,希望天上飘过来一大块云彩,但是可惜,天上仍是碧空万里,午后一时的空气既热又燥,如同嘴里满口热茶那样,烫得喉管火辣辣的,尽管如此,他仍必须从阴暗和凉爽的艺术收藏室内走出来,以便体验个中滋味。西吉斯蒙从台阶上往下走,目不转睛地盯着自己的脚和脚下的花岗石台阶。他终于毫无困难地走到下面,尽管阳光晒得人头昏眼花,他的汽车一直在阳光下停着,估计车内热得像锅炉。他走到车前,敞开前面的两扇车门，免得憋死在里面，如果可能的话，接着他穿过平底座，坐到护墙边，背对着四周的绚丽景色。不远处有一对夫妇正在饱览景色，看样子是到卡塔卢尼亚来的外国人，但谁也说不清他们是哪国人，因为他们手里没有任何旅游指南一类的书，而且从未开口说过话。

西吉斯蒙对阳光早已习以为常。他对一切都能很快适应并养成习惯，他经常自己问自己，对自己的这种特点，究竟应该庆幸呢还是应该指责。他想起塞尔吉娜曾经指责过他，说他这是伤风败俗的不道德行为。为了保护自己不让这似火的酷阳侵袭，他心里又浮起了一个念头，或者说，一种幻想，那就是：将他在博物馆里看到的头上带着光轮的基督和基督被框在里面的椭圆形的光圈，与他收到信（现被压在塔形玻璃瓶之下）后一直被临时关在其中的那间小屋相提并论。他比在椭圆形的光圈中时更谦虚，并没有想起自己那位红棕头发的父亲，看到自己是个墨鱼卵中的一颗卵胚。一颗在新鲜的水泡中活着，来回摆动和手舞足蹈的小东西。这个水泡，只需将其薄膜剥除或用手指甲轻轻一碰就会破裂，他就是这样想入非非的。至少，那个他冥想中的信封使他产生了一种近乎喜悦的孤独感。

是呀，自从他将费莉娜的信重新放进信封之后，他确实陷入这种境地，他也正需要如此。在一触即破的光圈中，他轻松愉快地踮着一只脚在转圈。他在想一个套在一口气吹起、扎住，扔到地上被阳光晒干的避孕套中的阳具和从中射出的精液。生命在其中与死亡共舞，以及西吉斯蒙在那间小屋里思考，激动和焦躁不安，两者之间又有多少差别。

他比着比着比烦了，为了彻底切断思路，他站了起来，奔到车前，摇下窗玻璃。虽然车内已经通风，他在烤得火热的车身里仍感到透不过气来，座位上的呢子透过他的布裤烤着他的屁股，靠背上的呢套像浆糊似的贴着他的脊梁（幸亏还隔着一层皮），黏糊糊的。他尽量不把背全贴在上面。他的手心和指关节把在塑料方向盘上感到隐隐作疼。他用另一只手转了一下接触器上的钥匙，发动机没有启动，他并不觉奇怪，因为天太热，油箱里的汽油往往会蒸发掉的。西吉斯蒙一脚将加速器踩到最大速度，发动机立即发出了惯常的轰隆隆之声，他抬起脚，免得车往前急冲。“这车真不错！”他想到，像一个甜梦初醒的人或一只可爱的刚睁开惺松的眼睛的动物那样，心里喜洋洋的，他从生命的气息中获得的这种喜悦和满足感，使他全身各部位的灼热感顿时有所减轻。或许，他又一次习惯了吧。他又踩了一下油门，雷诺牌汽车挂上了一挡启动了，而后又推上了二挡、三挡，加速向前驶去。他没有半转弯往来的路走，而是往右转，朝方才遇到过的跟妓女的连衣裙一样颜色的玫瑰红的小西特牌汽车的方向驶上一条新铺的宽大柏油路上，柏油路顺坡而下，两旁种满桉树。出租车载着乘客迎着他纷纷往上坡走，毫无疑问，这样走法西吉斯蒙肯定会走到公园出口处的。

瞧，他果然走出来了，而且比他来时找了半天才找到的那条坑坑洼洼、尘土飞扬的公路要快得多，此外，还躲开了西班牙广场上的拥挤。没花多长时间就穿过某个贫民区，沿着两旁树木成荫的大街驶到了帕拉列洛大街的路口，往右一拐，到了那个已经熟悉的地方，因为不远处已经可以看见莫利诺剧院那两个高高的侧翼。

转过弯后，他把车速推到第四挡，驶下林荫大道，路面上的车辆比被太阳烤得火热的人行道上的行人更少。当他急速从剧院门前驶过时，莫利诺在他眼里像只白、黑、黄相杂的肥鸡，它背对着马路展着双翅，肥厚的屁股底下露出了那个满脑子邪念的人专爱偷看的入口处。有个阳台鼓鼓地凸在外面，通过比喻法来比喻，它就像那个鸡屁股，上面贴着著名女歌星的海报，像一根根扇形的长羽毛，西吉斯蒙朝这只大母鸡的屁股莞尔一笑，因为他看见许多小鸡蛋在鸡肚子里蠕动。塞尔吉娜倘若在他身边，备不住会问他为什么要笑。她在听他解释时，肯定能听出他笑声中惊恐的成分。只要她能在身边，他什么不会给予，什么不会奉献？

给予也罢，奉献也罢（再说给谁？为了什么呢？），都是些空话，因为她实际上并不在他身边，而且也不会来到他身边。虽说西吉斯蒙想入非非想了很久，在帕拉列洛街口也无法摆脱孤独感（剧院拱门非常狭窄，车辆根本无法通行，他停在街前，后悔自己在坡上时，没有注意那条直接通向沙滩街的阿萨尔托伯爵大街的三岔路口）。他把车开到港口。他不得不绕着和平广场上的纪念碑转一圈，才能再沿大街往上坡驶。车子围着库隆像迅速转着，前面是绿灯，广场上几乎空无一人，待他望见弗雷德里希·索莱尔的塑像驶到妓女酒吧前时，才减慢车速。这些酒吧里，星期天午饭时间是很少有狎客光顾的。既然是午饭时间，所以他将车开到蒂比达博餐厅。餐厅就座落在一家同名的酒吧下方，他漫不经心地往那方向瞥了一眼。这样，大家就不会指责他瞧不起旅馆里的餐厅了（他在几次旅行中经常受到这种指责），因为他是按着塞尔吉娜的意思才这样做的。

首先,他必须找个停车的地方,所以才在一条通往皇家广场的小街(也是纪念库隆的)街口上减低了车速,往右拐了两次弯,眼睛望着拱门下面,想看看那个穿白色连衣裙的漂亮黑人姑娘是否还在那儿(方才被街角的酒吧挡住了视线)。一个黑人妇女也没有,巴西旅馆正面的百叶窗全关着,但是,棕榈树丛对面广场上的一根支柱旁(他的车曾在那里停过)却空着。西吉斯蒙小心翼翼地将自己的雷诺车开了过去,由于路面上还留有车胎的痕迹,所以他准确无误地将车停到自己停过车的地方,他钻出车外,心里有点难以言表的说不出的喜悦,他没有锁车门,不过那也无关紧要,反正接触器的钥匙牢牢地藏在兜里,在广场角上,他走进一条阴暗的小胡同(这条胡同在他刚到这里时曾经走过),穿过唐·璜酒吧(柜台后面有个酒吧女郎已在打瞌睡),到了埃斯库迪耶大街后往右拐了个弯,又走了几步就到了蒂比达博酒吧门口,他走了进去,不过他必须穿过酒吧,因为通往二层的楼梯在对面,即朝剧院广场开的那扇门后。两个娼妓坐在只有从里面才能看得见的地方,正目不转睛地盯着他看。但是,映入他眼帘的仅仅是她们的脑袋在整齐地慢慢转动,那样子活像大炮上的炮塔瞄准着一个目标——那就是他自己。至于头发的颜色或连衣裙的颜色,当他走到楼梯上面时就一点儿也想不起来了。

门在西吉斯蒙——被瞄准的靶心的身后重新关上了。呈现在他面前的这块地方与楼下有天壤之别,真让人难以理解这两个地方竟然会在一栋楼内。这儿没有婊子,没有要饭的孩子,也没有鬼鬼祟祟的掮客,只有许多穿着白上衣黑长裤的侍者,在天棚并不高的长廊里井然有序地来回穿梭,走廊里面摆满桌子,桌旁坐着许多貌似阔佬的人,面前摆着各种食物。玻璃窗边正好有张桌子空着,临窗望去,广场就在下面,弗雷德里希·索莱尔的脑袋正好与窗齐平。西吉斯蒙在桌旁坐下,第一眼就看到那座塑像的颈脖,把停在停车场里的出租车上空的空中餐厅与地面连在一起。这情境有点像坐在一架停着的飞机上,机舱离地有 20 来尺高,又有点像坐在靠码头的轮船里。与其他桌子一样,他坐的那张桌上放着由四朵假花(意大利花),与蒂比达博旅馆一样是捆在一起的花束。他对此并不在乎。这时,有个服务员亲切地送来菜单,没等西吉斯蒙点菜就走了。显然,收菜单记账等事都是由穿着黑色燕尾服的老板负责处理的。

老板的屁股左摇右摆，很是潇洒，他正在坐着三个人（比利时人？）的那张桌旁忙碌着。西吉斯蒙趁他未来之前，将菜单靠在插着塑料石竹花的花瓶上，使他感到气恼的是，一，菜单是用法语写的；其次是蒂比达博餐厅的那份菜单，内容十分丰富，近乎自吹自擂，印得过份精致豪华，显得名不符实。花上 80 比塞塔，他有权挑选一个汤或一份水果汁，一盘鸡蛋或一盘鱼，以及一盘肉（带一份色拉）和一份餐后点心。他心中想道："一个即将受审判的人，有什么必要吃这么多东西呢？"菜单上的一行行字在他眼皮底下变得越来越模糊，就像他小时候站在他棕红色头发的父亲面前读古罗马诗人维吉尔的十二卷史诗《埃涅阿斯纪》时的情景一模一样。在他面前那几朵寒酸的意大利假花的下面，靠着的那张菜单，难道不是他自己的出生简史吗？上面不是写着"西吉斯蒙·蓬斯，法国人，鸡奸者和平庸神甫的儿子"吗？这时，老板以急速而有节制的步子走到他桌前，身子微微前倾，当然，他说的是法语，这更增加了西吉斯蒙的厌恶，佯装不懂，但无济于事，因为老板可以说是老谋深算，活像一个海关人员或警官，连顾客的护照号码他都能知道，该吃饭了而且得马上点菜。

各色各样的冷盆？芦笋奶油？抑或清炖里脊肉汤？不（虽说第三道菜挺诱人），西吉斯蒙要了份西红柿汁。他没有点佛来未式蛋，而要了一份双汁板蛇（他精通西班牙语，译得很准，而且知道这就是铁扒鱼，如同过去在意大利时，塞尔吉娜见到菜单上有一种叫波兰狼排而惊得目瞪口呆那样）。他也没有点卡塔卢尼亚式鸡丁也没有点佛罗伦萨式火腿，而要了一份赫雷斯酒腰，外加柠檬冰淇淋。在酒类方面，他要了半瓶普通红葡萄酒。老板将他所点的东西一一记在小纸上，随手交给服务员，身子微微一弓，然后两腿一松，像位巴黎歌剧院舞蹈演员那样，迈着轻快的步子走到长廊的另一头去了。“他真该穿上双旱冰鞋才对！”西吉斯蒙心中想道。

菜单仍放在假花束下面，他又重读了一遍，惊讶地发现上面写的仍然是那几个词（而且仍然是那几道菜）。在起诉状中，他是否将永远作为塞尔吉娜·蒙特费奥尔的丈夫而被传讯？他周围的人吃得多，喝得多。如果他有超人的听力，他就能听到一阵阵吧嗒吧嗒的咀嚼声，时而被咕嘟咕嘟的喝酒声所打断，从而盖住了胃蠕动时发出的隐隐约约的嘈杂声。由声音而引起的食欲，由食欲而引起的种种奇怪想法，他真想找个理想的邻座与之交谈交谈，遗憾的是他没有找到，“除非他妻子在旁”。

开胃酒端来了，只见碟子里放着一杯满满的红酒，有点混浊，黏糊糊的，有个穿着白色上衣的服务员用单手将酒往桌上一放，旋即转身走了，西吉斯蒙抬眼一看，只见到他的背影。在他正面，另外一个服务员正在忙着摆弄作料压榨机。有胡椒、肉豆蔻、腌芹菜（盐粒），只要端上来的他都吃，不过等什锦拼盘一吃完，他那微微浆过的布袖口里的多毛的手腕才停止动作。他恰如其分地说了声“谢谢”，然后，用小匙将调味品混入食品，将酒杯举到嘴边，想闻闻它芬芳的香味，为了免得去闻盒子里发出的那令人作呕的铁皮味儿。

有只与索莱尔灰石颜色差不多的鸽子从雕像的肩膀上突然飞了起来，与此同时，有个服务员出人意料地伸出胳膊将空盘和空酒杯突地收了回去，顺手掠过坐在旁边正在俯身往外打量的顾客的下巴。

他朝西吉斯蒙说了声“对不起，先生”，西吉斯蒙也无缘无故地随口说了声“对不起”。

前两个服务员工作时光着双手，这个却与众不同，手上戴着白棉手套，一直伸进袖口，让人以为他手上的毛长得太多，或者患有某种皮肤病。他换上盘子，走了，另外两个又来了，西吉斯蒙还是没有理他们。他们手上端着鱼和调味汁，将各种银色的金属碗碟放到第二张桌上，那个一头褐发的大个儿揭开主菜的盖，然后人不知不觉地将一条（非常）小的小蛇破开，随即将脊肉剔了出来，像是帮着低能儿童进食那样，然后再将可食用的部分（剩余部分）熟练地从空中直送到西吉斯蒙盘里，西吉斯蒙急忙浇上两种调味汁（黄色的芥末蛋黄酱，红色的胡椒沙司），以便尽快摆脱服务员们的纠缠，他们是在给西吉斯蒙添加完三只蒸苹果之后才姗姗离去，他没有说“谢谢”却说了声“再见”，声音几乎都听不清楚。

他放着鱼不动，而是不无厌恶地先轻轻地用叉子尝了尝两种调味汁，这种厌恶情绪，就同他方才见到这家小富人家的饭厅那故充富丽堂皇的虚伪装饰以及见到仆役们那些笨拙的殷勤时一模一样。他厌恶龙虾那瘪塌干巴的外形（如果菜单上不说明的话，估计在柜上放了好些天了），他厌恶形形色色的沙司；如同讨厌各式各样的作料。他厌恶成天讲究吃吃喝喝，像强迫人们去博物馆欣赏艺术白白花销诸多钱财和精力一样，把时间和钞票挥霍在餐厅里，他厌恶美食家们的种种法规戒律，强迫他去喝上一杯没有甜味的干白葡萄酒，外加一盘烤鱼，以及来一杯红葡萄酒和一盘腰子，这些法规戒律也会束缚眼前正在旁桌上为他准备色拉调味品的服务员的双手。他想:“因为我能像表兄一样以出售开胃酒来赚钱(谋生),现在人家来侍候我了,所以也让我品尝起四菜八味来了。”他还想,坐在桌旁让人侍候,这简直是一种投降行为,等于是脱下道袍还俗;以及那几个正在那儿当班的瘦长皮条客,正在急急忙忙地把那些大腹便便,肥头大耳的嫖客往楼上引。他这种庸俗的想法估计是受博物馆里瞥见的几张出于矫饰主义画家之手的绘画的启迪而产生的。是的,这点可以肯定,不过,塞尔吉娜曾多次地跟他说过,对厨师和豪华餐厅的服务员来说,往名贵菜肴上吐唾沫以及专门在用面包屑或干酪丝撒在菜面上烘烤出来的菜上擤鼻涕,那是一种传统习惯,塞尔吉娜每次去下馆子吃饭时,中途总要讲起这段历史故事。西吉斯蒙不禁笑了起来,因为他想起来了听她讲时自己黯然失笑和狼吞虎咽的那副样子。为了装出她就在身边的样子,他乖乖地吃起鱼来,虽然必须加上调料才能吃出些许鱼的香味。

西吉斯蒙脑子里好几次出现“香味”一词(当他把上面这件事当做一种反面经验时),他把这个词与回忆中的某些极普通的家常菜对立了起来。他喜欢这些家常菜还是朗格多克的穷老百姓教他的呢。陈面包的面包皮，抹上葱或蒜，再浇上一滴带果味的橄榄油，我才吃不厌呢，他想道。他一边想一边将身上带一条红脊的大鳞鲜鱼的已浇上奶油酱汁的鱼脊肉，连同唾沫一起咽下肚去，这种鱼他曾与塞尔吉娜一起在巴黎离皇家宫殿不远处的餐厅里津津有味地品尝过。“德古泰（品尝）与德格泰（呕吐）两词的发音何其相似？”他自言自语道。

正在他这样想的时候，有个未见过面的仆役前来将餐具撤去，然后，那个全身长毛或患有皮肤病戴着白手套的服务员又来上菜。

色拉，腰子（要是有人往菜里吐唾沫的话，估计就往这道菜里）。

在广场的另一边的二层楼上，面对弗雷德里希·索莱尔塑像，有一块闪闪发光的巨大牌子很引人注目，那是帕那姆斯的招牌，也就是西吉斯蒙夜里看到过一亮一灭，红了黄，黄了红的那块招牌。招牌中心是动的，饰有领袖时代的西班牙的几种颜色，一看就能招徕妓院的顾客，就能使他们纷至沓来。虽然白天他们都死气沉沉，可一到晚上个个都像生龙活虎似的精神百倍。

两个仆役又在桌子周围殷勤招待顾客，西吉斯蒙赶忙将手从桌上抽回来，以便他们随意将菜盘端来端去。他讨厌服务员们那些谨小慎微过分殷勤的接待，故意将目光转向窗外，凝视着帕那姆斯的招牌，只是当服务员们的袖子停止飞舞，再次离开桌子去端龙虾时(听说鸡鸭鱼肉全跟在后面呢)，才把目光收了回来。只见他面前的蓝盘子里放着一只高脚玻璃杯，里面盛的是冰淇淋；全部餐具只有一只小匙。

冰淇淋是白色的，但这不足以证明它的香味来自原汁柠檬。塞尔吉娜不爱吃果汁冰糕，认为它含奶油太多，总是嘀嘀咕咕地埋怨，谢天谢地，蒂比达博的餐厅，法国的咖啡厅，总算没有将其染成黄色，往往以果皮顶替，制造假象，以假乱真。

用完了这份让人馋涎欲滴的东西之后，西吉斯蒙心想："这份不知是用来吃还是喝的饭后点心给味觉留下多少回味、渴望和多少刺激……"如同他知道每当酒足饭饱之后自己所思所想似的。幸亏，杯中还剩下几滴酒，可以消一消他口中的苦味。

仆役来收空盘，西吉斯蒙同时用西班牙和法语说了声"结账"，渴望立即离去，一分钟也不愿再呆在厅外背对自己的塑像与使他备受刺激的厅内那些仆役们的来来往往之间。账单马上送来了,看起来像是早就准备好的。一共 95 比塞塔,酒包括在内。好吧,不过他没有付钱,拿出旅馆门房给他的那张住宿证,表示他是本旅馆的宾客,并告诉他自己的房号是 17 号(他临时想起来的)。无需再等什么了,抓紧时间走人(如他所愿),他随即站了起来,快步穿过走廊,躲开向他致意的老板,走下楼梯,尔后又放慢脚步,回到方才见到过一排漂亮的速溶咖啡壶的那个酒吧。

他站在柜台前,只见蒸汽直往上冒,香气扑鼻的水一滴滴地往下流到盛有褐色粉末的小筒里,他要了一杯淡咖啡,"意大利式"的,很担心水冲得太多淌到杯子外面来。他真想嘲笑自己,因为他知道自己跟塞尔吉娜一样,煮咖啡简直成了灾难,可她一天还要煮好几次呢,不过对于这种黑色的第五元素——咖啡,以及对它那种浓得发苦的味道,她有什么要说的呢?只要嘴唇一碰那上了彩釉的杯子就烫嘴,西吉斯蒙一边想着自己的夫人,一边回头凝视着隐藏在昏暗棕榈树荫里的长凳,凳旁站着几个妓女,估计西吉斯蒙一出现她们就目不转睛地盯着他看来着?兴许他也隐隐约约地见过她们?她们吃饭去了,因为棕榈树下的长凳旁已空无一人,唯有树叶在椅背上空垂着。

酒吧里的女人个个都有伴儿，只有一位中年妇女例外，她金黄头发，穿着橙红色的布上衣，看上去像是德国人或斯堪的纳维亚人。她正在吃红肠三明治，面前放着半杯浅淡的啤酒。西吉斯蒙走了出来。

那只塔形的玻璃瓶始终威严和悲惨地萦绕在他脑间。即使（实际情况并非如此）一种渴望自由的感觉在他身上蠕动着，他仍然不得不朝蒂比达博旅馆走去，他走进旅馆，穿过大厅，向看门的要了房间钥匙，乘电梯到了楼上，打开房门，一动不动地站在透明的玻璃瓶前面，那模样活像站在一条随时向你扑过来的眼镜蛇跟前，他满嘴里飘溢着咖啡香味，实际上这是塞尔吉娜的香味。他把嘴唇贴到橡栗形的瓶盖上，朝蛇脑袋上（瓶盖上的科隆）吻了一下，当他在镜子里看到一张流浪汉的嘴脸时，不禁自言自语起来，早该刮胡子了。

为此，他脱去上衣，往床上一扔，脱了衬衫（塞尔吉娜总把它叫翻领运动衫），光着身子，站在镜子前，用热水和剃须用的肥皂刷往事先准备好的剃须膏上刷了刷，然后往脸上涂了一层肥皂。用手掌涂着这层滑腻腻稠糊糊的肥皂沫子，涂得像个小丑似的。为了剃得更干净利索，他把剃须刀（上面的刀片是新换的)放在热水中烫了烫,然后就刮了起来,只轻轻几下就把白色的肥皂沫子连同略显红棕的须毛刮了个干净。皮肤光滑,容光焕发,摸摸两颊,干干净净,给人印象极佳。只要洗上一洗,把肥皂迹去掉,擦干,往手心倒上点收敛水抹上一抹就大功告成。“玩妓女嘛皮肤就得光滑才行”,西吉斯蒙暗暗吃惊自己竟然会这样想,其实,只要一想安东尼·蓬斯那随叫随到的模特和他的胡子,就会隐隐约约出现这种肮脏的想法,可事先他连这也没有去想。刷完了牙,他自然而然地又想入非非,“玩妓女嘛,可不能有口臭”。尔后,他用热水浸湿的毛巾角擦了擦胸脯和胳肢窝,又用干的那个角像用干草擦马一样将其擦干。尔后又梳了梳头发。

当他再次在镜子自照时,他几乎不相信自己的眼睛,与方才镜中所见的自己相比像是年轻了许多,但是,他仍然很快认出了自己。他到巴塞罗那才24小时左右,但在这个自由自在、无拘无束的天地里,他走的路已无法计算,虽然在这个透明的房间里他暂时感到十分安全,并把透明的塔形玻璃瓶压在那封决定他的命运和全部所爱的信的上面。在这个大城市里,在阴暗和刺得人难以睁眼的炽白阳光下,而当夜幕降临,红灯闪烁处,到处可见那青黛画眉目光妖艳的妓女同那些神秘莫测的“牛郎星”号水手们共同演出的闹剧，在这种气氛下，他怎能不晕头转向？在这样的城市中，他看到热代翁这个鸡奸者，如同一张巨大无比的脸庞（很像他父亲）无处不在。试问，在这样的环境中，他又怎能不继续晕头转向，误入岐途？在他挪开塔形玻璃瓶之前，还需经过漫长的道路吗（如父辈学究们所说的那样）？他的行动将以怎样的方式（通过什么，由谁）来控制呢？

他在镜中努力凝视自己的眼睛，想在眼睛深处发现点什么，结果除了过去天天所见的之外，什么也没发现。

于是，他又重新穿上衬衫，解开裤腰把衬衫塞了进去，然后穿好裤子。他系上一根黑色领带，穿上上衣，他的一只手沿着塔形酒瓶一直滑到了压在瓶底下的信封，他用手摸了摸，但没有移动它那个安全装置——酒瓶。再见了（回头见），信！他转动门钮，走了出来，身后旋即响起了门锁那清脆的撞击声。过道里楼梯上，连个人影都未见着，只有天花板下的灯光阴阳怪气地照在他身上，在地下投下了影子。没等影子消失，他就又往前走，可那影子时前时后地总跟着他。他把钥匙放到空无一物的木制办公桌上，穿过厅里那些空荡荡的沙发，走到外边，才看到了来来往往的行人，虽然在埃斯库迪耶并没有摩肩接踵的高峰时期。他旋即往右边那条通向皇家广场的空巷走去。在唐·璜酒吧间里，那个满头金黄头发的女招待还是一个人无精打采的样子，胳膊肘支着脑袋，望着眼前那只小碟，碟上有几根烟头早已熄灭。

蓝蓝的天空轻轻送来一阵微风，吹得广场上椰枣树顶上那些褐色的树叶微微飘动，而那些矮枣树一带地位低微的矮棕榈树树叶却纹丝未动。雷诺车是西吉斯蒙打量的第一件东西，由于孩子们趁着他去吃饭的片刻，在车旁打闹，因此车身上明显地又增加了一层灰土，不过，他不准备坐车去，不，他连擦都不想去擦。他往反方向的柱廊下走去，一直走到街角，也就是今天上午那位漂亮的黑人姑娘消逝的地方。可是，他没有发现她的芳踪，也许她只是路过此地吧。尽管如此，西吉斯蒙仍然扫视了一遍街角在寻觅她的芳踪，他保留在记忆中的她的形象已经变了样，仿佛是个荡妇。她衣着轻薄，薄得像件能让人窥见滑腻胴体的衬衣，而且非常之短，短到让人隐隐约约地窥见大腿根，她可能是光着脚走的吧？想在惯常在酒吧间桌前的擦皮鞋工的鞋盒前显示显示她那双漂亮的脚？她是否可能出于侮辱或挑战情绪把一只脚放在某个擦鞋人的鞋盒上呢？西吉斯蒙想起自己从拱廊出来，到了沙滩大街；望着那个幻想中忽上忽下的女郎时，想起擦鞋人干活的地方被街角的房子挡住，自己根本无法看见的时候，他终于又恢复了理智。

街上的人，七八个男的和一个女子，在街上无拘无束地闲逛，可是，这并不是午饭前那段空闲时间呀，于是，他猜想，其中大多数是趁午睡时刻在做有益于身体健康的活动（星期日的交媾活动更不在话下，罗马教堂并不明令禁止自己庇佑的善男信女们这样干）。教堂一声令下，信徒们很快就兴起了足球（永恒的脚球）热，在下午三点来钟时规定为斗士时间，到时斗牛广场（纪念性建筑物）将吸引几乎全部来往人群或坐在麻雀在上面拉屎的树下闲聊的人。西吉斯蒙穿过上坡的那条马路，中央人行道（位于两个报亭中间，里面摆着许多封面上印有国家重要人物头像的法国杂志，有将军也有正在拉客的妓女），尔后又往下坡走，路上并不比上坡更拥挤。他没有走到卡塔罗尼亚广场就又沿着林荫大道往上走。

商店全关着，他没有去注意橱窗，那些化妆品，时兴服装、家用器具在他脑子里来回穿梭，仿佛在翻阅塞尔吉娜买回来的妇女杂志，但是，他目前的兴趣在那些与他交错而过或被他甩在后面的男人，因为星期天工人都在街上闲逛的。

虽然他们与西吉斯蒙不属同一代人，可当他看到这些值得自豪的人，在这些人身上，看到精诚团结的精神时，心中仍不免激动不已，当愚蠢的哥特企图在巴塞罗那发动改变帮助阴险（可悲）的凯波·德·利亚诺[①]在塞维利亚取得成功的时候，他们同仇敌忾和笑对教会和军队的势力，那大无畏气概令人难忘。显然，那些领袖的广告《二十五年和平》是他激动的根本原因，这些海报大部分已被（一些好心人在夜深人静时）撕碎，但是，它到处都是，所以其内容七拼八凑地自然都能凑全。"二十五年和平，二十五年苦役，二十五年脓疮，"西吉斯蒙想道。此时，马路上突然传来一些军人的吵嚷声，原来这是一小队国民警卫队（领袖最精锐的奴才），沿纪念碑到科隆来了。待他们走过之后，有个站在西吉斯蒙身边的老人（两人都背对一张被撕得七零八碎的《二十五年和平》的海报），当着西吉斯蒙的面往他们走去的方向吐唾沫。西吉斯蒙连看也不看也露骨地吐了一口。他嘴里的唾沫似乎还有不少，因此背转过来又朝贴在墙上凹处的海报上吐了一口。

---

① 凯波·德·利亚诺（1875—1951），西班牙将军，起义失败后，逃至巴黎，1931年回到西班牙，是佛朗哥的主要军官之一。1936年举行武装政变，占领塞维利亚，1937年在马拉加战役中取得胜利。

老人迅速向四周扫视一遍(除美国水兵外,没有发现任何穿军服,教服的人,也没发现可疑的分子),走到西吉斯蒙跟前,也往海报上吐了一口,只是吐的地方稍稍高一点,刚好吐在“和平”“和”字的“口”上。他吐得如此之准,真值得庆贺,就像在市集上正好命中小黄星的靶心立即听到丁零零一阵铃声那样令人兴奋。

不管怎么说,老人就像赢了一只火鸡那样,心中十分高兴。他像个下等人那样歪戴着顶破旧的鸭舌帽,脸色青灰,额上皱纹累累,一双褐色的眼睛,像年轻小伙的眼睛那样炯炯有神,他笑了,干瘪的唇间露出了稀稀落落的几颗牙齿。脖子上的喉结高高地隆起在灰衬衣那宽松的领子上面,身上穿着件黑色的上衣,袖子很长,露在袖外的手关节凸出。他心里高兴,把手指掐得格格作响。他又往西吉斯蒙身边靠了靠,然后就唱了起来,西吉斯蒙记得那曲调正是自己通过西班牙海关后笨拙地使劲吹过口哨的那支歌的曲调:

Es la Uwita darrera,
Apleguem-nos, germans!
La Iuternacional sigui,

La pàtria dels humans.[①]

嗓音低沉，但充满热情，其青春活力并不亚于他的眼神，他脚上穿着一双打着很粗糙的草绳底帆布鞋，走起路来像在跳萨尔达那舞[②]，西吉斯蒙一看就明白，因为他对在法国的卡塔罗尼亚青少年熟悉极了，虽说他体型变了，上了岁数。满身污垢，但是，他的内心却像年轻人一样精神焕发，在这位叛逆老人身上出现这种返老还童，性如烈火的现象是一种美，会让某些人看了害怕的。像领圣体者那样一身着白的两个“牛郎星”号上的水兵，像傻孩子似的呆呆地望着他，听他说话。

显然，这位老人是西吉斯蒙心中所想的，属于值得自豪的人，二十五年前曾是不受约束的自由人民，他们两人立即互相理解了，无需相互握手，相互交谈，也无需随手献上一支烟或如点烟递火，因为这是妓院里的常规，也是监狱里和部队生活中的常规。他们互相会心地笑了笑，像亲兄弟一般互相看了一眼。老人走上有阳光的那条人行道上，朝着那队国

---

① 既非法文，西班牙文，亦非拉丁文，意大利文，德文，是作者生造出的语言。

② 西班牙卡塔罗尼亚地区的民间舞。

民警卫队开去的方向走了,远远望去还能看到他们头上的双角帽在闪闪发光呢。西吉斯蒙不禁自语道:“戴得活像个骑马斗牛士[①],走路的样子活像个掉下马来的斗牛士。”与此同时,他还想到这些值得自豪的人现如今已沦落到这些斗牛士的魔爪之中,陷于西班牙举国上下都恨之入骨的统治之下,领袖本人不就是一个穿着靴子、双脚浸在血泊中,骑在开膛破腹牲口上的头号斗牛士吗?不是与君主沆瀣一气的那位至高无上的斗牛士吗?

用脚在地上走的斗牛士则比卑鄙下流更卑鄙下流(如果有人征求卡塔罗尼亚、卡斯蒂利亚和安达卢西亚人的意见,他们都会一致同意这一观点)。

西吉斯蒙继续往前走,眼睛不断地在寻找上了年纪的老人。他看见不少仿佛都是二十五年前的那些。很多人已失去了自豪感,他们虽然衣衫褴褛,身体矮小,却给人一种特有的庄重感,人们只要稍加注意和一定经验就能认出,那就是虽败犹荣那种气质。他们的内心始终怀有一种失败者的幸存感。这种幸存感由于发达的肌肉,旺盛食欲和性欲隐约

---

① 骑在马上以长矛刺牛使之发怒的斗牛士,或叫矛手。

传染给了他们的子女。这些子女在领袖制度下长大,他(她)们走呀,跑呀,跳舞呀,喝酒呀,互相斗殴呀,紧抱呀,仿佛是从监狱里跑出来的囚犯,狂热地享受暂时的自由和幸福。

三个落在后面的国民自卫队队员,都是军士,迈着沉重的大步沿着林荫大道的中央人行道往下走。人们冷冷地纷纷往两边走开,将路让给这几个丑陋的胜利者。巴塞罗那有哪位姑娘会冲他们微笑呢?除非那些连水兵们都不屑一顾的娼妓,当他们远远地走到下坡路头时,西吉斯蒙急忙穿过马路回到路中人行道上,因为他已到了名叫“花海”的地方,人们可以在卖花人长凳的两旁漫步。他放慢脚步。在阵阵扑鼻的花香中,他感到无比哀伤,这种情绪自从他收到来信并将它压在酒瓶下面以来还从未感到过。他感到自己的心跳得很厉害。是不是应再回到马路那边去喝杯清咖啡提提神呢?这时,他闻到飘来的一阵红玫瑰的花香,更觉心灰意懒,全身无力,顿时使他想起领袖监狱中处决死囚犯的绞刑刑具——绞刑架和通过螺杆慢慢绞死犯人的铁链。

突然间,他发现左肋上边点儿有个小红点在爬动,原来这是一只瓢虫沾在他上衣翻边上了,但他并未发现它是什么时候爬上去的(看样子他太全神贯注它的形状了)。这只小虫样子很像根据瑞士德国风格用画笔画上去的小乌龟，他轻轻地将小虫夹在两指中间，将它放在一束最美的玫瑰花上，从而令久看了毛骨悚然。他想，他过去不愿，以后也不愿杀死任何小虫子，拔掉任何一根幼苗，如果那个当局下令让他去杀生，他就要奋起反对，拒不执行，至于领袖嘛，他早就成熟到可以动手术刀了。动手术的那只手嘛，当然会根据自然法则办事的。挖掉脓疮，铲除清规戒律，抽干体液，消灭致人死命的病毒，这就是捍卫生命。

两名国民自卫队队员从西吉斯蒙身后走过，红玫瑰花香中夹杂着一股斗牛士的恶臭味扑鼻而来。他心想自己的嗅觉非常灵敏，这样刺鼻的恶臭根本无法忍受，方才自己觉到的一阵昏眩，表示自己很快会因禁不住而晕倒的，除非这种感觉会变成一种无缘无故的狂躁。据说，这是西班牙另一种常见病。为谨慎起见，他坐了下来(在阳光下的一张椅子上，摘下的花朵和盆景植物之间)。

现在是四月份，六年以前，他在蒙彼利埃遇见了塞尔吉娜·蒙特费奥尔，他俩都在听植物课，而且是同桌。她来了就往他身边一坐，主动开口跟他说话。是否可以相信他俩是一见钟情呢？他们先是在佩罗公园约会，那里花不多，但是草木、树、雕像和建筑物很多。后来改在里奇塔弗恩或“美惠”小咖啡馆约会，到了六月份，干脆就在塞尔吉娜卧室里幽会了。塞尔吉娜喜欢在自己床边铺上花束和临时祭坛，所以根据当时的节气，西吉斯蒙去时总带上鲜艳的粉红色牡丹……

别的妇女和别的少女难道也会像塞尔吉娜那样有此雅兴，甘愿让这些几乎过了季节的花朵淹没自己，任让叶花凋落在自己身上，让花瓣和可爱的花粉洒满闺房吗？

西吉斯蒙像一朵盛放了的、永不枯萎的特大花朵，沐浴在烫人的阳光下，感到既满足又空虚，坐在那儿（也许）睡着了。

不一会儿，他从椅子上站了起来，重新沿着兰布拉大街街心人行道往下走，无论是擦肩而过或被他拉在身后的人，他似乎都没有察觉。他走得很快，他觉得即便是出于好奇吧，自己也要去重新认识外部世界，而且随着离开花市越远，他对外部世界的兴趣也越来越浓。当他在头顶上（真是莫大的讽刺他竟然还长有脑袋），看到弗雷德里希·索莱尔的雕像时，他的全部感觉器官已恢复正常。他大声地冒出了句“他妈的”，冲谁说的，连他自己也莫明其妙。

若是回到埃斯库迪耶去，那肯定就要回到他不想回去的蒂比达博旅馆，于是，他旋即转过身背对着蓄着大胡子的石雕。离正对面左侧几米远的地方，剧院拱廊正开着，他备感亲切，特别是目前对他更具有诱惑力，有两个年轻小伙先他走到拱门下面，两人互相打着手势。旁人以为他们正在划拳。待他们从半明半暗的拱门下出来时，又打起了手势，一个不断比划又快又急，另一个则沉着冷静。虽然他们在微合的手掌中互相摸来摸去，但是，起主要作用的还是手指，像是在剧烈争辩什么似的不断地动（特别是第一个人），西吉斯蒙立即明白自己遇上的是两个聋哑人，正在用哑语对话。热代翁·蓬斯要是不教他格律朗诵拉丁语诗，而教他学会哑语不更好吗？人的命运如何真是令人难以预料呀。

除了这两个聋哑人的谈话方式，无论西吉斯蒙怎么注意，也无法理解之外，他们的体格健壮，目光炯炯，动作敏捷，兴许是由于头发太长太黑（健壮人都如此）而脸色显得非常苍白之外，几乎发现不了任何病态的痕迹。如果他们有所争论的话（给人的印象如此），那么最后总是以取得一致意见而告终，因为谈话的口气（手的动作）还趋平静。兰卡斯特街角有家咖啡店的门正开着，他俩正往店门口走去，西吉斯蒙旋即想起，昨天晚上自己曾趴在窗户上窥视过里面的女招待，于是就跟在他们后面往店门口走去。过不一会儿，他们的手又急剧地或者说，更狂热地动了起来。无需人指点，大家也能猜出他们是在议论女招待漂亮不漂亮，显然两人的感觉完全一致，没有任何分歧。有个褐色头发褐色皮肤、穿着粉红连衣裙的女郎发现他们在打哑语，加上柜台上正好没事，就移步走到门口来迎接他们。她站在两个小伙面前，笑眯眯地也打起手势，仿佛她自己也是聋哑人，或者，退一步说，过去也在聋哑学校学习过。两个小伙子也笑了，或者说，看到女郎那可爱的手指在满含深情地上下移动而冲她微笑，其实，她与西吉斯蒙一样，根本不懂哑语。尽管如此，她与小伙们还是互相理解了。

西吉斯蒙躲在一旁，没有打扰他们不乏风情洋溢的“谈话”，悄悄地往剧院拱廊大街走去，碰到咖啡馆就往里张望，结果发现那些咖啡馆全都大门敞开，里面却空无一人。他心中暗自思忖，聋哑人的语言极少为人所知，不过，必要时或为了开玩笑，摹仿起来也并不很难。根据是无论白天上午或下午，他多次见过年轻人，小伙儿和姑娘们打手势互相交谈，都没有引起他特别注意。模模糊糊地这么想着想着，脑间复又出现了众多实例,这样的实例数不胜数,残疾人虽说不上遍地皆是,但各人的情况毕竟各不相同。因此他的结论(能值几文?)是:在巴塞罗那估计有个收容聋哑人的地方,其中那些领抚恤金的(比如工厂里的工人),每周的星期天都要上街,而中学生这一天也都不上学,他们一个个都以能在城里模仿这些不幸人的手势语言为乐事。这一天,在行人稀少的大街小巷里之所以充满惹人注目的戏剧性气氛,这兴许是原因之一吧。为了证实他的所见所闻是否真实,他得拭开眼睛,仔细观察。

观察的结果是,由于大部分地中海醉汉对手势语已司空见惯,并对它产生了癖嗜,或者说,由于只靠光学符号传递信息的留声机的声音过于嘈杂,他看到许多许多聋哑人,剧院拱廊街上的那些酒吧里和邻近的小巷里到处都是,这两个坐在咖啡桌旁用手指交谈的小伙子看来并不是假装出来的,而那个穿着寒碜黑服,像瞎子摸象一样拼命给年纪大些的同伴又比又划又做鬼脸的瘦弱女郎,如果也装假的话,那她肯定是个善于装腔作势的大演员,西吉斯蒙的判断无疑是正确的,但他却毫无把握。

接着,他又想有无把握他倒不在乎,因为,他目前正在某个城市里的某个娼妓窝里过着放荡生活，而这个城市看来是根据旧日的梦想那模模糊糊的背景装饰的，而且还是按照他父亲那放得无限大的形象仿造的。但愿这副可耻的形象和昔日(布景)装饰所网罗的仅仅是这些并不温存的残疾人！

但愿快开场的斗牛(场面)像固定了的脓疮一样，在圆形的广场上能尽量吸引这座按父亲形象仿造的城市里的居民，但愿领袖统治的长矛刺牛行为，在充满仇恨的环境中能成为他们感情互通的良好机会！

一个丑陋的妓女走出小酒吧朝西吉斯蒙走来，用一根满是唾液的手指先指指那只最传神的右眼睛，然后又指指那只色眯眯的左眼，但谁也无法证明她此外是不是个聋哑人。他看了一阵极为厌恶，随即往反方向的一条小胡同口走去，不一会儿却碰到一个男的，乍一看像个蒙面怪物，脸盘中间挺着一块又尖又白的大肉团。待他仔细一瞧，才发现这是只假鼻子，或者说是把真鼻子包住从而使鼻子变长了的石膏绷带，他把手放在嘴上将嘴尖夹在手指间，虽然他装得像打哑语的聋哑人一样，比划出个把字母或单词，道理很简单，估计是搞了什么手脚吧。打量太久不很礼貌，也许会让人生气，所以西吉斯蒙装作像个一般过路人一样继续往小胡同里走，小胡同连块路牌也没有，不过根据方向和位置，估计是通德·阿萨尔托伯爵大街的。路面虽干燥但却油腻腻的，两旁的房屋全为黑色而且几近倒塌，看样子都无人居住，胡同尽头是一块堆残砖碎瓦的场地，停着许多汽车和摩托；报亭周围灯光闪烁，照着那一间间酒吧：有黄的、橘黄的、绿的。西吉斯蒙终于走到了德·阿萨尔托伯爵大街，然后往左朝就在附近的帕拉列洛大街走去。

萦绕在他脑间的问题是：灯光在大白天颜色很淡，几乎是透明的，它怎么才能比夜间更有效地触及和撞击人的灵魂，使之更喜悦欢欣？光闪闪的甜味饮料瓶，娱乐场所的招牌，公路或铁路的信号灯，在阳光下变得有点故弄玄虚，不但能区别出哪是酒瓶哪是招牌和信号灯，而且还更有说服力。就这一观点看，比较典型的是帕拉列洛大街的人行道，四月份过了六点快到七点的时候，仍然沐浴在高高挂在天空的阳光中，与此同时，房子正面的墙却挂满彩灯，彩灯中间装有各种灯光广告，有的总亮着，有的时亮时灭，一般都红红绿绿，五彩缤纷地放在一堆篝火前面，不仅引人瞩目而且能刺激感官。马路对面是博德加·阿波罗剧院，剧院正面的墙上放射出极不自然的红光和黄光，灯光下贴着早场的剧目海报。西吉斯蒙不假思考地穿过马路走了过去。

博德加入口处是一家咖啡厅或餐厅,外面的柜台和里面的过道上摆着的主要是西班牙式冷盘类的食物,服务员们提供的饮料主要是啤酒或咖啡,站在那里的顾客很少,西吉斯蒙没有打扰谁就径直往一块绿色的旧丝绒幕布走去,幕布后面有一支庞大的铜管乐队正在演奏。他掀起幕布,在一块布告牌上看到一张顾客可在后面观看民族艺术剧和民间剧演出的通知,他走了过去,来到一间小厅,站在一个较高的小舞台前,舞台上有个棕红头发、穿着黑色睡衣的高个子女人正在旋转和跺脚,离舞台不远有一张空桌,他坐了下来。当他再次抬起头来时,音乐随着几下鼓声和钹声骤然停止,这位轻佻的女人频频向观众致以法西斯式的敬礼和飞吻,想博取观众的掌声,显然,她要嗓子没有嗓子,要丰满没有丰满,穿着缎衣,瘦骨嶙峋,咧着朱红的厚唇,露着洁白整齐的牙齿在强颜欢笑,不无遗憾(有人说)地走下舞台。

西吉斯蒙向站在桌边的服务员要了"一杯白兰地",自信这两个法语词与西班牙语完全相通,只要按热代翁·蓬斯教他的拉丁语方法发音就行。因此说,最荒诞的教学方法也总能派上用场的……白兰地送上来了,从赫雷斯的批发商贡萨莱斯·比阿斯那儿批来的西班牙的“君主”牌。

博德加与莫利诺不一样，这里节目之间的间歇时间更长，西吉斯蒙一口就喝下半杯白兰地(有点糖浆味，不过还带点麝香的香味)，环视四周，逐一打量起来。天花板较低，上面饰有三只霓虹灯(两只是所罗门星星状的，另一只像红太阳)，灯周围饰有许多用线挂着的小旗。下面就是供观众用的桌子。他本人就占着一张。比起天花板来，舞台显得很高，台前的幕布是乳白色的，幕布敞开着，幕布是蓝的背景，框在栗色的框内，幕布四边饰着绿色的边饰，一条白布和一条黄布。舞台左侧到厅的入口是一堵墙壁，墙壁上画着一位穿着淡蓝上衣和深蓝裙子的小姐，在一只装满百事可乐瓶(仿佛一具具供她使用的男人小阳具)的木桶和两面镜子旁边写着近期将要演出的剧目。百事可乐小姐后面的背景鲜黄鲜黄的很是耀眼，其他地方全是没有光泽的茶褐色的，上面贴着各式报纸，报纸下面横着一条绿色的纸条，黄色的广告与舞台边缘上下隔着一条红布条。台右是一排长长的由廊柱顶着的楼厅，楼厅边上写着：里卡尔·安尼塞特甜烧酒，蓝底黄字，用法语写的，楼厅上只有两个人，一个男的和一个女的，女的斜身靠在男的身上，楼下的观众并不多，似乎都是那些表演者的朋友或亲戚,根本无需多加考虑就能看出,他们都是些黎凡特人所说的“花”坛,换句话说就是同性恋者。

塞尔吉娜要是换作西吉斯蒙,她肯定高兴自己能在这儿露面,即在现代派(未来主义派而不是立体派)的画面中露面,而且肯定会对某些色调的和谐和细腻赞不绝口。因此,他就将这张富有地方色彩的画奉献给她。艺术是专制制度的产物,他早就与之绝缘,唯恐避之不及,他心中想道“实际上,什么也避不开。这个动词的用法实在荒诞”,想着想着,突地一下,台上窜上来一个江湖说唱艺人。

这是个小伙子,肥头大耳的,脸上抹得像个小花脸,头发又短又黑,上身穿着件黑丝女式上衣,绣着一朵朵粉红的玫瑰,袒胸露背,几近全裸,下身着一黑纱紧身短裤,紧包屁股,脚穿黑色长袜和高跟鞋,他的全部“艺术”,似乎就是旋转、跺脚,上身前俯,与表演上个节目的那位不三不四的尤物如出一辙,但是,在演出厅里,他的朋友看来似乎比那个轻骨头女人更多,因为下台前他获得不少掌声和喝彩声。他那张正宗椭圆形的拉丁人脸盘,热代翁·蓬斯看了是不会不高兴的,所以西吉斯蒙非常恨它,又一次使他想起了自己的父亲。他又想到了曾有一位将军下令在塞维利亚市郊进行的大屠杀,这位将军的名字已深深铭记在他脑际，因为塞尔吉娜读过马克斯·奥布[①]的作品，跟他讲过这位英雄人物如何在不分男女老幼地屠杀数月之后下令部队“停止杀戮十五岁以下的人”。那个肥头大耳的家伙在不停地旋转，观众看着看着不觉眼花起来，似乎台景变成了市郊“那些狭窄的马路，人们正在将尸体堆到墙角，以便让车辆通过”。正当那位涂脂抹粉的行政总督汗流浃背，有人在后台伸手递给他一块毛巾，他赶忙接过十分满意地擦着胳肢窝的时候，西吉斯蒙忽然想起了洛斯雷梅迪奥斯那个某天夜里被尸体填满过的游泳池。一幕幕野蛮残暴的景象在他脑际飘浮，正当他那个会说蹩脚拉丁语的鸡奸者——他父亲浮上心头时，只见台上出现了一帮穿着黑色皮茄克，白色皮裤子把弄电吉他的小伙儿，接着又出现了一些手里玩着绣花女伞，迈着舞步，卖弄风骚，看上去更像女人的其他小伙，尔后又出现了一个穿着白色紧身连衣裙的、货真价实的肥胖女人，那架势似乎想显示显示在博德加·阿波罗要找到个美女是极难能可贵的，节目在一出出演出，节目间的休息像走马灯似的一次一次过去，他始终浸

① Max Anb（1903—1972），西班牙作家。

沉在冥想之中，忘掉了时间在嘀嗒嘀嗒过去。或者说，当他无拘无束地想着那些惨绝人寰的情景时，他兴许已超脱在时间之外。

作为名符其实的太阳神的儿子（因是满头红棕色头发），他分分秒秒、时时刻刻都夹在死人队伍与小丑似的鸡奸者……几乎从不诅咒的热代翁·蓬斯之间游荡，即使诅咒吧，骂起来也总是："见鬼去吧！""滚到阿波罗的地下酒吧去吧！"

突然，小提琴与小号极不和谐，你拉你的琴我吹我的号，使西吉斯蒙猛然惊醒，意识到了时间，回到了上面所说的地下酒吧里。在舞台上，他看到了一位女郎（曾见到，但在方才的幻觉中，却未曾出现），穿着饰满红色闪光片的缎子连衣裙，红鞋红袜。白中爽红的乳房非常丰满，鼓鼓地凸出在紧身的连衣裙外面，西吉斯蒙将她看作是只竖着展出的，断了的龙虾。她在唱：《高贵的阿尔梅里亚土地》，她唱得怎样，可一言以蔽之，即似龙虾（唱得怎样，她就唱得怎样）。这是最后的压轴节目。

那个任行政总督的鸡奸者，这时已换上男装（穿着翻领运动衫和几近金黄的裤子）过来坐在他朋友们的桌旁，大家对他的精彩表演大加吹捧并旋即乖巧地给他递过火去为他点上雪茄。其他“演员”一旦卸完了妆当然也会来的。西吉斯蒙勾了勾手指，叫住了正在桌旁走过的服务员，按账单上开具的钱数（包括饮料）付了 20 比塞塔，赏了他 2 比塞塔小费，站起身走了出来。只听得那块旧丝绒幕布又重新落下，挂在钉子上的“民族艺术”节目单被震得东摇西晃。

快走到大门口的时候，他漫不经心地往摆在酒吧柜台上的食物瞥了一眼，在腌淡菜、虾、橄榄、辣味香肠和黄油面包旁边，他见到一盘清煮鸡蛋，蛋很小，不过比起昨晚在莫利诺那种不寻常气氛中见到的要大些。每只 2 比塞塔。他挑了两只最白的，服务员代表最佳酒吧给他用小口袋包上，因为他不吃要带走。他出手大方付了 5 比塞塔带领袖人头像的小费，服务员说了声“谢谢”。走到外面，夜幕已经降临，但天尚未太黑，一看表已经九点十分。

他穿过帕拉列洛大街，看见一辆无轨电车停在车站，除此之外，没遇到一辆车挡住他过马路，在德·阿萨尔托伯爵大街也是如此。因为口袋里装着鸡蛋，他走起路来格外小心，当他绕过街角咖啡馆门口，走到那条越来越窄的人行道时，他小心翼翼，免得撞着三三两两的行人。待走到那条终日不见阳光，路面坑凹不平的塔皮阿斯街时，他更加小心翼翼，像平日那样在路中央走。（在他走过时），那些可怕而难看的妓女见他走过，纷纷从偏僻的角落里窜了出来。高高矮矮的男人，有的在与这些老妖婆们厮混，有的则躲躲闪闪，窜来窜去，就像混水中的鱼在石头下游来游去似的，不知道他们究竟是在贴上去与她们鬼混呢还是摆脱她们的纠缠，准备逃之夭夭。由于星期六生意清淡，所以到了星期天晚上，老鸨们就把小粉头们纷纷放出了笼。当他走到皮加列酒吧附近时，西吉斯蒙自言自语道：“华妮塔大概不在，受用不上了”如果不在，他要不要等她呢？

她在那儿，一个人孤零零地坐在靠橱窗的椅子上，他一到圣奥莱加里奥街街角就看见了她的红色羊毛套衫。她没有往街上张望，也没往酒吧里面打量，只是瞅着放在脚后跟上面的弹性软鞋，仿佛她装了假脚刚会活动似的。她没有抽烟，西吉斯蒙站在橱窗外瞅了她好一会儿，始终没有引起她的注意。他发现她的穿着跟昨天晚上一模一样，好像昨夜就躺在现在这张椅子上睡的，连接客之间的休息时间也没有脱衣服（她的职业就是脱衣服，干活的工具就是床）。“啊，这真是我今天的目的……”他一边自言自语，一边可怜起自己来。尽管如此，他还是拐过街角朝大门走了进去。

街上既无熙攘人群又无车水马龙，电唱机也鸦雀无声，真谢天谢地。在酒吧里，他正好坐在一个单身青年和一个老头中间，所以华妮塔看不见他，他要了一杯白兰地，告诉服务员要“君主”牌的。他对此感到满意，于是就像昨天那样将目光移到女郎身上，他真想用口哨声吹支国际歌让她集中注意力别再心不在焉，可他竭力克制住了。她终于转过脸来了，眼睛望着酒吧柜台，不由自主地冲他莞尔一笑。看来她认出他来了，因为她从椅子上站了起来，坐到自己的高脚圆凳上涂起粉来。

“性交，性交，”她说道，旋即嫣然一笑，兴许是只打了个呵欠。他用聋哑人说的哑语向她回了一笑，心里很高兴她理解了他的手势，丝毫未感到惊讶。“看来，你要请我，”她说。是的，他是在请她并让服务员端去她要的一杯咖啡。她端起咖啡喝着的时候，他呢，则将那杯白兰地一饮而尽，而当她再次朝他转过脸来时，他用一只手指戳她的眼睛。大概是觉得这一举动近乎粗暴吧，她站起就走，他拽住她，用同一手势（但很温柔）确切表明他的意图。这下她终于明白了：“性交，性交……那就走吧。”说走就走，而且也无需向她献烟，因为，大概是觉得不合适吧，她从不在街上抽烟，在酒吧当她站在就座的男人身边时也是如此。他在柜台上扔下 10 比塞塔，服务员连声道谢，于是就像攥着缰绳牵着小驴似的带着自己亲爱的小妞走出了咖啡馆。

昨晚的销魂情景又浮现在他心头，他不无满意地发现他们走的路正是昨天走过的，先是巴尔巴尔侯爵大街，后是圣拉蒙大街，他的小伙伴也跟昨晚一样，没有用胳膊挽着他走，而是拉着他的手，这不免有点滑稽，但更亲热，20 号居民楼到了，楼的正面跟华妮塔的衣服一样丝毫未变，看了倍感亲切。还是那间破旧的小房间，还是那个胖男人，他想起该给他 20 比塞塔，还是那个阴暗的楼梯，他们走到二层，楼上是个十三四岁的小女孩，但却穿着成年妇女的黑色连衣裙，在接待客人。西吉斯蒙给了她小费，她向华妮塔挤挤眉，他本想问问她昨晚那只旧杯子是否完蛋了，但未等他找到合适的西班牙语词，她就把门关上了。

还是昨夜那间屋子（若是换了，他该多伤心），那是华妮塔的卧室（是他自己猜的），这是间地地道道的比他记忆中的婴儿室还要小，嫖妓时间已过，楼层接客的那个小女孩睡了没有？那把黑椅子的红坐垫上放着一只红头发的大布娃娃（昨天晚上似乎未曾看见），引起了他的猜想，兴许是为了讨好那些苛刻的狎客她才玩布娃娃？西吉斯蒙将布娃娃递给她，用西班牙语说了句“布娃娃”。

不，她并不玩布娃娃（随她去罢！），板着面孔将娃娃扔到一边，她像平日那样，三两下地就脱掉了她的下身衣物，也就是说，她的鞋和裙子都已被脱掉了。现在她该问他要礼物了。还没等她开口，西吉斯蒙已给了她三张100比塞塔的钞票，不过这次与上次不同，回头客有权得到更多的满足，所以他不顾她不愿脱去长袜，特别是怕弄散头发而将她脱得一丝不挂。他自己也脱掉鞋袜，从上衣中取出钱包和鸡蛋，将上衣扔到了布娃娃上。

华妮塔全身光着躺在权作床罩的绣着红花的披肩上，冲着回头客，她怎能不强颜欢笑？怎能说不爱他？西吉斯蒙坐在她身边，从纸袋里取出两只鸡蛋，送到她面前，说要是她能马上吃掉，两只鸡蛋全给她。

“给我的？让我吃？”她问道。

“是的，给你吃的。”

他很高兴见到她像孩子似的几乎什么都吃。她的体型都酷似想象中的德·阿尔发公爵[①]夫人——“赤身露体的玛雅”（吃得不快，像在嚼着什么淡而无味的东西似的），或者说，仿佛她早就懂得西吉斯蒙的激动情绪似的。他呢，在一旁一边凝视着她，一边想起了他父亲花园深处沙滩上面的一棵蓝色的雪松，以及自己童年时，在一个到园里来玩的名叫罗茜的英国小女孩子身上干的那桩有点肮脏的游戏。两个孩子把在马格洛纳大街糖果店里买来的六七颗白糖衣杏仁，塞到衣服下面的隐私部分（或者说，将它们塞进去），在树下互相交换，长时间地互相吮着，四目相对，活像一对互换戒指的新婚夫妇。有的时候（并不天天如此），他俩面对面地蹲着往沙堆里撒尿，不过，每次总是男孩先尿，女孩跟着。热代翁·蓬斯并不理解儿子为什么一反常态这么热衷于这些粗杏仁，而且也不赞成经常跑进糖果店里去，但是费莉娜却藏有好几小袋，以备他不时之需。

“喂，你在想什么？”华妮塔说。

公爵夫人（一丝不挂地）躺在床上，直到把鸡蛋吃得一点不剩，也难怪她等得有点不耐烦了。至于让她理解坐在身

---

① 阿尔发公爵（1507—1582），西班牙将领，政治家。

边的男人在想什么，那是不可能的，除非用西班牙语来表示，当然最简单的办法就是拿起放在床头桌上的钱包，再给她200比塞塔，就能让她平下心来。接着他也脱去全部衣服，躺在她身边，两个孩子四只眼睛尚未从他记忆（或想象）中消失，他仍然蹲在蓝色的雪松下，吻着女孩那画得淡淡的眼睛，舔着她那用香脂涂过的眼睑，吻着她那可爱的小鼻子，舔着她的鼻孔。她的倩影久久萦绕在他脑间，他想起在那农舍的花园里，也有一棵紫红的山毛榉，他始终未能将罗茜拉到红得似血迹的树叶下面，因为这时的他在她眼中变成了一个满头红发的影子，她害怕。

他那满头红发的影子仍在到处游荡吗？不管怎么说，这次他仍然不能自已，而且是心甘情愿的，他想即便他有邪念想再这么干，他也不会如此情意绵绵地像兄弟姐妹那样地去对待这个目露痛苦、鼻子可爱的妓女的。

她重新理妆，穿上衣服。举止潇洒，心情欢快，犹似下了课的学生。西吉斯蒙却拖拖拉拉，行动迟缓。当他们往楼下走时，当班的小女孩在楼梯平台上躬身向他们致意，旋即一溜烟地跑到他们离开的屋里去了。

在街上，华妮塔拉着他的手与他并肩走着，看来她很高兴，有点得意洋洋。他问她愿不愿意去吃点东西。“吃东西？”她当然愿意。因此，他们走过皮加列酒吧，未作停留，而是往右拐到圣奥莱加里奥大街，因为西吉斯蒙决定将这个粉头带到离此不远的莱奥波尔多餐厅去。“要去蒂比达博餐厅，她会引起轰动的！”他（不无遗憾地）想道。

角饰酒吧里高朋满座，连门口都站着许多人，他们议论着，争吵着，不断做手势（并非有意在用哑语聊天）。在未去吃晚饭前，毫无疑问，他们都在评论当天的斗牛场面。

圣帕勃洛街街角，穿过街角时，华妮塔像是不太放心这条行人众多的马路，紧紧靠在西吉斯蒙身上走。到了空无一人的热罗尼莫大街（当然也带圣字）街角时，她离开他的身子，反而不靠着他，她觉得在冷僻的街上（更适于隐修教士而不适于妓女住的地方）更为安全。西吉斯蒙推开莱奥波尔多餐厅大门，站到一旁，让华妮塔先进，接着又把她拽住，怕她冒冒失失地坐到雅座上去。

在穷人坐席上只有六个顾客，都是孤寡老人，构成一个所罗门图形（而非毕达哥拉斯图形），他们就坐在图形的顶端。西吉斯蒙和她就坐在他们中间。六个人全转过脸来，尔后又把头转了过去。屋内鸦雀无声，谁也没有说话（倒不是因为当地习俗如此，而是因为大家听到轻微类似滴水的声音而不约而同地洗耳恭听）。西吉斯蒙和华妮塔也入乡随俗，自始至终没有说话，除非点菜时也说几声，意大利浓汤（与昨晚一样），色拉（也与昨晚一样）；油炸睾丸（不是油炸鱼）；白葡萄酒。菜立即全部端了上来，西吉斯蒙心中暗忖，如果表兄在（或某位“艺术家”在）肯定会觉得荒唐，或觉得非常雅致，竟然让一个妓女吃睾丸，或者说，眼睁睁地瞧着妓女吃睾丸，或者说当着妓女的面吃睾丸。这太自然了，有什么可大惊小怪的。睾丸与昨晚的鱼一样，味道鲜美可口，而且华妮塔在他眼里已是“公爵夫人”，既是妹妹又是情妇，是不是妓女那是次要的。

他望着她，心里却在想，赤身露体时像阿尔发公爵夫人，穿上衣服就不像了。

接着他又想：“不管怎么说，这个妓女不是文盲，读起菜谱来比我还强，她究竟是哪儿人呢？”他到柜台去付了钱，回到桌旁，与她一起站起身出了餐厅。来到街上时，他问她：“小姑娘，你生在哪儿？”听他称自己“小姑娘”，她不由得笑了起来（并非不高兴），神情严肃地回答说：“生在梅迪纳塞利。”正是公爵领地，只是在旧卡斯蒂利亚罢了。虽然地方同名，棕榈树也同一树种，但是阿拉伯和墨西哥的联姻关系却渐渐中断了。

他们朝来时的反方向走着。“你要上皮加列酒吧去？”他在明知故问道。可出乎他意料的是，她大声回答说：“回家去！”要回家，她必须在帕拉列洛街乘无轨电车。“肯定她接客不多，”西吉斯蒙想并建议她去喝杯咖啡。“喝杯咖啡？”（带点拉丁语的音调），当然没有问题。她喝着咖啡，西吉斯蒙喝的是安达卢西亚的白兰地，但不在皮加列酒吧，而是在对面的塔皮亚斯街头的酒吧。墙上亮着一只很暗的灯，灯前贴着圣母像，像下站着两个又肥又胖袒胸露臂的娼妓，正恶狠狠地望着他俩。

他们一出了门，圣母像也看不见了，华妮塔朝着那两个妓女的方向用两只手往头两边一放，像动物一样，扮成两只犄角，西吉斯蒙（无法照样做）对她说，他很羡慕她能禁得住命运的打击。路阴沉沉的，头上的天灰蒙蒙的，他俩看上去像是一对夫妇，所以鸡奸者和娼妓都不过来纠缠。他们的人影有时落在他们的前面，当他们在某家咖啡馆敞着的大门前走过的时候，他们的人影在附近的帕拉列洛大街的灯光下像一只黑色的巨鸟那样在路面上消失了。

华妮塔要在博德加·阿波罗(大街)前的安全岛上等电车,西吉斯蒙为了给她做伴,又像昨夜和方才那样陪她走了一段,沿着自己走过的足迹走,无需冒多大危险,这是原始人和野生动物都知道的事。他处在其中的那个水泡,今后就要在一条熟悉的道路上滚动了,而且如果有人相助的话,它可以像装在轨道上的车辆一样较少磨损而经久耐用。但是,为此他必须习惯于吱吱嘎嘎的响声,就像华妮塔长期以来不得不习惯于这类声音一样,这时正在阴影里观望着、听着的她,突然叫道:“嗨,来车了”果真电车来了,刚好停在公爵夫人那双有弹性的软鞋前。西吉斯蒙拉着她的手扶她上了车,旋即将手拽住吻了一下,如同昨天晚上他把夫人重新领回那间小屋那样。她看来已经体味到了他那因车即将启动而显得十分仓促的动作。车将她带往何方,西吉斯蒙并没注意,如同他领导修建的纪念碑和坟墓那样。车声在远处渐渐消失了,可在他的脑壳里有个什么东西还在吱嘎嘎嘎地轰响着,这轰响有别于尘世的其它一切声响。

晚安,载走亲爱的妓女的电车,晚安,蠢货们的坟墓!他该走哪条路回去呢?他根本不想去充当那孤零零的黑鸟,因为几乎到处都有灯光,他在往德·阿萨尔托伯爵大街走,没有去注意男女行人，也没有瞥一眼商店的橱窗和电影院的门厅，就这样低头一直走到沙滩街。两旁的大树像伸出双臂张开茂密的树枝，准备奉献出宁静的夜晚，“大树呀，我多么爱你！”西吉斯蒙自言自语道，似乎已与这座城市言归于好，消除了敌意。

他穿过剧院广场，在左边索莱尔塑像的柱座旁走过，也许这座雕像的高大身影正是第一号罪魁祸首，使热代翁·蓬斯这个太阳神的幽灵在巴塞罗那到处游荡，并强烈地增加了他对儿子的憎恨，（这个幽灵）他能这样一直继续下去吗？他是否也该与他父亲的身影言归于好呢？

在埃斯库迪耶的河口处，潮水似乎在半夜已改变了方向，与回到狭窄的运河的人相比，到沙滩街来的男男女女要少多了。西吉斯蒙仿佛望月满潮时处在渔场狭窄的港道里的一条鳜鱼，被流水卷着往上走，一直被卷到、卷过蒂比达博旅馆的门口。洛斯·卡拉科莱斯餐厅厅角，餐厅前的理发店里还有妓女在卷发呢！他在特基利亚咖啡馆前停了下来，因要遵守夜间管理条例，那里静悄悄的听不到丝毫喧闹声。在与这家进深很大的咖啡馆毗邻的小巷里，有个穿着白制服的“牛郎星”号上的高大水兵，正拽着一个骨瘦如柴的年轻妓女，她穿着一件轻薄如纱的白色连衣裙，连衣裙里面全身上下什么也没有穿，前胸袒露着，连尖尖的乳房都能看见，头发染得棕红耀眼，乱蓬蓬地披散着，显然她并不厌恶自己受欺压凌辱的角色，也许是因为他们的穿着“朴素”吧，西吉斯蒙乐意把他们看作是一对孩子，准备躲到黑暗的角落里去干那下流的游戏。正因如此，他很同情他们，目光尾随着他们，直到他们的身影消失在拱门下面。他往回走了20来步，努力想像一位妻子或像一头牲口那样，将对她的同情收回来。但是，当他出了电梯，打开房门，扭亮铺好的床的上面的床头灯时，对她的同情心始终萦绕心头。

他慢慢地脱了衣服（比在圣拉蒙那间小屋时慢多了），既没梳洗也没像昨夜那样使用杀虫药粉（他完全可以将它从窗口撒出去，让大家都来捉虱子），也没有穿睡衣，他没有忘记将手放在塔形的玻璃瓶上，他从街头带回来的感情全部冲动，都凝结成一次亲吻，亲吻那封尚未启封的信。

他光着身子，盖上毯子，按下卵形的电钮关上了灯。

第四章

西吉斯蒙吃过早饭，昏昏睡去，他睡得很死，不知睡了多久，只觉时间挺长。现在他正处于半醒半睡状态，朦朦胧胧躺在床上呆想，这正是他梦寐以求的事。昨夜他一时疏忽忘了关百叶窗，或者说忘了拉窗帘，所以满屋都是阳光，想避又避不开，只好转身朝床里躺着。真令人失望，外面，天空碧蓝，万里无云，他久久地屏住呼吸，在那儿想入非非，他的身子已脱离了自己的思想，把床垫压出了一个深坑，一想到自己在这块令人恼火的罩子底下备受奴役，他就像被召去服兵役那样伤心，所以他必须尽快起来。他觉得自己夜里睡得很不好，因为百叶窗未关，屋里，白床垫上，黄砖地上都洒满了月光，仿佛被淹没在一层雾气里，或者说，被罩在一层能使简朴的家庭空间变成青翠碧绿的毒气里。

不管他是否梦见了鬼怪，记忆始终像一个恐怖的节目，他已感到精疲力竭，连起来关窗让自己再清静一会儿的力气都没有了，他懒洋洋地躺在那儿。阳光加剧了他的痛苦。

他嘴里没觉有烤面包或茶的香味，胃里也没觉餐后一般都有的饱胀感。可是，放在床边地上的托盘里的食物和饮料都不翼而飞，咖啡杯已脏，餐巾纸被团成了团。可是，17号房间里的房客已经在昏暗的过去中，更确切地说，在梦境和月光下而非日上三竿的现在，消费掉了（如法国的服务员们所说）自己的午餐。事实上，这一天阳光明媚，骄阳如火，他的房间比百叶窗微闭，亮着电灯（来此以后，他一直在这种环境下生活）更显清洁明亮。按照建筑原理修建的现代化旅馆，里面的房间窄得要命，活像一个长方形的小墓穴。进门处的左侧墙上靠着一张床（并不宽敞），一张上面放着一封压在玻璃瓶底下的信的桌子，盖着一条人造丝的桌布，还有一张与墙面几乎齐平的淋浴室护壁板。另一侧，即窗与门之间的空间很窄，被一只盥洗盆，一张椅子和靠背椅占满了，床头桌是本色木桌。但是，这些配在一起不免有点奇特。

地砖（闪闪发亮）是黄的，四面的墙（摸上去很粗糙）也是黄的，而天花板却绿得像草皮(铺在土地上更得其所)。门和淋浴室的护墙碧青碧青的，桌布、床前小地毯和靠背椅外套全是这种颜色。如果往墓窟内部再细细打量，那么，人们仿佛看到了欢快的巴西国旗，一出忧郁的桑巴舞(为什么不？)，唯一能听到的喊叫，唉，是那个又在街上非法贩卖彩票的老妪的叫卖声。西吉斯蒙一看表，是十一点多了，他这才想起午饭已在九点前送来了。赶紧起床！

他所做的第一件事，就是从地上捡起托盘，将它放到床上，他没有像昨晚那样将它放在床头桌上，否则，就会大祸临头，笨手笨脚的女仆会将酒瓶碰翻在地。

他放完托盘，走进盥洗室，那面镜子太小，照不全他那一丝不挂的身子。过去，在他当学生的时候，他有个怪癖：每天早起都要检查一下尿道里是否有尿溢到龟头上，虽然较少危险，他想到这里觉得又好笑又苦涩，但是，他没有去检查，只是往抽水马桶里解了小便，当他看到淋浴室里那只带盖的坐盆时，立即露出不屑一顾的神色。

他在洗淋浴，水时冷时热，因为他没有足够的耐性把凉热水调匀。蓝色的毛巾布上面印有蒂比达博的字样，擦洗时字迹模模糊糊的看起来很不舒服，西吉斯蒙心想这样的标记很像巴西国旗上拦腰将地球围住的那个绿带，比起葡萄牙文写的“秩序与进步”要强得多。他是讨厌国旗的，怎么现在会与此纠缠不休的呢？他毫无目的地拉了一下抽水马桶的水箱，使他遗憾的是瓷缸底上——经常可以看到英国女皇武器的那个地方，竟然没有印上旅馆的名字，估计旅馆老板有办法让住店的顾客学会这种驱魔法（或者说，他有给自己的旅馆另起店名的聪明才智）吧。

从淋浴间出来之后，立即又回到盥洗室，刷了牙，刮了胡子，梳了头，至于穿着么，只要把放在椅子上的东西拿来穿上就够了。让他认为穿了非常合适，戏称为墓中家具的那些内衣和两套西服继续躺在手提箱里吧！他穿上鞋袜，一切依旧。

临走的时候，他照例亲切地望望和摸了摸信和酒瓶。

过道上空无一人，电梯上也如此：钥匙默默地被放在看门人的办公桌上了。大厅到了，他在低矮的小桌间穿过，朝门口走去，小桌上放着一束束玫瑰，看上去像花坛，他心想，真正能万劫不死的，实际上是这些供宗教祭祀用的塑料花束。也许是由于幻觉，也许是制花商的高超技艺吧，他仿佛闻到了花束上飘出一股股人造的芳香味。外面，又复生意盎然,西吉斯蒙感触颇深,都已十一点多了,在旅馆门口竟然还能看到一辆市里的清道车,它由两头漂亮的骡子拉着,在马路上留下一堆堆粪蛋,比人们从垃圾箱掏出来的还多。对这些金粪蛋,有人说这是幸福和一种主要能带来幸福的吉祥物,所以车走过后,都想装做不小心的样子用脚去踩上一踩。要是塞尔吉娜在,她肯定会迫不及待地用鞋去敲踏路面的,西吉斯蒙摸一摸靠得最近的那头骡子(一头正在打响鼻的漂亮小牝骡),从它和农民摆的陶器和藤柳制品货摊之间穿了过去,然后像跑步似的快步往剧院广场奔去。如同他克制自己没有去掀那塔形的酒瓶那样,他根本没有去注意那些吉祥物。弗雷德里希·索莱尔与热代翁太相似了,看来是一种不吉之兆。但西吉斯蒙却置之不顾。他穿过塑像的投在地上的影子,转身朝昨晚呆过的蒂比达博餐厅就餐室的拐角走去,兴许他呆会儿还要去那儿就餐。有个穿着淡紫色连衣裙又矮又胖的金发女郎坐在阳光下的桌旁,喝着清咖啡,根据她坐的地方判断,估计是个妓女,她像那头被抚摸的牝骡一样,很是年轻,身上也亮闪闪的。西班牙的风光是美丽的,巴塞罗那则比其他各地更美,但是,如果崇尚屠杀和绞刑,那么人们就会另眼相看了。

在沙滩街街心人行道上，虽然有太阳照着，风微微吹来还是很凉爽的。当然，只有刮过空旷地带和越过海堤的北风才能掀起大海的涛涛波浪。“带咸味的巨风（巨浪在奔腾）在咆哮，立在犄角形的杉树上该多好，”孤独的西吉斯蒙说，同时想起了他曾给戴上金刚钻的那双纤细的耳坠（往往坠着灰珠子）。空气里也同样充满生机，与星期日下午那稳定的沉默两下对照，显然更适合于星期一的上午——根据西吉斯蒙的经验或感觉，这是一周中幽灵最少出没的时刻。

他在林荫大道上继续往上走，他对两天前自己第一次踏上的这条人行道已有所熟悉，一阵通往皇家广场的拱门方向强劲的狂风扑了过来，将挂在绳上没有系牢的报纸从旁边的书亭上刮了下来（用衣夹当然既简单又高雅，但并非是能抗拒暴风雨的理想工具），如果不是西吉斯蒙反应得快立即当空抓住的话，怕早就给《ABC》第一期迎面打个正着。报纸在他手中乱飞，他无意中用目光扫了一下，第一眼就瞥见一个傻瓜的脑袋瓜儿，头上戴着顶警察帽去朝圣卡贝萨那位圣母脑袋。于是他把在手中翻扑翻飞的该死的报纸往空中一扔，连它是否会被风从他背后刮回他脸上来也无暇顾及了。而更使他恼火的，或者说更使他火冒三丈的是，有人认为他挨了领袖报刊的一下耳光。堂吉诃德要是处在他的位置，肯定会用长矛刺穿书亭，把那些报刊杂志全部捣它个稀巴烂的。

堂吉诃德面对临时由塔形酒瓶守卫着的方队，会同意失去自己的女皇吗？他连西吉斯蒙那两下子都没有，能玩出什么疯狂的花样来呢？“至少我能知道对手的名字！”堂吉诃德自言自语说。于是，他像在博物馆那样，翻起衣领，埋怨自己没有带安全别针把领口别住，因为他正好顶风站在宽广的沙滩大街上。他的支气管受到了威胁，没有办法只好用手捂着领口往前走。他自己也觉得很可笑，因为塞尔吉娜总是嘲笑他这种保护支气管的怪癖，似乎他的支气管比其他一切都珍贵似的，但愿他不再保护……

有一阵狂风向他迎面刮来，夹带着各种各样形形色色的小东西，在他身后到处乱飞。扬起的灰土比起那些报刊杂志和它们的碎片来更令人讨厌，其中包括养在高处鸟笼里的鸟：八哥、虎皮鹦鹉等所拉的屎粪，要是刮进人的眼睛，会致瞎的。保护眼睛，西吉斯蒙当然拒绝接受，如同他关心其余一切（或关心主要的器官），但呼吸器官则例外，如果他有时半闭起眼睛，那是为了避免或减轻突然吹来的微风所引起的疼痛，就次要方面说，是他对周围的男男女女已不再感兴趣，况且街上的人也比平日少得多。而且一个个都行色匆匆的。这种快节奏的举止，根据他的意见，看上去活像幽灵，根据是他想起了故乡而将这些行色匆匆的人与星期日晚上那些迷人的幽灵们两下比较。

在圣何瑟港口的岸边，右边一条小胡同角上，有一家很奇特的商店，并非完全中国式的，但在本世纪初卡塔卢尼亚人和许多西方人的想象中，却与中国商店无异。有一条曲身弓背的铜制巨龙，口里含着一盏灯，从墙角上挂了出来，墙面上是伞形和扇形的图案，橱窗里可能摆有许多令人意想不到的礼物，但是，风是往林荫道斜方向刮的，所以西吉斯蒙为了避风转到橱窗陈列品并不丰富的左边人行道上。

这边一丝风也没有（而对面商店门前的大帘子被刮得格勒勒勒直响）。人行道上你挤我我挤你的人非常之多，特别是提着篮子的妇女，中间露出一个很窄的过道，西吉斯蒙让过两位女郎，尾随她们挤进过道。她们中一个穿着紫色衣服，另一个穿着棕色衣服。两人头上都盘着深色的发髻，颇有点古伊比利亚人的气质，一双象征“祖国前途”似的乌黑的大眼。他庆幸自己及时地拐了弯，因为他终于摆脱了北风的纠缠（风还是开始厌倦他了！），他始终爱城市里的各种集市（人们越热爱生活，就越爱逛集市）。

巴塞罗那圣何瑟的集市就非常热闹，是他所见到过的最拥挤、最麇集、最肉感（是的）的集市之一。他觉得逛集市要比逛博物馆、泡在艺术碎片中要舒服得多。他敢肯定，塞尔吉娜要是与他在一起也不会觉得不舒服的，因为她每次把他拉到世界各地都类似的这些小迷宫时，她就兴高采烈的，特别是地中海各港口那些十分诱人的小迷宫。

他兴致勃勃满心欢喜地在琳琅满目、食物货架之间的小通道间穿来穿去，差点儿迷走了方向，“迷宫”一词就是他在这种情况下想起来的，这是他过去朝思暮想，至少部分是在清醒状态下苦苦追求的昔日梦境。说实在的，像巴塞罗那这样盖有天棚的集市以及市里妓女区这些露天（夜间）的大街小巷，他过去从未涉足过，因此，他这次出门可以说是收获甚丰的（他想）。如果他不去尽情品尝一下这个神秘王国的实际滋味，他就会失去机会，被塔形玻璃瓶下压着的那封信捆住手脚，动弹不得。在大屋顶下各家窗户里射出的灰暗灯光下，在几乎全是女人的集市小过道上，他在那儿毫无目的地挤来挤去，左顾右盼、兴致勃勃地打量着那一堆堆摆在脏乎乎地摊上的水果，蔬菜和肉，受尽那些褐色皮肤、黑头发、有的头发拢得高高像是头上顶着一只篮子或白色花瓶的女郎们的捉弄。他似乎暗中受一位爱西丝女神[①]指挥似的，尾随着她在菜贩子摆菜的长凳上走，一直跟到出了黑辣椒和西红柿摊子，后来又被另外一位女神（没有前面那位严肃）所吸引，尾随她走到海鲜摊前被她甩掉了。只见摊上摆着还在痛苦地摆动双须的大龙虾、另一种大虾、活着比煮后颜色还紫红的一种什么鱼、章鱼、墨鱼和身上似豹猫布满斑点的长条鱼。不知为什么，看到那些火鱼、鲉、粉红的鲷鱼，忽地使他想起葡萄和葡萄虫，就像它们被酒神的队伍榨挤而成了一堆黏乎乎的葡萄液。这时又来了一个脸色与前两个同样阴沉沉的女人，把他带到肉铺和当场宰杀的家禽铺里。她这里摸摸那里看看，嘴里不断地在讨价还价，强迫他登记了剥去皮的兔子、两个去皮羔羊头、半爿山羊肉、一捆挂在钩上连翅膀的鸡，店老板又趁此机会搭配着卖给他凝成块的鸡血，割脖子时留下的恐怖产品。西吉斯蒙像喝醉了酒似的异常兴奋、兴致勃勃地欣赏着这些被屠宰的牺牲品，他欣欣地瞧着从它

① 古埃及神话中司婚姻、农业的女神。

们身上溅出的鲜血和在痛苦抽搐的动物，心里还是乐滋滋的，因为他觉得在老娘们的引导下，他已将自己的孤独世界安放到摆供品的大桌上，当这个世界毁灭的时候，桌上的供品在冥冥中似乎已成了他自己的命运，而当佛朗哥和其卫队的统治崩溃的时候，他的孤独世界也将与其同归于尽。精神错乱的酒神巴克科斯和满身条纹的猛兽只剩下一层薄皮了。这个世界（玻璃瓶已经挪开）一触即破，于是，梦想中的一切暴力都将一古脑儿地涌入日常生活中。如果一个女人在星期日下午六点拉着西吉斯蒙的手，领他去斗牛场，他就可能会预先对某些虽然预感到的尚未明确的事物概念得出。但是，华妮塔与血毫无亲缘关系，而西吉斯蒙则在圣何瑟集市的肉铺角上为此深感惋惜。

他自言自语道，如果热代翁·蓬斯棕红的脸能与古代的落日相似，那么，恰恰相反，塞尔吉娜的脸，则具有方兴未艾的革命色彩，而且具有美如革命那样的脸盘。

他走了几步，没有人领着，来到与入口处正对着的出口处，那里全是卖水生植物的妇女，穿着棉布制的黑色长衣，一个个膝盖放着一只盘子，有月桂、百里香、迷迭香、罗勒，茴香、薄荷、蒜、藏红花、很辣的小辣椒，以及其它他叫不出名的植物配料。她们一共五个，他正好停在她们面前，所以开始一一打量起来，最年轻的一个，估计十七八岁左右，站起身把托盘送到他面前，她那手势，那眼神具有一股不可抗拒的力量。黑色的连衣裙，乌黑的头发，乌黑的眸子，那神情简直像个美丽的乞丐或黑夜中的女祭司那样威风凛凛。拒绝她的请求吧，西吉斯蒙无能为力，何况他自己也想买，于是，面对其他四个女人(没有她漂亮)射来的鄙视目光，他在她面前俯下身去，在那浅色的木盘上挑了一个装着藏红花柱头的透明小纸袋，还选了一包树脂植物籽。这种籽他起先没有看到过，估计是芍药籽。"是芍药，"她肯定地说，他没有问价钱，随手给了她两个5比塞塔的钱币。她当然很高兴，因为这超过了她的预料，要是他能用金色的藏红花换来几枚球果或香锭(必要时可去教堂偷)，他就可以把祭献给朝拜初生耶稣三天的祭品放到妓女的脚下。

再见了，美丽的卖花姑娘(这些姑娘是怎么采集来的呢？在哪座香气扑鼻的花园里采的呢？穿着什么衣服采的呢？)，再见吧……

西吉斯蒙走出集市仿佛是从梦境中被驱逐出来似的。如果他想回旅馆，那么，再从这些拿托盘的女郎前面走过，未免有些不好意思。他来到一个广场上，实际上是集市的延伸部分，这儿有许多书亭，有许多做小买卖的，他徘徊起来，不知往哪儿走好。只见拱门底下有许多大众饭馆，他在一家饭馆前停下脚步，用白粉刷过的玻璃上写着当天供应的拿手菜肴，有一道菜名引起了他的注意，他觉得这道菜名叫“蜗牛兔子”，即“蜗牛烧兔子”，这两样东西烧在一起能吃吗？旁边有根砖砌的壁柱，上面剩下一小角公告，公告全文只有在大路上有警察严密监视的情况下才能看到，卡塔卢尼亚人的手指头把卡斯蒂利亚的公告抠得只剩下了二十五这些个词。

如果说这些老人深受佛朗哥之苦长达二十二年之久，那么，这样肆无忌惮地撕破公告岂非充分表达了民意！西吉斯蒙想道，心中翻腾着兔肉烧蜗牛，并想起曾看到在集市上那一桶一桶的软体动物。将兔肉用去做肉馅？抑或将蜗牛放在盘子四边作点缀？他倾向于后一种解决办法，虽然两种方法是水火不相容的。倘若塞尔吉娜在身边，他就会进去，要上两份这种怪菜。二十五只蜗牛摆在兔肉四周，再加上一份血一样的褐色调料，也许这就是它们的下场，其目的是为了祝贺肥胖的梅毒症淋巴络炎。

当他们要隆重地枪毙人时，每人身上一般都中一二颗子弹。如果碰上那些恪守当地习俗(听说在西班牙各地都严格遵守)喜欢用奇数来向女人(而不是男人)献殷勤的贵族老爷,那么,二十五除二这倒是个精明的算法……

西吉斯蒙像喝醉了酒似的身子有点儿慢慢悠悠地离开了饭店,因为他对蜗牛烧兔肉的可口的鲜味已经极尽了想象之能事。他从左边那个有小圆亭的门出了集市,如果他从右边的门走,他就可躲开卖花女郎那些咄咄逼人的目光了。再往右走,是一条通道,像条上面盖着帆布的走廊,估计是通沙滩大街的。他走了进去,像骑马观光似的打量着挂在墙上的篮、筐、篓等藤柳制品。天棚上的篷布裂开一条缝时,阳光透射进去,把那些货物抹上一层金黄,于是,所有的篮、筐、藤篓看上去如同一个个囚鸟的笼,那些用手指晃动着篮筐兜售自己货物的女老板娘们一个个眉飞色舞脸上不失风韵。看到这些鸟笼,不禁使人想起那些比飞鸟、闪光发亮的昆虫还渺小的囚徒。塞尔吉娜在罗马时得到一只蟋蟀,后来她终于搞到一只,可惜很快就死了,而囚徒的命运就连这些褐灰色的蟋蟀还不如。

听说外面的风已减弱了(谢天谢地),西吉斯蒙重新沿着沙滩大街而下,街上人很多。他先去高处的巴罗克风格的教堂,弯弯曲曲的柱子是典型罗马风格的,他翻了一下市区图才知道这是某座坐落在鹦鹉市场对面的贝伦圣母院,(瞧!)一把宝剑就成了万民崇拜的偶像,真活该!

为了不改变方向按昨天的原路而行,他沿着林荫大道往下走。街道两旁一式是法国梧桐,他左顾右盼,打量着豪华商店前的橱窗。远远地他看清了哪些是手提包和手提箱,哪些是鞋,皮上衣和紧腰宽下摆女衫。如同他曾多次建议塞尔吉娜跟他同来一样(显然提得比较晚,而且也没有坚持,因为他知道任何力量都无法牢牢地将她留在农舍,除非她愿意忠实遵守自己过去的诺言),如果这次她在他身边,那他肯定会在路上这些大大小小的漂亮商店前逗留的,他窜东走西,想买些凭他想象她喜欢要的东西,这样做并不困难,而且心里还甜滋滋的。是的,他是这么想的,但要付诸行动么,他却不能,这条道路,即这条(虚伪的)脱身之计像绝对禁止通行的信号那样被钟楼挡住了。他只得继续往下走。

走着走着,他又想到了塞尔吉娜,于是买东西的想法占据了上风,他像是急需买什么东西似的兴致勃勃地往皇家广场和伯爵大街方向的那些书亭望去。没有烟叶:他身上还有香烟,如果能买到更好。没有报纸:法国的报刊杂志几乎跟西班牙的废纸一样让他讨厌(说得文雅些的话)。没有鲜花,边走边闻着石竹或玫瑰的芳香会使他看上去像个嫖客。没有干净的橡皮奶头:他的独生子断奶快四年了。于是,他望着明信片。他转着放明信片的铁制转盘,转盘发出一阵轻微的吱吱嘎嘎声,他听了既讨厌又高兴。世界各国的旅游者们,他们出门观光,目的不就在于瞻仰纪念碑和游览各地的名胜古迹,这一点难道对他仍感不足吗?

他没有立即离开,因为他看到了几张明信片上印的是“典型的”菜盘,换句话说,是几盘地方风味菜。他猛地用力转动转盘,渴望看到蜗牛烧兔肉,结果大失所望,真令人遗憾,不过,他仍从架上抽出三张颜色鲜艳的明信片,上面的画面是:一盘蜗牛(没有兔子)和一壶白葡萄酒,下面是一块乳白和绿色相间的方格桌布;另一张上面是放在烤架上烤的灰蘑菇头(可能是一种叫“鹅青”的食用菌);第三张是一只上了釉彩的土制菜盘,盘中放的是卡塔卢尼亚式的蚕豆、切成块形的猪肉香肠、切成片形的辣肠、肥肉片,旁边放着一只木叉和一只酒杯,杯里装着酒,杯上全是泡沫。整个画面似乎是用深浅映景法拍摄的,如同人们在转盘表面所常见的机场建筑物。他深陷在自己的孤独中,当然想不到会去寄明信片。正当他不无遗憾地将三张明信片放回原处时，商贩已经走了过来，他手里拿着一张 50 比塞塔的钱币，想递给商贩。未递之前，他看着佛朗哥的大脑袋，第一次读到脑袋周围的说明。“上帝恩赐的元首”，这无疑说的是“冒天下之大不韪”的意思，用词真是极尽阿谀肉麻。商人找还他 42 比塞塔，又是银币又是铜币，用法国路易十二时的退斯通也不像它们那样能把钱包塞得鼓鼓的。

西吉斯蒙将装在一只蹩脚信封里的明信片塞到口袋里，他像总在回忆中凝视每件事物的隐士那样在想象中反复望着那些明信片。他想到的是，对大部分男人来说，作为旅游纪念品，这些粗俗的照片是最真实不过的了，远比那些他们经常自以为能标明自己曾到此一游的艺术复制品真实得多。他想到其他可能有的明信片，诸如，床头桌上扔满烟头的烟灰缸，乱糟糟的床毯上印着某个女人的嘴型，倒在地上的椅子，上面挂着两只不干净的长袜子和女性专用的吊袜腰带，妓院小卧室里的盥洗室的一个角落等等等等。引起你无穷回忆的纪念册……

华妮塔是个备受凌辱的女人，当然不会给麦地那塞利寄明信片。如果她要给谁寄的话，可以打赌是神圣之家那灯火辉煌的门面。她不会寄一盆“睾丸”去的，但是其中肯定会有这盆菜的照片，因为她很爱吃。

瞧，已看到剧作家雕像了，是太阳神的爸爸身子，也是鸽子们的临时祭坛。“来，咱们坐到他涂满鸟粪的脑袋后面去吧。”西吉斯蒙说，仿佛两人去共进午餐似的。他煞有介事地顺楼梯而上走到蒂比达博餐厅，推开最高处的那扇门，像平常一样接受老板的躬身欢迎。比起昨晚来，餐厅显得空荡得多。因为星期一只有过路的客人才来这里用餐。服务员们像站岗放哨似的在长长的柜台前排成排。毫不奇怪，他昨天坐过的座位空着，于是他就坐了过去，他可以坐得既舒服又宽敞，背后也没有人。

用法语来说，菜单上的菜显然比星期天要差，但还过得去。西吉斯蒙百无聊赖地望着菜单，因为菜单没有一个菜值得大家瞩目的。如果面对面坐着一位男伴或一位女伴的话，老板不失时机地随便建议他先来杯西红柿汁，因为他记忆极好，是职业需要嘛。

——不，西吉斯蒙说，这儿有蜗牛烧兔肉吗？

——得事先预订，老板回答说。出乎西吉斯蒙所料，他回答得非常从容。不过，我这儿有龙虾，菜单上写着呢。

西吉斯蒙拒绝了，心想这类东西看上去很好，实际上已放了好几个礼拜了。他的手摸着口袋里装着的明信片，表面上却装出一副思考的样子，问老板："卡塔卢尼亚式的蚕豆总不会没有吧？"出乎他意料的是这道菜还真有（总算没使他失望），于是，他照菜单简单地要了一份大盘蚕豆，一份普通面包，如他需要，还可以要一杯普通红萄葡酒。老板频频点头记了下来，态度之恭敬一如昨晚，走时燕尾服的下摆还一飘一飘的。

黑色燕尾服是服务较高的一种标志，是旅馆老板穿的。这种黑礼服过去都是给死人入殓时穿的，可现在什么都可出卖。即使科学院院士吧，都让他们穿着短衬裤入土，而遗孀们却把礼服（至少是刺绣的）卖掉，"我没有遗孀"，西吉斯蒙想，接着他又想他没有权利想这个问题，因为那封信他还没有读呢。

蚕豆这东西，在埃斯库迪耶的大部分酒吧里都有供应，可以说随手可得。要是想饱口福，只要有个跑腿的小伙计就行。这时传来了一阵阵咯噔咯噔的脚步声和叽里呱啦外国人讲话的声音，服务员们一个个都手忙脚乱起来，赶紧往最大的那张桌子跑去，加放了几束假花束，拉开椅子。原来一群美国水兵来了，估计是“牛郎星”号上的，其中三个（彪形大汉）穿着蓝制服，两个（笨手笨脚的）穿着白制服，另外两个（岁数更大）穿着普通西服。

这些美国佬先是要了一瓶白兰地和其他形形色色的，无非都是些通过化学加工制成、贴着百事可乐和可口可乐商标的茶色气体饮料，他们没有要菜单。老板随手一个暗示，形状凄惨的龙虾就端上桌面，为了证实这是龙虾，当然还得摆上蛋黄酱和鱼味辣椒油等调味品。这两种调味品能激起食欲，完全可以预料，所以老板们谁也不会反对让这些船员们去吃放了很久的虾蟹，他们可以心安理得地去掉灰白的肉，在凹陷部分去挖出些红的、黄的东西，拿来装配他们的菜盘。虽然龙虾的个儿都挺大，称得上是个老孤独者，也只刚够七个水兵吃的。西吉斯蒙不无惋惜地眼看着他们将它切成一块块的，心想明天兴许就会给他端个替身上来，可惜他却看不到了。他对端上来的蚕豆还未曾看过一眼，现在该是观赏的时候了。

这盘蚕豆看上去与彩色明信片的惊人相似，因为它放在一只几乎是火红色的土制的菜盘上，而且配着火红色的猪肉。棕色的蚕豆与火红的土盘（浅色和深色的土）相互衬托,共同形成了西吉斯蒙称之为色彩上的高度协调,如果塞尔吉娜在场的话,肯定会嗤之以鼻,因为这种颜色一旦在餐桌上出现,她就一定会想起艺术装饰,而一旦走进博物馆时,她就会想起吃饭。他尝了一口可怕的肥肉,一碰嘴就觉舌头发烧,或者说,牙齿发酸(谁知道究竟哪儿不舒服?),喉头一阵痉挛似的窒息。他想这不可能,肯定不可能,因为他不会怨恨塞尔吉娜,即便她现在就坐在对面将蚕豆贬得一钱不值……

开花的蚕豆香,要不就是煮熟的蚕豆味儿,果真能使患神经性痉挛症的病人急性发作?抑或往往使他们发生精神上的错乱?大家都这样认为,学究们呢,当然乐意搬出毕达哥拉斯来佐证……蚕豆实际上有一种呛人辛辣味,与卡塔卢尼亚猪肉铺里的味儿惊人相似,何况菜已经凉了……在罗马的春天,大家都吃鲜嫩的生蚕豆,即"法瓦"(那里的人都这么叫),味儿有点像花香,是的,塞尔吉娜特别爱闻……卡塔卢尼亚人做的蚕豆若与罗马的蚕豆相比,问题要严重得多,与其说能引起精神上的高度紧张,倒不如说会叫人昏昏沉沉,豆肉又重又实,更使人昏沉欲睡……塞尔吉娜也会觉得不舒服的……

西吉斯蒙吃光了盘中的菜，喝尽杯中的酒，剩下杯底的些许酒渣，什么东西也没吃，也没有要餐后水果糕点。服务员来收拾桌子，为了不使他失望（否则更糟），他要一杯咖啡并要求结账（表示他不愿去妓女经常涉足的酒吧喝咖啡，他心里在寻思，这些蚕豆由于名声欠佳，叫人昏昏沉沉，想入非非而在克罗托纳被宣布为禁食，它们是否还对有妇之夫不感兴趣）。

他付了 75 比塞塔，还额外付了小费，他酒饱饭足，感到十分满意，直打饱嗝，费了好大劲儿才推开椅子站了起来。当他在“牛郎星”号水兵们所占的桌前走过时，发现桌面奇大，像法院里的法官席，上面铺着豪华的桌布，桌上菜肴之丰盛令他侧目，桌旁的人一个个东倒西歪地望着他，仿佛为消化不良而感到内疚似的。他像一个在受上帝审判的人，经受着蚕豆的折磨。

或者说，当他举步往楼梯下走的时候，他那消化力很强的胃是否并没有受到良心的责备？真热！四月份就这么热，这自然吗？正常吗？连一丝风都没有。

他昏头昏脑地，拐进餐厅的屋角，对酒吧里的那些食客连瞅都没瞅。他在埃斯库迪耶大街中央走着，无心观察附近的小巷，他走到自己下榻的旅馆前，对小贩们的高声叫卖听而不闻，他对红运高照的女商贩已不感兴趣。

蒂比达博……是的，可那是什么时候？

有只大电扇，他很少见它转过，把放在小桌上的意大利花吹得微微颤动。门房里空无一人，他只得俯身下去，在空荡荡的抽屉里取出17号房间的钥匙。他自己开动电梯，上了楼，走廊里也空荡荡的没有一个人。他走进房间，门旋即在他身后砰的一声关上了。

他懒洋洋的，本想和衣躺到床上，但他没有这么做，而是先坐下脱鞋（兴许已经带血），脱袜，尔后脱去身上全部衣裤。虽说一丝不挂，但还是毕恭毕敬地用手去摸那只塔形的玻璃瓶，旁边正竖着那封信。根据他的想象，女服务员在打扫房间时，没有动这只易碎的玻璃瓶，只是在它周围的桌上擦了擦，当他发现女服务员小心翼翼地铺好床铺或掸去灰尘时，他中意地微微一笑。他按照惯例，吻了吻龟头瓶颈上的库隆像。那瓶子嘴唇碰上去冷冰冰的，仿佛不是浇铸出来的玻璃而是从大块水晶石中切割下来似的。

他往床上躺了下去，嫌热扔掉了床罩，赤身露体地钻进毯子里，毯子紧紧贴着他的身子，淋浴室的门开着，在门上挂着的镜子里，他（微微欠身时）看到了自己的躯体，立即想到，丢勒作品[1]的缩影，根本没有进一步去反抗艺术知识的束缚，而且怏怏然地想象自己有力量正视裹尸布下的自己。“随着人们离裹尸布越来越近……”他迷迷糊糊地想道。随即昏昏睡去，睡了很长时间，蚕豆的效果使他大失所望，他还是睡醒了过来，根本记不得做过什么梦，或者说连个短梦也没做。

醒了以后，他才清醒地想起塞尔吉娜从尼斯给他来的信（他俩结婚后她曾去过尼斯），“我们都这样认为，当我们去时，我们的最后时刻也会去的。可是它没有去，它来了，而且以同我们去时同样快的速度迎向我们。如果说，我们与它在路上擦肩而过，如果说我们的最后时刻（谁知哪位该死的大特务事先获悉的？）在背后穷追我们，而且我们跑多快它就追多快，这样的状况能维持很久吗？嗯？这样的状况难道不滑稽吗？”他记忆中想起的这些话与塞尔吉娜实际所说并不完全一致，只是稍有走样罢了。主要的是她也想到要摆脱红尘，去追求隐居孤寂的生活，而且还认为最好能在人后而不

---

① 丢勒（1471—1528），德国宗教改革运动时期的油画家、版画家、雕塑家，著有《人体比例研究》四卷，在透视学和人体解剖学方面，颇有贡献。

在人前默默死去。

他躺在裹尸布下对镜自赏，这种玩笑可够悲惨的。

如果他再不起床，他会重新睡着的，不过，睡眠无论是白天睡还是夜里睡，对他都是做梦的好机会。于是，他起了床，先去关上淋浴室的门，把裹尸布放到一边。他到巴塞罗那以后，一天要穿好多次衣服（过去他可从未这样做过）。而且一个人孤零零的！瞧他又在穿衣服了，里里外外一件也没换。

他想，最后一次穿衣服的日子，或者更确切地说，最后一次被穿上衣服的日子总有一天会到来的，这个日子估计是根本无法预料的。一想到这个迷人的时刻，他狡黠地往盥洗室镜子里瞥了一眼，同时用双手抹平了午睡时弄乱的头发，然后用水往脸上抹了抹，也不去擦，以便借助清凉的水气让自己清醒清醒。他离开房间、关上门，走廊的回声比屋里还大。

旁边的门开着，他看了看，走了进去，认出第一天来的时候碰到的那个女仆，直愣愣地靠在扶手椅背上。这回可不是幻觉，从她身上确实闻到了一股香味，令人颇费捉摸的是，香气之所以如此集中是不是因为她总站着不动的缘故。除了她那棕黑色的头发和黑色的（超）短连衣裙，以及几件棕色的木器（灯脚、镜框）之外，那里的一切都是粉红或青绿的，同时还稍带灰白色。墙的中间刷的是绿中带蓝的颜色,墙四周刷的则是黄绿色,地面铺的是绿黄相间的方格砖,上面铺着四方形的机织割绒地毯,与扶手椅的布料颜色一样也是不太自然的生硬草绿色。床漆成的是带玫瑰红条纹的黄绿色,毯子是胭脂红的,上面绣着银白色的花叶,床上的华盖是白色的平纹布做的,接缝处缝的是一条条绿带,华盖的系绳也是胭脂红的。天棚漆的与墙一样的颜色,上面挂着一只带玫瑰红灯罩的玻璃分枝吊灯。当人们对可爱又可憎的维也纳挞(奶油水果馅饼)感兴趣时,这确实算得上是间漂亮的过道房间。如果她穿着紫红色的晨衣,那房间的气氛简直就无可挑剔了。西吉斯蒙走到她跟前,她一动未动。他只字未提他设想中的晨衣,只是一个劲儿地用他那贫乏的洋泾浜卡塔卢尼亚语赞扬这间华丽的四方形房间,并说下次他同妻子再来巴塞罗那时,要住 19 号房间(他已记下),她默默地听着,一句话也没说,只是用忧郁的目光直直地望着他,目光没有移开过。

西吉斯蒙想,她看到自己湿乎乎的脸时,心里一定很惊讶,肯定以为他会上去搂她,她害怕去碰那张湿漉漉的脸,可是,他并没有想搂她,也没有去碰她(虽然两人的嘴离得很近),蓦地,他对她说了声“再见”,说完扭头就走,离开了玫瑰红和绿油油的房间,他心里想,她可能是个哑巴,虽说没有作手势,在走下楼梯时,他闻了闻衣袖下的手腕,可体验归体验,根本说服不了人,要是说他满身香气,那是胡扯。

在办公室里,他把钥匙“当啷”一声放到了其它钥匙上。对回到门房里来的那个傀儡式的可鄙家伙用西班牙语说了声“再见”。他想给塞尔吉娜献上一束意大利玫瑰献献殷勤,然后再去赶她,待他走到门口时心里想道:“她都已变成冷若冰霜的少女了,”他心里还想最好这些塑料假花带有百事可乐或可口可乐那股恶心味。

埃斯库迪耶街上路人如云,很多都拥挤在右侧,看一个喝得醉醺醺的老头在那儿演出。他穿着件破烂不堪,灰不溜丢的宽袖长外套,头发、胡子长得吓人,他用一根细绳系在白兰地酒瓶的两头,再用根布背带将酒瓶斜挂在胸口,装模作样地假装在弹吉他。东倒西歪,晃晃悠悠地在路中央走着,边走边唱,唱得很欢,西吉斯蒙听不太懂,估计是冲着每个走近来的女人唱的下流歌词。他的皮肤污垢不堪,两只乌黑的眸子凸出在皮肤上,亮闪闪的显得特别有活力,有的时候,大家为他喝彩,他就双手冲着某个人的屁股或上身往前一伸

(酒瓶有绳子系着当然掉不下来)。西吉斯蒙在人群里看了好几分钟,自己也不清楚欣赏的究竟是歌声,还是酒瓶和细绳子。老掉牙的(真的吗?)歌词在道路上空回旋,街两旁全是高耸的屋顶,天空成了一条带子,而且不是蔚蓝的,是灰黄灰黄的。这出闹剧的光荣可能是从一块带着阳光的云上掉下来的,既适合于演员,又符合演员那件宽袖长外套。在稍远些的地方,即蒂比达博餐厅招牌与酒吧之间,出现了一对穿着水兵粗布短工作服和白色裤子的黑人,肯定无疑是“牛郎星”号上的水兵,每人手里各拿着一杯色彩最鲜艳也最不自然的桔子水。人群聚集在两旁,醉鬼仍站在街中,黑人想穿过去只得分开走,这个胡子特长的老山羊就在他们俩中间一边跺脚,一边冲着他们唱:

水兵嘀!嗨,水兵嘀!
用屁股来挣钱啰。

人群“哄”地一下笑了,可两个也喝得醉醺醺的水兵并未生气,照走不误,因为他们手里像提舷灯一样拿着桔子水显然并不是为了要喝。围观的群众最后终于失去了兴趣,塞尔吉娜性格本好挑剔，绝不会全面肯定某一出演出的，她会说杯子里要是盛满牛奶该多好，或者说，她会十分惋惜杯中没有加上一片绿薄荷。可糟糕的是，西吉斯蒙却很喜欢橘子（不过，他并不想指责塞尔吉娜的想法，虽然他不断在想，是他的想法她都会横加指责）。

在大街右侧的那两个黑人拐进一条小胡同，那里有一家"安克拉"酒吧，估计是嫖客们经常出入的地方，门前挂着一只画有锚的招牌。他们以为自己会像参加圣餐那样受到热烈欢迎的，酒鬼老头看到水兵们没有理会自己，悻悻地走了。西吉斯蒙也双眉紧锁，往反方向走去。在剧院广场，他纵身一跳，越过了索莱尔雕像的身影，他原以为雕像会挡他道的。他心中感到一阵轻松，自己竟然会像孩子似的一下跳了过来。旋即走到红黄相间的信箱前面，他知道自己无信可投，就穿过帕那姆斯街口附近的马路，把它甩到了自己身后，对熙来攘往的人群，他都目不斜视，一一擦肩而过，唯独有位姑娘引起了他的注意，她姿色美丽，妩媚动人，棕褐的头发相当蓬乱，想让人相信她并非卖淫的窑姐。"巴塞罗那的妓女都有个特点——头发都梳得挺整齐"。他一边想一边从街角商店的橱窗间一条短路拐进阿萨尔托伯爵大街的街角，在这条出色的通道上，他撞到了一个留刘海的女人身上，脸色又生硬又呆板，像涂了漆的漆器，一看就知是个出卖皮肉的贱货，只是皮肉外面用草黄色缎子草草裹起来的罢了。西吉斯蒙马上说了声“对不起”，他仿佛听到她用西班牙语叫了他声“我的小鸽子”。

“小鸽子”这真是西吉斯蒙今晚最愿充当的最卑贱的东西，更确切地说，最低档的牲口，不过，这样他可能就有机会往父亲头上拉屎了。被人耍了吗？根本不是，因为他是甘心情愿把自己的不幸搁置一旁的，正如方才他收起裹尸布那样，不管是自由意志也罢，抑或奴隶意识也罢，他都无法更充分地加以利用了。传递信息的人，他现在不是，将来也不可能是。费莉娜虽说给他来了信，可他没有片言回复。他想她，她在翘首等着回信，他的心都要炸了，但是在塔形玻璃瓶的重压下，怜悯已起不了作用，接着他又想那粉头兴许只是让他当“鸽笼里的小鸽子……”。如果他要懂西班牙语、卡塔尼亚语、当今巴塞罗那的行语、古日耳曼语，这回出门他就不会当聋子了，可是，要学会这些语言，为时已经过晚，哪来得及！

他在兰卡斯特街角的左边人行道上呆了很久、然后穿过马路走到右边，猛地向右拐去，紧靠在商店铺面前，谁也拽不走他。他沿着各家铺面走，看到的全是些大路货，摆服装的货架比起沙滩大街来那些华丽货架要逊色得多，装饰得也不气派，在这些为妓女和拉皮条的人专设的市场上，他想塞尔吉娜肯定会看中不少东西，肯定会给他买些皮条客穿的衬衣的。望着这些大部分都是人造丝的，色调有如苯胺那样强烈的衣服，他觉得都是疯子和送葬所穿的。像是狂欢节舞会上和亡人节时扔下的旧衣裳。从一家唱片商店飘出来一首听起来并不陌生的古老的探戈舞曲。瓷做的小母猫，易碎的陶土小雕像（由装在一只古怪音乐盒子里的齿轮带动），塞尔吉娜又被吸引住了，在一面用深色锡汞涂过的镜子前举棋不定。

西吉斯蒙没有在嘈杂喧嚣的商店上面（而是在下面）闲逛，这时探戈舞曲的声音已渐渐减弱。可爱的小雕像也渐渐远去，原来金黄色的天空现已变成玫瑰红，太阳已隐隐往山后沉去。他不想刻板地按时回去，当他走到一条觉得眼熟的街角时，心不在焉地看了看表：差几分钟七点。就鬼使神差般地拐了进去，原来这是圣拉蒙大街。他认出来了。

街上的嫖客在他周围越聚越多，他这时正好在公爵夫人常住的20号住宅前停下脚步。他们会把他当做迷了路的游客钉在大门的木柱上吗？他不可能去偷木柱的，他心里这么想，因为他没皮没脸地重游此地，是为了等他（前两天）的那些下等情妇的，正如警官等在杀人犯作案的地方一样。特别是因为他总是不断地将公爵夫人与自己妻子（即塞尔吉娜与华妮塔）搅和在一起。无休止地这么两相比照，确实令人可气可憎，他自己也知道，可就是知而不改。他思想上始终装着塞尔吉娜（就像他目前这样），真乐意上楼去，在昏暗的第一级楼梯平台上看到那个老太太，要是能看见那个面目尚未看清的小女孩那当然更理想了，让人打开房门估计不太可能，因为不管什么样的女仆，都分不清他在昏暗中的轮廓，会把他当成孤独的老色鬼。在这个区里，有些住宅贴有西班牙语的布告，上写“只供单身过夜”，换句话说“私通者谢绝借宿”，但是，20号住宅的规矩则是“严禁过夜”以及“单身者不予接待”。

大家之所以围着他、上下打量着他，恰恰正是因为他没有女伴，而且在第一类住宅前犹豫徘徊，裹足不前，大家都想看看究竟，他到底进不进去，还是可怜巴巴地被人推出门外。不过，这次大家没有判他死刑。算是他福气，还是算他倒霉？

不管怎么说，他不应该让大家发现自己。历来快而麻利的塞尔吉娜曾经跟他说过，不管什么地方，最高贵的还是最下流的都能进去，只是动作要快；凡是被人认出，招来麻烦的事都是因动作缓慢引起的。于是，他像箭似的嗖地一下离开了那地方，待奔到黑黝黝的树荫底下时才放慢了脚步。这个始终萦绕在他记忆中的夫妻生活，人们绞尽脑汁也弄不清楚，其起的作用究竟是消极的还是积极的（也不知道西吉斯蒙之所以这么迷恋此道究竟是出于自愿还是违心），西吉斯蒙即将使之在拉巴多尔大街的妓女和流氓的群居生活中腐化堕落。

他走呀走的，穿过马尔盖·德·巴尔巴尔大街，街角古巴酒吧的门大开着，门前是一支失业的母猪大军。如果他愿意，他可以立即去皮卡特大街，因为公爵夫人估计在橱窗后面挤眉弄眼地展示出卖她的色相，除非肉体交易比较清闲的星期一她休息之外。可是，他并未去而是继续往前直走，并未把公爵夫人放在心上，因为他没有监督她劳动是否繁重和勤奋的任务（他心中这么想）。走在他前面的是两个年轻小伙子，棕色的头发，白色的衬衣领子，近乎黑色的轻便西服，黑色的皮鞋,看上去不像职员而更像大学生,两人非常注意,只去那些经过选择的地方,可他们的举止行为却那么大大咧咧,心不在焉,两者形成了鲜明的对比,西吉斯蒙还发现他俩很少说话,打赌说(虽说此事不甚了解),别看这两个人的举动伪装得很好,他们肯定会去找妓女的。如果他猜对了,他就会心满意足,如果输了,那就会自认晦气。

不出他所料,这两个伪君子果然往右向拉巴多尔大街拐去,他们放慢脚步,装出一副对货架上的货物颇感兴趣的样子,尾随其后的西吉斯蒙也不得不在廉价针织品橱窗前停下来观赏,橱窗前排摆的是黑棉长袜,与华妮塔所穿的一模一样,而实际上却不像是廉价内衣。又不出他所料,他们又拐往左边,穿过一块空地、向四周扫了一眼,旋即加快步子,匆匆地混入从拉巴多尔大街涌出的人群。西吉斯蒙也加快步伐,正好看到第二个小伙子消失在图库曼酒吧入口的门扇后面。

为了使这场打赌能获得全胜,只需等待那两个伪君子重新出来,每人身边带着一个妓女上楼就行,因为他俩不是一般地专为偷看猥亵场面而来的,这时西吉斯蒙又回想起了另一次打赌,也是想对自己不了解的事物预卜先知,结果赌输了，那是前两天晚上的事，他站在邮局“留局自取”窗口前，他因预卜错误，输得很惨，至今尚未偿清债务。这一回忆足以使他的取胜思想全部陷入失败的深渊，这一事实与罗巴多尔太相似了。于是，得到报偿一词在他思想上应该立即一笔勾销。他想到，因为塔形酒瓶在可悲的棋盘上再也保护不了他多久，因为不久他就要与孤独生活一刀两断，从而使他陷入难以想象的卑鄙下流之中。对图库曼酒吧里面他连一眼都没瞅，尽管在百叶窗上方有个高个子红头发的女郎长得非常秀丽迷人，那百叶窗仿佛一只垂死雄鹰的两只褐色翅膀正有气无力地扑腾着，而且力量越来越弱。

到了拉巴多尔大街，首先映入眼帘的是那些破烂不堪的小屋，其次就是商店，比其他地方更多，挂着花柳病防治诊所的招牌，西吉斯蒙这时正在打量着令人不安的商店橱窗和用黑色的仿缎蒙得严严实实的玻璃门，在圣拉蒙大街，类似的商店摆着非常整齐、像成系列的产品、立即让人想起博物馆或图书馆，人们看了兴致勃勃、其乐无穷。可是，这里的橱窗与圣拉蒙大街的不同，似乎不是以预防而以治病为主，只要读一读那些用脏灰涂在墙上的说明（字又粗又大），人们马上就能明白，作为男人们走访邻近街道的褒奖，它们赏赐给他们的是“梅毒”、“淋病”，而“特效药”则是诊所墙上广告中另一个常用词，性病患者的特征难道不是身上出现散在性的斑点吗？这种散在性的斑点不是与热代翁那条长长的刀口上结的红色伤口状的疤一模一样的吗？必须使用特效药难道不正是向患者献媚吗？“当我想到奖赏时……”西吉斯蒙说，如果塞尔吉娜的耳朵在他嘴边的话，他会本来想谈（论马莱伯[①]的）瓦莱里[②]却说东道西谈起了马莱伯！可情况并非如此，他只是孤零零一个人站在肮脏不堪的路面上，站在肮脏不堪的房子的窗下。至于他那可怜巴巴的赌注，他已经不想再赢了。

他怀着一种自己并不想弄懂的责任感在肮脏不堪的街上走着、在那些佩戴勋章的人群里（他想）走着。虽然这天是星期一，路人并未见减少，有个老头儿拽了他一下，让他给一个瘸子让路，那瘸子正拄着铝制拐杖走来，并准备站到奥努巴酒吧门槛口贪婪地观赏这群醉生梦死的嫖客。与此同时，他还给一个穿着花连衣裙的疯女人让了道，她走路的姿势活像妓女，但实际上并不是。但是，这疯女人的脑袋却深

---

① 马莱伯（1555—1678），法国诗人。

② 瓦莱里（1881—1957），法国作家。

深地印在他脑子里,因为她的头上只多了一层皮儿,否则就是一个名符其实的骷髅。这时他看到有个男的只用一只眼睛看那些妓女,而另一只眼眶则在下塌的眉棱下显得空荡荡的。在胡本图德酒吧门口,他还看到一个骨瘦如柴的妓女,穿着一件鲜红鲜红的衬衫式的长外衣,脸上、脖子上和肩膀上到处都是大大小小不等的斑疹疤痕。他在诊所橱窗里读到了"梅毒,梅毒"两词,还看到非常吸引人的治疗方案,如各种药物注射疗法以及烧炙疗法。当他走过塔卡塔酒吧前时,有个身强力壮的女人,一身浓黑的汗毛,肤色苍白,身上穿着看上去像豹皮似的棉布紧身衣,伸出那只像要搔人似的手,想去拉西吉斯蒙,可被他挣脱了,那女人就往他脚上直吐唾沫。

他心里想在妓院的树荫下,男男女女一个个看上去都像年迈的猛兽。

有人一个劲儿地推他,他转过身,一想到必须假装大发雷霆才得不挨挤,心里就很不痛快。不过,推他的那个男人是个缺胳膊的残疾人(明亮的蓝眼睛,灰色的眉毛,脸色阴沉沉的),而贴着他身子原来是只空袖子。他让西吉斯蒙给自己让开道。他的要求得到了满足,连谢都不谢一声就进了库埃尔诺·德·奥罗酒吧，以为肯定能受到两排妓女罗马式的欢迎。西吉斯蒙又重新往前走，但走的却是相反的方向。他想：如果说星期日是聋哑人外出的日子，那么星期一应是男性残疾人的节日。

不久他又回到胡本图德酒吧门前（那个肤色像非洲猎皮似的妓女没有虎视眈眈地在那儿窥视，估计已拉到了客人），看到一个全身着黑的人从里面出来，他头戴着黑色鸭舌帽，鼻子上架着一副黑色的眼镜，手里拄着一根探路用的拐杖，看样子是个瞎子，除了西吉斯蒙兴致勃勃地望着他外，根本没有人对他感兴趣。他俩一前一后地往萨拉戈萨酒吧走去。在酒吧里他发现瞎子的眼睛还是能模模糊糊看见点东西的，即便他看不太清的话，因为从眼镜边上他正斜着眼盯着那些长得又高又大的妓女。万一他的手摸到了胖女人那圆滚滚、极愿让人摸的脸蛋，那么，他的拐杖会为他辩白的，因为他们把他当作弱者来疼爱的，或者说，她们把他看作将要遇到阔佬的好兆头，而这时的西吉斯蒙却受到了冷遇和不信任，受到了蔑视（为什么？）。这位似瞎非瞎的瞎子，突然间成了暴发户，因为他得到了一支妓女用香唇点燃了的香烟。不一会儿他就从酒吧里走了出来，而且还宣告说他还要再来，妓女回了一句“再见”。西吉斯蒙忙用西班牙语说了声“再见”，以免失礼，但是，那个赐烟的胖女人回敬他的却是一句粗话。于是，一个幸灾乐祸，一个则怒形于色，至于理由么，还是不究为好。

盲人用拐杖探路，在西吉斯蒙前面走，西吉斯蒙跟在他后面，到科约特酒吧入口处时，有个相当漂亮的金发少女伸出胳膊想扶这个残疾人，谁知他猛地将她推开走了进去。西吉斯蒙跟不跟进去？或者说，要不要去拉穿着玫瑰红长裤子和紫色上衣的假小子的手？不，他既未进也未去拉她的手，不假思索（思索什么？为什么要思索？）地往左边的圣拉法埃尔大街走去。他往前又走了几步就摆脱了嘈杂的人群，到了一个僻静的地方。他想要是在那儿看到一双腿残疾，摇着轮椅过来的话，他也不会感到意外的。可惜，他却什么也没有看见。

他不知往哪儿走好（因为总不能老是沿着先前的路线走，时刻问人往哪个方向走或怎么走吧），于是走进了拉帕赫雷拉（拉沃利埃尔·奥阿塞勒利）酒吧。酒吧前停着一辆旧式的三轮摩托，旧得像拉巴多尔大街上兜售彩票的残疾人的车。可是，酒吧里并没有看到有残疾人，而那些傻姑娘全是些腰圆膀粗的妓女,年龄并不小于那些旧摩托。其中三个紧紧抱着两个穿着上衣连裤黑工作服的小伙子,估计是骑三轮摩托打此路过的。另外两个妓女则穿着白缎红丝绒服,手指和脚跟都打着平常步速的进行曲,面对面地转着,一边转一边朝西吉斯蒙跟前走来,可是还没等她们上去搂,西吉斯蒙就跑了。电唱机放在壁灯下面,壁灯的墙上贴着一张圣母像,玫瑰红的,有点像旗袍上弄皱了的丝绒和捕蝇纸坠。

想到在这五女二男的场面中自己可能会扮演的可悲角色,西吉斯蒙窘得手足无措,急急往外走去。如果说他往左边的锁链(法语叫枷锁)大街走,那是为了免得再走到圣热罗尼莫大街上去,因为如果再次经过那爿古怪的面包铺,他心中会不安的,在锁链大街上没有看到什么令人意想不到的镜头。西吉斯蒙绕进了奥莱加里奥大街对面的圣帕勃洛大街,步子当然也很快。

为了离开为他指定的那条道,他本需要经过一番小小的斗争,现在已经不必要了。在兽角酒吧的橱窗里,他看到了一套套角儿尖尖的兽角,心里不禁悻悻,仿佛过去摆着的,颇觉好玩的装饰品,现在都在嘲笑他(嘲笑他故地重游),或者说都在咒骂他。他又接着往前走,瞧,面前已见到皮卡特酒吧那亮闪闪的招牌了。他怎么能不走过去看看呢?橱窗后面坐的不是华妮塔吗?她不是还坐在老地方那张常坐的椅子上,穿着那件永远穿不破的衣服吗?他怎么能不进去,坐到小凳上喝杯白兰地呢?当然要“君主”牌的,为那位一切男人天生与之联系在一起的至高无上的太阳神干上一杯。

如果他需要看一眼公爵夫人,让她再次注意自己的话,那么,他已如愿以偿,因为她已先送来感激的秋波,然后不等他召唤就起身走了过来。他呢,也没等她开口就为她要了一杯咖啡。姑娘的腿垂着,他立即感到大腿上散发出的那股热浪,旋即将手伸到她那件覆盆子色的羊毛套衫里。细细的腰身、滑腻的皮肤,他希望自己没有去想,因为这些词儿和这些东西总让他去与他责之为罪恶的事作比较,他一饮而尽,而她也在喝。

即便学错了她也不感到奇怪。看到孩子们学得非常之快总是令人高兴和感人的事!她一边微笑一边用褐色的圆圆的无名指摹仿着,这远比嘴里说“性交、性交”文雅得多!“瞧我像我爸爸那样成了学校老师喽,”西吉斯蒙一边想,一边温情脉脉地在自己的好学生身上乱摸。他发现男服务员亲切地望着自己,怕他跟自己聊天,就在柜台扔下两枚5比塞塔的硬币，打开门，闪到一旁让华妮塔先过去，这时才听到一声“谢谢”。

他们两人似有默契似的手拉着手，但是，事情可以重复，却不可能次次相同，西吉斯蒙又一次体会到了这一点。由于时间比昨晚或前晚更早些，这一对夫妇头上的天空还挺亮，只有酒吧里才点着灯。年轻小妓女天真的性格，在这种白天的新婚闲步中显得更为明显。西吉斯蒙使劲捏住她的手指，心里充满热情和诚挚。接着，他就压住自己的感情，因为他发现一种古怪的，甚至是畸形的卖淫现象。在德·巴尔巴尔侯爵大街中央，贴着一幢住宅的墙上，站着一个一条腿的妓女，支着拐杖，下身穿着一条粉红的裤子。缺腿的裤脚上系着一根绳子，仿佛在展销某种挺吓人的香肠。褪了色的头发，抹了粉但显得很憔悴的脸色，白色的粗毛线衫，整个脸盘让人看了除了害怕之外，别无令人注目的地方，她的脸活像一件武器，朝着每个来往行人伸出来。公爵夫人恶狠狠地向这个怪物瞪了一眼。“走，”她对男伴说并用手拽他，他服从了，因为他不愿意人家注意她，冒犯她，让她受惊。

根据他的回忆，公爵夫人在遇到这个怪物之前，对妓女从来都是不屑一顾的，当然她所咒骂的娼妇则除外。

不一会儿，她又恢复了她的天真和温顺。而他呢，像慈父那样对她亲切体贴，他俩拐过街角，天气十分温和。在圣拉蒙大街上，她带着一位属于自己的男人，难道她不觉自豪吗？如果真是这样，西吉斯蒙也会感到心满意足的。她毫不掩饰地怀着一种类似炫耀的心情与他手拉着手，跨进了20号的门槛。坐在破旧小屋里的还是那个粗壮的男人，在冲着西吉斯蒙和他给的20比塞塔频频微笑。

"苏布里代雷"（微笑）是个罗马帝国末期和中世纪时用的拉丁语词，红棕色头发的热代翁说，他认为古罗马时期的人只有"笑"和"哭"两个词。今天，这个词到处都用，仅仅表示"重新认出了你"的意思，而西吉斯蒙每到一个她渐渐熟悉的地方都会遇到这些微启的嘴唇，面对这些微笑，他仍在艰难地做他那个美丽的梦。要耐心啊！梦不是不可破灭的（如同花柳病诊所里那些昂贵的女帽）。到了楼上，迎接他们的不是那个女孩，而是那个愁眉苦脸的老太婆。西吉斯蒙给了她小费，她高兴得满脸都堆起了笑。于是，他也满心喜悦地当着她面关上了门，连同她那可悲的殷勤和惶恐不安都关到了门外，是的，他确实感到满心喜悦能与华妮塔第三次在这间黑、灰、红间杂的小屋里幽会。

他在想，这间屋子和妓女小妞是永久供人随意使用的，其使用率高得惊人，可以说同辈人挤得水泄不通，那么，除了他，这间屋子和小妞是否还接待过其他顾客呢。

西吉斯蒙像昨晚一样把上衣扔到那个令人感到奇怪的布娃娃上，拿起钱包，给了女伴一张500比塞塔的钞票，然后就把它放在上了釉彩的陶瓷螃蟹旁边的那张床头桌上。“500”，她满意地说，于是就主动脱光了衣服，紧紧地贴着他。他呢，心里茫茫然地半穿着衣服。她一边微笑（不过，她的微笑可是挺可爱的），一边说：“鸡蛋呢？”

这次他可没有带鸡蛋来，而且也没有想到要带，如同到动物园去人们总不忘给雌猴带上花生那样。他在脱衣服，她就站在他旁边，把他脱下的衣服放到昨晚放过的地方，用手指抚摸着自己的亲人，用西班牙语问他：“结过婚的？”结过婚？他本想对她说结过，但他什么也没说。当她问他“你在想什么”（这肯定是一句她职业上的套语），他只是紧紧拥抱她作为对她的回答，当然，他很难给她解释自己正在想那位挂着长胡子、头发通红如太阳、容光焕发的父亲，想那位疯子似的拉丁语学者，本想当牧师，向年轻男孩俯下身去，从未摸过也未看到过（赤身露体）的妓女的热代翁·蓬斯。他还想自己在眼下所处的美梦中呆的时间不会太久，尤其是眼下当这种美梦与华妮塔的卧室合二而一的时刻，因为他隐隐约约地感到这个美丽的气泡越来越薄，板壁越来越脆。

华妮塔像阿尔发公爵夫人日常惯用的姿势那样，躺在花床罩上，西吉斯蒙挨了过去（从而把画面破坏了），他轻轻地抚摸着她，友爱多于邪念。他吻了她一下，抬起头，发现在她鼻翼上有许多黑色小点，是粉刺，与他经常用手指从塞尔吉娜皮肤上压挤出来的东西十分相似。对公爵夫人他当然不想给她动这种手术，因为这样会破坏她的脂粉。酥胸和臀部间的那个腰，他认为壮丽之极，继而一想，腰是不能说壮丽的，热代翁·蓬斯肯定会谴责他用词不当。

他回想起塞尔吉娜喉头与骨盆之间的腰身，那是六年前六月的一个晚上，她第一次当着他面脱掉衣服，而且在未脱完之前不让他碰的情景。“我是一头猪吗？”他自问道。想了想后他觉得自己并不是猪。而且，从批判的角度讲，也绝不是一头猪。但是，他是一个在老人和年轻人中都无法接受的老孩子。除了费莉娜。她真的能接纳他吗？

他紧紧地依偎在妓女身边，心里想着自己，又爱怜又悲哀。他在吻她时，心里却在扪心自问，他在镜子里看到自己，仿佛只有自己一个人。

钱包就放在他唾手可得的地方,他从里面取出 200 比塞塔,放到公爵夫人的脖子后面,然后再拿到她的面前,她高兴得身子乱扭乱动,还装出(为了报答他)一副欣喜若狂的样子。待到她平静之后,他才从她的怀抱里挣脱出来。

稍后,当他让她穿衣服,自己也穿衣服的时候,公爵夫人脸上露出怀疑神色,发现这次(包括上两次)他在做爱之后仍然没有洗身子。

“你没有病吧?”——她问

“法国人都很脏。”他略带微笑地回答说。

公爵夫人咯咯笑了起来,旋即又收起笑容。西吉斯蒙想她大概发觉自己不该笑,因为他也是法国人。

他把被衣服压翻了的怪布娃娃扶正。

真正令人感到奇怪的是原来在楼梯平台上那个老太婆不见了,取而代之的是个小女孩,像站岗似的站在门边。西吉斯蒙给了她最后一个 5 比塞塔的小硬币。只见她迅速地拥抱了一下华妮塔,就走进房间,插上门闩,把自己关在里面,他想撵上去,看看她在干什么,玩什么,想知道布娃娃究竟怎样了。这个小女孩、老太太、大胖男人,还有公爵夫人,不是都成了一个家庭里的成员吗？不是都成了20号大宅里的主人和工人了吗？这在其它市区或在其它郊区不是不可能的，虽然华妮塔是坐有轨电车回的家。

他们来到街上，在看上去像家庭客栈的对面墙上，他看到一张官方的布告，已被撕得支离破碎，还能辨认出几个神秘的字眼，大概是"愿 Aze 鞭笞你，老母驴！"[①] 的意思，他想道，心里非常高兴，这几个字使他脑间出现了一头脖子上挂着西班牙司令官佛朗哥脑袋的，既高大又好色的母驴。这时，公爵夫人又拉住他的手，对他说："吃饭去，"虽说他自己并不想吃饭，可他知道，他必须补补身体，等待着美丽的气泡破灭的日子。于是就欣然同意了。

是她往右拐的吗？抑或是他背着皮加列酒吧和洛斯，莱奥波尔多餐厅方向走的？那倒无关紧要，她和他两人都同意的。没有走几步，两人就到了德·阿萨尔托伯爵大街，即大街和昨晚他走过的那块空地角上。俩人非常默契地看了看漆在橱窗上的菜单，坐到了离街最远的那个泥地前面。

公爵夫人坐在西吉斯蒙对面，他正望着她那张已被做爱

---

① 指又愚蠢又固执的佛朗哥。

时涔出的汗水洗抹过的扁平脸庞。如果说她没有重新扑粉，那是因为白天的活儿已经干完，兴许是为了告诉男伴她已干完了白天的活儿，不过她的脸颊仍仿佛像洗过的宝石那样焕发出容光。她的前额大小适中，无可挑剔，额上挂着一绺乱蓬蓬的头发。她显得异常年轻，隐隐约约给人一种古代美人的形象，虽说不定是哪个年代的，但肯定不是佛朗哥统治的西班牙时期。西吉斯蒙几经推算，结果一无所获，除了知道她确实非常可爱。一想到给一头如此美丽动人的雌性动物供应饲料，他感到心花怒放，热血沸腾。她吃什么呢？她向过来的服务员要的是一种海员们常吃的混杂食物：罗马式墨鱼（西班牙叫油炸鱼糊），章鱼、沙丁鱼和铁扒虾（换句话说叫电烤架上烤的虾）。她要喝啤酒，西吉斯蒙为了迎合女人的口味，无论喝的吃的都随着她。

菜很快就端来了，虽说事先毫无准备。“这儿不像专供解馋的那些馆子需要没完没了地等，真好，”西吉斯蒙想，因为他想到了塞尔吉娜的急性子。这时，有个顾客突然心血来潮，从电唱机唱片盒里抽出一张萨尔达那舞[①]的舞曲唱片，

① 西班牙卡塔罗尼亚地区的民间舞。

空地上旋即沸沸扬扬响起了典雅的乐曲声，汽水亭上也像突然喷出鲜血一样，蓦地亮起了灯。正在那儿玩的五个小伙子和两个姑娘（看上去更像孩子）马上手拉手地围成一圈，跳起了古色古香的轮舞，人们从街头纷纷拥来，也随之翩翩起舞。其中有个老头，接着又来了一个，二话没说，拉开一个圈就跟着跳，脸色又兴奋又严肃，不比年轻人差，虽然腿脚不如后者灵便。舞会就此开始，延续着，气氛既热烈又活泼，搞得路上尘土飞扬，唱片又从头放起，气氛越来越热烈高涨，乐器声放到了最高档次，直到酒吧前停下了一部灰色的车子，走下来三个穿浅灰制服的警察，挥舞警棍，打乱了跳卡塔卢尼亚圆舞而围起的一个个圆圈，驱散了全部舞蹈演员。

“官方历来都反对欢乐的，”公爵夫人用西班牙语说，一边津津有味地品尝着最后一只大虾的虾尾，仿佛圣海尔曼达德[①]就在场。

她的话西吉斯蒙听得很清楚，不过这次他可没有意会，因为他自以为这句话的意思是，对这些年轻人和老人来说这可不是在开玩笑，对老人和年轻人都如此。但是，公爵夫人

① 意为“兄弟会”，中世纪西班牙城市公社与农村公社结成的同盟，旨在保卫本身的自由和权利，反对贵族的压迫。

是卡斯蒂利亚人,因此她在圣拉蒙拉客是不符合卡塔卢尼亚常规的。不过这无关重要,因为根据她的衣着打扮,估计是学艺期间第一个月出来拉客。在温和的夜色中,他感到有些疲倦无力,仿佛警察挥舞的橡皮警棍击打在他头顶上或者使那脆弱的脑壳变小了似的。他想尽可能在原地多呆一会儿,可是,他并没有这样做,见到服务员过来时,他要了两杯咖啡并要求立即结账,似乎他最强烈的愿望就是尽快离开酒吧。

他俩一起喝完了浓醇芬芳的咖啡,他付了150比塞塔,根本没有注意找回的零钱。华妮塔站起身,俩人又双双回到德·阿萨尔托伯爵大街。她拐到帕拉列洛大街,准备乘有轨电车回家。西吉斯蒙正在犹豫,是不是要像昨晚那样陪送她回去。对他那瞬间的分心和疏远,难道她已觉察到了?只见她脸上浮起一丝勉强的微笑,对他说:别了,以后再也见不着了。

他的脑袋"嗡"一下有点发懵。她主动地伸出她那胖乎乎的漂亮小手,他亲切地在手上吻了一下,顺势吻了她一下嘴唇。在大街上公开接吻,显然使她感到意外,不无恼怒地瞥了他一下,走了。

西吉斯蒙一边想"阿尔发公爵夫人说再也见不到我了",

一边往自己下榻的旅馆方向走着，蓦地他觉得必须再见她一面，再最后拥抱她一次，因为这是他生命中深陷进去而无法自拔的一段不平凡的经历，跟在她身后奔跑，在有轨电车站撵上她，这当然不成问题，因为他已感觉到失败已成定局，无法挽回。帕拉列洛、拉巴多尔、圣拉蒙和德·巴尔巴尔侯爵等大街将从此与他绝缘。按照“牛郎星”号上水手们的说法，就是“已经到头”。

亲爱的公爵夫人将永远活在他的心中……这种想法是多么令人可怕，竟然让自己头脑里形成这种想法是多么愚蠢，因为他知道他想到的那座雕像已经陷在纪念碑周围的黑水之中。西吉斯蒙正在兰卡斯特大街的街角上走着，聚集在一起的人群突然往四处散开，只见在一家酒吧的海盗招牌下，有个年轻的醉鬼把上衣和衬衫往路面上一扔，向路人挑衅。他光着上身，摆出拳击手的架势，在人群中毫无目标地乱冲乱打，像头公牛似的引起大家阵阵哄笑。他头发乱蓬蓬的、颧颊宽阔，与公爵夫人的脸有点相似。因此，西吉斯蒙自以为保留下来的对她的美好印象，已失去了它的纯洁，混同于一个脱了衣服在一家低级下流的酒吧门口跟男人大打出手的小伙子。当起哄的人群和打手跑过来时，昏暗的夜色重新笼罩大地，带来了一股茴香味和汗臭味。他们没有碰西吉斯蒙，纷纷从他的左右两侧走过去了。当他在剧院广场上挂着的那一串串灯间（令人想起即将出航的轮船）走过时，他依然故我，仅仅是塞尔吉娜的丈夫。热代翁·蓬斯将冲着弗雷德里希·索莱尔塑像所坐的高空放声大笑，因为他也一样，直到生命的最后一刻，他的一生始终是动荡不安勉强维持平衡的一生。

西吉斯蒙被笑声感染，穿过广场，来到埃斯库迪耶大街，放慢了脚步，对一切与矗立在高空的那位长胡子无关的事，他都无动于衷。他跨过蒂比达博旅馆的门槛（是用黑石砌的，上面用白字写着这位前途无量的人的名字），推开站在意大利花束间的门卫，只是看到那个终日拉长着脸这时却满脸堆笑的看门人时才失去了冷漠的表情。

——“先生，您今儿晚上真是满面春风！”他边说边递过钥匙。

——“我见到我那个疯子父亲了……”西吉斯蒙不失谦恭地说。

电梯正在启动，他不想等，于是就走着上楼，在楼梯上，那种遗传下来的笑声，突然无缘无故地消失了。到了楼上，他的心跳得厉害(并非因他走得太快),如果这时他在走廊上遇到一个女人的话,他很可能会跪倒在她的脚下苦苦哀求,可是,走廊里空无一人。他打开17号门,屋里一片漆黑。

他把门重又关上,背靠在门板上,估计站了很长时间,直站到他眼睛习惯于黑暗,看清了那只塔形的酒瓶,他按下按钮,灯光刺得他眼睛直冒金星。他把椅子推到放着信和酒瓶的桌子前坐了下来,像男性阳具那样的晶莹瓶颈在他面前闪着光芒。瓶盖上的科隆像一条火舌下喷龟头,或者说由龟头上射的一条火舌。他一生的赌注就在身边唾手可得之地,“赌吧!”他听到有个人命令他,那个兴许是位教师、兴许是个赌友,反正他们已经潜入了他躲了48小时的内心世界,“赌吧”。

犹豫踌躇已根本不起作用,一切都无法躲避,西吉斯蒙右手用力一挥,移开那只护卫着皇后或白衣国王(实际是他本人)的酒瓶,用左手拿起信。信正如他记得的那样是费莉娜写来的,他想起了自己在德·科米利亚侯爵大街廊柱下读过的那几个字。感到恼怒(刺心)的是,那个年迈的费莉娜一谈到家中女主人塞尔吉娜时,总是不无反感地说“她”而不称“太太”,往往叫塞尔吉娜难以忍受。他确信信封胶得很牢，直到现在还是如此，唉！他记忆中装的全是这类事。

他撕开信封，抽出一张类似小学生练习本的方格纸，被折成两半（他记得是这样），他将信纸摊开在桌上强烈的灯光下。费莉娜没有写日期，她的字体虽略带哥特式，但看得挺清楚：

亲爱的小西吉斯蒙：

我告诉你一件不幸的事，我为此痛不欲生，但我必须告诉你。这事发生在今天早饭后，我在屋里干活，她拿上一本书，带着艾利到花园里去了。当时阳光很好，艾利在池边玩。她沉浸在书里没有看见，艾利可能想抓一条水蛇吧，结果掉进了冰冷的深水里，他没有喊叫，也许喊了她没有听见。当她发现时，她惊叫起来，她呼喊我，可太晚了。我们取来了棍子，打捞上来时他已经咽气。

她什么也没有说，也没有哭，只是往风塔上狂奔，爬上了螺旋楼梯，从上面跳了下来，旋即断了气。

医生和警察都来了，他们说毫无办法。

我感到很痛心，这件不幸的事由我来告诉你。但是，除了我谁能告诉你呢？回家来吧。像过去一样拥抱你。

费莉娜

气泡破了，炸了。曾经是坚固、富有弹性和柔软的内壁被炸得粉碎，连块碎片都不存在。旅馆的房间四面畅通，风雨无阻。那席卷一切的暴风冲向冰冷的星空——牛郎星！传播不安的秘密使者越来越多遍及城市的每个角落。蒂比达博旅馆找到了不安的发源地，西吉斯蒙与它一起在无垠宇宙的不幸中飞翔。经过一番思考，他没有惊慌失措，因为他知道在没有获得确切消息之前，他曾经害怕发生无法挽回的不幸，他觉得明智的是能够将此不幸搁在一边两天，然后再让自己的良心做出选择。塔形玻璃酒瓶对他已毫无用处。他可以连身子都不抬就把它扔到旁边盥洗室的瓷砖上扔个粉碎，闻着它那醇厚的香味。但是他没有扔，而情愿将这只装满芳香浆液的瓶子（其噩运缓期执行）继续放在桌上，留给女仆。

西吉斯蒙将读过的信小心翼翼地叠好，放进钱包，被塞到公爵夫人那条紧贴大腿的条纹裙子夹衬内小口袋里的褐色钞票，正是从这只钱包里出去的。他想到星期一这天，他没有像往常那样去看望他表兄的顾客。太晚了,安东尼·蓬斯估计已去过地方报纸称之为“悲惨农舍”的出事地点了,不会怨恨他的疏忽大意的。

不论在开门还是关门的时候,也无论是在空荡荡的走廊和楼梯上,西吉斯蒙一直在想着方才想着的出事地点,模模糊糊地得不出一个清晰的概念,仿佛一张在火上即将焚毁的、既不生动又无色调的图画。这个终日拉长着脸的看门人,今天格外高兴,见西吉斯蒙过来时,忙说:“祝令尊晚安,”西吉斯蒙没有理他,连应该交的钥匙也忘了,估计落在房间里哪个地方了。

在快出门的时候,他还听到背后传来一声:“祝你本人晚安……”他走到街上。街上人声嘈杂,犹似低级舞场里的过道。

笑声、喊叫声、怒骂声、欢叫声、争吵声、说三道四的窃窃私语声,接着又是一阵阵的笑声,那是从一个喝醉了酒的盲人和一堆随着起哄的人群里发出来的,他们推着、搡着那个拄着拐杖的瞎子,将他往卡拉科勒烤肉摊的火炉旁推,只见穿在铁扦子上的一串串的鸡鸭牛羊肉在火上来回转动。那瞎子感觉出快到炉边了,他咒骂,他哀求,他左摇右晃,用拐杖猛敲地面，可人们还是照推不误。这时又见一个穿着橘黄色连衣裙的、头发棕红的妓女（西吉斯蒙曾见过），仿佛另一根火把在那些狂人们中间掀起了轩然大波。幸亏，烤铺的老板过来了，他将盲人领开，免得他的烤肉串遭殃，结果，那些看热闹取乐的人又跟他争吵了起来，而那个瞎子却用手里的小棍在路面上边敲打边摸索着往侧旁的那条路上走了。路的两旁到处都是电唱机，美丽的舞曲呀，安达卢西亚歌曲呀，墨西哥歌曲呀不绝于耳。西吉斯蒙的痛苦和不幸，如果讲故事的故事员要在大庭广众之间讲一讲或说一说的话，肯定与那些残忍的聚众斗殴、喝得酩酊大醉和沸沸扬扬的嘈杂声，配合得非常和谐，因此讲故事的人也必然会获得辉煌成就。当一种惨绝人寰的不幸降临到你身上时，将它诉说出来难道就不应该吗？塞尔吉娜肯定会说应该，而热代翁·蓬斯则会到希腊—拉丁故纸堆中去取证。

街上稍复平静，老板在往烤肉上浇卤汁，火苗照亮了人们的脸。拥簇在人群里的西吉斯蒙担心钱包（里面放着那封决定命运的信）有失，从嘈杂的人堆里挤了出来，朝右边的第一条大街走去。他想要是他朝唐·璜酒吧里瞧上一眼的话，肯定能看见那个正在打瞌睡的金发酒吧女郎，或者说她正在半睡半醒地坐在那儿，因为扔满了烟头的烟灰缸里还有一缕烟正在冉冉往上冒呢。塞尔吉娜和热代翁正站在他身旁。必要时他们会扶住他的。不过，他走得很稳，塞尔吉娜过去曾跟他谈到过某些教派信徒酷爱极刑，拿死囚犯作为保护人，他们都相信路易十六和玛丽－安托瓦内特曾亲自押着全部囚犯，并让他们自己走向断头台。他走到了墨约广场上（上面有个喷水池，池旁有座美惠三女神的雕像，这使他想起了蒙彼利埃那座同样的塑像）。狮子的嘴里喷出的水柱流入长满苔藓的承水盘里，水柱一直喷到白色的海芋之上，棕榈树之下。那些棕榈树一有风就左右晃悠，上空有反光镜照着，出租马车在挂着灯的饭馆和咖啡馆前面等着拉客。西吉斯蒙朝着自己的汽车走去。

他在上衣口袋里摸了摸，摸到了点火开关钥匙。这把钥匙在20号住宅将脱下的衣服扔到布娃娃身上时险些弄丢了。要是钥匙真的丢在那里，该怎么办呢？他能让那个褴褛小女孩陪着去找吗？只要她愿让自己脱去衣服，她能像阿尔发公爵夫人那样天真可爱吗？这样做他能接受吗？要是钥匙真的丢了，时间这么晚了，他会怎么样呢？他是否会铤而走险将思想上不离左右的父亲和塞尔吉娜的影子再引上怪诞的道路，从而背离自己的命运呢？真是毫无根据的胡思乱想，因为当他站在雷诺车后时，手里正攥着那把开防盗保险装置用的、扁扁的镀铬钥匙呢。

"防盗保险装置，这词真怪，"他不无挖苦地说，因为他想起自己根本没有锁门，那把钥匙根本没有插进过点火开关里。你想想，他连自己的身体都根本不关心，或者说，在认识华妮塔之前和之后，他连身子都没有洗过，他能关心车子吗？不过，他兴许有更多的理由去关心自己的车子而不是身子。塞尔吉娜和热代翁·蓬斯看见他走进车子，坐好，手握方向盘，心里会多么高兴。塞尔吉娜像往常一样坐在他右边，热代翁则煞有介事地坐在后座。

"用过去的行话说，钥匙叫'转转'，"西吉斯蒙想道，旋即轻轻转动一下钥匙，踩着了启动器，发动机立即轰隆轰隆响了起来。毫无办法，他父亲和妻子的身影，一似芝加哥的无赖，与他形影不离，逼得他开着车去兜风。他开着车灯，往后倒车，将车从人行道上开到马路上。尔后将车速从一挡调到二挡，缓慢地沿四方形的沙地兜圈。除了在摇晃的棕榈树下那个被水打湿了的美惠三女神塑像外，沙地上未见一个人影。对那个他曾经把塞尔吉娜睡衣上的一块碎布给过她的那个小孩和那个穿着白色连衣裙的绝色黑人姑娘,他默默地与她们道别。然后就走进一条有拱门的小街,出了广场。

在沙滩大街,他不得不往右拐,显然这是符合两位幽灵乘客愿望的。虽然这样的时候,街上几乎没有来往的车辆,他仍然小心翼翼地驾驶着(这在过去很少见)。“我车开得很好么,”他心里想道(他觉得那些熟悉的树影能为他作证)。

在第一个十字路口,遇到了绿灯,转过弯后车速调到三挡比较合适,他正想踩加速器时,有辆出租车飞速地超到他前头。圣约瑟港口口岸那些卖鸟和卖花的货摊全已关门,摊前的长凳也全部撤去。某些货摊顶棚上覆盖的灰色帆布篷盖,看上去像下面藏着塑像或巨形动物。明天,肉铺老板、家禽贩子、鱼贩子、蔬菜贩子、水果贩子都将来到市场各就各位。明天……

在往下坡走的马路上,勃朗圣母院映入西吉斯蒙的眼帘,这是他在本区跋涉的边界,他放慢速度,将车速减到二挡,望着那巴罗克风格的建筑,如果建筑后面在举行日常的追思祭礼,那也毫不足怪。有辆出租汽车再次超过了西吉斯蒙的雷诺,因为他正好在往左边,所以当两车的窗子正好齐平的时候,他看到专办丧事的建筑物前有个高大的黑人正倒在一个瘦骨嶙峋的棕黑头发的女郎怀里，身上穿的那件薄纱似的粉红连衣裙已被脱下一半。出租车开到拉比尔亨大街，即贞女街时（据安东尼·蓬斯说，城里那家主要妓院就开设在这条街上），他可以向后转了……“坟墓！”他大声说道，兴许是热代翁的影子暗中让他说的，如同在电影院里那些黑影总是不停地叽里呱拉吵吵嚷嚷似的。

“走吧，”西吉斯蒙觉得有人一边让他想起农舍、池塘和风塔，一边从他背后、身旁这么喊。“走吧，”接着又听到，“走吧，要不就到我们这里来……”于是，他又踩了一下加速器，把车速重新调到三挡，神情仍然那么谨慎和小心。卡塔卢尼亚大街上正在修建（地铁？），他不得不把车速放得更慢，可路上碰到的是绿灯，他没有停车，沿着宽阔的大广场转圈，一直转到一个叫格拉西亚的林荫大道上，那里地方宽广，高楼林立，到处都是红红绿绿的彩灯，使他暂时忘却了自己的不幸。

除了十字路口和红绿灯外，他目不斜视，最后驶到了伟大的领袖——佛朗哥大元帅的林荫大道上。要是把脓挤出去后，他想，大家会给这条街取名为“公司经理”街的。在转弯时，他想象中的两名旅伴肯定会拽着他的手，他敢打赌。

既然他们想让他往哪儿开，他就往哪儿开，他们也就渐渐地不再坚持，他们的影子也越来越弱，最后终于消失。于是，与方才一样，他眼中所见的又只是十字路口和红绿灯。在快出区界的地方有一条笔直的阴森可怖的小巷，人们从来想不到，小巷的角角落落踏遍了那个也像德·阿尔发公爵夫人一样的小妓女的胶底便鞋的足迹。

一块块路牌在他眼前飞驰而过，那上面都画有箭头和城市的名字：莱里达[①]，萨拉戈萨[②]，马德里[③]……"没有必要一直开到那儿去，"他想象中的那两个同伴暗示他说。

根据蒂比达博旅馆门房提供的市区图(是给他的，赠送的，他感到满足，应感谢伟大的赠送人，对！)，在出了他方才走过的卡尔沃·索特洛广场后不久，就应离开巴塞罗那了。事实上，领袖大道的沥青现在已铺到了一个形状不一的场地上。大道两旁的楼房虽说还是那么高，但离市中心越远就越破落，越荒凉，灯光也越来越弱。西吉斯蒙用手指一按，熄灭了车前的小灯，开亮前大灯，打出低亮度灯光，仔细地查看车前的路面。房子越来越少，灯光也更弱了。夜色洁白如洗，

---

①② 均为西班牙省省会。

③ 西班牙首都或省会。

如果他愿意，可以不再打灯。天上没有一丝云彩，满月刚过才几天，月光已将郊区抹去地平线的山峦染成银白、远远望去可隐约看到像煤气罐似的城堡主塔的轮廓。尽管如此，西吉斯蒙仍然劝告自己要继续谨慎行驶，因为在月光下很可能迷路。

就人种学角度讲，西吉斯蒙的天性与塞尔吉娜的性格并无二致，只是她对月光十分敏感，而对月相则较少动容，只有在望月周内才会自发产生需要男人的要求。热代翁害怕有月色的夜晚，每逢此时，他就紧闭门窗点上灯才能熬过。而每到中午，在旷野上，他就感到浑身是力，想入非非。当西吉斯蒙被迫不得不同他们一起散步时，他心里总想无论是天时、地利和实际情况，塞尔吉娜都要高出热代翁·蓬斯一等。他们两个组成了十分古怪的一对，是相互矛盾又像福玻斯和福耳贝[①]那样和睦相处的一对，是西吉斯蒙极严厉地谴责像目前这样结合的一对。“不过，我从未杀过人也未伤过人，

---

① Phébus。希腊语为 Phoebus，即：阿波罗；Phébé，希腊语为 Pholbé，即：阿耳忒弥斯；两人为宙斯和女神托勒的孪生子女，阿波罗是弟弟，希腊神话中将他奉为光辉之神，阳光之神，阿耳忒弥斯是姐姐，希腊神话中誉为月神，月女神。

我从未抢过偷过，我很少掩盖自己，而且也想不起曾经伤害过什么人，”他心想，一面打亮头灯，因为前面快到铁路分岔口，可能挺危险的。

穿过岔口之后，他稍稍加大了些油门，准备服从想象中的两位同伴的安排，他相信他们正在商量让他停车的地点。大小树木丛立在大道两旁（全是树），看上去已不像都市里的街道，可也不完全像是公路，看上去倒像是白天人来人往的公园里的树林。有一家露天餐厅，门口挂满了灯，停着许多汽车，仍与市区连接着。马路上放着许多压扁了的小酒瓶，这表示荒无人烟的野地已离此不远了。

驶过另一个十字路口之后，车子穿过一个不大不小的居民点。有许多年轻人（男女小孩除外）正在灯光通明的路旁走着。接着灯光连同房子一起消失，路上除车外，已空无一人。

西吉斯蒙驶到一个铁路岔道口上，见道口的栅木开着，就驶了过去，接着又驶上一架短桥越过一条河。驶过桥时，汽车的声音轰隆隆地变了。车子在小树丛与石头山坡之间往前驶着。

他周围的空气在颤颤发抖，而他想象中的伙伴却欣喜若狂，兴高采烈。

在一块路标牌上，他先看到了类似围住百事可乐瓶的救生带，然后又读到了“萨拉戈萨”、“马德里”等字样，这说明他没有走错路……他可以将想象中的两位亲人带到萨拉戈萨去并将他们扔进过去曾淹死无数法国人的埃布罗河……

当他一读到各城市的名字时，人们仿佛立即就发现了他的这种想法，因为他发觉有人在背后嘲笑他的傲慢和自高自大，此外，还发觉嘲笑他的正是他自己的父亲，而塞尔吉娜呢，则不断地奚落他、挖苦他。远处出现了一座令人叹为观止的锥体形圣殿，圣殿脚下有条弯弯曲曲的河流，那河流离得太远太远，他根本没有机会摆脱永远缠住他的那两个同伴的影子。他大幅度地减低已经在缓慢行驶的雷诺车的车速。在转挡时，发动机突然停了(如果踩二挡这件事是可避免的)，啊！怎么搞的，接着，他看到左边有一块像马戏班那样的场地，四周围着白布，门虽然开着，但无法过去，除非将车开进去，停在一辆无人看管的空卡车旁边。

他按紧手刹车，转了一下钥匙，关上接触器，发动机“嚯”地一下停止响动，车全停了。在一辆门窗紧闭的轿式马车里，熟悉的旅客们的情绪，据他看已高涨到了欣喜若狂无以复加的地步。他像大家所希望的那样，来到这个地方，乖乖地呆着，这难道不说明他是个好儿子和好丈夫吗？几分钟过去了，他聚精会神想听听人们可能在说些什么。

他握住车门的把手，摇下左边的车窗，然后把右边的也摇下，夜间凉爽的空气旋即像一股清流流进车内，将他想象中的两位同伴的影子驱走了。于是，埃布罗河里那汹涌澎湃的急流也就无用武之地了。两个影子一个朝月色似银的天空遁去，另一个则朝着不时传来拉丁语的荆棘丛中奔去，西吉斯蒙险些被他们撞倒，抑或说，他的思想已完全被一种幻觉侵占了呢？他自己也不知道，但是，在孤独和痛苦中，他丝毫没有犹豫，为了使幻想的世界与现实的世界能协调一致，他该做些什么。

他对面有个圆形的场地，场地中央堆着一堆粉状的建筑材料，材料两边是两只大筛子，上面靠着许多铁铲子。材料堆的斜面上全是被粉碎了的细土。去数一下究竟有几把铁铲，并非易事，是 7 把还是 9 把，西吉斯蒙没有把握，他也不想从车里出去数个究竟。他生命中最后所到的地方是个采石场。或者更确切些说，是个采沙场。他不断地重复着这个独特的词，心里乐滋滋的，想到与这个词完全相同的另一个词(也是阴性),表示一种最古老的测量时间的工具。在月光下,沙子被染成了银白,非常之美。周围空荡荡的,一无所见,仿佛在这一望无垠的场地之外,一切都已不复存在。

谁也不会知道,西吉斯蒙有一种孩子一样的怪癖,竟然在车里那个发动机挡板上的小箱(即——储藏箱)盖后面,藏了一支粗短型的小左轮手枪和一匣子弹。他从随手可及的暗袋(海关人员只要想翻的话肯定能发现)里将所藏的东西掏了出来。家里那两个幽灵在家里实行的专制暴虐(如果有过的话),已被忘到九霄云外。现在他已成了时间和空间的主人,他将子弹装进了 5 个弹巢,各自形成了五角星的星顶,如有一个尖朝上则主吉祥,如像魔鬼的犄角一样有两个尖朝上则主凶,如果只装一个弹巢(像俄国式决斗法那样[①])或 4 个弹巢,给自己创造五分之一的机会,那是很令人羡慕的。不,他将弹巢全部装满。“我不是赌徒,”他自豪地说,“喀”地一下顶上了枪栓。

突然之间,他想起了卡塔卢尼亚人民,他对他们产生了友谊,结下了不解的缘分,他们有力量摆脱长期当战败者的

① “决斗者所用左轮手枪弹巢中只有两颗子弹,而且不知道子弹装在哪个弹巢里”。作者可能记错。

命运吗？除了打几场球，看几场斗牛，跳几场萨尔达那舞，以及在被允许的日子和时间里去享受享受性交的乐趣外，他们能希望获得自由吗？他们会扬眉吐气地生活吗？西吉斯蒙给自己的回答（或别人给他的回答）是肯定的。

“我过的是脱离社会的生活，”他自言自语道（心里在想他父亲和公爵夫人也会这么说的）。

于是，他像一个长期被幽禁的人，为了胜利的一击，高声呼喊：“祝卡塔卢尼亚人民从领袖和领袖主义的铁蹄下解放出来！祝西班牙各族人民获得解放！高高举起崇高的利剑！消灭无耻和下流！祝绿色的生命击败死亡的浊流！”由于自己的痛苦和不幸，他放声大笑，将手枪的枪口对准自己的胸膛，扣动扳机，结束了自己的生命。

图书在版编目(CIP)数据

闲暇 /（法）芒迪亚格著；李胥森译 .—上海：上海译文出版社，2016.11
ISBN 978-7-5327-7178-3

I. ①闲… II. ①芒… ②李… III. ①长篇小说—法国—现代 IV. ① I565.45

中国版本图书馆 CIP 数据核字（2016）第 025459 号

图字：09 – 2012 – 699号

闲暇

〔法〕 皮耶尔·德·芒迪亚格 著　李胥森 译
责任编辑 / 龚容　装帧设计 / 柴昊洲

上海世纪出版股份有限公司
译文出版社出版
网址：www. yiwen. com. cn
上海世纪出版股份有限公司发行中心发行
200001　上海福建中路 193 号　www. ewen. co
杭州恒力通印务有限公司印刷

开本 787 × 1092　1 / 32　印张 8.5　插页 5　字数 125,000
2016 年 11 月第 1 版　2016 年 11 月第 1 次印刷
印数：0, 001—5, 000 册

ISBN 978 -7 – 5327 – 7178 – 3 / I · 4354
定价：38. 00 元

南游印象

“走哥萨克的路”

“啊，我的德聂伯河，

我的德聂伯·斯拉武季奇[①]！

你流经波洛韦次人[②]的土地，

你穿越重重石头的山岭！”

——《伊戈尔远征记》[③]

一

我在海鸥号船上的一次航程使人终生难忘！这是我青年时代也是一生中的第一次旅行。后来，我曾经多次在世界各地漫游，却没有一次行程能够像游览俄罗斯南方这些短短的日子那样，在我的心灵中留下如此深刻的印象。

对这次旅游，我早就开始酝酿。那时，我正在念中学，当然只有在夏天才有一点自由支配的时间。不过，为赶路所做的准备工作似乎早在一月份便开始了。我花了好几个晚上来研究南方的地图，确定旅行的路线，计算路上所需的费用，最后，还费了不少口舌，来说服母亲让我一个人出门。我的态度十分坚决、认真，终于迫使她同意了。当然，如果她事先知道我要去闯险滩的话，那无论如何也不会放我走的！

不过，当时我对她说，我将沿着德聂伯河走一趟，到了险滩那儿就止步，这话也没有骗她。此前，我读过不少有关小俄罗斯、有关查波洛什人[④]营地的书，经常想象着德聂伯河上的险滩激流，以及“走哥萨克的路”、在旋涡中冒险穿行的情景，但我根本没有指望在这年夏天会目睹这种场面。我在路上甚至忘掉了险滩。我的注意力完全被陌生的景色和不同类型的陌生人——小俄罗斯人所吸引了。在从库尔斯克到基辅的火车车厢里，我或是连续几个小时望着窗外，或是认真地听着南方人那种温柔的口音，观察他们的脸庞。

打从第一眼起，我就喜欢上了乌克兰人，并且一下便发现了大俄罗斯庄稼汉和乌克兰人之间的巨大差别。我们的庄稼汉大都疲惫不堪，穿着满是窟窿的厚呢上衣，脚上套着树

---

① 古代俄罗斯民歌中对德聂伯河的拟人化称呼。

② 十一至十三世纪在南俄草原游牧的突厥语系民族。

③ 古代俄罗斯民间英雄史诗，开始传唱于十二世纪末。叙述 1185 年北方诺夫戈罗德大公伊戈尔一次孤军远征波洛韦次人失利的史实，生动地描写了伊戈尔从出征、激战、被俘、脱逃到返回家乡的过程，歌颂了俄罗斯人民的英雄气概和爱国主义精神。

④ 十六至十八世纪在乌克兰查波洛什地区扎营的哥萨克军人。

皮鞋，裹起包脚布，面容瘦削，头发蓬乱。而乌克兰人却予人一种愉快的印象：身材高大，体魄健康结实，目光安详而又温柔，穿着干干净净的新衣服……而过了库尔斯克，那地方的风光也是令人赏心悦目的：一大片平原延伸得好远好远，简直让我们中部和北部省份的居民无法想象。远方点缀着座座瓦蓝瓦蓝的土冈，以及田庄中挺拔的白杨树剪影。

由于被这些美丽景色所吸引，我在去基辅的路上耽搁了很久。过了普季夫利城，即那座当年雅罗斯拉芙娜于“早霞升起的时分”在城墙上为伊戈尔悲啼[1]的古老的普季夫利城，我就下火车，决定步行几天。我把行李托运掉，把手枪留在身边，只想毫无牵挂地实现自己的心愿。在那时，我萌生了一种只身一人留在草原上、徒步旅行的热望。虽说那里离车站还不远，以便能够储备食品，但毕竟是在广袤平坦的草原上，一个人整日待在青天之下！

天气，似乎有心助我似的，格外晴朗。每日天亮的时间越来越早。而在我的记忆中，这些日子就像一场明朗、温暖的梦。当时适逢六月初，是一年中最舒适的季节。中午的时候，阳光从来没有像在这个季节的那样灿烂，大自然也从来没有像在这个季节那样充溢着幸福和欢乐的气息；在热气腾

① 雅罗斯拉芙娜为伊戈尔大公的妻子。《伊戈尔远征记》中说，她在获悉丈夫战败被俘之后登上普季夫利的城墙，含泪呼吁风、太阳、德聂伯河相助，救出被困的俄罗斯士兵。

腾的、尘土弥漫的路上迈步，在淹没于纹丝不动的黑麦、燕麦和大麦中的田间土埂上穿行，我脸上感受到一股似乎来自篝火的热气，鼻子闻到一股草原植物——晒热的花草散发出的芬芳，心里别提有多舒畅。而此刻，在头顶上方回荡着无数昆虫用千百种声调奏起的空中音乐，它们歌颂着六月中午的草原的欢乐生活，歌颂着沐浴在耀眼的阳光之中的无边无际的远方土地……

在离基辅约一百俄里的地方，我再次乘上火车。我记得，那时太阳已经偏西了，火车疾驰在德聂伯河边的森林之中。突然，闻到空气中有一股奇妙的清香，我朝窗外一望，心头一阵喜悦，猛地颤动起来：在我的眼前展现出蓝莹莹一片，那是森林、草地和远处的山岭——到了德聂伯河谷地啦！

“这是什么香气啊？”我问坐在旁边的人。

“噢！”他笑着说，“这是难得闻到的香气！是德聂伯河春汛之后刚露出水面的小岛上那些橡树的绿荫和柳树枝散发出来的香气。”

不知为什么，我在当时觉得他说的话挺有诗意。火车正在下坡，走得越来越快。站在窗前，温煦的和风扑面而来，送来阵阵清香，令人陶醉。谷地披着金灿灿的夕阳余晖，越来越开阔地展现在眼前。然后，突然出现一片晶蓝，这就是涨潮中的德聂伯河。在河那一头的高山上，在火车的前方，基辅城里大小教堂的金十字架熠熠发亮。我们坐的列车正在穿越德聂伯河上的大桥，车厢下的轮子隆隆作响。桥拱的长廊那一根根梁柱从我的眼前飞闪而过，就在那一段时间里，火车好像在铁笼子里奔驰。

“基辅！”我听到周围的人在说，“感谢上帝，我们总算平安到达！”

二

我的心愿终于实现了。我真的到了小俄罗斯，在德聂伯河上，而且站在海鸥号的甲板上，参加长途航行，这其间还要“走哥萨克的路”，去闯险滩！

我能搭乘上这条船完全是靠运气，由于偶然碰到一位远亲，得到了他的帮助。他住在基辅，正在搜集有关小俄罗斯历史的资料。

“既然您对德聂伯河那样感兴趣，”他对我说，“那我就安排您乘‘海鸥’去跑一次，一直到达亚历山大罗夫斯克。您愿意吗？”

“‘海鸥’是什么？”我好奇地反问。

这个瘦骨嶙峋的小老头透过眼镜狡黠地朝我斜视了一眼，轻声笑了起来。

“那可不是鸟儿，”他带着鼻音说，“那是运送木材的船。换句话说，那只是一条满载木柴的平底货船！”

说实话，我听了挺失望。我想象中的海鸥号应该是艘漂漂亮亮的白轮船，扯着雪白的风帆。结果却是一条装木柴的平底货船！

“是的，”这位年迈的学者再次肯定，“这是我认识的一位犹太人的货船，是他给船取了个‘海鸥号’的名字。当然，这挺蠢，可是有什么办法呢！您只好乘上它，慢慢地航行，不过您可以穿过险滩，倘若乘一般的轮船，闯险滩是办不到的；你还可以亲眼见到真正的查波洛什人的后代——那些引航员，他们能把海鸥号从叶卡捷琳诺斯拉夫城一直领航到霍尔季察岛，那个岛过去也曾经是哥萨克的地盘。这样，我想，您总可以在海鸥号上将就一下了……”

我赶快向他道谢，表示接受他的建议。说真的，后来我也没有为此感到后悔，要知道我不仅在海鸥号上将就过去了，而且还对它产生了感情，离开它时真有点依依不舍。

我们的航行又安宁，又愉快！船上的乘员共计十一位，除了八名白俄罗斯桨手，还有犹太老头本人、他的侄儿和我。白俄罗斯人几乎整天站着，摆弄着长长的木桨。年轻的伊利亚·伊萨依奇躺在甲板上，大部分时间都在读通俗小说，而伊萨依·马尔科维奇，这个办事非常认真的胖子，整日忙于算账、祈祷和进餐，总是坐在他的船舱里。这样，我便无拘无束，可以尽情地欣赏德聂伯河的壮丽景色了。

每当霞光初升，从宽阔的河面、从一望无际的河岸和蓝莹莹的远方总会吹来一阵阵令人精神抖擞的清风，送来一阵阵湿润的芬芳——那是橡树绿荫所发出的浓郁的香气，以至使人觉得每一次呼吸都会给人增添青春和活力。我们的船随着潺潺的流水平稳地漂浮向前，满潮的泱泱河水迎面而来，一个个长着绿色小树林的岛屿从两旁往后退去。河上处处漂着巨大的木排，沉甸甸的，人们正在上面忙碌着，发出一阵阵兴奋的喊声、说话声和歌声。早上的阳光已经十分灿烂，亮得耀眼，但我还是眯起眼睛，注视着这条蜿蜒两千俄里、奔腾在俄罗斯古老的土地上的滚滚巨流。我们那些桨手的模样——长着蓝眼睛的、温顺而又和蔼的白俄罗斯人，脚套树皮鞋，身穿肮脏的长衬衫，使我想起了德聂伯河的发源地，那是个贫穷的地方——斯摩棱斯克沼泽。那里，这条清浅的小溪奇妙地积聚起力量，流淌在波列西耶的密林中；那里，至今还出没着野猪和野山羊，而海狸则在林中的河湾上筑巢；那里，这条小溪同人迹罕至、遮天蔽日的松林深处那些神秘的支流汇合起来，形成了一条浩浩洪流，奔泻在这一片洋溢着农耕生活情趣的安恬和欢乐的乌克兰美好的土地上。

我想到，这一片土地经历过多少个世纪的流血征战和纷争，野蛮的佩切涅戈人[①]和波洛韦次人部落曾经踏遍了这一

① 九至十一世纪生活在东南欧的突厥语系游牧民族。

片草原，但她至今依然是那般美丽；我还想到，这一片土地尽管处在喧腾的新生活之中，却依然久久地保存着远古时代的痕迹……说来很可笑，我站在甲板上，还一次又一次地把目光投向岸边的群山之中，搜寻达尼洛老爷[①]当年所住的那个白生生的小村子……

唉，天晓得这个达尼洛老爷住在什么地方！“可怕的复仇”的年代跟遥远的波洛韦次人的年代一样，早已消逝得无影无踪。威严的先人已经不会使我们恐惧，只有汹涌澎湃、深邃无比的德聂伯河还在不时地向人们诉说当年生动的情景。两岸的山冈依然酷似那些古墓……现在只能望见山上无数星罗棋布的风车的叶片，而在山冈的另一头则展现出一望无际的旷野、草原，像大海一般广阔，那里散落着一些石头雕像，黑黢黢、蓝森森的，是古人崇拜的偶像；一看到它们，心头便会揪紧，思绪便会不由自主地飞向远古蒙昧的时代……

三

我就在这样的沉思中不知不觉地度过时光；海鸥号也就这样平稳地、不知不觉地赶着路程。

白天依然那么晴朗而炎热，此种天气只有在南方才有。

---

① 果戈理描写十五世纪末哥萨克反抗波兰统治的短篇小说《可怕的复仇》中的主人公。

从上午十一点起，德聂伯河的整个画面仿佛在凝滞的空气中静息了。空气热得如同滚烫的蒸汽一样，这些蒸汽像烧熔的玻璃似的闪闪发亮，抖抖索索地飘浮在慢慢赶超我们的那些白色轮船的又粗又黑的烟囱上方。钢蓝色的德聂伯河纹丝不动，周围的景色——远处的小村落、白杨树和低平开阔的草地后边那些小山的淡蓝色剪影也都显得呆板凝固。一道道沙质浅滩耀眼地闪着光，看上去活像一片片已经成熟的黑麦田，黄澄澄的。海鸥号从浅滩旁边驶过时放慢了速度，以至周围的一切显得格外宁静。白俄罗斯人唱着忧郁的歌，并且随着歌声的节奏一起一落地荡着桨。此刻，只有他们悠长的嗓音才打破了这死一般的沉寂。

松木板船舱被太阳晒得热烘烘的，从河面反映上来的光影整天平稳地、难以觉察地在天花板上游移，打开的小窗透进凉风，送来一股水汽和鱼腥味。而在船舷旁边，德聂伯河透明的波浪整天喧腾着，拍击着，起伏不停。盯着波涛看，不禁有点头晕，产生了睡意……

在这种安宁、恬静的环境影响下，我头脑中那些同基辅地区紧密相关的古代往事的记忆渐渐变得黯淡，取而代之的是现今德聂伯河两岸的新生活所留下的印象。我看到了喧阗的商务码头，那里挤满了身穿小俄罗斯鲜艳服装的人们；我看到了基辅城郊许多古老的村镇，成百幢白色农舍掩映在花园的绿荫之中，在它们的上方闪耀着乡村教堂的十字架；最后，我也知道，在德聂伯河的左岸，在它的支流地带和草原上，也有许多生气勃勃、人口众多的村庄隐没在花木丛中；我期待看到一位诗人的长眠之处，他是多么热爱这一切，他在诗歌中表达了自己饱经忧患的一生的痛苦，同时又描绘出了自己故乡的全部的美。他有着一个普通农民的名字——塔拉斯·谢甫琴柯[①]，这个名字永远能为俄罗斯文学增光。

后来，我曾经寻访过许多伟大人物的墓地，但是没有一处能够像乌克兰人民歌手的墓地那样给我留下这样感人的印象。确实，谁的墓地能够如此朴素，而又如此庄严和充满诗意呢？在它的附近便是卡涅夫古城。“卡涅夫”是古代土耳其人所取的名称，意为“流血之地”。那边在古老的修道院墓地里，埋葬着古代的哥萨克英雄和祖国保卫者萨米洛·基什卡、沙赫和伊凡·皮德科瓦。而诗人自己的坟墓则坐落在风景如画的高山上，在那里可以远眺德聂伯河幽蓝的谷地和数以百计的村落，远眺为这位已故诗人所珍惜的一切。可是，它又是多么简朴！小小的一个土丘，上面竖着一个白色的十字架，再加简短的题铭……就这一些！躺在这坟墓中的

---

① 塔拉斯·格里戈利耶维奇·谢甫琴柯（1814—1861），农奴出身的乌克兰诗人、画家。因反对沙皇专制统治和农奴制而长期遭到迫害和流放。主要作品有诗集《科布查歌手》，长诗《海达马克》《卡达林娜》《新门徒》《马利亚》，中篇小说《艺术家》《音乐家》等。

人曾经向往着有一间自己的农舍，搭建在德聂伯河的河岸上，“使备受折磨的痛苦的心在德聂伯河边的群山中找到安宁”。他甚至在去世之前不久还来到这群山上，把自己的宿愿感人地告诉他心爱的妹妹。可是，在饱受漂泊和思乡之苦之后，他命定只有在坟墓中才找到归宿！

一所粉白色小屋，周围种着锦葵、罂粟花和向日葵，现在就矗立在他的墓地十字架旁边。里面十分宽敞和整洁，但是它的主人却已经永远无法跨进门槛了。遗像中的他从小屋的墙上忧郁地俯视着摆放在桌上的那本诗集，似乎带着责备的神情对参观者说：“人们，你们对我干了些什么啊？我的一生为什么过得那样悲惨和孤独？我是多么热爱这人世，热爱我的祖国，为什么要急急忙忙地把我驱赶进坟墓呢？……”

四

我老是激动地回想起这一所小屋里的情景。我忧郁地目送着离我们远去的卡涅夫群山。现在，伟大的人民诗人的故乡在我的心目中变得更加美丽和亲近了。

傍晚，在这样的时候，燕子显得特别兴奋，它们一会儿自由自在地直冲晴空，一会儿在波平如镜的河面上滑翔，用尖尖的翅膀掠起水花，然后又消失在明净的天空中，传来一阵莫名其妙的欢快的啁啾声——在这样的夜晚，处处充溢着绚丽和谐的色彩。

德聂伯河那静止不动的水面，犹如大湖一般广阔，倒映出了温馨动人、五色斑斓的道道霞光：从银灰到粉红，从绛紫到金黄；湖面是多么平静，宛如一幅画，以至使人怀疑，我们是否真的是在河道航行……我们已经到了谢基尔纳城郊，那里的右岸在山地之后绵延着宽广低缓的平原，长与阔均有数俄里。那是一大片草地，虽是被水淹着的草地，却不像我们大俄罗斯的草地那样充满荒凉的气息。乌克兰的草地，景色十分秀丽。时而草地中出现一丛青翠的小树林，时而刈草场上孤零零地挺立着几株枝叶繁茂的大树，远远看去影影绰绰的，显得格外迷人，简直就像是风景画中所见的样子。也许，是夏日的傍晚，或者是我的情绪，即一个外乡人的情绪，把这个地方美化了。不过，我总觉得，这个地方是真正的乌克兰，是我从童年时代就开始想象的充满诗意和令人神往的乌克兰。

我远眺这片渐渐落在暮色之中的漫着水的草地，想象出乡间一条覆盖着绿荫的小径，似乎听到了白色农舍边那些姑娘们的嗓音。她们的歌声响彻晚霞初上的宁静的天空，她们歌唱的正是伟大的乌克兰诗人所颂扬的一切。我又回忆起那些古墓形状的山冈，它们使我想起了昔日的传说。我不知不觉地又把思路转到对塔拉斯·谢甫琴柯一生的回顾，一面凝望着他的墓地。

远方的卡涅夫群山还久久地停留在我们的后边，犹如一堆暗紫色的乌云流连在金灿灿的西边天空。整个傍晚，我们都能看到矗立在宽阔无比、平静如镜的德聂伯河那一头的群山的剪影……

渐渐地，天色已黑，桅杆上挂起灯来，气温变低了，弥漫着轻雾。我往东、朝前边望去，已经看不清河岸。蓝莹莹的德聂伯河同黑沉沉的南方夜空融合在一片蓝黑色雾霭之中。晚风吹起一大片涟漪，德聂伯河上银波粼粼，使人觉得这个由大河和夜空组成的雾蒙蒙的蓝色世界全都在翻滚流动，散发出远方海洋冰凉的气息……远处有一艘我们看不分明的轮船在隐隐约约地闪耀着淡绿色的灯光……最后，连这灯光也沉没在波浪的那一头了……

我走进了船舱，大家都已经沉睡，但我却躺在吊床上彻夜不眠。船舱里一团漆黑，简直像在棺材里一样。这一片昏暗，以及轻轻的颠簸使我产生一种感觉，我似乎身居坟墓中，又似乎整个地球都在轻轻地摇晃，而在我的床头奔腾不息的德聂伯河波涛平稳单调的哗哗声、持续不断的拍击声和激荡声却使我感到分外新奇，分外兴奋……

那边，在群山之巅，在忧郁的德聂伯河上方，在深夜的黑暗之中，有一座坟墓保持着永恒的缄默……

五

打这之后已经过去了好多年，但是我在德聂伯河上所获得的感受却永远镌刻在心。以前，我只是随意地想去陌生的地方走走，现在，我明白了旅行意味着什么。我明白了，为了能使自己的生活充实起来，光是有学问，光是有书本知识和安宁的生活是不够的。对我来说，正是在浪游生涯中发现了大自然的美，发现了艺术杰作同其创作者故乡之间的深刻联系，发现了研究民间风俗的引人入胜之处，发现了自由自在的生活的诗意……

“哎哟，哎哟！”伊萨依·马尔科维奇摇着头说，这时我们正驶近叶卡捷琳诺斯拉夫城，“天气变了，刮起了大风……我们到了险滩那里可怎么办？这比去年的情况更糟啦……”

但是，即将面临的危险反倒使我高兴。尽管我们从洛茨缅斯卡亚-卡缅卡镇（那儿的河面已经有险滩了）出发的那天风和日丽，我还是觉得，我们准会碰到什么非同寻常、可怕而又富有诗意的场面。

这种预感由于海鸥号上的人们不断地谈论险滩的情况，由于来自卡缅卡镇的两位引航员的样子（根据法律，没有他们的指引，任何船只不准驶过叶卡捷琳诺斯拉夫），也由于我们起航时那种郑重其事的方式而得到了加强。我几乎怀着崇拜的感情来看待这两位引航员，这两位查波洛什人的后裔。其中一人是个身材高大、表情严肃的哥萨克老头，另一人长得矮胖敦实，态度和蔼而又庄重，是个地地道道的“塔拉斯·布尔巴”[①]。高个子直率地自称是“引航员”，而他的同伴则有个外号，叫“大叔”。

这样，在船舱里接受了款待之后，“大叔”迅速地从座位上站起来，拿起帽子，捋了下胡子，便走到甲板上。

“喂，孩子们，”他摘下帽子，一本正经地大声喊道，“让我们向上帝作个祷告吧！”

接着，他第一个跪了下来，俯身鞠躬到地，激动得脸色发白。我们大家也跟着下跪，在一片肃穆之中热诚地祈祷上帝保佑我们一路平安。然后起了锚，桨手们各就各位，海鸥号便缓慢地穿行在险滩之间。

按我在日记中的记载，那是在6月12日，星期二，而在13日的早晨我便永远地离开了海鸥号。我们从基辅出发后一路上都在期待的一天终于来到了。这一整天都处在忙碌和惊惶之中，时间不知不觉地流逝。德聂伯河在这一带水流湍急，我们的船行驶得很快。从叶卡捷琳诺斯拉夫直到亚历山大罗夫斯克，整条大河布满了石头“围墙”和险滩。这些险

---

① 果戈理的中篇小说《塔拉斯·布尔巴》中的主人公，一位英勇善战、大义灭亲的老哥萨克、爱国者。

滩和石墙实际上是一长列宽阔的花岗岩礁石，来自喀尔巴阡山的支脉，横贯着德涅斯特河、布格河和德聂伯河。春天，礁石全部淹没在水中，而在“中水”季节，也就是在我们航行的那个季节，这些岩石在许多地方都露出河面，德聂伯河的河水撞击着这些石滩，发出阵阵轰鸣声。石滩一共有十个，其中特别使人感到不安的只有二三个，而最危险的是涅纳瑟捷茨滩。

我须重复一遍，不管眼前还是在德聂伯河石滩之间，海鸥号都行驶得很快。桨手们此刻正躺在甲板上休息。钢蓝色的河面亮闪闪的，河水沿着宽阔的河道奔流而去。可是，从远处已经传来轰隆轰隆的声音……近了……更近了……不久，便可以清清楚楚地听到波浪和险滩的撞击声。引航员和“大叔”站在船尾的高处，目不转睛地紧盯着河面；他们突然挥一下帽子，桨手们便赶快拿起木桨；需要给船加一把劲，让它快一点从石滩之间冲过去。

“划起来，划起来，孩子们！”引航员喊道。于是，白俄罗斯人分成两排，每排四人，一齐使劲压住木桨，身子几乎紧贴着甲板，海鸥号走得越来越快，眼看到了石滩跟前。

这种景象惊心动魄，叫我永生难忘。周围是钢蓝色的河面，正平稳地往前滑行，而前边却横着一道几近黑色的大浪，从岸的这一头直到那一头，仿佛德聂伯河在这个地方给斫了一刀。从远处望去，河面在此处折断了，沿着斜坡飞泻而下，黑色的波浪汹涌澎湃，浪峰泛着白色的泡沫。

“停！”“大叔”吸足了一口气，突然喊了起来，“把——舵！”

白俄罗斯人当即丢下木桨，扑到在船尾上方隆起的那只巨大的木制舵轮上去，用尽全力去转动它，不住地往左右摆着身子，而脸色发白的引航员则继续使劲地叫喊：

“用力，用力！……用力，弟兄们，孩子们！”

这时，我们大家都情不自禁地想冲上去，不管怎样要给海鸥号帮上一把——已经冲上险滩啦！周围只见喧腾的波浪、飞溅的泡沫、令人头晕目眩的漩涡，载着几千普特[①]重木柴的海鸥号在大浪中不停地跳跃和晃动……

“冲过去啦！”最后，“大叔”如释重负似的喊道，大家舒了一口气，摘下帽子，眼望苍天画了个十字。此时，德聂伯河还没有平静，还在轻轻地摇动着船，而在后边，险滩的轰鸣声已渐渐远去。

就这样，我们冲过了卡达茨基滩、苏尔斯基滩、洛汉斯基滩、兹沃涅茨基滩，以及最后的涅纳瑟捷茨滩。引航员们把最后一个石滩称为“老爷子”，那是一个最凶险的石滩，有九排岩石，还有“地狱”，那是指石滩下方的一个深潭，那里的漩涡包藏祸端。我们顺利地绕过了“地狱”，此时可

① 俄国计量单位，相当于 16.38 公斤。

以完全放心了。现在，海鸥号走得慢了一点，一个个布满树林的岛屿、岸边的山岭、村落和远处的平原从两旁缓缓地往后退去。太阳渐渐西沉，夜幕降临了。我们抛了锚，在一处空旷而又荒僻的地方歇宿。燃起了篝火，熬着粥，围在锅子边久久地交谈着，还听两位引航员讲述他们惊险的经历——他们的声音很轻，头顶着点点繁星和南方夜晚那蓝黑色的天空……

第二天，我们又冲过了四个石滩，灵活地穿过了岩石峥嵘的高岸之间那条危险的峡谷，那是在离亚历山大罗夫斯克不远的地方，在德聂伯河折向东南的急转弯处，过不久，我们便到了基奇卡斯城的码头。

在这里，我便同白俄罗斯人，同我亲切殷勤的犹太船主，同引航员和海鸥号告别了。我要赶赴著名的“圣格奥尔基岛”——霍尔季察岛，在那里久久地徘徊，想寻找古老的哥萨克营地的某些遗迹。可是，岛上却是静悄悄、空荡荡的……只有一些杂草丛生的土堤表明这里曾经有过军营……

这里离草原已经不远了。在霍尔季察岛的那一头便是德聂伯河的低岸地带，在那里大河已经同许多一望无际的湖泊连成一片，遍布着几千个小岛，上面长着小树林、柳条枝和芦苇。那边，靠近低岸地带，在河的左岸，展现出了德聂伯河草地，那是一个由翠绿如茵的草原、沼泽和小河组成的王国——一个自古以来以其土壤肥沃、物产丰饶，并引起无数血腥争夺而著称的地方。再过去一点，过了低岸地带和草原，便是蔚蓝的大海，自由的风帆在远方的海域闪着白光……

“往那边去，往那边去！……”我满怀喜悦地想，“生活是多么美好，多么诱人。只是应该明白，生活中最需要、最珍贵的是什么！”

（敖德萨，1898.9）

圣　山

一

通往顿涅茨河，通往古老的圣山修道院的路是朝东南方向的亚速夫草原那边走的。

在复活节期间星期六的大清早，我已经赶到了斯拉维扬斯克城的郊外。不过，离圣山还有约二十俄里，得走快一点。我想在修道院里度过这一天。

在我面前的是一片灰蒙蒙的空旷的田野。远处有一个土丘，那是古代的边界警卫岗，它似乎密切监视着平原的动静。从清早起，草原上有一股春寒，还刮着风，风把压在泥泞道路上的车辙吹干了，还把去年留存下来的杂草吹得窸窸窣窣地响个不停。在我的后面，在西边的地平线上显现出峰峦起伏的白垩岩山岭，看上去挺美。它隐没在朝雾之中，露出了一个个黑点，那黑点是一丛丛树林，就像一块古老的无光泽的白银上出现的黑色斑纹。我顶着风行走，脸和双手都已冰凉了，但是草原吸引着我，使我着迷，使我充满了欢乐和朝气。

土丘的后边有一片圆形的凹地，漫着春水，亮晶晶的。我拐到那边去歇息一会儿。在春天这些田野的小湖里总是有着某些纯洁的、令人愉快的东西：凤头麦鸡吱吱啾啾地在水面上方盘旋，灰白色的鹡鸰摇摇摆摆地踩着小步走过岸边，在淤泥上留下了细细的、星状的脚印，而在清浅的水中倒映着春天的碧空和白云。土丘周围还是荒土，从来没有给人犁过。土丘分成两个小阜，上面覆盖着去年的杂草，好像铺着一块已褪色的浑绿色丝绒桌布。斜坡上还有一些灰色的羽茅草，其实那是羽茅草可怜的残茎，正随风轻轻地摆动。我想，它们的时光是一去不复返了。现在，它们在永恒的沉思之中只是模模糊糊地回忆得起遥远的往事、昔日的草原和昔日的人们。那些人的心灵要比我们更能理解它们的絮絮细语，这种细语传遍了自古便笼罩在沉寂之中的旷野，这种细语无声地诉说着人世生活是多么渺小。

我躺在土丘上，休息了好一会儿。从田野那边已经送来了温暖的气息，白云变得明亮了，渐渐消融在天际。在充溢着水汽和光华的空中，在草原的上方，几只肉眼难以看清的云雀在欢乐地啼啭。风也变得温煦、和畅起来。太阳照在身上暖洋洋的，我闭起眼睛，觉得自己浑身舒坦。在南方的草原上，每一个土丘似乎都是某一则充满诗意的传说的无言纪念碑。而漫游顿涅茨河一带，探访《伊戈尔远征记》中所歌颂的小塔纳伊斯城则是我的夙愿。顿涅茨河是伊戈尔大公征战的见证，也许，圣山修道院也是一个见证。它有多少次遭到彻底的破坏，有多少次变成断垣残壁，一片废墟！它矗立在鞑靼人进攻的道路上，矗立在荒野的草原上，它的僧人便是战士，抵御着金帐汗国[①]的大军和结伙行劫的强人的长期围攻，经历了多少苦难！

传来了大车的咯吱声，车上坐着一个老头儿。他把双腿垂在车边，脚上穿着一双旧靴子。犍牛拖着重负，伸出头颈，摇摇晃晃地慢步走在路上。这幅图景驱散了我的思绪，我便加快了脚步。

远处出现一片森林，灰蒙蒙、黑沉沉的。我定睛望去，心想，森林那一头该是顿涅茨河和圣山之间的谷地了吧。这片森林又古老又荒凉。密林中的枯枝朽木，以及死一般的寂静使我吃惊。我放慢了脚步，艰难地踩着枯枝杂草，跨过被狂风刮倒后浸在深坑泥浆中半已腐烂的树木，穿行向前。树林中听不到一声鸟鸣。有时，去路还被一大片春水淹没了。周围干枯的林木透着光，它们那些弯弯曲曲的树枝投下了淡淡的阴影。

然而，过不久，在林中小路的空距间又可以望得见远处开阔的原野了。草原上干燥的风刮得越来越大，驱散了春日

① 十三至十五世纪位于南俄草原和克里米亚一带的鞑靼-蒙古人汗国。

晴空中的白云，使远景变得漫无边际。可是，却找不到修道院的踪影。

我走到一个乌克兰人跟前去问路，这是一个身材魁梧的庄稼汉，脑袋很小，身穿一件像是用白杨树皮缝制的短袍，不慌不忙地扶着犁。犁由四头犍牛拖着，前边还有一个小姑娘牵着牛。

“爹！”她对庄稼汉喊道，提醒他注意到我。

他停下步来。

“请问，这是到圣山去的路吗？”我问道。

“您要上哪儿去？”①

“去修道院。”

“哪个修道院？”

“难道您从来没有上过圣山？”

“是去农庄吗？”

“不，不是去农庄，而是去修道院，上教堂。”

“上教堂？那我们自己村里就有教堂。”

“那么，去修道院呢？”

“去是去过的，不过那时我还是个小伙子。村里的牲口得了瘟病。有人说，那边有个修士，知道怎样消灾。这样，凡是家里牲口得病的人，都结伙上圣山去。当然，在那里做

---

① 以下对话的原文均为乌克兰语。

了祷告，还把那个修士请来。他在各家院子里转啊转的，洒了圣水，可是什么用处也没有。”

“那么，这条路是通往那边去的啰？”

“唔，是的……”

乌克兰人甚至没有再瞧我一眼，便又埋头犁起地来。

我觉得有点累。满沾尘土的滚烫的靴子里的双脚，已经隐隐发痛。于是，我便数起步子来，这样可以分散注意力。当我回过神来时，道路已经向左边急转弯，路面的白垩土耀眼地闪着光。在左前方远处的地平线上，在一片小树林的上方，露出了亮闪闪的教堂圆顶，像一颗金色的星星。我刚朝它望上一眼，便发现在我前边原来延伸着一大片又宽又深的谷地，顿涅茨河就在这谷地里流淌。

我凝神屏息地站了好一会儿，望着这一片青郁郁的开阔的草地。它已经被水淹没了——顿涅茨河正处在春汛期。钢蓝色的河水一道道地在深棕色的芦苇丛和浸水的岸边树林里闪耀，而在南边河水泛滥得更猛，茫茫一片，直到远处白垩山山脚下。这些山是白晃晃的，望过去眼睛都迷糊了……然后，我赶上了一批朝圣者，有妇女，有少年，也有由于年迈和经受草原风吹而泪眼模糊的残疾老人，心里一直想着古老的风尚，想着它所具有的神奇力量……这种力量从何而来，它意味着什么？

然而，修道院依然还没有出现。天空变得灰暗起来，风从路面上刮起了阵阵灰尘，走在草原上感到有点寂寞。有个小伙子正从旁边驾车而过，我便同他打个招呼，让我搭乘上他的两轮马车。我们交谈了起来，不知不觉地进入森林，往山下走去。

山路变得越来越陡峭、难走，路面很窄，有许多石头，不过周围的景色挺美。越是往下走，那些傲然挺立在杂树之中，并把根株盘结在路边山石之间的高大的百年古松将红彤彤的树干往上伸得越高，绿色的树冠直冲碧空。我们头顶上方的天空也似乎变得更加深邃和明朗了，一种像这天空一般清纯的愉悦感充溢着我们的心灵。而在下方，透过青翠的林木丛，在几株松树之间，突然显露出了一片似乎挺狭隘的谷地，还有金色的十字架、圆屋顶和在绿树成荫的山脚下几间房子的白墙——由于距离很远，这一切都显得那么玲珑，那么精巧。透过树隙，还能望见像一条闪亮的狭长带子一般的顿涅茨河，以及在河那一头弥漫在密密层层的森林上方的一团灰蓝的雾气……

二

在圣山脚下，顿涅茨河的河道很窄，水流湍急。它的右岸高高地耸起，好像一堵陡直的墙壁，上面也长着茂密的树木。正是在这山下边，坐落着用石头砌成的修道院，院子中间矗立着一座气势雄伟，但粉刷得稍显粗糙的大教堂。在上方的半山腰里，有两个白垩岩圆锥体——两座灰白色山崖，山崖后面显露出一座古色古香的小教堂。再往高一点的地方，接近山脊，背衬着天空，耸立着另一座小教堂。

从南方飘来了一片乌云，因为是春天，傍晚依然那样晴朗和温暖。太阳缓缓地沉到山后，宽阔的山影渐渐铺展到顿涅茨河上。我穿过修道院的石头院子，绕过大教堂，朝通往山上的带顶回廊走去。这个时刻，在这些不见尽头的通道中空无一人。我越是往上走，便越是强烈地感受到修道院那种森严可畏的生活气息。这种气息来自描绘修士们用棺材取代睡榻的隐修院、僧房的壁画，来自那些挂在墙头的铅印训诫，甚至来自古老破损的每一级阶梯。在这些通道的阴影中似乎出没着已经离开这个世界的僧人们——那些严肃、沉默的苦行修士们的幽灵……

我急着想到白垩岩山崖那边，去看看那个山洞，在那里曾住着一个最早来到这山里的人[①]。这是一个平凡而又心灵高尚的人，他以其伟大的胸怀热爱小塔纳伊斯城上方的山脊，并在劳动和祈祷中度过了一生。这位圣人初来之时的原始森林是多么荒凉和偏僻。郁郁苍苍的浓荫压在他的头顶上方，密密层层的树木遮掩了河岸，只有孤独而又自由的河水

---

① 蒲宁在此所指的是：千年之前第一个来到圣山的洞穴修行并为修道院奠定基础的那位东正教圣徒。

在岸边的悬崖下溅起冰冷的浪花，发出阵阵拍击声。周围是一片寂静！鸟儿的啼鸣，干树枝在野山羊脚下的噼啪声，布谷鸟那略带嘶哑的“咕咕”声，以及雕鸮在黄昏时的啸叫声都能在森林中引起久久的回音。夜里，一切都笼罩在肃穆的黑暗之中。僧人听到一阵窸窣声和河水的汩汩声，他猜到有人在横渡顿涅茨河。他们像魔鬼的大军一般，悄悄地来到河这边，穿过灌木丛，消失在阴影之中。山洞里的那个孤独的人当时心里挺害怕，他的烛光彻夜不熄，他的祈祷声一直响到天明。而到早晨，尽管经受了一夜的惊扰，尽管通宵未眠，他仍是容光焕发地去迎接白昼，去干活，他的心里又充溢着温柔和宁静……

在我下方深处，一切都已沉浸在温暖的夜色之中，闪耀着灯火。那边已经开始从容而又欣喜地为复活节晨祷作准备了。而在这里，在白垩岩山崖的后边却是静悄悄的，还能见到微弱的霞光。栖居在山岩嵴和教堂屋檐下的小鸟在盘旋飞舞，像老风信鸡那样吱吱嘎嘎地叫着，一会儿直冲云天，一会儿又无声地朝着黑暗的空间直落而下，不时扑打着柔软的翅膀。南边来的乌云遮住了整个天空，送来了一股带有春天雷雨的清香气息，并在一道道电光中微微颤抖。山崖上的松树融成黑魆魆的一团，活像沉睡的野兽那弓起的后背……

我抓紧时间跑到了山顶，去了最上面的那个小教堂，脚步声打破了死一般的寂静。那里有个修士像幽灵一般站在一个装着蜡烛的箱子边，点着二三盏油灯，发出噼啪的响声……我点起一支蜡烛，插上烛台，用以纪念那位身体虚弱的老人，他在当年那些可怕的夜晚，修道院遭到围攻、四周燃起篝火的时候，坚持留在这所小教堂里叩拜祈祷……

三

早晨充满节日的气氛，很热，在顿涅茨河上方，在葱葱茏茏的群山之上，叮叮当当地响起了一片钟声，这声音传到山脊上的小教堂，直冲晴朗的天空。河面上人声喧闹，越来越多的人乘着大划船来到修道院，华丽的小俄罗斯节日盛装使周围变得更加色彩绚丽。我雇了一条船，一位挺年轻的乌克兰女人灵巧、快速地划着船，沿着清澈透明的顿涅茨河逆流而上，穿行在岸边绿荫投下的阴影之中。在这个可爱的早晨，年轻姑娘的脸庞、太阳、树丛，以及湍急的小河，一切都显得那么美妙……

我在隐修院里稍作停留——那里十分寂静，只有白桦树嫩绿色的树叶在窃窃私语，像是在墓地里一般。随后，我便往山上走。

登山挺困难。脚老是深深地陷进苔藓、朽木和软绵绵的烂叶中去，不时会有一些蛇在脚下蜿蜒，又敏捷地爬开去。

在松树的浓荫下，凝滞的空气热烘烘的，充溢着浓重的松脂香气。而在我的眼前，展现出了多么开阔的远景啊！从山顶上放眼看去，河谷有多么秀丽，遍布的森林就像盖上一重深绿色天鹅绒，泛滥的顿涅茨河在阳光下金光闪闪的，周围的一切都渗透着南方火热生活的气息！难怪当年有一位伊戈尔军团的战士，跨下打着响鼻的战马、登上这高山之巅，身处悬崖之上，俯视绵延而下的茂密松林，他的心因惊喜若狂而剧烈地跳动！

到黄昏时分，我已经漫步在草原上了。迎面吹来一阵阵和风，这风来自缄默无声的土丘那边。我坐在土丘上歇息，孤身一人流连于这片一望无际的旷野之中，又想起了古老的风尚，想起了长眠在草原的坟墓中、在灰白色羽茅草的絮絮细语中的先人……

(1895)

朝圣行踪

耶利哥[①]的玫瑰

为了表达对永恒的生命、对死者的复活的信念，在古代的东方，人们将“耶利哥的玫瑰”放入坟墓和棺材。

真奇怪，为什么要把这团像我们的风滚草那样枯萎有刺的干茎，这种唯有在死海以南的沙漠砾石中，在渺无人迹的西奈山麓里才得以发现的坚硬的沙生蘖枝称为“玫瑰”，而且是“耶利哥的玫瑰”？不过，有一个传说告诉人们，这是圣萨瓦亲自取的名字，正是他把那个可怕的“火谷”，把犹太旷野中那个荒凉死寂的隘谷选为修身之地。他用为他所知的世上最美好的比喻来形容这种作为复活象征的沙草。

因为它，这种沙草，确实神奇非凡。当它被旅人拔走，带到远离故地千里之外的地方，它可以躺在那里多少年，干枯、灰黄、毫无生意。然而，只要一浸到水里，它马上会舒展开来，萌发小小的叶子，开出粉红色的花朵。于是，不幸者的心便会得到快乐和安慰：世上没有死亡，曾经有过的、曾经全身心投入的一切决不会毁灭！只要我的心灵、我的爱和记忆还活着，便不会有失落和离别！

当我在脑海中重现那些辉煌的古老国家时，我便是这样安慰自己的；那里曾经留下了我的足迹。在那些美好的日子里，在那些我的生活如日方升、精力十分旺盛、心里充满着希望的日子里，我得以同由上帝注定要做我终身伴侣的人[②]一起，手挽手地进行第一次长途的新婚旅行，这同时也是一次对我们的主耶稣基督的圣地的朝拜。在一片安谧之中，在持续了千百年的沉寂之中，巴勒斯坦故土呈现在我们的眼前——加利利谷地、犹太的山丘、五大古城[③]旧址上的岩盐和可怕的景象。不过，那时正值春天，在我们走过的道路上，就跟当年拉希尔[④]在世时那样，处处盛开着白头翁和罂粟花，多么鲜丽娇艳；地上依然有那些百合花在争奇斗妍，空中依然有那些飞鸟在千啭百啼，《圣经》中的故事正是教诫要像它们那样怡然自得，无忧无虑……

耶利哥的玫瑰。我把我的过去的根茎浸入心田的活水，浸入挚爱、忧愁和柔情的清泉——于是，我的珍贵的小草再

---

① 公元前7000至公元前2000年的巴勒斯坦古城，遗址在今约旦境内。《旧约·约书亚记》中讲到以色列人攻陷耶利哥城一事。

② 指维拉·尼古拉耶芙娜·穆罗姆采娃-蒲宁娜。

③ 即《圣经》中提到的索多玛、蛾摩拉、押玛、洗扁和琐珥五大古城。

④ 据《圣经·旧约·创世记》记载，拉希尔（拉结）为雅各之妻，死于去以法他（后来的伯利恒）的途中。蒲宁曾写有《拉希尔墓》一诗（1907）。

一次、再一次神奇地萌发出新芽。直到有朝一日，一切都不可逆转，心田贫瘠干涸，清泉永远枯竭，那时，它才会埋进遗忘的死灰，我的耶利哥的玫瑰——但愿这一日离我们远而又远。

鸟影

一

待在茫茫的黑海海面上，已是第二天了。

正是四月初，从一大早起便是凉飕飕、阴沉沉的。天空明净，但色彩有点古怪。

昨天，一群红脚掌的海鸥久久地跟随着我们，久久地张开尖翅膀滑翔着，掠过拖在船尾后边的那一长条碧绿的航迹。新罗西亚那又低又平的海岸早在昨天中午便已经看不到了。到傍晚时连海鸥也消失不见……

不管朝哪儿望去，到处都是海和天……[①]

灰红色的晚霞显得冷漠而又浑浊。桅杆顶上的那盏小灯已经在霞光中亮了起来，但显得郁郁寡欢，如同墓地上的长明灯一般。从船的右侧刮来一阵阵凌厉逼人的寒风，把大家早早地从甲板上驱走；乌黑难看的烟囱发出嘶嘶声，随风吐出一团团浓烟。夜里，月色苍白朦胧，透过桅缆和浓烟显得影影绰绰，勉强可见，天气变得更冷了……

昨天早晨又喧闹又忙碌。我怀着紧张和高兴的心情下了敖德萨山，到达这个总是令我激动的海港世界，这是个桅杆林立，遍布着商行、事务所、仓库、轨道，并装满了煤炭和货物的城市。我踩着春天地里的泥浆，混在一群流浪汉和戴着长耳风帽、长着鹰眼的高加索搬运夫中间，让过马车、拖着载货大车的犍牛和尖声鸣着汽笛的机车，终于挤到了黑魆魆的庞然大物——我们那艘满载旅客和货物的轮船跟前，船上的旗帜作为即将出海的信号已经在瓷青色天空中猎猎飘舞。跟通常一样，起航前忙碌准备的时间总是显得无比漫长，只听见人们的脚步踩在跳板上咚咚直响，起重机把沉重的货物从头顶上轰隆隆地运送过去，还有大副、二副声色俱厉地发号施令。不一会儿，起重机静息下来了；身材魁梧的宪兵们像几匹灰马似的下船走到垃圾满地的码头上——于是，轮船哐啷一声卸下跳板，挣脱了同陆地的所有联系。船上的一切都已各就各位。在业已到来的一片静谧之中，在电报机发出的单调的嘀嘀声中，轮船开始缓慢地驶向大海。沉重的船尾颤抖着，平稳地离开码头，从下面激起了一团团白沫，夹着折射出彩虹颜色的厨房泔脚，里面有个红红的蟹壳，几只海鸥尖叫着竞相争食。在岸上，在静息下来的黑压

---

① 原文为拉丁文，引自古罗马诗人奥维德的《哀怨集》第一卷。

压的人群中，在许多小船上，都有人挥舞着白手绢。海岸渐渐变远，变小。从船的右侧已经看到一道绵延的石头防波堤。太阳蓦然露了面——在后边，在桅杆和烟囱的后边，城市的轮廓显得更加清晰，而在前方，有一座白色灯塔在涟涟碧波那如镜一般的光斑映照下闪耀。然后，灯塔连同其耀眼的反光也从一旁向后退去，船首的斜桅缓慢而又确定地转向南方，螺旋桨卷起的那一道宽宽的激流以及在上方拖得长长的黑烟都画了一个巨大的圆弧，轮船两侧的阳光和风向换了个位置……

一个昼夜不知不觉地过去了。我在水手擦洗甲板的脚步声中醒来，一面欣慰地想，全靠上帝的庇佑，我才得以在一重薄薄的铁墙边安度了一晚，而在墙外海浪彻夜呼啸着，翻滚不停。我在打开的舷窗边穿好衣服，窗外吹进一股清风，使我不禁高兴地想起，俄罗斯已经离我有三百海里了……我在旅途中随身带着一本萨迪①的诗集；“在前辈中最令人赞赏、在后代中最卓尔不群的作家，设拉子②的长者萨迪，愿对他的记忆无比神圣！”于是，我坐在后甲板上，呼吸着春天、早晨和大海的清新空气，阅读起来：

---

① 萨迪（约 1203—1292），波斯诗人。青年时曾漫游过亚非许多国家， 1256 年才回国，从事写作。一生写有大量抒情诗、叙事诗、颂诗、哀歌和道德格言。代表作有训世故事诗集《果园》（1257）和《蔷薇园》（1258）。

② 伊朗南部的一个古城，是萨迪的故乡。

“长者生于赞吉之子阿塔贝克·萨德[①]的年代……”

“出生之后，他用三十年时间来获得知识，用三十年时间来漫游四方，再用三十年时间来沉思、观照和创作……”

“就这样，萨迪度过了一生，直至有朝一日，长者的圣洁之灵犹如凤凰一般飞升天空——在十月周五，像潜水者一样投身于上帝无比仁慈的大海……”

“一生用于洞察世界之美，并在身后留下自己的精魂，这样的生活是何等美好！”

“我多次去远方漫游。”我继续读下去。

“我同各国人民共度时光，并在每一块田地里采摘谷穗。”

“因为与其穿着紧窄的鞋子，倒不如赤足行走；与其坐在家里，倒不如经受旅途的劳顿！”

“因为每逢新春需要寻求新的爱：朋友，往昔的日历已经不再适用于新的一年！”

透过团团青灰色的云块，明朗的天空渐渐显露出来。有时太阳也出现了——此时，似乎有谁欣喜地把一双温柔的眼睛睁得老大老大。远处的景色顿时一变，大海在金灿灿、暖洋洋的阳光下也顿时活跃起来……

“哒，哒！哒，哒！”机器不停地响着。我从它的一旁经过，踩着干净而又结实的甲板，朝船头走去。

---

① 在萨迪生活与创作时期统治设拉子的国王。

我从许多叠放着的笼子之间穿过，笼子里装满了鸡，它们正在平和地交谈。闻到这股在海面上显得挺奇特的鸡窝味，我在船舷的栅栏边停下了脚步：从栅栏往外看，迎面奔腾而来的海水像浓稠的油一般泛着紫蓝色的光，并且变得越来越厚重，不像新罗西亚岸边的水那样稀薄泛黄……再过去是一道舷梯，架在底舱的舱道之上，从上甲板直通船头。那舱道里露出了马儿和灰牛的后臀，散发出乡下的那种马厩和腐烂干草的气味……然后，我站在船头，时而观看船的钢铁尖端凶猛地劈开波浪，时而观看横放的船首斜桅缓慢而又执拗地指向蓝色天宇。海水像一重重玻璃墙似的压向四面八方，又如一座座巍峨的雪山一般快速往后奔回，下方深处露出了红色的船头吃水线——突然，从其下边如箭一般冲出了一条尖嘴的海豚，接着是另一条……它们飞快地相互追逐，久久地在海面上闪现着后背。动物表现出的这种狂喜情绪很快便感染了我，使我的心灵由于幸福而颤抖。再过几个小时，我又能见到圣索非亚大教堂[①]。再过几天，我将去希腊。然后到尼罗河畔，在狮身人面像跟前……再到巴勒贝克[②]，去瞻仰“由该隐[③]本人在傲慢和疯狂之中建造的”多神教神殿的遗址……

---

① 土耳其古城君士坦丁堡（现名伊斯坦布尔）中最著名的古代建筑物。建于 532—537 年间。原是拜占庭帝国东正教教堂，奥斯曼土耳其人把它改建成清真寺，现已成为国家博物馆。

② 叙利亚古城，因建于公元前三至前二世纪的太阳神庙遗址而闻名于世。

③ 亚当之子，因杀害其弟亚伯而遭上帝诅咒，见《旧约·创世记》。

二

傍晚前，上甲板上出现了个子结实的老船长的那件白色制服， 双筒望远镜的圆镜头迎着阳光在闪闪发亮。在金色的夕照中，地平线上已经朦朦胧胧地显出小亚细亚和巴尔干山麓的轮廓。那个去圣山[①]朝拜、足登一双大靴子、身穿灰色短上衣、肩扛着一颗小脑袋的小俄罗斯老头儿走到底舱上方的舷梯上，连连画着十字，向着群山鞠躬。水手们卷起裤腿光着脚，从舷梯跑到前甲板上。我贪婪地望着前方，——最后，终于看清楚，山麓正向两边分开，渐渐让出一条博斯普鲁斯海峡来。

轮船轻巧地划破宁静的海面，又似乎变小了，因为它正向着前边那些线条渐渐清晰、形状渐渐变大的绵延欧亚两洲的灰绿色多石群山靠近。

白色灯塔在左右两边突兀出现——岸上送来一股热气，夹着某种土耳其花卉的熟悉的芬芳——一种美妙的、甜丝丝的芬芳，有点像树窟窿里干腐屑的气味。

马达静息，船速放慢，如镜的水面映照着浅红色的山岩，我们在一片波光之中悄悄地驶入科瓦基港。

眼前呈现了第一个土耳其花园，第一排瓦片屋顶，第一

① 指希腊的阿丰山，那里有闻名世界的东正教修道院。

座清真寺高塔和第一棵柏树……

“抛锚！”在船上的一片寂静中清楚地传来了号令。

于是，一百普特重的大锚轰然直落而下……

以前，我曾经在这个满是遗址和墓地，在这个旧土耳其语言中至今还被称为“幸福之门”的国家里买了几张木版画。其中一张描绘的是缠着黄色头巾的土耳其勇士在一棵翠绿的橡树边同半人半马的怪兽波尔坎搏斗。另一张描绘的是遍布着清真寺、高塔和墓地纪念柱的圣城。第三张上则是背驮棺材的一队骆驼。

“将通向天房[①]的路程遍告众人，让他们或徒步，或骑着快腿的骆驼，远道前来朝觐。”——棺材上方写着《古兰经》的经文。

是啊，曾经有过这些圣城。曾经有过一些笃信宗教的老人，他们决定在身后把自己所有的财产施舍给乞丐、残疾人和伊斯坦布尔的狗，嘱咐家里人将其棺木经由沙漠运往麦加，并且在临终之际像阿布德-埃尔-卡杰尔[②]在麦加神殿被围时做祷告那样高呼：

“真主啊，在世道大乱之日让我复生为一个盲者，免得面对义人而感到羞愧吧！”

---

① 指麦加的克尔白清真寺，伊斯兰教徒朝参的圣地。

② 阿布德-埃尔-卡杰尔（卡季尔），阿拉伯军事统帅、演说家、诗人。在1832—1847年领导了阿尔及利亚人民反抗法国殖民者的斗争。1847年被俘，囚禁在法国，直至1852年。然后，住在大马士革，从事神学研究。死于1883年。

曾经有过绣着金线的袍服、贵重钢材打制的弯刀、用巴格达披巾做成的头饰……然而，一切早已消逝——

皇宫的大门结起了重重蛛网，
阿夫拉齐阿巴塔上枭鸟夜啼……

过了半个小时，轮船又如一条大鱼一般沿着弯弯曲曲的博斯普鲁斯海峡缓缓游弋，两岸重山叠嶂，一片青翠，处处是盛开的花朵和墓地的柏树林，是公园、大理石宫殿和别墅，是城堡的遗址和密密层层地聚集在废墟和绿荫之间的土耳其木头小屋……朽败、荒凉——对一个经由博斯普鲁斯海峡进入土耳其的人来说，这些词语听起来是多么奇怪！朽败——怎么会有如此壮观的鲁梅利堡遗址，它那带雉堞的要塞，以及从欧洲直望亚洲，直望安纳托利堡[①]那红彤彤的废墟的古塔，从那里大流士本人曾经架起通到欧洲的桥梁[②]。荒凉——怎么会有如此豪华的苏丹别墅，其门槛直接浸在海峡的碧水之中，怎么会有连绵的花园和村落，有梣木制的快艇，漆得油光锃亮，铺起丝绒毯子，上面躺着头戴非斯卡帽[③]的爱

① 鲁梅利堡和安纳托利堡是土耳其人在十五世纪所建的军事要塞，地处欧亚两岸，隔博斯普鲁斯海峡相望，地势十分险要。

② 波斯国王大流士一世（公元前 522—前 486）约在公元前 514 年率军进攻腓尼基人，并架设浮桥，强渡博斯普鲁斯海峡。

③ 流行于某些亚非国家的一种帽子，平顶圆锥形，并带有穗子。

打扮的希腊人和长着忧郁而又漂亮的女性眼睛的土耳其军官，或者裹着七彩的布鲁斯薄绸的后宫女嫔……

天气变凉了，在海风的吹拂下，群山和丘陵呈现出一片紫色。博斯普鲁斯海峡逶迤而去，前方的山丘渐渐合拢——给人一种感觉，它们似乎在明镜般的浅蓝色湖面上航行。但不久，这些山丘又让出路来——伟大的城市慢慢地把我们接纳进自己的船队。左边，在小亚细亚山地起伏不平的海岸上，斯库塔里区的无数屋顶和窗户五光十色地掩映在一大片花园里。右边，在欧洲部分，沿着高高的山坡，加拉塔商业区的房屋鳞次栉比，往上排列，而在上方如一根巨大的圆柱似的矗立着热那亚式的基督塔①。前方，在夕照中出现了世上独一无二的伊斯坦布尔城的剪影，苏丹清真寺那尖如标枪的高塔和半球形的屋顶高耸其上……在夕阳余晖的沐浴下，在许多海轮、双桅帆船、平底货船和小艇的簇拥中， 在围住我们高高的船舷、漂满垃圾的绿油油的海水里，在戴着非斯卡帽、头巾和呢帽的人发出的嘈杂声里，我们的船再次把锚抛了下来。周围那些正在离去的海轮呜呜地鸣着汽笛，明轮邮船也用三度音吼叫着，架在金角湾上的那座苏丹—瓦里坦木桥②在马蹄的敲击下嗡嗡作响，还有鞭子抽打的噼啪声，以及麇集

① 基督塔是加拉塔城墙（建于六世纪）上最高的塔楼，约有四十米高，是由热那亚工匠于十四世纪加建的。

② 又称“新桥”，是跨过金角湾，把伊斯坦布尔新旧城区联结起来的两座桥中的一座。

在加拉塔区滨海街上的人群中那些运水工人的吆喝声……从那边的货物仓库里，来自殖民地的商品散发出一股梵尼兰和蒲席的诱人的芬芳，从轮船上传来了松脂、椰子以及正在往货舱内洒落的谷粒的香味，而从被螺旋桨和船橹搅扰的水面上则透出了一股鲜黄瓜的清新气息……此时，太阳渐渐落到伊斯坦布尔城的后面——斯库塔里区众多的窗户上闪现出火红的光斑，大墓地的柏树林给染成一片绛红，海港上方那烟雾腾腾的灰蓝的天空也渗入了一抹紫色，召唤祈祷的人那悲怆的声音悠扬回转，传向渐渐变成绿色的天穹……

在古老的伊斯兰圣城里，至今依然挑选一些盲人来承担晚间召唤祈祷——宣礼的职责，因为那些即将到来的夜晚的人生乐趣是不会惊扰他们的！而没有被造物主剥夺视物之福的人则在召唤祈祷的时候要闭上双目……那么，君士坦丁堡的召唤祈祷者是否也闭上双目呢？他们的嗓音依然流露出了沙漠古国的巨大悲哀。于是，我想起了用圆木搭建的瓦里坦桥上那滚滚的飞尘和破败的景象，以及在桥旁的黑乎乎的木头板棚……想起了伊斯坦布尔那些腐烂发黑的小房子，一堆堆废墟，宁静的咖啡馆和墓地……然后，我遥望着索非亚大教堂那敦实的圆顶，觉得它蕴涵着某种无法言传的古老的东西，就跟犹太教堂的圆顶一样……我在伊斯坦布尔岬角的岸上那个荒凉的谢拉尔花园[①]里

---

① 原为拜占庭宫苑，十九世纪初被土耳其苏丹废弃。1865 年伊斯坦布尔发生火灾，一部分灾民聚居于此。此后，这个地方便日趋荒凉。

看到了拜占庭帝国的古城墙和君士坦丁大帝行宫的遗址……

“索非亚大教堂雄峙在城市上空，犹如下碇的船一样！”人们曾经这样说。

现在，它却陷入地面，消失在众多的清真寺中间。从远处看去甚至并不高大。就是那座宫殿也并不显得雄伟。它用灰色的石块砌成，看起来既简单又粗糙，活像要塞的监狱，屋顶没有突出的部分，窗户很狭小，开凿得又很高……同周围的一切格格不入，甚至连索非亚教堂也和它一样，在这里、在伊斯坦布尔旧城中显得不协调！

太阳下了山，土耳其的钟表上现在是十二点——于是，我便跟土耳其妇女处于同样的境遇，要知道这里的规定是：日落之后，妇女不准走出家门，旅行者不准进城。我站在船舷边，俯视下方那条小船，船里坐着一些来自圣山的僧侣，他们守候着朝圣者，以便将客人接到加拉塔区的教堂宿舍去。此时，我突然发现其中有一个熟人，那是个向导——希腊人格拉西姆，便高兴地用俄语、希腊语和阿拉伯语招呼起来：

“格拉西姆！晚上好！卡里斯佩拉！梅萨-贝尔-哈伊尔！”

格拉西姆把眼镜往上抬，在人群中找我，一面不慌不忙地——他已经四十开外了——在摇晃中选择时机，一把抓住舷梯的栏杆。

我不需要向导，不过在晚上七点之后一个人是无法进城的。所以，格拉西姆马上履行起职责来。

他小心地将一把沉甸甸的黑色雨伞夹在腋下，这把伞是从不离身的，小心地脱下黑色呢帽，用印花布手帕擦拭留着银灰短发的大脑袋……戴着黑色呢帽也实在太热啦！可是，格拉西姆到船上来时总是戴着呢帽，穿着折领的棉布衬衫，系着一根破旧的黑领带，活像一只蝙蝠……

三

在斯库塔里这个自古以来亚洲所有骆驼队的歇宿地，在靠近一个半已圮坍的小清真寺旁边，有一个尘土飞扬的市场，周围全是一些咖啡馆，那里从浇着滚烫羊油的烤盘上散发出阵阵烟气，胖胖的主人缠着大头巾，穿着花花绿绿的长袍，那里也经常可以看到一大堆脏兮兮、灰扑扑的骆驼，以及缠着更大的头巾、穿着羊皮短上衣的赶骆驼人。在斯库塔里主要的街道上，有些咖啡馆比较清洁，在那里可以坐在罩着印花布的长沙发上，轻轻地抚摸小猫的后背，一只脚穿着鞋踏在地板上，另一只脚光穿着袜子搁在凳子上，一边品尝咖啡，一边奇思遐想，那可有多么惬意。在斯库塔里的小巷里有许多面包房、马具作坊，以及堆着用于熨烫非斯卡帽的铜帽楦的小铺子，也有许多整日在尘埃和驴粪中间游荡的癞皮狗；在温暖宜人的滨海早春的日子里，苍翠的悬铃木开了花，犹如一支支粉红色的小蜡烛。在花园古墙的后面，果树绽蕾吐艳，洁白似雪，光秃秃的黑荚紫荆也缀满了绛紫色花朵……

“赛略姆（您好）！”一些个子高大的老头儿坐在咖啡馆旁边的树阴下，他们缠着白色和绿色的头巾，身穿皮背心和镶着皮毛的长袍，谈吐温和得体。“赛略姆！”他们对走近来的人们说，一边用优美的手势轻轻地碰了碰前胸和额头，然后又默不作声地抽起水烟筒，静心观察起狗、旅游者、小步行走的裹着粉红色和黑色面巾的妇女，以及优哉游哉、大摇大摆地前进的骆驼队来。

我永远忘不了斯库塔里那种甜蜜的乡村式谧静，它的城墙、墓地、草木茂盛的花园、纵横交错的小巷，那里二层楼小房子装着栅栏的灰色窗户总是突出在行人小通道的上方。在这一大片被称为“斯库塔里”的荒凉花园里有多少个古老的大理石喷水池。过往的旅人在晶莹的水池中冲洗晒黑的双腿，并祈求上帝赐福于这清水，赐福于喷水池上方那棵亭亭如盖的大树在春天投下的淡淡阴影，赐福于蜜蜂在吐蕊怒放的桃花丛中所发出的催人恬睡的嗡嗡声！在这个荒凉的地方有多少座清真寺，圆顶上长起了青草，殿堂里栖居着鸽子！有多少墓地淹没在花园、清真寺和城墙之间，又有多少树干光秃裸露的柏树和雕花题金的白色墓柱掩映其间，并在那儿平和、温柔而又如此真挚感人地诉说着人生犹如春天一般的欢乐，犹如寒风一般的劫运，诉说着安乐之土的夜莺与玫瑰！

加拉塔可不是这样。难怪人们把加拉塔称为“欧洲的污水坑”，将它比作巴比伦、索多玛。

无数小艇停靠在因长年浸水而发黑的木桩边。我跟着格拉西姆跨过这些小艇，走上加拉塔的滨海街，把护照交给坐在海关的板棚里的土耳其官员，便进入加拉塔区，那时召唤祈祷的人的声音刚刚静息，按照伊斯兰教的教律一天已经结束，铺子应该关门了。

可是，加拉塔跟晚祷有什么关系！

滨海街上坑坑洼洼，尘土飞扬，一边堆满了画着五颜六色标记的巨大铁管，而另一边则全是闹哄哄的咖啡馆，里面已经灯火通明；操着各种语言的人群在街头熙来攘往，穿梭不绝。绿莹莹的天空还挺明亮，笼罩着伊斯坦布尔那阴暗而又清晰的东方式城区的轮廓，笼罩着钢蓝色的海水，以及金角湾里林立的桅杆。不过，在滨海街和碇泊场的上空已经飘浮着渐渐下沉的烟尘，呈现出一片暮色。在一艘艘船只的首尾相接之处，我看到了黑沉沉的斯库塔里山，上面撒满了像一群群金色的蜜蜂似的灯火。在渐渐变暗的碇泊场里，舰船上缀起千万颗宝石——大颗的翡翠、金刚钻和红宝石。滨海街附近所有的桅杆上都高高地挂起了苍白的桅顶灯，犹如一盏盏长明灯。不过，这已经是夜间休息时的灯火了。而在加拉塔区的住家、咖啡馆、出售烟草和水果的店铺、理发室那敞开的窗户和大门里闪耀的却完全是另一种灯光。在那里，这种灯火有许许多多；玩着骨牌和跳棋，喝着威士忌、乳香酒、咖啡和矿泉水，并用自己的方凳、水烟筒和小桌子占据了滨海街一半路面的人又有许许多多！由于拥挤，由于交杂着鲜花、灰尘、雪茄烟和街头厨师用来炒咖啡豆、烤制糕饼的炉子的气味，空气显得炎热而又窒闷。从房子二楼照亮的窗户里传出了留声机和弹奏蹩脚钢琴的声音。在滨海街的人流中响起了运水工人声嘶力竭的男低音，擦鞋匠和报贩子嘹亮的男中音，希腊糖果点心商柔美的男高音，还有头戴非斯卡帽、身穿灰扑扑上衣的又瘦又黑的马车夫抽打鞭子的噼啪声。聚光灯轻巧地大幅度转换光柱的方向，使其不时地掠过人们的脸庞和五颜六色的衣服。从郊外旅游回来的明轮邮船一艘又一艘地疾驰而过，它们满载着喧闹的客人……

四

我是在加拉塔区滨海街附近的一个圣山教堂宿舍里过夜的。

夜深的时候，我离开滨海街，走到几幢高楼之间的狭窄通道里。

上面几层楼的窗户里还亮着灯火，但下面几层的店铺和货仓早已关了门，通道里一片漆黑，只有几盏小灯挨着地面若隐若现地移动，那是一些乞丐在街头的垃圾堆里拣面包皮、烟蒂、白铁罐头、装橄榄油的空瓶。走在街上，你会不时发现几条横卧的狗，遇上用铁棍响亮地敲击着路面的更夫，瞥见点燃的雪茄烟的火花，听到从旁边一闪而过的水手们和其他夜游者的谈话。从灯火通明的窗户里也传出一阵阵谈笑声或者手摇风琴夹着铃铛的跳跳蹦蹦的乐声……不过，教堂宿舍里却是宁静而又幽暗。

在沉重的半圆形大门后面，看门人睡在凉爽的穿堂里。他不慌不忙地打开门——于是，我被一团黑暗包围了起来，还闻到一股潮湿发霉的气味。

这股气味也散发到回音很响的石头走廊里。一位年轻的修士沿着这些走廊在我的前边跑着，一手举着蜡烛，他脚下是双庄稼汉穿的靴子，身上是件黑色内长衣，头戴一顶黑色编结便帽，长着一脸麻子，蓝眼睛显得挺机灵，动作既殷勤又有点匆忙。

宽绰的客房经过油漆，显得挺干净，床上铺着粗布被褥，不过都是新换上的。我赶快脱下衣服，吹熄蜡烛躺下。街上传来的阵阵呼喊声、更夫的打更声、窗下经过的行人的谈话声，以及随着铃铛的节拍跳跃、既热情奔放又凄婉动人的断断续续的东方音乐声。这些声音混合交杂，伴我渐入梦乡。

大清早，我便起了床。那吹进窗内的清新的海风和教堂宿舍顶楼的钟声早早把我弄醒了。我在穿衣服时望见窗外房屋的后面飘着许多舰船的旗帜，而在窗下则是一条狭窄的街道，还是湿漉漉的，处在凉爽的阴影之中，但已经挤满了戴着乡下羊皮帽子的赶牲口的人和一群群驴子，驴背上摇摇晃晃地驮着箩筐，里面装着木柴、蔬菜和奶酪……感谢上帝，是个大晴天——我又能在阳光明媚的春天的早晨看到索非亚大教堂啦！

格拉西姆站在教堂宿舍的外边，心不在焉地同几个修士交谈着，并且按照南方人的习惯，不时地耸耸肩膀。今天，他戴着一顶有遮檐、带扣子的旧便帽，不过那柄从不打开的雨伞依然不离手。

我们微笑着打了个招呼，便出发了。

从窗子里冒出一股用橄榄油煎鱼的腥臭味，还有污水直泼到街上，并传来希腊女人像念绕口令一般的骂街声。有个衣衫褴褛的白痴，歪戴着两顶叠起的破帽子，飞快地从我的身旁跑过，直冲到一群癞皮黄狗中间，从它们那儿抢来一只臭鸡蛋，一边贪婪地吞食，一边用长翳的红眼睛怪异地斜视着过往的行人。一大群骚动不安的黑绵羊用蹄子踩着碎步，在牧羊人焦急的吆喝下，磕磕碰碰地往前走；一匹瘦马也夹在中间，马背上用绳子捆着一个木鞍，鞍上坐着一个脸庞给太阳晒成紫褐色的土耳其老头。这老头长着一对招风耳，缠着头巾，身穿羊皮上衣，敞开的胸口露出灰白色的鬈毛。在他的后面有个赤着双足的运水工人，背着湿漉漉的皮水袋，一边高声呼喊一边赶路。接着，是一队样子若有所思的长耳朵小毛驴，驮着装满垃圾和砖瓦的箩筐；一个亚美尼亚搬运工人低弯着腰，沉重而又急促地迈着小步，他肩扛一只带镜子的大柜，由于镜子的反射，路边的房子上不时地闪现出阳光的斑点。两个胖乎乎的土耳其女人踩着法国高跟鞋在一瘸一瘸地行走，她们的头裹在染成干枯的玫瑰花颜色的面纱里。

“她们的脸，”我想起了《古兰经》中的词句，“犹如珍藏在沙漠中的鸵卵。”

不过，若是看到她们偶尔揭起面纱，我便确信，萨迪说得对：

“不是每一只蚌壳都藏有珍珠。”

但是，却能发现不少英俊、聪颖和刚毅的男性脸庞，特别是来自外省、来自沿海一带的普通土耳其人！还有无数双自尊而又和蔼可亲的眼睛！

滨海街附近的这些高大楼房之间的小巷与热那亚、马赛等港口的小巷很相似。“来这儿，来这儿！”格拉西姆说，他已是第十次转过街角了。接着，又能闻到一股梵尼兰、蒲席的芬芳，以及碧水中散发出来的那种像新鲜西瓜的清香气息——耀眼的太阳、蓝幽幽的港湾空间、白海鸥的翅膀、帆船的桅杆、黑底上绘着彩色条纹的烟囱、斯库塔里岸边那座雪白的列安德拉塔[①]……一下子全映入我的眼帘。马车夫又

① 或称“少女塔”，位于斯库塔里区海岸，同谢拉尔海岬相望，由土耳其人于十五世纪在拜占庭古塔的遗址上建起。

把鞭子抽得噼啪响，快速流动的人群中又传出了肩扛满装粉红色饮料的瓦罐的运水工人的叫唤声、报贩子、出售小面包圈和浸透胡桃油甜得发腻的希腊烤饼的商人的叫卖声……我刚刚在咖啡馆旁边那给太阳晒得热乎乎的小方凳上坐定，一个只穿一件蓝色女衬衫的黑不溜秋的小阿拉伯人便已经拉着我的靴子，要我坐到那只给金箔、白铁和铜钉装饰得五光十色的长凳上去。

“走开！”我生气地说。

这时，在我的头顶上方响起了震耳欲聋的男低音。

“哈佐——奥斯！”他一边叫一边走开去。

在我右边，有一位英俊的土耳其军官，戴着深红色非斯卡帽子，穿着簇新的蓝制服，胸前佩着一枚亮闪闪的铜制半月章，脸上挂着谦逊的微笑；而坐在左边的一个身穿白长袍、头缠白头巾的肤色黑黑的老头，在塌鼻头上架起一副黄绿色大眼镜，光光的上嘴唇留有紫色的伤疤，神气活现地仰起头，表情却是冷漠呆滞的，正吸着水烟筒。

我听从了那个小阿拉伯人的指挥。

在这个晴热的早晨，一切都很出色：闪光的靴子，军官的新制服，以及年轻的侍应生迅速放到我面前的一杯清水，里面还插着一株玫瑰。

有个和蔼的土耳其人把篮子直接放在马路上，自己蹲在旁边；我们从他那里买了一些发出甜丝丝香气的黄花，便混在拥挤的人群中，穿过随着马蹄声颤抖的瓦里坦木桥，往伊斯坦布尔走去。

天气渐渐热起来了，擦净的靴子沾上了灰尘，透过桥上的缝隙可以看到亮闪闪的碧波，而伊斯坦布尔山上的花园里正是万木竞秀，青翠葱茏；邮船喧闹着驶离桥头，将一团团温热的白烟留给了奔走的人群……又是一场化装舞会，不过比昨天更有节日气氛，更加色彩缤纷！维也纳的礼服同红褐色的驼毛外套，巴拿马草帽同毛皮高帽，浅色眼睛的英国人同脸色红中透青的贝都因人[①]，身穿绣金线的白色羊毛套装、佩着武器的高个子山民同瘦小孱弱的波兰犹太人，穿着褐色长袍的圣方济各派修士同黑人，卡尔美里特修女同身穿紫色短上衣、一根辫子直拖到脚跟的中国人……全都相安无事地混杂在这化装舞会的行列之中。大家都从苏丹—瓦里坦木桥朝着加拉塔区人口最为稠密的地方流动——朝着滨海街的街角，朝着交易所和街头银钱兑换商的一张张小桌子，然后再由交易所折回到苏丹—瓦里坦木桥，那里停着铁轮马车的车厢，那里总是挤满了出租马车，和各种各样的人，有货郎、卖花人、乞丐，还有坐在马路上的半裸身子的麻风病人，那里总是挤满了市场货摊，摊头堆着地毯、武器、铜制器皿、奶酪、蔬菜、番红花、马具、水果和鞋子——几百捆

---

① 游牧的阿拉伯人。

紫色的、亮黄色的、黑色的和橄榄绿色的鞋子挂在墙头，犹如用绳子串起来的干鱼。

清真寺墙脚的小广场上，总是那么阴凉、湿润，过往行人蹲在清真寺正门口的喷水池旁边，挤在一群脏兮兮的短毛黄狗中间，匆忙而又神秘地完成洗礼。在远处的咖啡馆旁边和旧城墙后面露出了亮绿色的树木。我们沿着街道，往左边缓缓地上山去，周围变得越来越安静，人也越来越稀少。至于在谢拉尔故宫高大的门口，在通往长满青草、留有白色的希腊式立柱、雕像和墓碑残块的荒芜的花园，以及院子的入口处则已经是空无一人了。

格拉西姆朝我瞟了一眼，神秘地低声说道：

“你看，你看，还有十字架呢！”

谢拉尔花园里有一道内墙，护卫着后宫内室，欧洲人是不准进去的；内墙里边，在阉奴的监护之下，曾生活着一群犹如盛开的鲜花一般娇艳的绝色女郎；按照古代的惯例，土耳其人每年都要向其君王进贡这样的佳丽。这群隐居女郎的无形存在给谢拉尔花园增添了春光，在那里如茵的绿草冲破了古老的土地，鲜红的罂粟花闪烁在大理石的断垣残壁之间，古老的博物馆[①]附近的沟壑里，小树林也开出了粉红色的花朵，博物馆的建筑物是用天蓝色的陶瓷镶面

① 指的是位于所谓“琉璃亭”（建于十五世纪）中的古物博物馆。

的，被火热的太阳晒暖，接受着松柏树脂的清香的熏陶。我生存的这个世界，现在正处在春天的早晨。此处一片宁静，有婀娜多姿的树影，有鸟儿的声声啼鸣，还曾有藏匿在宫墙后面的少女。我往宫室的大门内，往大门那头两旁栽着悬铃木的林荫道张望着，一边走到灼热的阳光下，走进雅内恰尔[①]庭院。那棵多窟窿的雅内恰尔梧桐古树沉睡在阳光里，旁边是那座有着千年历史的圣伊琳娜礼拜堂[②]，礼拜堂早已破落不堪，现在已改为旧兵器库房。我们绕过圣伊琳娜礼拜堂，出了谢拉尔花园的另一扇大门，走向海岬的陡岸，这时一股来自大海的犹如冰雪一般清新的气息朝我们袭来。起伏不停的普罗庞蒂斯海正沉浸在亮闪闪的阳光和金蓝色的烟霭之中，普林茨群岛和遮掩着地平线的小亚细亚山脉的剪影像海市蜃楼一般出现在眼前——在那边的天空中隐隐约约地显露出一块纹丝不动的东西，像是一片静止的云。

“奥林波斯山[③]！”格拉西姆说。

我把双筒海军望远镜瞄准着——看清楚了奥林波斯山那亮晶晶的空旷的雪顶，以及在早晨布满紫色阴影的峡谷，觉得从那里传来了一股冬天的寒意。

---

① “雅内恰尔”意为“精兵”，即土耳其苏丹的御林军，雅内恰尔庭院是他们集合之地。

② 始建于四世纪，重建于八世纪。

③ 现名乌卢山，海拔约二千五百米，位于土耳其亚洲部分的西北面。

而当我转过身来时，便见识到在明朗的蓝天之下那带有红色条纹的淡黄色索非亚大教堂的雄姿。这座庞然大物从巨形石头支柱和附属建筑物中突兀而起，在它们的上方，围着一圈石头窗户，笼罩着人间的一大奇迹——古老而又敦实、原始而又质朴、巨大而又轻巧、世上独一无二的圆形屋顶。有四名“卫士”守护着这一庞然大物，并在其深处隐藏着艺术杰作和奇珍异宝。这四名卫士就是四座白色清真寺塔，它们犹如四支巨形标枪从每一个角落直刺蓝天。

“从哪儿可以进去？”我说。

恐怕我又要找不到门槛了。不过，格拉西姆已经朝一条狭窄的小巷走去，那里在阳光下散发出一股晒干的垃圾气味，随后又转到另一条小巷，我们沿着铺了石头的缓坡，走到旁侧的教堂入口，那里挂着沉重的用水牛皮制成的门幔。这真是极为原始，但又是多么美妙！我也喜欢在进门时换上便鞋的习俗，要知道从前，人们在进入圣地时，便是这样把沾着灰尘的凉鞋留在门外的……

还在三重正门里，我便感受到神庙的幽暗、阴凉和气势恢宏。当我跨进殿堂时，只觉得它无比宽敞、无比高大，那些祈祷者的身形全像是侏儒——他们坐在开阔的大理石地板上，地板经过地震之后有点高低不平，现在已铺满了滑溜溜的、闪着金光的芦席。屋顶上有六十扇窗子，我永远也忘不了那令人欣喜的阳光，它们如一根根柱子一般透过这个像倒扣的碗似的圆屋顶投射到教堂的中央。四周笼罩着一片明朗、安谧、不受世事惊扰的寂静，只有圆屋顶上鸽子的扑打翅膀所发出的啪啪声和嘟哨声，以及祈祷者们那种忧郁而又深沉的、声调和谐的呼告。正是这种像音乐一般久久地回响并消失在教堂的空间和上方，回响并消失在嵌着许多用作扩音器的空瓮的古老墙壁之间的呼告，才时而打破这种静谧。这些可爱的鸽子，以及它们从高处掉到席子上的含有石灰的粪是多么原始啊。用铁链低低地悬挂在席子上方的铁制巨型吊灯又是多么原始和质朴啊。宽大的墙面上的油彩，拱门上渐渐剥落褪色的金饰又显得多么壮丽和阴郁。从暗红、浑绿和金青色的柱子上散发出庙堂的气息。透过土耳其人抹的白色涂料，呆板的拜占庭镶嵌画影影绰绰地显现了出来，它们也充满了庙堂的神秘气息。默示录中的六翼天使的脸庞隐隐约约地出现在侧面拱顶的角落里，样子挺可怕。在祭坛墙壁的拐角凸面上的那些圣徒的样子又显得多么严厉。高踞在他们之上的救世主，这个圣殿的千年之主的形象却恐怖吓人，据说，每年都用涂料想把它抹掉，可是每年都能透过涂料显露出来……

我默默地徘徊在这高大、宽敞的空间，觉得自己也是一个侏儒。在我的头顶上是透亮的圆屋顶，火热的太阳把金色的光束从屋顶直投到我身上。而在左右两边是两层上敞廊。

沿着平缓的石梯，可以有两辆马车并排从柱廊的入口直驶到那里。两辆马车也可以在沉重的上敞廊上错开而行，虽说那里的大理石石板由于地震而有些歪斜。两层拱廊和立柱竟然轻而易举地承受着这种重负！

我不知道旅行者中有谁会不责备土耳其人，因为他们把神殿弄得光秃秃的，剥夺了它的雕塑、绘画和镶嵌图案。不过，土耳其人的质朴、索非亚教堂赤裸裸的样子倒使我回想起诞生在沙漠之中的伊斯兰教的肇端。祈祷者们光着双脚，怀着原始的、质朴的心情来到这里——无论是谁，无论何时都可以进来，因为清真寺的大门在任何时候，对任何人都是敞开的。在这座透光和肃静的神殿里，他们怀着古人的虔信态度，仰脸望着苍天，高举起张开的手掌，向上帝祈祷：

> 奉至仁至慈的真主之名！
> 一切赞颂，全归真主，全世界的主！
> 至仁至慈的主，报应日的主！[①]

但是，真主是伟大而不可揣测的——于是，人们恭顺地把双手垂在身躯两侧，把头低垂在胸前。然后，更加恭顺地

---

① 《古兰经》第一章的开头几句。

让双手接受真主的束缚，移到胸下握在一起，接着迅速而又无声地跪下双膝，让前额触到尘土。来自世界各地的人们在叩头礼拜时所发出的神秘的祷告和赞颂总是飞向一个地方：飞向圣城，飞向以实玛利和夏甲[①]的旷野中那块在《旧约》中提到的石头……

我们在立柱后面的两旁通道里漫步，鞋子轻轻地磨擦着光滑的芦席。然后，又走到柱廊入口处那更加光滑的大理石地板上，那里有九扇巨大而又沉重的青铜铸的大门并排在一起，上面还保留着拜占庭时期的十字架浮雕。然后，我们踏着宽阔、平缓的梯级走到上敞廊，再次居高临下，头晕目眩地俯视着神殿犹如深渊一般的底部，以及处在我的下方，坐在地板上，接受来自屋顶的宽阔光柱照射的那些小小的人形。而从敞开的窗户那古老的墙洞里，温暖的阳光和冰雪一般清新的气息朝我扑面而来。我走到窗洞跟前——和风吹拂着我的脸，一只粉红色的小鸽子正飞离窗台，直冲春天辽阔的碧空……于是，在我的眼前又浮现出碧波翻滚的马尔马拉海，金光耀眼的太阳，连绵山峰的灰紫色剪影，以及小亚细亚半岛上奥林波斯山顶那朵静止不动的白云……

---

① 圣城即麦加。据《圣经》和阿拉伯的传说，以实玛利是阿拉伯人的始祖，其母夏甲是亚伯拉罕之妾。母子俩被驱之后在沙漠中迷了路，为上帝所救。相传，夏甲为儿子找水而七次绕行的两座山丘就在克尔白石头的旁边。现今已成为朝圣者参拜之地。

五

当我们离开索非亚大教堂时，见到教堂的大理石台阶上躺着一个来自农村的乞丐。他身穿破旧的羊皮袄，脸色黑褐，长着两只招风大耳朵，眼睛黯然无神，活像木乃伊。

“给个小钱吧！”他一边用老年人那种心灰意懒的声音哀求着，一边用右手犹犹豫豫地碰了下心口、嘴唇和额头。

而他的左手拿着一个木制的小碗，装着些米饭——这样，请求施舍的声音让人听起来便不那么迫切了。那意思就是：真主已经赐给他一天的食物，他再也不需要别的什么了。

我们出了院子，往阿特梅丹[①]走去，那里坐落着闻名世界的拜占庭跑马场。在阿特梅丹的左端矗立着苏丹兴建的一座最为富丽堂皇的清真寺，即气势磅礴、洁白耀眼的艾哈迈迪清真寺，四面环拱着悬铃木树和六座高塔。可是，上帝啊，在广场的其他几个方位是些什么啊！摇摇欲坠的用圆木搭建的瓦顶小屋、破旧的咖啡馆、半已枯死的槐树。此时的

① 伊斯坦布尔的一个广场，原为拜占庭帝国的跑马场。

跑马场上是空荡荡的，满是尘土，在用栅栏围起来的泥坑里凄凄凉凉地竖立着伟大的古代留下来的三座纪念碑：当年曾经在赫利奥波利斯守卫着太阳神庙大门的那座粉红色大理石方尖碑①、粗糙的君士坦丁皇家石柱②和颜色发绿的青铜蛇柱——那是交缠在一起，尾部挺立起来的三条蛇："德尔斐神殿的荣誉"③。

我们在返回加拉塔时所走的那条伊斯坦布尔的大街景色挺可爱，带有南方的情调：阳光充足，槐树成行，还有许多土耳其小酒店，那里干净的大理石小桌子、桌上的鲜花，以及系着白围裙戴着非斯卡帽、服务热情周到的店主人……这一切令人感到愉快。甚至苏丹马哈穆德④墓上的纪念建筑——一座用高高的栏杆同人行道隔开，受到几棵百年古树庇荫的大亭子也令人感到愉快。

"做苏丹的，样样都好！"格拉西姆笑着叹了口气。

然后，我们进入纵横交错、气味难闻的小巷，由于天气

---

① 这一方尖碑是古埃及法老吐特莫斯三世于公元前十八世纪所立，高约二十五米，后被罗马人运出埃及，于四世纪末竖在饰有浮雕和题词的底座上，以纪念费奥多西一世皇帝。

② 此石柱为一由砂岩砌成的方尖碑，高约三十二米，原饰有镀金的青铜浮雕。十三世纪时，东征的十字军战士将金饰全部剥尽。

③ 青铜蛇柱本是古希腊各城邦于公元前 479 年为庆祝对波斯人的战争的胜利而献给德尔斐太阳神阿波罗神殿的三脚供桌的托架，被拜占庭皇帝君士坦丁在四世纪运到君士坦丁堡。

④ 苏丹马哈穆德二世死于 1839 年。其陵墓没有建在清真寺旁，而是直接建在路边。

闷热，那里拥挤的人群显得更加杂乱和喧闹。唯一可取的是巴亚泽特鸽子清真寺①和恰尔沙大市场②的室内商铺就在这条路上！

清真寺的院子因其保持古风而颇具魅力。四周是一圈透光的毛里塔尼亚式拱廊，中间有一注喷泉，还有许多悬铃木树和歇息的朝圣者、乞丐，还有数千只鸽子，而周围是一个出售念珠的大市场，坐在地毯上经商的全是一些缠着头巾、干瘦如猴、年逾古稀的老人。许多游客在那里买了些黍米，往空中一撒——整个院子顿时变得热闹起来，只听见唿哨声、无数翅膀的扑打声响成一片，孩子们雀跃着用各种调子高叫：

“给个小钱！给个小钱！”

在恰尔沙市场那犹如迷宫一般的室内商铺里也是一片叫喊声——用土耳其语、亚美尼亚语、希腊语、法语——还有人拉住你的手，邀你进铺去，不过，在这些充溢着香料的芬芳，似乎容纳了东方市场一切货物的带拱门的走廊里倒是保持着清凉，给人带来快意。

看来，世界上没有一个地方如加拉塔那样人声喧腾，色彩缤纷！

---

① 巴亚泽特清真寺建于十六世纪初，以建筑风格的朴实和谐、内部装饰的华丽而著称。相传，兴建该清真寺的苏丹从一个穷寡妇那儿买了两只鸽子，养于该寺，结果繁殖了一大群。为此，人们称这一清真寺为“鸽子清真寺”。

② 从拜占庭时期便已存在的大商场，里面有几十条街道，几千个铺位。

通到山里、往彼拉区[1]方向去的那条街已经洒过水，可是路上的尘土洒水之后又给烤热，这只会使空气变得更加闷热。商店橱窗上方的白色遮阳布帘十分醒目，红色的布幅——画着新月和阿拉伯文字的商号幌子也十分醒目……在两排房子之间形成的走廊和人群的上方那爿条带状的蓝天也亮得耀眼……看在仁慈的上帝分上，总不至于让骆驼跑到这条通往欧洲的彼拉区街上吧！可是不行，身穿短短的蓝制服、头戴非斯卡帽的阿拉伯人警察，眼看着这个驼背的庞然大物跟着赤脚的向导在人群里踱方步，却不闻不问。

不过，在基督塔的门洞里是多么凉快啊！

闻够了街道市场的霉臭气，闻够了平民百姓的小酒店和面包房的油烟味，新鲜蔬菜和柠檬的气息就显得香甜极了。正是这个道理，在经受了加拉塔区的闷热之后，洁净的海洋空气更加显得香甜。我们紧靠着塔里的墙壁，在黑暗中拾级而上，到达圆形的塔楼——走上缓缓倾斜的石头凉台，凉台是呈环形围住塔楼的，还装着铁栅栏。我居高俯瞰下方，不禁感到有点头晕，然而整个国家，整个布满着城市、海洋和神秘的小亚细亚山脉的国家，整个处在“胡马伊鸟的影子”之下的国家一望无际地便展现在眼前。

有谁知道胡马伊鸟是什么呢？萨迪是这样谈到它的：

---

① 伊斯坦布尔欧洲部分的一个区，是新城的商务中心。

“即便世上没有胡马伊鸟，也不会有人渴望在枭鸟的影子下栖身！”

评述萨迪诗歌的人解释说，这是一种传说中的神鸟，谁处在它的影子之下，谁便能得到王权和永生。

诗歌归诗歌，奇迹归奇迹，反正希腊的编年史作者把君士坦丁的城市称为全球的首都。全世界的传说都把它的诞生解释为出于天意。有则故事说，宙斯的鹰把祭祀的公牛的一颗心脏掉落在拜占庭的土地上。另一则故事说，缔造者建城是由于受到了十字架的启示，那个十字架出现在斯库塔里山冈的云端，出现“在水路和商队的陆路交汇之处”。不过，东方的诗人说得也不错：“胡马伊鸟在这里投下了影子。”

就在这座塔的旁边，离我两步之遥，游方的德尔维什[①]们现在还在举行紧张而又充满激情的宗教仪式。

他们的修道院现在已经消隐在欧洲式的高楼大厦之中。几年前，也是在这样一个春天的炎热日子里，格拉西姆把我领到石头院墙里，我们同其他“法朗基人”[②]一起走进一个小小的石头院子。

我记得院子中央有一注喷泉和一棵绿荫如盖的老树，右边是游方僧团团长——修道院住持们的陵墓，左边是一排破旧的瓦顶木房，里面有许多单间小室，而面对入口的是一座

① 伊斯兰教的苦行僧。

② 穆斯林对“欧洲人”的称呼。

用木头建筑的清真寺。

我们交了几枚硬币，便获准进入一个八角形的高大厅堂，这厅堂的三面围着上敞廊，并且只用《古兰经》的经文来装饰。

在正门上方的上敞廊里坐着许多乐师，有的手持长笛，有的拿着鼓，两边坐的全是观众。

当人声静息下来时，住持走了进来，跟在后面的还有二十几位德尔维什，一律光着双脚，身穿棕色长袍，头戴圆锥形毡帽，低垂双眉，两手恭顺地交叉在胸前。

住持面对正门，靠墙坐下，德尔维什们则分成两排，面对面地坐在两旁。

住持开始祈祷，慢慢地提高嗓门，声音凄切、严厉而又忧伤，突然，在充满激情的调子升到最高的一刹那，笛子一齐伴奏起来，而同时，德尔维什们也充满激情地用手掌拍击地板，呼喊着称颂真主的赞词，再把身子往后一仰，又拍击起来。

蓦地，大家凝然不动，站起身来，然后把手交叉在胸前，鱼贯地跟在住持后面绕着大厅走，一边转动身子，同旁边的人相互深深地鞠躬致意。

致礼完毕，便快速脱下长袍，只穿着白色围裙和袖子又长又宽的白色短上衣——然后旋转着舞蹈起来；长笛奏出尖利的乐音，鼓声咚咚直响——德尔维什们边鞠躬边走到住持跟前，又像皮球一样从他那儿跳开去，然后叉开双手，像陀螺一般在大厅里旋转。

不久，白色的旋风便席卷整个大厅，一双双手叉开着，围裙像钟一般鼓了起来。

随着长笛的音调越升越高，凄婉的倾诉已经变得迷醉而狂喜，呈十字架形的白色旋风在大厅里飞舞得越来越快，侧向一边的一张张脸孔变得越来越苍白，围裙鼓胀得越来越紧，而住持顿脚也越来越急促：可怕而又最为快乐的时刻，“消失在真主与永恒之中”的时刻到来了……

现在，在基督之塔上，我产生了某种同德尔维什相似的感受。强劲的和风在我身后的塔楼里呼啸，空间仿佛在我的下方漂浮，朦胧的、幽蓝的远方把人引向无穷的境界……围绕着住持的这一阵旋风正是在那里，在远方诞生的，这包括在印度教徒的仪式之中，在拜火教徒的圣礼之中，在有着神秘语言的苏菲教派[1]的“熔化”和“沉醉”之中，后者把美酒和醉意理解为对神的迷醉。于是，我又不由得想起了“将一生用于洞察世界之美”的萨迪的话语。

“你有朝一日走过诗人的墓地，请记住他的那些好处：

‘他把心献给大地，尽管像风一般在世间漂泊，这风在

① 伊斯兰教中一个神秘的流派，反对官方繁缛的宗教仪式。最早出现于八世纪，在十一至十二世纪形成一种学说。在伊朗、印度、中亚和外高加索各国广为流行。

诗人死后把他心中花圃的芬芳传遍宇宙!

‘因为他登上了观照的高塔，听到了令人快乐的世界的音乐。

‘全世界都充溢着这种快乐，都在欢欣鼓舞——难道唯有我们不去品尝它的美酒?

‘沉醉的骆驼更容易驮起重负。一听到阿拉伯的歌声，它便满怀欣喜。那么，该如何称呼一个对此种喜悦无动于衷的人呢?

‘他是干枯的劈柴，是蠢驴。’”

（1907）

众神之海

一

起锚时，有几个年轻的法国人加入到上甲板的人群里。我只顾注意他们，结果没有发觉，伊斯坦布尔的民房和教堂圆顶已经往后退去。

海豚在闪亮的像大理石一般的蓝色水面上浮行，露着尾鳍，激起一个个黑色的圈圈。早晨的水汽渐渐消融在光与热之中，不过远处依然弥漫着沉沉雾霭。

过了海岬，有一艘载满戴非斯卡帽的旅客的明轮邮船横穿航道，一闪而过，送来了一团热烘烘的烟气。君士坦丁行宫的古墙和花木茂盛的谢拉尔花园在阳光的沐浴下沉睡。山谷里盘根错结的紫荆树开着红花。索非亚教堂那些淡粉红色的高塔直指蓝天……

谢拉尔花园的后边是蜿蜒向前的费奥多西亚城墙和亡人地密匝匝的柏树林……城墙尽头是七塔堡的废墟……接着，

伊斯坦布尔那灰紫色的轮廓开始缩小，渐渐消失。右边，在平坦的海岸上耸起了一堵像浮石一般灰白色的峭壁。而在左边，在轻雾之中显露出一抹浅蓝的普林茨群岛，再往前是更加迷蒙的亚细亚山脉，那边越来越开阔地展现出一片海湾，在早晨的水汽中泛着银波。在它一望无际的水面上悬挂着几缕轻烟，它们来自看不见的轮船……

下层甲板上堆满了运往比雷埃夫斯和亚历山大港的货物，那里聚集着非斯卡帽和驼毛短上衣，和蔼、腼腆的笑容和洁白闪光的牙齿，棕色的眼睛和喉音很重的说话声。女人们裹得严严实实地坐在地毯上，活像白色的蚕茧。朝圣过的哈吉们缠着头巾，穿着长袍，若有所思地拨弄着念珠。希腊人就像不太安分的意大利人那样，又是唱歌，又是喝乳香酒，又是起劲地争论，又是打骨牌。一个留着长鬈发的白胡子犹太人身穿柳斯特林绒大衣，将一顶挺括的黑呢帽戴在脑后，扬起眉毛，一个人坐在货舱顶上用他特有的方式吃橄榄和啃白面包。在过道里闻到一股厨房的油烟气，以及正在运转的机器从钢铁内腹散发出的热气，穿白衣的厨师提着泔水桶跑来跑去。不过，甲板上却是那么清洁、宽敞，阳光普照。

望着左舷下方那一片耀眼的闪光时，该把制帽拉得半遮住眼睛。在这片闪光的后面展现出了波平如镜的基安海湾，它似乎倾斜着滑向远方，滑向隐约可见的亚细亚。在离我们一海里或半海里开外的地方，过去了几艘意大利和希腊的货轮，那些船的船舷压得很低，桅杆光秃秃的。一些帆船散布在整个海面，正在缓慢、整齐而平稳地驶向伊斯坦布尔。有艘双桅帆船离我们太近，被轮船激起的波浪弄得我们的船全身摇晃，倾斜一侧，船帆的白光闪耀着，把我们的眼睛都照花了。在船帆银色的影子下面，有个晒得黑黑的穿条纹衫的男人在奔跑。而双桅帆船下面的水就像透明的绿水晶一般，清澈见底。

后甲板上堆满了一捆捆压紧的干草。水手们在其上方拉起了帆布遮阳。中午将近，在干草之间的过道里已经散发出热烘烘、甜丝丝的草原气息。

进早餐时，饭厅的舷窗全部打开。左舷下方的水波与阳光交相辉映，在低低的白色天花板上反照出了一条条银蛇。

近两点时，左方出现了一片蓝色，那是些多石的海岸，在古代被称为弗里吉亚。荒凉的，稍稍有些隆起的马尔马拉岛也从近旁移了过去；看到它那些闪现在水面上方的悬崖，那些掩盖着山脊、斜坡的灰绿色草木，那些散落在某块凹地中，犹如白点似的村落，觉得挺有趣。

傍晚时分，加利波利城也从近旁漂了过去，它在右边空旷的陡岸上泛出了一片黄色。

黑夜，在灯光不断地照耀下，达达尼尔海峡小心翼翼地把我们放行。

二

特洛伊、斯卡曼特[1]和阿喀琉斯[2]山冈——这些名字听起来已经相当美妙！这个夜晚，斯卡曼特平原笼罩在蒙蒙轻雾和忧郁的月光之中，呈现一片银白。我只是模模糊糊地看到它……但这已经是希腊的气息了。

在我的船舱里，挂在打开的舷窗上的樱桃色窗帘，迎着早晨的太阳，变得鲜红透明。一阵阵清风吹进舱里，我赶快穿好衣服，跑到刚擦洗干净、颜色还是黑乎乎的甲板上。

空中弥漫着薄薄的水汽，微风和畅，空气湿润，充满光明。然而，海面却已是另一幅景象。这是一种蓝色带紫、黏稠如油的海。在海平面的前方和左边，群岛那紫色的剪影渐渐消失在淡淡的烟霭之中。而右边则绵延着雪青带绿的群山：那是埃维亚岛[3]。

整个早晨，这个山石峻嶒的国家始终延伸在我们旁边，时凹时凸，满是皱褶，好像河马的皮肤。稍后一些时候，当太阳已经晒到肩头，而我惊讶地注视这一片舔着轮船、时而

---

① 特洛伊，小亚细亚半岛西北部的古城，毗临达达尼尔海峡。公元前十二世纪，被古希腊人攻占，摧毁。荷马史诗描述了这场战争。特洛伊城所在的山冈矗立在斯卡曼特河的谷地，该河现名为小门德雷斯河。

② 阿喀琉斯，在特洛伊战争中阵亡的希腊英雄。相传，他就葬在特洛伊。

③ 爱琴海中的一个岛屿，靠近希腊的东海岸。

冒起青绿色火舌的“热油”之际，前方终于出现了“荒无人烟的”吉梅塔山岭[①]。

若是根据那些毫无生气的大眼睛白色雕像的传说，根据流传了数千年的有关酒神和山林女神的传说，有关众神和手持鲜花、齐声合唱的庆典的传说——那么便会觉得，古希腊人似乎整天只是在搞庆祝活动——成千上万的人为自己描绘了一块鄙俗的乐土，来取代这个遍布石头、气候干燥的国家。那么，卫城[②]是什么样子的呢？所有的望远镜都在寻找它，一群希腊人从后甲板狂热地用手指着远方。最后，我终于在岩石嶙峋的山冈上隐隐约约地看到了某个黄澄澄的东西，它孤零零地高踞在谷地一片如海的屋顶之上——有点像一座不大的、被人废弃的城堡。我朝这个曾经住着佩拉斯吉人[③]的光秃秃的山冈仅望了一眼，就有生以来第一次如此深刻地领会，什么是古代。

到了比雷埃夫斯，我们在炎热的正午抛了锚，便马上被导游、旅馆经纪人……团团围住。特快小火车只用半个小时便把我们送到了雅典。我出了车厢，搭上马车，奔驰在白得耀眼的大街上。马车夫戴着草帽，高高地坐在赶车人的位子

① 雅典附近的山岭，以盛产大理石和蜂蜜著称。

② 即雅典卫城，体现了古希腊建筑艺术的最高成就。

③ 在希腊人之前居住在巴尔干半岛南端、小亚细亚沿岸和爱琴海各岛上的民族。公元前十二至前十一世纪，一部分佩拉斯吉人在希腊人的进攻压力下迁居到克里特岛，甚至迁居到巴勒斯坦，并在后来与当地居民同化。

上，在套上辕杆的两匹瘦瘦的快马上方把鞭子抽得噼啪响。有着白色路面的街道像一条长廊，两旁是一幢幢房子和排列其间的落满尘土的柏树，天空也像一条明亮的带子一般往前延伸。即便是在树阴下面也能感觉到、看到，干燥炎热的空气是多么洁净。家家户户的绿色百叶窗全都放下，商店橱窗上方的遮阳篷也拉了下来。我们绕过广场、王宫和郊区，很快便踏上了白垩土公路——于是，这个佩拉斯吉人的山冈连同神庙的遗址蓦然出现在我的眼前。山冈、遗址以其金黄的颜色和光秃秃的景象令我惊叹。群山环峙，构成一个巨大的马蹄形，夹着一片极为开阔的谷地，谷地中央有一座黄澄澄的山峰岿然兀立，它把二十五个世纪的历史同卫城赤裸的骨架——城墙、立柱和正门的遗迹结合了起来。燥热的狂风早已扬走了我们不理解的、陌生的陈年尘埃。马儿踏着白垩土路慢步行进，绕山盘旋而上，路面的碎石在窸窣作响——我从各个方位观察着围城墙壁上那饱经日晒而发黑的石头及其一个个斜槽形的圆柱……最后，马车刚好停在大理石城墙正门口的对面，墙的那侧有一道宽阔的、已经给磨得闪闪发亮的大理石梯级，往上直通到柱廊式入口和巴台农神庙[①]……一时间，我有点发蒙……上帝，这一切是多么质朴、古老和美妙啊！

① 雅典娜神庙，建于公元前五世纪。

左边，在橄榄树透光的绿荫下面停着另一辆马车。有个身材高大、腰板笔挺的男子身穿灰色便服，头顶遮阳头盔，肩挂一只双筒望远镜，旁边还有一个又高又瘦的女人，也顶着头盔，双手戴着细棉纱手套，一只手拿着根细长的棍子，另一只手拿着本书，两人一起往入口处走去。不过，就是这些最悠闲的人也圆瞪着双眼，惊讶地盯着那在炎热的蓝天边、在我们的上方闪着金光的遗址，盯着那犹如借助神力似的轻巧而又美观地堆垒在大理石基座之上，并牢牢地在这座“太阳神祭坛”的顶上扎下了根的东西。他们走进城门，拾级而上。他们立在柱廊式入口的那些残留的立柱中间时显得那么渺小……我也边走，边看……不过，我已经见识过这一切了！

我人走在这儿，但创造这一切的古代的精神却早在轮船上时便已经捉摸到了。第一眼看到卫城，我便发现它建造得出神入化、完美无缺。

我踏着光滑的石板，往上走向柱廊式入口和胜利女神庙，融合在爱琴海那无边无际的空间之中，从这儿看到了比雷埃夫斯那小小的港口，看到了无比遥远的某些不知名的岛屿那暗蓝的剪影，还有萨拉米斯岛，还有埃伊纳岛[1]。我转过身来，便沐浴在一片青紫色的天光之中，这天光充溢在圣

---

① 爱琴海萨罗尼科斯湾中的两个小岛。

殿的断壁残垣之间，充溢在经过日晒而闪着金光的柱廊和柱头之间，充溢在斜槽形的柱子之间，这些柱子的雄伟、精美和典雅简直无法用言语来形容。我走进敞开着的巨大的巴台农神庙，见到许多光滑的大理石石板，在它们的裂缝之间长出了一些小小的罂粟花……除了天空和太阳，还有什么能够创造出这一切来？除了群岛的空气，还有什么样的空气能够使这些大理石保持如此洁净？古代的希腊部族崇拜的正是这些大块的花岗岩和大理石，这些饱受烈日灼烤的多石山岭。“远古的诗人安菲翁[①]弹起竖琴，发出柔美的乐音，致使永恒的大理石、包孕着大地纯真之魂的大理石自动地堆叠成柱廊、墙壁和梯级。”而荷马则塑造出了半神半人的形象：要知道埃拉多斯[②]“只是通过诗人和哲学家之口”才建造起万神殿和祭坛。而“诗人之口”认为美是最崇高的宗教，登上“从来不知黑暗和寒冷”的天堂乐土是死后最大的幸福，而失去光明则是死后最大的痛苦……

“神便是生命、光明和美。”居住在“世上最美的海洋”之中的这块土地上的人民说。“神便是我的躯体。”这里的人民在成长之后这么说。他们忘记他们的土地跟所有别的地方一样，也浸透了鲜血，而死亡也跟所有别的地方一样，

① 据希腊神话，安菲翁是宙斯和忒拜公主安提俄佩之子。他弹起竖琴，石头便会自动叠起，形成一座城市，由他和他的孪生兄弟泽托斯一起治理。

② 即希腊。

在他们的土地上使肉体的欢乐破灭。“我获得了最高的智慧。”他们又说道，并且将自己的成果融进大理石之中——兴建起“凯旋祭坛”，就像亚历山大大帝在印度边境所做的那样。为了不再听到有什么新的成果，他们把苏格拉底[①]处死。但精神却是不朽的，还依然在探索和渴望。亚历山大大帝在这种渴望的驱使下开拓疆土，使各个民族混杂在一起，而在回程时却说：“世界无边无际，神拥有千种面相。我向着所有的面相顶礼膜拜，但不知道哪一种是真相。犹太人说，神的真相是威力和怒火；埃及人说，神的真相是以斯芬克司和以鹞鹰形象出现的太阳。不过，犹太是火热的死海，埃及是沙漠中的墓地，因为埃及人也走完了自己的路程——从崇拜永生不灭的‘太阳之子’荷罗斯[②]，乃至建造自己的凯旋祭坛——大金字塔。太阳神庙现在已经空空荡荡，一片寂静。”这时，希腊人又派出诗人和哲学家去寻找神。他们去了叙利亚和亚历山大港，发现在混杂在一起的人类之中出现了一种对新的曙光的朦胧而又欢乐的预感。第一次发生了这样的事情：世界的征服者不敢强迫全世界都信奉他这个民族的神。于是，世界的王朝在使各个民族混杂在一起之后却

---

① 古希腊哲学家，公元前339年因“教坏青年”和“尊崇新神祇”的罪状被雅典法庭判处死刑。

② 古埃及的太阳神，埃及之王俄西里斯与生命和健康之神伊西斯之子，另有说法认为他是太阳神拉之子。

崩溃了。人类已经对流血、尘世和死亡感到厌烦，便渴望着兄弟情谊、上天和永生。最后，当太阳再次升起时，有一个声音清楚地对世界说："欢乐吧！再也不会有奴隶，不会有国王，不会有祭司，不会有众神，不会有祖国，不会有死亡。我是埃及人、犹太人和希腊人，我是大地和精神之子。精神使万物获得生命，变得亲近，不管是田野中的百合花，不管是天空中的飞鸟，不管是光荣的所罗门王，不管是所罗门王的奴隶。我的精神的力量和生命是多么伟大，当我将手按在一个濒死的人的头上，便能感到从我身上生气勃勃地散发出了爱和生命。在法沃尔山[①]上，在一个阳光明媚、露珠闪烁的早晨，看到下方的世界处在光华和蓝色的雾霭之中，我的心灵便充满了喜悦，充满了我的父亲之光，我便面向我的兄弟的土地……"

三

当我回到轮船的停泊处时，落日余晖十分刺目，叫人不敢正视一眼。如镜的水面映射在灼烤了一天的船舷上，形成频频流动的光影。舷窗打开了，一个个圆框闪着金光。起重机已经默不作声，货舱载得满满的，已经关上……然后，汽

① 巴勒斯坦的一座小山，海拔约四百米，离拿撒勒城九公里。据基督教传说，耶稣曾在此山上变形，向他的门徒们显示其为上帝之子。

笛吼叫一声，震动了甲板，螺旋桨也哗哗地转动了起来……

在金光闪闪的轻尘和簇拥而起的淡紫色云霞之中，一轮无比壮丽辉煌的太阳缓缓地往广阔的埃伊纳海湾那一头沉坠；我们的船正驶出海湾，离开雅典城往南方去。不久，太阳失去了全部光华，渐渐黯淡和消失了。在闪着金光的宝蓝色天宇的深处，高高地飘起一缕紫水晶色的轻烟。不过，在海湾那一头的岛屿和山冈上已经笼罩着灰蒙蒙的暮霭，平静而一望无际的海面顿时变成一片淡绿，显得毫无生意。我站在后甲板上，用臂肘支着船舷的栏杆，时而望着碧海，时而望着西天。突然，轮船各处亮起了电灯，又温暖，又热闹。这一瞬间使我分了心，当我再次眺望西边时，南方的夜幕已经降临。

不久，海洋和天空全都沉浸在夜色之中。不过，在船舷外开始有一些微弱而又神秘的光在闪动——呈半圆形的深紫色海面显然有别于颜色较浅的天空，像是被水中的光熏黑了似的。

“我们走了有十海里吗？”我问了一下在黑暗中显出白色身影的水手；听到船舷外哗哗的流水声，我猜想现在正全速行进。

“我们走了十三海里……”

我朝船头走去，只见波光粼粼的大浪迎面奔腾而来，可见，水手讲的是实话。黑色的船首斜桅在昏暗中显得特别顽强，始终不渝地指着星汉灿灿的天宇。在东北方的天空中高悬着大熊星座，那是“荷马心爱的星座”。在西南方的天空中闪烁着金星，银光熠熠，又带点粉红色，虽显得很低，但极为明亮和壮观。深蓝色的天幕上缀满了银河的颗颗钻石。到处都有微弱而又奇妙的光线流进海洋。而海洋中的光更加美丽。

“喂，别在船头抽烟！”响起了年轻人洪亮的声音。

又是一片寂静，只听到波浪奔腾的哗哗声和机器开动的突突声。

我踩在铁链和帆布之间，磕磕绊绊地走到了船首斜桅旁边。轮船那尖利的钢铁胸膛刺进海浪，激起了浅蓝色的火焰——被照亮的、充满着神秘之光的整个海洋空间飞快地迎面冲来。透过几乎觉察不出的温暖的气流，看那些星星似乎都在颤抖……是啊，“就是在黑暗中，光也是明亮的”。你看太阳已经西沉，可是即便在黑暗中万物还得依靠太阳来生存和呼吸。是太阳使得轮船的螺旋桨运转，使得大海朝着我迎面奔来；它是赋予地球一切力量的永不枯竭的源泉，是它引导着自己那个广袤无垠的王国走向为我所无法理喻的无限——走向织女星座，也正是它操纵着那条在我的下方如箭一般飞窜而去的狂喜的海豚——简直活像一大堆灰蓝色的磷火。世上万物都只追求光明。无数勉强看得见的生命的种子，尽管被黑夜和深海剥夺了面对太阳的机会，却依然在发光——依然靠着太阳的那些原子，正是那些原子使它们获得了生命。

在这一带海洋上空可以看到岸上祭神的仪式，此种祭祷的基础不过是对太阳的礼拜；在这片海洋的上空弥漫着蓝色的轻烟：那是祭献给太阳的芳香的轻烟。

（1907）

三角洲[1]

太阳沉浸在一片浅灰色的混沌之中。船舷外闪动的波涛渐渐变成湛蓝色。电灯亮了起来，顿时把轮船和黑夜分开。

船上，饭厅和舱面室里灯火通明，而在船舷外却是漆黑一团，只有阵阵暖风扑面而来，只有奔腾起伏的波涛在哗哗作响。一条条金灿灿、滑溜溜的光带从舷窗投向海面，像蛇一样在海上游动。风渐渐大了——突然，有一条光带隐没在黑色深渊中，整艘巨轮从船头开始给轻巧地托了起来，然后又更加轻巧和平稳地往下滑，夹在汹涌澎湃的灰蓝色海浪中间颠簸，而浪头已经掀得同船舷一样高。此时，有个女人出现在舱面室门口那明亮的空间里，想抓住门楣，可是当即被晃脱了手，便笑着伸出双手，在倾斜的甲板上跑起来。过了一会儿，从那扇门里走出一个男子，他回过头来看到了我，便不太自然地哼着歌，一边踏着坚定的步子，走在时而升高、时而下降的甲板上，跟在她的后面……

将近半夜时，深紫色的海平面上空升起一弯忧郁的橘黄色新月。它斜挂在朝着我们奔腾起伏的波涛上，把金黄带红的光芒洒向海平线，从那里吹来了一阵阵暖风……

早晨，显现出了非洲的海岸。

太阳晒得很厉害。天空是热腾腾、灰蒙蒙的，海面上像是镀上一层锡，泛出黯淡的光。船尾下方的碧水有气无力地哗哗响着。

船长穿着一身白制服，站在舰桥上，不断地用双筒望远镜观望。机器开动得慢了一点，用中速走，为了等待那位阿拉伯人领港员上船，因为亚历山大港近海区的水里密布着暗礁。飞掠过了第一只海鸥……迎面驶来一艘船头圆圆、浑身漆黑的轮船，我看到船身上的白色字母："三角洲"……而从地平线的混沌中已经显现出一座塔来，它是那座著名灯塔的后继者②，当年，那座灯塔曾是"亚历山大里亚智慧之光③的象征"和世界七大奇迹之一，因为它"把一位半神半人的英雄④引入这座城市，这位英雄从赫尔古雷斯石柱⑤一直走到

① 指尼罗河三角洲。

② 指卡伊德-贝伊堡，建于十五世纪，位于亚历山大里亚东港湾入口。其原址曾矗立着高达一百三十米，被誉为世界七大奇迹之一的亚历山大大灯塔（建于公元前三世纪）。

③ 在希腊—罗马时期（公元前332—公元640），亚历山大里亚作为埃及首府，是古代世界的文化中心。那里有规模宏大的图书馆和博物馆，居住着数百名著名学者。

④ 即马其顿的亚历山大大帝（公元前336—前323年在位）。

⑤ 即直布罗陀海峡。古希腊人认为这是世界西方的尽头。

印度的树林，那些树高得连箭也无法射到”，因为它是奉献给“拯救航海者之众神”的供品；因为它闪耀着镜子的光，那镜子是“亚历山大里亚的吉祥物，照出了大地、天空和地中海所有的风帆”；因为它高耸入云，以至“傍晚从塔顶抛下的石块直到半夜才掉进水里……”，然后，隐隐约约地显现出了一长条白色的城区、无数细木杆（那是港口的桅杆）和十字架（那是磨坊风车的叶片），在它们的右方则绵延着一条淡黄色沙漠地带，渐渐消失在西边，这是同三角洲相邻的无边无际的平面上的一条线，而在那明净透亮的远方则显露出了形状独一无二、永远令人激动的枣椰树的树影。

我们的船缓缓而行，但是这条长着枣椰树的沙质海岸还是变得越来越大、越来越近，这些数不胜数的桅杆也越来越高，已经可以望见一道道石质防波堤和洁白耀眼的灯塔。非洲早晨的炎热也变得越来越明显，这时我们的船正渐渐平稳地驶进挤满轮船和各色小艇的旧港，小艇上挂着各家旅馆的彩旗，坐满了戴着非斯卡帽、缠着头巾、穿着蓝色长衬衫的晒得黑黑的客人。所有这一切都夹在轮船之间，跟在我们后面，而右边有一大片灰白色陡岸正向我们靠近，岸上除了有一些样式单调的草黄色方块小房子之外还矗立着几株干身粗糙、叶子呈羽毛形的树木。漫长的海上航程结束了——我回头看了一眼，只见到白色的防波堤，却望不到大海，还能看到的只有桅杆和防波堤上空那一条蓝色带子。周围是杂色斑斓的人群和小艇，还有这些“草黄色方块”和棕榈树——一切都处在火热、耀眼的阳光之下……这就是非洲！

我乘车去亚历山大港市区时老是把头侧向一边，因为太阳刚好挂在当头顶。迎面走来一队草黄色单峰骆驼，步子慢悠悠的，驮着一捆捆甘蔗。赶驼人赤着脚，头戴一顶红色小圆帽，身穿白色短上衣。后来又走过几个英国士兵，一身热带装束，骑在枣红色高头大马上，这些马在太阳光里显得油光光的，有个圆脸庞、厚嘴唇、鼻孔很大的乡下姑娘，穿着一件褪了色的蓝衬衫，迈开小脚在尘土中踩着碎步，为了给马儿让路，她是贴着泥墙走的。她抬起睫毛，露出一双深色眼睛，然后又垂下了眼睑。灰褐色的脸没有盖上面巾，可以看到下巴两侧刺着青色花纹，太阳穴旁刺着几颗星星。她的头上也没有顶着那个在《圣经》中提到过的用蓝黑色羊毛薄头巾盖起的水罐；她头顶的是现今在东方已经普遍取代了《圣经》中的水罐的东西——一只很大的白铁皮汽油桶。在乡下姑娘的后面出现了一头小驴子，正在快速、顽强地用蹄子踏着小步；在红色丝绒鞍子上坐着一个魁梧的阿拉伯人，双脚几乎触到了地面，身穿神甫法衣，上面罩着一件外套，头戴扁平的非斯卡帽，再裹上彩纹斑斓的头巾……

我给安顿在执政官广场附近的一家旅馆里，房间很宽敞，大理石的地板，上面铺着薄薄的地毯。房里有一张床，挂着薄纱帐子，又幽暗，又阴凉。阳台上的百叶窗已经关上。窗外是一片震耳欲聋的东方式喧闹，有说话声和马蹄声，有电车的辚辚声和喇叭声，有卖水小贩的呼喊声……我一打开百叶窗，所有这些声音，以及非洲正午的阳光和热气便一齐闯进了房间……

我在一家希腊人开的小餐厅里吃了一种粉红色的海鱼，上面给浇了许多柠檬汁，还喝了一杯浓稠的葡萄酒。然后，便朝海岸边信步走去，遥望着波光粼粼的淡紫色海面，遥望着在海的上方、在无比深邃的碧空中渐渐融化的贝壳形状的浮云，遥望着草黄色的方块形小房子，它们渐渐消失在沙土海岸大转弯的地方……而远处的一丛丛棕榈又使人甜蜜地想到：这就是非洲！

在执政官广场上，围绕着街心花园，有一些树木，已经有点晒干了，在它们稀稀落落的绿荫下面停着几辆马车，马儿正在打瞌睡。皮肤黝黑、身穿白衣的马车夫同其他一些阿拉伯人一起坐在街心花园的小桌旁，喝水，抽烟，聊天……那里还坐着两个来自苏丹的黑人。他们那颧骨突出的乌黑脸庞和穿在盖满尘土的大鞋子里、活像棍子一般的黑腿在白头巾的反衬下显得格外地黑和可怕；他们在衬衫外面套着一件带着鬣狗皮那样条纹的短袍。黑人鼓着塌鼻子的鼻翼，闪着眼睛，放肆地噘起嘴唇，又惊又喜地盯住过往的女人们。而女人们周身裹着黑色丝绸，只露出一双眼睛，这双眼睛又给一顶金属圆筒帽奇怪地分隔了开来，这顶帽子把披纱和面巾系在一起。

将近四点时，城市又活跃了起来。马路给浇了水，西边斜阳的光辉把再次挤满人群的广场和整条谢里夫-巴夏大街照得金灿灿、亮堂堂的。我正乘车沿着这条大街往运河方向走；如果没有那些小毛驴，那些脸庞乌黑、光着双脚的人群，那些载着衣着华丽、但肤色过于黝黑的孩子和妇女的轻便马车，这完全是一条欧洲的大街。运河把大海和尼罗河连结了起来。在它的右岸是连绵一片的花园和别墅，平镜似的河面上有许多帆船斜挂着简陋的布篷，沐浴在炎热的夕阳余晖中昏昏欲睡，而在左岸，在棕榈林中掩映着黄澄澄的泥墙茅舍，颇有非洲情调……

颇有非洲情调的还有那些紧靠着旧港，紧靠着那个林木稀少、冈峦起伏之处的街区，在那里曾经有过托勒密[1]的行宫和神殿，在那里的塞拉皮斯神[2]庙遗址上如今矗立着一根所谓的“庞培纪念柱”[3]。颇有非洲情调的还有亚历山大港杂居着各族贫民的那些黄色房子，上面的玻璃窗面对西沉的

---

① 亚历山大大帝的部将，在亚历山大大帝死后建立托勒密王朝，统治埃及达三个世纪之久（公元前305—公元31），其疆域远达地中海东岸一些地区。

② 希腊化时期的埃及神，是埃及和希腊宗教思想融合的结果，受到托勒密王朝统治者的竭力推崇。公元前三世纪，在亚历山大里亚修建了宏伟的塞拉皮斯神庙。此庙在公元391年被罗马帝国皇帝费奥多西一世下令拆毁。

③ 一座高约三十米的红色花岗岩方尖碑，为罗马驻埃及总督于公元三世纪为纪念戴克里先皇帝所建。中世纪时，有人曾在此寻找古罗马军事统帅庞培的墓地，因此被误传为“庞培纪念柱”。

夕阳正在熠熠闪光。妇女们穿着便鞋和长袍，样子像我们南方一些城市中的犹太女人，她们敞开着干瘦晒黑的胸脯，懒洋洋地坐在门口，膝盖上骑着一些脸上叮满苍蝇的半裸的小孩。那里游荡着几只无家可归的癞皮狗。在阿拉伯人的墓地上，后人的骨殖早已同古代墓地的无数白骨，同经历上百次毁灭和复兴的亚历山大里亚千年废墟的断砖碎瓦混杂在一起，在许多用黏土制就的多角形墓碑之间竟然连一棵小小的灌木也没有。而在这公墓的上方矗立着一座用粉红色的阿斯旺大理石砌成的纪念柱。纪念柱周围的景色既优美又凄凉，此时在西边，一轮夕阳正缓缓沉没到地中海的一道金色光带中去，在东边，是一大片棕榈林，是静影沉碧的马雷奥季斯湖[①]，以及沙漠，沙漠……

在去开罗的路上，第一次闪现出了亚历山大里亚的城墙。然后，金色的沙丘、白色的别墅和蓝莹莹的晨空把车厢映照得一片光明。

接踵而来的是马雷奥季斯湖，这里水光潋滟，芦苇丛生，波平如镜，广袤无边，在浅滩上出没着成千上万只长脚红鹳、朱鹭和白鹭，犹如一朵朵粉红色百合花。而在濒海湖和洼地之后则展现出了一大片沼泽和平原，平原经过精心耕作，好像一块块菜畦，水渠纵横，堤坝时现，还有一览无余

① 现名为迈尔尤特湖，位于尼罗河三角洲西边，与地中海仅隔着一条狭长的沙滩，亚历山大港就建在这一地带。

的远景，以及隐约可见的绿洲和村落……

火车正把我送往南方，而我则越来越真切地感到，在任何地方都不会像在这儿那样随时会沉思起远古年代来。这个灌溉着农田，骑着小毛驴在堤坝上行走，同水牛一起在无花果树稀疏的阴影下歇息的肤色黝黑的民族是多么古老啊！

车厢里挤满了围着黑色和白色披巾、只露出两只眼睛的女人，还有"非斯卡帽"、"便帽"、"长袍"，夹带着抽卷烟飘起的烟雾、飞起的尘埃和阳光。从窗外田地和水渠那里吹来的风变得越来越炎热和干燥——大家便忙着把拉开的窗子合上，再把百叶窗也关起来。顿时笼罩起一片昏暗，只见到几条光带和飘散开的烟雾，由于气闷，我感到有点昏昏沉沉。我走到外面的平台上，但一下子被白晃晃的亮光照花了眼，只觉得一股热气扑来，仿佛站在一大堆篝火旁边，黄澄澄的尘土呛得叫人喘不过气……透过黄尘，看到隆隆的车轮下闪过一座透孔的桥，以及下方满是淤泥的两岸之间好像烧红的玻璃一般熠熠发光的河流。这已经是尼罗河了。一些白得发亮的墙壁和高高的棕榈树从火车旁边飞掠而过：这是坦塔站。奔驰的火车这时停了下来，旅客从车厢蜂拥而出，即刻同待在灼烤得滚烫的站台上的五光十色的人群混在一起。不过，我刚到小卖部买了个橙子和一包卷烟，车厢的门便又关上了。接着，又见到一片片庄稼成熟的田野、小溪和黑乎乎的村落——全是一些用泥土夯成、盖上芦粟叶的半像兽穴的小屋……坐在我对面的又是那个科普特人[①]和那个农民。科普特人挺胖，身穿一件黑色长袍，紧紧地缠着头巾，深橄榄色的圆脸上长着一双棕色眼睛，鼻孔张得老大。农民缠着白头巾，身穿一件粗制的肥大长袍，把胸膛敞开着。此人活像一头公牛，身材异常魁伟，古铜色的头颈充满着力量。他坐的姿势也完全合乎古埃及人后裔的规矩：身子挺直，极度安详，抬起双肩，把两只手掌平稳地按在膝头……

（1907）

① 信奉基督教的埃及人。

黄道光①

一

开罗，是个热闹繁华、人口众多的城市。

傍晚时分，街道都浇了水，散发出一股柔和、清新的花香，温暖而又刺鼻——掺和着沾湿的尘土和晒了一天的马路的气味。有轨电车的辚辚声变得更响，敞篷马车、四轮马车、轿式马车和骑马的人如潮水一般涌向尼罗河桥头。人们去划船游玩。花园里的乐队在大声演奏……宽阔的人行道上摩肩接踵，有几个贝都因人目空一切地走了过去——他们又高又瘦，两眼炯炯有神，生铁铸就一般的脸在火热的夕阳照耀下泛出了红光。他们那干瘦的、几乎是乌黑的细腿在膝盖以下都赤裸着，脚穿粗糙的大鞋子。他们的脸部表情是威严的，但头上的装饰却像女人那样：戴着蓝黑两色的羊毛大头巾，一直垂到双肩，头巾上面还围着双重的发箍和两根黑羊皮绦带；身上穿的衬衫长到膝盖，腰束一条披布，衬衫上还套着保暖的坎肩，再在外面罩上花斑的厚呢斗篷，又粗糙，又沉重，袖子很短，可是肩部极宽，极肥大，以至把袖口放下，一直可以拖到腕部，把显得小小的紫色的手遮起来；细细的头颈神气地挺着，裹着丝质围巾，左手的小指头上戴着一枚银戒指，不经意地搁到插在腰际的那把土耳其大弯刀的刀柄上……

萨拉秦[②]时代的开罗旧城，从黄澄澄的莫卡坦山脉那一头围着欧洲式的开罗新区。旧城已有一千三百年的历史，它是“由于神的恩典和旨意”而建造的。它起先叫做“福斯塔特”，意思是帐篷。而在莫卡坦山的山脚下另有一座新巴比伦城，它还是在法老时代由来自迦勒底[③]的巴比伦移民建造的。终于到了这一天，伊斯兰教那威严、豪迈的力量在世界上取得了胜利。欧穆尔[④]手下的大将阿姆鲁来到尼罗河畔，攻下了新巴比伦城。在他的帐篷里，有一只母鸽子筑了巢。阿姆鲁在离开时把帐篷留了下来，免得惊扰鸽巢。就在这个地方开始出现“常胜的”、伟大的开罗。

---

① 黄道光，行星际空间的尘埃由于质点散射太阳的辐射而造成的夜天光。黄昏时在西方，或黎明前在东方可见。

② 即古代阿拉伯人。

③ 古代西部亚细亚的民族，有一时期统治过巴比伦。

④ 伊斯兰教创始人穆罕默德的战友和继承人，阿拉伯神权国家的第二任哈里发，于 634—644 年在位。在他统治下，阿拉伯人开始对外扩张。

城里的街道又窄又长，弯弯曲曲，店铺、理发室、咖啡馆、小桌子、方凳子、人、驴子、狗和骆驼应有尽有。它的那些说唱艺人闻名世界，一直在叙述着有关先知的女婿阿里[①]建功立业的故事。它的那些象棋手和吸烟者沉默寡言而又足智多谋。它的市场在喧闹和繁荣上堪与伊斯坦布尔和大马士革市场相比。城里有五百座清真寺，而在城的四周，在荒漠中则有几十万座坟墓。清真寺和高塔雄踞在这一切之上。清真寺横壁开阔，带着条纹，全都顶着像王爷的丘尔邦头饰那样的五颜六色的大圆顶。塔楼很高，饰着花纹，又很细，像根长矛似的。这一切难道不是古色古香的吗？它的墓地也非常古老，古老而又简朴。那里，在哈里发们的坟墓中间，在马木留克[②]兵的坟墓中间，在半已圮坍的、形状像个大帐篷似的阿姆鲁清真寺的四周，是沙漠和无数多角形的土丘，那里永远笼罩着寂静，只偶尔听到沙漠中的云雀或者花翅石鸻发出凄婉的啼鸣。听，有个备受贫穷和炎热煎熬的女人穿过像走廊一般狭窄而又喧闹的市场和街道，一边行走，一边响亮而又狂热地呼喊着，一头黑发蓬乱不堪，光着两脚，身上只穿一件褪色的蓝衬衣。她的全部财产仅是随手牵

① 即穆罕默德的女婿。在656—661年间任哈里发，后在同倭马亚家族的内战中被杀。他的追随者构成了伊斯兰教中的什叶派。

② 中世纪时埃及苏丹的近卫兵，全由奴隶组成。1250年，马木留克兵夺取政权，建立了马木留克苏丹王朝。

着的一只山羊，那是一只老山羊，长着丝一般柔软的黑色绒毛，长长的耳朵像两只小铃铛，鼻子如同鹰钩一般。女人呼喊着，要给这只山羊挤奶，谁愿意花几个铜板便可以喝到“甜甜的羊奶”。于是，整个萨拉秦时代的开罗旧城便沉浸在这一喊声所产生的古代阿拉伯的气氛之中。看到开罗的清真寺及其墓地，便会想到，它的清真寺是用孟菲斯[①]神殿的斑岩和已遭破坏的金字塔的花岗岩建造的，墓地旁边的道路是穿过沙漠直达赫利奥波里斯-安[②]的方尖碑的。于是，我的思绪便从欧洲化的开罗、从穆斯林的开罗飞向法老们的古代王国，遥望起这一王国的宏伟的石头建筑物——吉萨和萨卡拉[③]的金字塔来……

二

太阳渐渐向利比亚沙漠倾斜。我从建在莫卡坦山崖上的开罗城堡[④]远眺西方、东方和北方——俯瞰城堡之下那占据了

① 埃及古城，在今之开罗城之南。在公元前3000年的古王国时期，是埃及的国都。

② 赫利奥波里斯是埃及最古老的城市安城的希腊名称，它在当时以雄伟的太阳神庙和博学的祭司而闻名。现在，该城只留下一座粉红色正长岩的方尖碑，高约二十余米，上有谢努塞尔特法老的题铭（公元前二十世纪）。方尖碑顶覆盖着一层光亮的铜饰。

③ 位于尼罗河西岸的两座古城，附近有多座金字塔。

④ 该城堡是由萨拉丁苏丹（公元十二至十三世纪之交统治埃及）下令，于1176年建成。

一望无际的河谷的城市。有个身穿深色长袍、缠着白头巾的当地人走到我的跟前，亲切友好地要给我当导游。他先领我去参观那口哈里发优素福的井[①]。不过，这算什么古迹呢？仅仅是一口深不见底、犹如直通地狱一般的井而已。倒是城堡的石头更为古老——它们都是从吉萨小金字塔上拆搬过来的！

我目不转睛地凝望着尼罗河河谷上方的烟尘，以及河对岸显现在茫茫沙漠之中的那些最古老的金字塔的紫色轮廓，其中有一座是阿庇斯梯形金字塔：科-科梅赫——“黑公牛金字塔”。它的内部已经毁坏，而外面则给砂子半掩埋着，它甚至不是用石块，而是用尼罗河的淤泥烧制的砖头砌成的。它比胡夫大金字塔还要早一千年。而在它的附近还有塞拉贝姆墓地，那是在山崖上开凿出的无数黑石壁墓穴。我朝塞拉贝姆方向望了一眼，一时间忘掉了周围的一切。啊，这些“尼罗河神在人间的化身”，这些强健的表示哀悼的公牛——背上停着白色的鹞鹰，额头画着白色三角形图案的黑公牛是多么雄壮美丽！它们的墓穴和巨大的花岗岩石棺又是多么庄严肃穆！

“爱资哈尔、哈桑。”[②] 阿拉伯人嘟嘟哝哝地列数着开

① 哈里发优素福即萨拉丁，此井呈四方形，深达八十八米，借助专门装置为城堡供水。

② 爱资哈尔清真寺建于十世纪，后经多次改建。哈桑清真寺建于十四世纪，是开罗最重要的阿拉伯古建筑物之一。

罗的清真寺，一边轻快无声地挪动着一双光脚，把我领到北边的墙头，领到另一面的山崖，又指点起消失在我们下方的尘埃之中的那个犹如一片海洋似的灰蒙蒙的大城市来。

空气又温热，又闷气。浑浊而又火热的太阳正在缓缓地落到西边远处那层层叠叠的沙漠后面。吉萨的那些金字塔要近一点，也靠左一点，此时它们凸现在这些灰黄色的沙丘里，好像一个个紫色的锥体，显得又柔和，又清晰。处在天空、沙漠和开罗的河谷之间的那广阔的空间全都沐浴在夹着尘埃的金灿灿的光辉之中。太阳降得越来越低，我手里拿着的那个白色盔帽也变红了。从清真寺高塔上传出了古朴而又凄凉的对真主的赞美声，直冲深邃无比的苍天。许多蝙蝠一边颤抖着，一边时高时低地在四周盘旋，看来它们喜欢温热的夜晚、墓穴、沙漠中的山崖……

在城堡后面的沙漠里，在一个个沙丘之间，散布着历代哈里发的陵墓和寺宇。它们已经被大家遗忘，变得衰颓破败起来。那边卡伊德-贝伊[①]陵墓的窗户上饰着光彩夺目的五色镶嵌画，简直举世绝伦。那边有两块从麦加运来的石头——一块是淡紫色的，另一块是粉红色的，上面留有穆罕默德的足迹。可是，卡伊德-贝伊和穆罕默德还不算什么！

---

① 十五世纪时统治埃及的苏丹，其陵墓装饰得特别华丽。

在历代哈里发的陵墓后边，在延伸到红海边的沙漠中，直到犹太山丘的边缘，有一片绿洲，那里照何西阿[①]的说法，“荆棘和蒺藜生长在以色列的祭坛上”，那里有一个比孟菲斯还要光荣和古老的城市被夷为平地——那是安-赫里奥波利斯城的遗址，犹太人称为“贝特-舍梅斯”——“太阳宫”。这里曾经是荷罗斯神崇拜的中心和高级祭司智囊团的所在地。五千年前，乌西尔捷森一世[②]在古代世界最受崇敬的安城太阳神庙的对面用粉红色花岗岩为自己建造起几座方尖碑，并给它们装饰上金顶。在《旧约》传说中的族长时代，雅各的儿子约瑟在安城娶了“献身于太阳神的”大祭司波提非拉的女儿为妻。在那里，接受教育的摩西在伊西斯神崇拜的基础上创立了崇拜耶和华的仪式；梭伦[③]听到了最早的有关大洪水的故事；希罗多德[④]写下了《历史》的开头几章，毕达哥拉斯[⑤]建立了数学和天文学；柏拉图[⑥]在安城的学院里度过了三十年，正是他怀着鄙夷和忧郁的心情说道：“你们希腊人全是些小孩”；在安城曾经居住过圣母马利亚和小耶稣……

---

① 《旧约》中的先知，见《何西阿书》。

② 即谢努塞尔特法老。

③ 梭伦，雅典的法律改革家（公元前六世纪）。

④ 希罗多德，希腊历史学家（公元前五世纪）。

⑤ 毕达哥拉斯，希腊哲学家（公元前六世纪）。

⑥ 柏拉图，希腊哲学家（公元前五至前四世纪）。

太阳沉没在冷漠的青灰色暮霭之中，西边那一片红色泛黄的亮光很快便熄灭了。在渐渐变得昏暗的开罗谷地星星点点地燃起了万家灯火。非洲闷热的夜幕从四面八方将开罗城包围了起来。神圣的大河①从不计其数、无人知晓的热带国家奔腾而来，它的源头只有赛斯②城的祭司才清楚。无人知晓的赤道的星座从那里冉冉升起，星空便“像闪闪发亮的金刚钻布满在黑丝绒盖棺布上”。黑的！这里有多少黑的东西！神秘的亚细亚游牧民族中出动千军万马占领埃及整整五百年的“牧人君王”③的帐篷是黑色的。孟菲斯城的阿庇斯公牛是黑色的。胡夫金字塔斜面上闪闪发亮的花岗岩是黑色的。冈比斯④率领大军如火热的黑色沙暴一般横扫埃及，彻底摧毁了安城和孟菲斯城，而沙暴又在一天里面乘着他向黑色努比亚进军的时候吞噬了十五万士兵的生命！正是在这个时候，埃及充满了死亡的气息，“太阳由于激战的尘埃和祭司的香火而变得黯然无光，于是人们诉诸偶像、术士，诉诸召唤亡灵的巫师”……

在安城的旧址，现在只有一些庄稼田、棕榈树和马塔里埃这个阿拉伯村庄的几间小房子，在靠着艾姆-舍梅斯

① 即尼罗河。
② 埃及古城，位于开罗与亚历山大港的中途。在公元前七至前六世纪，是埃及法老们的行宫所在地。
③ 指喜克索人，约在公元前1700年征服埃及。
④ 波斯国王，在公元前525年占领埃及。

泉——“太阳泉”才得以存在的一片绿洲中间，孤零零地矗立着一座十俄丈高的方尖碑，其三分之一已经沉在地表之下，上面的象形文字也被湮没而难辨，还粘满了黄蜂窝。而在利比亚沙漠中，沙子像懒洋洋的蛇似的钻进里面早已空无一物的金字塔入口。还在冈比斯那个时候，萨卡拉的陵墓和金字塔里的木乃伊便已经给抛在外面。从孟卡尔金字塔里找到的用玄武岩制成的空石棺，在运往不列颠的途中，同轮船一起沉入了大洋。还有一只硕大的空石棺躺在大金字塔中。那么，是谁曾经在里面安息呢？是胡夫王吗？科普特人说：不是，那是生活在大洪水之前三百年的绍里德王，他用石棺躲过了洪水的劫难，保存了自己的遗体，还保存了埃及智慧的一切宝藏……在那些遥远的年代，当埃及处于死寂之中、遭到遗忘时，新的征服者——阿拉伯人来到了大沙漠。他们经过长期的探寻，打通了进入已颓然残缺的大金字塔的道路。在墓穴的一片漆黑之中，他们沿着狭窄的通道直达金字塔的中心，闯进了创世之初的亡人墓室，企望找到宝藏。可是，当他们用火炬照亮这间墓室中像黑色冰块一般的磨光大理石墙壁时，便惊愕地退缩不前：房间中央放着一口也是通体漆黑、四四方方的石棺。里面躺着一具戴着金甲、满缀宝石的木乃伊，腰际佩着一把金剑。而在木乃伊的额头上还有一块极大的红宝石在熠熠生辉，上面刻满了无人能够辨识的文字……

三

这个夜晚，我是在剧场度过的，整个剧场摆满了方凳和小桌子，人声鼎沸，拥挤不堪，简直像个集市。

剧场的大门是敞开的，但是在正厅里坐满了戴非斯卡帽的观众，里面十分气闷，令人头晕。真不知那些供女宾就座的装着栏杆的包厢里会怎么样？大幕在音乐声中升起——舞台深处展现出布景：紫色的夜晚，高挂着一轮很大的月亮，下方是城市紫色的轮廓，只有一些棕榈树和清真寺，以及它们映在淡紫色河流中的清晰倒影。舞台中央矗立着一棵鲜绿色树木，树下有个身穿古代华丽衣装、头戴极大的丘尔邦头饰的阿拉伯人。乐队开始咿咿啊啊，叮叮咚咚，充满激情地演奏起来，阿拉伯人把一只手放在心口，另一只手哆嗦着伸了出去，发出一阵鼻音很重的号叫，整个正厅顿时被掌声震动了。那个阿拉伯人抱怨爱情的不幸，并且发誓，即使以失去灵魂为代价，也要见一见心爱的姑娘。然后，他不吭声了，用双手掩住脸，由于无声的号哭而全身颤抖起来。哭累了，深深地叹了一口气，脱下外面那件宽大的深色长袍，把它叠成枕头模样，放到树下，身上只穿另一件淡粉红色长袍，躺了下来。音乐声变轻了，吱吱地响起某种令人警觉而又奥妙的旋律。此时，从幕后悄无声息地溜出几个小鬼，披着红长袍，胸前绘着白色的骷髅头。他们围着自己的猎物团团打转，一边高兴地尖声怪叫。突然，响起隆隆的鼓声——小鬼们便抬起睡在地上的人，飞奔到后台去……

我回到住处时已过了半夜。开罗城渐渐静息下来。我躺在炎热的客房那张宽大的床上，由于蚊叮而无法入睡。拂晓之前，月亮升了起来，把温煦的金光洒到旅馆院子里的那几棵棕榈树树冠上，以及对面的阳台上，从窗外透进了一丝凉意。我打起盹来。可是，此时空气突然被一阵嘹亮的号角声震动起来。号声像是在欢呼胜利，震耳欲聋——停顿了一刹那，又变成一阵上气不接下气的吱扭声，令人毛骨悚然。原来那是隔壁院子里的驴子在号叫——而且叫得那么久，没有一点停下来的意思！

开罗的早晨美不胜收。宽阔、干净的大街还处在阴影之中，显得空旷宁静。花圃、屋前的花坛和街心花园里的草木又浇过一次水，散发出柔和而又清新的香味。棕榈树的树顶渐渐呈现出浅红色，天空中只有一抹淡云，蓝莹莹的。轻便马车疾驶在平坦的马路上。我们正往金字塔的方向去。瞧，这是横跨尼罗河的大桥，桥头还饰有青铜铸的狮子。大小岛屿和整个尼罗河河谷都沉浸在茫茫雾海之中，早晨的阳光在这青色泛红的雾海之上闪烁着，叫人睁不开双眼。“你好，阿蒙—拉—荷尔马希斯[①]，死而复生的太阳神！你好，双翼闪

① 埃及神话中太阳神的各种名字，在此连在一起，成了崇拜的统一对象。

光的神鹰，色彩缤纷的斯芬克司！你好，每日都在诞生的幼儿，度过永恒岁月的老人！”

桥下的尼罗河弥漫着烟霭，烟霭中缓缓地浮动着灰色帆影。一长队驮着蔬菜、瓜果、牛奶、家禽的驴子和骆驼正漫步朝市场走去，把乡村的朴实、田野的健康送进城市。我们穿过一个小岛，然后又渡过尼罗河的支流，便从动物园的一旁驶向前去——前边展现出一片低地，那是正在成熟的大麦和小麦的农田，这正当是“沙穆”的季节了，埃及人把收割叫做“沙穆”。一条洋槐树林荫道如箭一般笔直穿过这片田野，直通沙漠。那边，在林荫道的尽头，在满是沙石的高地陡坡上耸立着三座颜色像陈年干草似的三角形的东西，活像农村中的禾垛。

当我们驶近陡坡时，发现坡上的沙子显得格外黄，一块边缘不齐的锈黄色石头像个庞然大物从容而又分明地耸立其上，直指蓝天：胡夫大金字塔！

由于它，形成了世界上最奇特的景观。整个国家，几乎整个三角洲低地都在北方退居次位，为大自然永恒的青春而欢欣鼓舞；似乎这些农田、棕榈树、村落正是从这里，从沙漠、从世上最古老的墓地获得了青春！南方的尼罗河河谷正沉浸在阳光和烟霭之中。前边隐约显现出模模糊糊的、带有黑页岩颜色的开罗城和阿拉伯群山的剪影。而在我身后的金字塔则像一座有棱角的大山一样巍然屹立，直刺苍天。

我绕着金字塔走了一圈，发现它西北的那一面已经给沙子高高地掩埋了起来。远处，往利比亚沙漠的方向，坐落着第二个三角形的东西——齐夫林金字塔。它那跟第一座金字塔几乎同样庞大的形体也沉没在一层层的沙子中，下部已经残破，具有同样的史前期那种粗犷和简朴的特征，但是上部的浅红色大理石却在熠熠闪光。在洁净的空气中，它显得近在咫尺。不过，在蓝色天宇下，第三座“红色的”金字塔——砌满了正长岩的孟卡尔金字塔看来更加棱角分明。它比前两座金字塔要小得多，也尖得多。而靠近地平线那边，在沙漠像许多小丘似的起伏绵延的地方，又隐隐约约地显现出若干小小的三角形锥体，映衬着青紫色天空……这就是沙漠，色彩鲜明，一览无余而又充满着欢欣！

我到了大金字塔的入口。沙子把它的斜面刚好掩埋到一个地方，当初人们从那里找到通向“世界最神秘的圣地”的洞口。我知道，从这个洞口往下沿着滑溜溜的斜坡要走三百英尺，直到一个令人窒息、漆黑一团的场所。那里现在已经空无一物，除了黑暗、蝙蝠和一具没有盖子的巨大石棺……六千年来一直使世人为之惊叹的那个人的骨殖究竟在哪里呢？据说，是深埋在塔基底部，——在金字塔的下面，而不是在其里面。塔基似乎有一条地道通向尼罗河……同伊西斯女神的地下神庙（金字塔便是奉献给这位女神的）……同斯芬克司狮身人面像下边的地道……相连。不过，这又有什么关系？现在，我站在这里，触摸到的也许是最古老的由人们打磨的石块！自从人们在一个跟今天同样炎热的早晨把它们堆砌起来之后，地球的面貌已经改变了几千回。在这个早晨之后，要再过二十个世纪，摩西才得以诞生；要再过四十个世纪，耶稣才来到太巴列湖边……可是，几百年，几千年消逝了——现在，我的手同堆砌这些石块的阿拉伯俘虏那双红中透青的手紧握在一起……

我是在胡夫王本人的指点下往斯芬克司像走去的：

“荷罗斯神的化身——埃及国王胡夫确定，金字塔的庇护者伊西斯女神的神庙在斯芬克司像的旁边。他便在陵墓的主人俄西里斯神的神庙的西北方，为自己建造起一座金字塔，同这位女神的神庙并列……斯芬克司像的位置在金字塔的庇护者伊西斯女神的神庙的南边，而在俄西里斯神的神庙的北边……”

我脚踩柔软如绸的狮皮色沙丘，从金字塔边往下走入一个凹地，那里蹲着一个一百俄尺长的石头怪物，一大堆石头再加上一个十三俄尺高的头。于是，便进入埃及最神圣的地方。这已经是历史的最后一级阶梯！

我的周围，是一片由沙丘、谷地、半被沙子掩埋的山崖和古代坟场构成的凝滞而又炎热的海洋。一切都像缎子一般闪闪发光，同晶莹的碧空区分开来。处处笼罩着死一般的寂静，照耀着火一般的光华。看，沙土上有一条可怕的弯弯曲曲的带子——一条蛇正从这里爬行而过，也许这便是埃及圣书中所提到的著名蛇神——费，它全身是黄褐色的，布满褐色的横条，一双小眼睛竖着，还有一对与所有别的蛇不同的小小的尖角。我两腿发软了，太阳透过薄薄的白色衣衫灼烤着我的身躯。软木头盔里面已经湿透。但我还是走下去，一边目不转睛地望着斯芬克司像。

它的躯体用整块花岗岩刻成——只有头和双肩是接上去的。胸部已经磨损，显得扁平而又有层次。两只脚掌也已遭损坏。全身是多么粗犷，怪异，硕大无朋，带有令人生畏的远古痕迹，意味着它从洪荒年代起作为“太阳之国”、生命之国的保护者，命定要同死神塞塔奋力搏斗。但是，它又是多么平静地注视着东方，注视着远处阳光灿烂而烟雾沉沉的尼罗河河谷！它那女性化的头颅，它那五俄尺长的没有鼻子的脸孔在我的心中所激起的崇拜之情几乎同当年胡夫王的臣民们胸怀的感情一模一样：

“荣耀属于你，光芒四射、驱赶黑暗的长者，多姿多彩、气象万千的主宰！”

我往下走到斯芬克司像的两只脚掌跟前，朝它们中间那半已填平的石坑里张望了一下，然后怯生生地抬头仰望起石像略带红色的巨大脸庞……

有一种“黄道光”，在热带国家，太阳下山之后过了很久，黑暗的天空中还会升起一种像金字塔形状的银光。它的谜底尚未解开。但是，在有关天空的神学理论中却说，这是构成太阳的原始发光体的放光现象。我还记得在希腊时所看到的夕照景象。现在，在斯芬克司像旁边，在闻名世界的地下陵墓之间，原始信仰的黄道光在我眼前冉冉升起，无比肃穆，无比壮丽。

四

在回开罗的路上，我被沙漠和天空那种种光彩夺目的景色所陶醉。漫长的林荫道所投下的炎热、透光的树影，像一条条花边似的快速移动着，落到马儿、马车夫的后背和我的膝盖上。一大片成熟的庄稼田正在悄无声息地打盹。动物园也被正午的阳光和倦意所困扰。此刻，那里的色彩是多么强烈和鲜明！我吩咐停下马车，走了进去。

金合欢树的枝叶一直垂到地面。棕榈树在火热的空气中伸展开来，指向银灰色的天宇。花坛给晒得热烘烘的。在烤热的小径上，有一些色彩极为鲜艳、花纹千变万化的大蝴蝶在懒洋洋地飞舞流连。几棵亭亭如盖的大树下面，有一只长颈鹿，在古埃及时代曾经把它作为所有动物的奇特混合物来描绘，此刻它转动着蛇一样的头颈，把长角的小脑袋伸到树顶中去，弄不明白，这是树阴的明暗形成的花纹，还是它那跟豹子一样带沙土色的皮毛在熠熠闪光。在另一处，有几只草黄色羚羊经不住树阴下的闷热，横卧在地，闭起了明亮、温柔的小眼睛。再过去是一片暴露在太阳底下的水塘和林间空地。粉红色火烈鸟、气鼓鼓的鹈鹕、头上羽毛直竖的瘦小的白鹭用一条腿纹丝不动地站在池塘那温热、肮脏的水里，好像拄着一根亮晶晶的拐杖。在古埃及便已经出了名的、长着一双猪眼睛的鳄鱼，把半个身子露在滚烫的、满是泥浆的浅水里，纹丝不动地躺在一个个浮岛之间，像块油光光的铜绿色圆木头。许多鞭子形状的、大嘴巴尖眼睛长着闪光的小脑袋的两栖动物有气无力地匍伏在铁笼细网后边的那些沙子和五颜六色的石头上。有的色彩鲜艳夺目，有的身上带有圆点格子条纹等犹如象形文字一般的图案。有条灰黑色鳞的“猫蛇”慢慢地爬着，它跟所有爬行类两栖动物一样，看上去挺长挺长。“夜间的”蛇在打盹，它们深深地钻到沙子里，同沙土混在一起；我只是偶尔看得出它们那呆滞无神的眼睛，以及成一条直线的显出凶相的瞳孔。蜥蜴一溜而过，闪着宝石般的光芒。成千上万只泛着金彩的绿头苍蝇像火花一般飞散开去。晒热的草木发出了一股辛香味。可是，从几只长腿鸵鸟踱步的地方又送来了一股热烘烘的动物臭气；这些鸵鸟的两只如马腿一般的细脚托着窄小的躯体，上面披着雪白柔滑的鬈曲羽毛，它们老是带着傻乎乎的惊讶的表情把光头颈上那个秃顶小脑袋伸得老长老长。在死一般的寂静之中，有几只宽喙凸鼻、满身赤蓝金紫、七彩缤纷的鹦鹉突然威严、亢奋地高叫起来。这时，花园似乎是个伊甸乐园，是个幸福快乐、“天真无邪”的栖身宝地。我在对知识的渴望、对禁果的渴望的驱使下，从蛇笼的一个栅栏走到另一个栅栏。那条像根草黄色的粗辫子一般躺在黑洞洞的马蹄形笼子里的宽额突眼、行动迟缓的“开普蝮蛇”叫人感到又害怕又恶心。眼镜蛇盘成麦秆似的一圈，泛着青灰色的光泽，挺着像鸡蛋一般的小脑袋，凝然不动地圆瞪眼睛望着空间，它是战无不胜、致敌死命的整个古代埃及的保护神，是威望和权力的象征，是王冠上的吉祥物；荷罗斯神展开双翼的标志上总是由它缠着作为绦带，它已经成百次给描绘在神殿的正门上方……

到达开罗时，迎接我的是：紧闭的百叶窗，由于炎热而显得枯萎的树木，白茫茫、空荡荡的街道。天空是灰沉沉的，灼热的风沙一阵阵地刮来。那正是死神塞塔的报信者。它是火辣辣的，在坟墓王国的上空盘旋。它来自最早的祖先那里，来自神秘而又威严的南方——来自“神在自身的光辉中给人们的皮肤涂上一层乌黑发亮的烟炱，并且晒枯他们的头发，将其弄得弯弯曲曲”的地方。

（1907）

犹太

上帝将我放到平原上，

这平原遍满骸骨。

——《旧约·以西结书》①

一

早晨，风平浪静，天气炎热。我们的船在雅法港前边的碇泊场抛了锚。

甲板上一片喧闹，十分拥挤。光着脚的船夫们身穿条纹绒衣和肥大的灯笼裙裤，灰褐色的脸上汗珠直淌，他们瞪着布满血丝的眼睛，将非斯卡帽推到后脑勺，一边大声叫嚷，一边把手里抓到的东西统统往平底帆船上扔。一只只箱子像冰雹似的飞过去，人们纷纷从舷梯往下走。我也走了下去。平底帆船挤满了吵吵嚷嚷的阿拉伯人、犹太人和俄罗斯人。

轮船在平静如镜的近海水面上显得黑了一点，它渐渐往远处驶去，似乎变小了。雅法港也挺小。我们离它还很远，不过空气是多么洁净，而城里那些像积木一般的东方式小房子的外形，以及穿插其间的一棵棵棕榈树看上去是多么清晰和简朴。这个香蕉色的石头小城市像阶梯一般堆叠在陡峭的海岸上。它同碇泊场之间还隔着一长列礁石。在礁石那一边的近海浅水里有许多船只，又高又细的桅杆上挂着白帆，像丝绸一般闪闪发亮。它们大都靠近北边的浅水带，那里曾经是腓尼基的港湾——“月亮池”。在雅法港的北边，毗连着沙仑谷地，此刻那里在天空和太阳的映照下变成了金灿灿、蓝莹莹的一片。在南边是灰黄色的腓利斯丁沙漠。而在其东方则是炎热的，像蓝色幻影一般的犹太地方。那边，过了山，就是耶路撒冷。

在风静的时候礁石都裸露了出来，帆船平平稳稳地在它们那些湿漉漉的、在阳光下亮得耀眼的赤褐色大石块之间滑行。码头上有几个板棚，那是海关。我们登上平坦的石级，从回声传得很远的小巷的背阴处往市场走去。烂橙子和茴香，夹着东方厨房中的油烟的气味使我想起了伊斯坦布尔。不过，即使是在伊斯坦布尔最偏僻的小巷里，也不会有给马蹄和鞋子敲击和磨砺得如此平滑的石板，也不会有如此的人群——穿着是这样褴褛，肤色又晒得这样黑，叫喊的喉音是这样重！这便是市场，有潮湿的喷水池，有头顶皮囊和水罐

① 见《旧约·以西结书》第三十七章第一节。

的运水工人，有骆驼和狗，有成堆的水果和蔬菜，有咖啡馆和半明不暗的带篷商场中的小店铺……是啊，这里的一切都更古老，更有东方味。市场上方的天空也更晴朗，气温也热得不一样。有些老态龙钟、长着像兔子一般的红眼睛的迦南人[①]正在摊位的暗处用几枚贝什雷克换雷波顿和披亚斯特[②]！

在雅法四周的花园里遍种着棕榈树、白玉兰、夹竹桃，还有一丛丛酸橙林，果实累累。这些花园全是由开着黄花的仙人掌构筑的篱笆分隔开来的，篱笆上盖满了尘土。在篱笆之间的那条沙石小路上，隐隐约约地飘来了一阵忧郁的铃声——一队骆驼正慢慢地走过来。不知什么地方的水渠里传来了淙淙的流水声，还夹着从蓄水池中舀水的水车轮子的吱扭声。这种旧约时代的吱扭声令人激动。不过，雅法城本身更令人激动。这些昏暗的小店铺千年来一直出售着同样的东西——面包、煎鱼、套马的头络、银戒指、成把的大蒜、番红花粉、豆子；这些皮肤黝黑、鬈发花白的闪族老人袒露着褐色胸膛，披着带花纹的厚呢斗篷，缠着贝都因头巾；这里的伊兹梅尔女人身穿蓝黑色衬衣，肩扛巨大的水罐，高傲而又轻盈地迈步走着；这些乞丐，瘸腿的，瞎眼的，残疾的无

① 在此指商人。迦南人本指公元前3000—前2000年住在腓尼基和巴勒斯坦的非犹太部落。《圣经》中提到了迦南商人，蒲宁便在此用作隐喻。

② 披亚斯特和贝什雷克是土耳其钱币。一贝什雷克折合五披亚斯特。雷波顿是希腊钱币。

处不在——这便是远古蛮荒的时代、基督在世的时代的真正的巴勒斯坦！

第二天，我们离开雅法，穿过沙仑谷地，去耶路撒冷。那是一条荒无人烟的道路！河谷中的水仙花，过去由于它非凡的繁殖力而叫人流了不少血汗，现在又开始被翻耕掉了。昔日的主人又渐渐地聚居到犹太这个地方，他们热诚地希望大卫王的时代重新到来。不过，花朵依然很多，太多了。到处都是罂粟花，罂粟花，罂粟花，它们那火红色的花瓣慷慨地撒满了这片田野。

沿海草原地带那阵阵和畅的春风，还有温柔的朝晖，还有花朵盛开的橄榄树。庄稼田和晒热的土地所散发出来的馨甜的芬芳不时地送进短短的列车的车窗，这次列车每一昼夜便要沿着河谷和山地往耶路撒冷跑一趟。它在起伏不停的原野上，在赤褐色耕地和绿色庄稼田里飞奔，不时地同一队队骆驼、一群群黑山羊和灰绵羊相遇；羊群东一堆、西一堆的，守护它们的是一些半开化的牧人和像胡狼一样凶狠的狗。

“喔，上帝，罂粟花真多啊！”我的旅伴说，他是俄籍犹太人，一个留着瓦灰色大胡子的老头儿。

过了利达和拉姆拉——这是两个阿拉伯小城市，全是些方块形的石头房子，夹在枣椰树和柏树中间，在晴朗的蓝天下闪着白光——再往后，土壤变得更加干燥，更加多石和坎坷不平，而庄稼显得更加萎蔫和稀疏。地势开始升高——直到耶路撒冷。已经可以看得见前边那灰色的石头，青色的洼地和狭谷。火车短促地喘着气，放慢了节奏，它的汽笛声变响亮了，传得很远，道路也变得曲折起来；我们仰望天空，发现自己已经处在一片草木稀少、山石峥嵘的凹地中间。于是，一片凹地接替一片凹地，一个狭谷接替一个狭谷……有时候，这种景色变得活跃了一点，那是由于巉岩的巉缝中长着几株正受到烈日灼烤的绿树，或者是由于圆屋顶一般的山头上残留着古代迦南的佩拉斯吉人的工事遗址，也由于在干燥的陡坡上，在长满苔藓和荆棘的大圆石头之间散落着一群绵羊，或者出现了一排排石头围墙——那是梯田的痕迹，自古以来当地人便在这些梯田上栽种花木和搭建葡萄园……不过，犹太山脉中那些似乎令人惊叹的“深渊”在哪里呢？那些似乎“还显示出耶和华的威严和死亡的恐怖”的高峰在哪里呢？

太阳西沉，山里一片阴暗。我们已经处在群山的正中了。火车爬过多石的谷地，越来越往上去，像一条弯弯曲曲的小毛虫似的绕过一些布满圆石的灰黄色石头山包……正是在这里，在这里的某个凹地中，“大卫手中拿杖，又在溪中挑选了五块光滑石子，击杀了歌利亚……”[①]

① 见《旧约·撒母耳记》第十七章第四十节。

黄昏之前，火车总算爬上了山顶——远处，在一览无余的山隘和纵横交错地布满像一条条白带子似的道路的凹地中间显露出了新耶路撒冷那一片瓦房顶，它们从西边围着带雉堞的萨拉秦时代的旧城城墙，旧城则坐落在我们看不见的东边斜坡上。这时，我的旅伴从座位上站起来，脸朝窗口，闭上眼睛，用极快的速度嘟嘟哝哝地念起了祷词。我们的列车已经到了很高的地方，太阳低低地挂在下方，刮起了风——走出暖和的车厢时不由得打了个寒噤。是不是由于大失所望而打寒噤的呢？迎面所见的是一座用灰色石头砌就的车站，是新的，可是显得挺土气。车站前边有一群衣衫褴褛、吵吵嚷嚷的马车夫——全是犹太人和阿拉伯人。一辆又旧又破的敞篷轻便马车，老得每个螺丝、螺母都在嘎嘎作响，辕杆上套着两匹驽马……当脸色红中透青的搬运工人把我们的箱子往那马车里扔时，我的旅伴用手背掩着脸，像小孩似的轻声哭了起来，一边挥着便帽。

二

昨天，我在耶路撒冷城里转悠了一整天，今天搭上马车绕城墙走了一圈，在日落之前来到了西城门。

巨大的城门是多么粗笨、古老！带雉堞的萨拉秦时代的塔楼，在西沉的太阳强烈照耀下，看起来像是由一整块陈年黑铁铸成的。门内的小广场几乎全都落在城门以及布满壕沟和雉堞的威严的大卫堡[1]的阴影之下。右边是几幢欧式房屋、商店。对面是大卫街，那是一条狭长、幽暗的通道，上方被粗麻布和拱顶遮蔽着，两边是一些年代久远的老作坊和老店铺。从通道里不时地走出驮着货物的驴子，戴非斯卡帽的男人和把头蒙在面纱里的妇女。女人们吱吱嘎嘎地踩着木屐，木屐在这里是替代鞋子用的……夕阳的余晖从城门外照到这个通道深窄的入口处，使它显得更黑了。我们的旅馆刚好在它的旁边——那是一幢又高又狭的房子。我下了马车，便走到那儿，上屋顶去。晚间的时候我都是在那里度过的。我踩着屋外和屋内的楼梯，在一个拐弯处停下了脚步；窗外，在我的下方，是巨大的“先知叶泽基的水池”[2]，一泓碧水直接同四周房屋的墙壁相连，墙上高高低低地开凿出许多小窗，还装着铁栅栏。其中一个小窗口正在缓缓地放下一只吊着绳子的皮桶……

太阳即将下山。我走上屋顶，摘下软木头盔，感到一阵阵强劲而又凉爽的西风吹在头上。天空寥廓，一片蔚蓝，净无纤云。我正站在犹太的最高处，在起伏不平、难得有点绿色草木的高原之上。一切都带有一种柔和的，但又是十分确

① 在耶路撒冷西城门附近的堡垒，建于十四至十六世纪。后被误传为大卫王的城堡。

② 建于中世纪的方形水池，位于从耶路撒冷通往橄榄山的道路的起端处。

定的灰紫色基调。凝固的隘口、深邃的谷地、浑圆形的山丘……在我的后边，橄榄林和散布在山丘上的楼房——天主教堂、学校、医院、别墅正被西沉的太阳照耀着。在北方的地平线上，有一个轮廓清晰的石灰石圆锥体，那是萨穆伊拉山。在东边，在凯德伦河和橄榄山的后面便是犹太旷野、约旦河河谷和摩押山脉，那里紫烟缭绕，遮掩了半边天空，也遮掩了重峦叠嶂，故这里自古便显得神秘莫测。而在我的正下方，则是阿拉伯小城市的一大堆石头房子，只见一片平坦裸露的黄色和粉红色的屋顶，被幽深的山谷和沟壑团团围住。

"耶路撒冷被建造，如同联络整齐的一座城！"[①] 我记起了大卫王的惊叹。确实，它如同一个整体似的展现在我的下方，许多石头圆顶好像倒扣的碗似的散布在连绵一片的屋顶突出地方，被落日照得亮晃晃的。色彩原始而又朴素，建筑原始而又粗犷，这里没有一棵小树——只在南边有一棵古老而又高大的棕榈树——整个城市四周是带雉堞的厚厚的城墙，似乎坚不可摧。这个城市曾经受到大卫王和所罗门王的歌颂，曾经被黄金和大理石装饰得金碧辉煌，曾经被花园所包围，这些花园屡屡出现在歌中之雅歌中，而如今却回到了阿拉伯人古旧的贫穷状态。它沿坡缓缓而下，毗连着多石的

① 见《旧约 · 诗篇》第一百二十二篇。

凯德伦凹地和布满无数坟墓的约沙法谷地[1]，被荒地和沟壑重重包围，仿佛穿着在昔日光荣的遗骸之上的一件沉重而又粗糙的破烂衣衫。

在城市的上空，耸立着为数不多的清真寺高塔、天主教堂的钟楼和在所罗门神殿原址上兴建的矮小敦实的欧穆尔清真寺[2]那带有凸纹的蓝黑色圆顶。就在我下边的水池上空，在屋墙的外头显露出了两个也是带有凸纹的蓝黑色圆顶。这是沉重的根基已沉入地面的“圣墓与各各他”[3]教堂的圆顶。在晴朗的天空下，清真寺似乎近在咫尺。至于圣墓教堂的圆顶，简直像是可以伸手去触摸。成千上万只雨燕尖声叫着，在这座古老的石头建筑物上空盘旋。太阳下山了，在被城市的房顶遮掩起来的黑沉沉的洞穴和通道里，在肮脏的市场货摊上，喧闹和叫卖声渐渐静息了下来……上帝啊，难道耶稣真的是在这里被钉上十字架的吗？难道现今在半暗不明的拜占庭式的拱顶和地下室里点起无数的长明灯、粗大的蜡烛，闪耀着黄金和宝石的光芒，充溢着神香的烟雾，以及蜡烛、柏树和玫瑰水的芳香的地方真的是他的灵柩所在地吗？

不知何处的天主教堂钟楼上有口孤独的大钟响亮地敲了

---

① 位于耶路撒冷的东北面。按《圣经》的说法，那里将是上帝进行最后的审判之地。

② 建于中世纪早期，寺中保存着著名的莫利阿石山。阿拉伯哈里发欧穆尔于638年攻占耶路撒冷，清真寺便以其名字来命名。

③ 建于四世纪，后经多次改建。

七下。随着其尾声的消逝，远处传来了忧郁而又有力的犹如女中音一般的呼声，召唤人们为平安度过的一天而恭顺地颂扬真主。风是从西边刮来的，挺冷。太阳已经看不见了。全城和整个犹太地区都沉在浅灰色的阴影之中。摩押山脉像是茫茫雾霭之中的南方的大海。灰紫色的约旦旷野在隐约闪光。笼罩着城市的浅灰色阴影渐渐变成一片粉红，透出青色。那株高耸在城市上空的孤独的棕榈树正随风婆娑起舞……

我转过身去，只见微微泛着红色霞光的西边飘着一缕淡紫色浮云。红霞上方似乎没有天空，似乎只有一片广漠无比、澄碧晶莹、清朗明净的空间。然后，我又往东望去，令人生忧的夜幕蓦然降临，已经使我分辨不出什么来。下方，店铺正在乒乒乓乓地忙于关门。生活似乎停止了脚步，大家都躲到自己的家里。清真寺和圣墓教堂的圆顶也变得阴沉沉的。围绕着伟大城市颓壁残垣的那些沟壑和陷坑使人想到远古时代《圣经》中所提到的上帝。不，甚至连《圣经》提到的上帝在这儿也不存在，只有死神的气息洋溢在旷野和帝王的陵墓，以及被各个部落和民族的骨殖填满的秘密洞穴、壕沟和山谷之中。曾是耶稣墓地的地方盖起了黑色圆顶的教堂。欧穆尔清真寺活像千年之前已在地球上消失的某个征服者的黑色帐篷。在它的旁边，阴森森地矗立着几株高大的古柏……

“在这里，留给你们的是这所空荡荡的房子……”

三

在锡安山[1]上，大卫王陵墓的后边，我看到一片倾圮荒芜的墓地，那里密密麻麻地长着罂粟花。整个犹太就像这一片墓地。

我去过伯利恒[2]和希伯伦。在往伯利恒去的那条路上看到了全犹太最生气勃勃的景象。我是在早上乘车去的，东边的群山和河谷沉浸在朝阳和金蓝色天空那一片热腾腾的光华之中，前边延伸着一条白生生、亮晃晃的公路，周围浅红色山坡上嫩绿的庄稼一片欣荣，传教士团的花园里有许多野鸽子在咕咕鸣叫。我不由得想起了所罗门王的花园和葡萄园：

“地上百花开放；百鸟鸣叫的时候已经来到，斑鸠的声音在我们境内也听见了……我的佳偶，我的美人，起来！与我同去。我的良人，来吧，你我可以往田间去，你我可以在村庄住宿；我们早晨起来往葡萄园去，看看葡萄发芽开花没有……”[3]

古代的教会把这种满怀柔情的春天的召唤，理解成作为新郎的基督向作为新娘的教会所发出的招呼：“我的佳偶，我的美人，起来！”不过，这一召唤难道不是向着整个地球

---

① 在今巴勒斯坦境内，犹太人以此山为民族的象征。
② 耶路撒冷以南八公里处的一个小镇，相传它是大卫王和耶稣基督的故乡。
③ 见《旧约 · 雅歌》第二章第十二节，第七章第十一至十二节。

上的人所发出的吗？

在去伯利恒的路上曾经有过绿茵遍野百花争艳的好时光，“树木被怒放的花朵压弯了枝桠，池中的清水溢到了岸上，枝头的鸟儿千啭百啼，迎接手抱圣婴路过此地的马利亚……”

伯利恒，意味着生命、空气、太阳和丰收；它那些密布在小山丘上的像淡黄色方块一般的小房子都面向东方，面向远处在阳光下雾气蒸腾的摩押山脉，大卫王的祖母——温柔的路得[①]就是从那儿来的。

不过，过了伯利恒便是一片旷野。整整一天里，让你看到的尽是布满圆石头的土山包，以及多石的山谷。要知道这片夹着小石子的赤褐色土地就是上帝所赐的迦南地方，这个地方现在长得最多的是野罂粟花，简直像一片紫红色的湖泊出现在布满圆石头的群山山谷之中，简直像是一片血红的土地，后来经受了一阵石头暴雨的袭击……

所罗门王的水池[②]！我满怀激情地期待着看到它们，现在终于看到了。道路左边是带有雉堞的萨拉秦时代的城堡遗址。再过去，又进入一片荒僻、死寂的谷地。在这片谷地之中，呈阶梯形地出现三个巨大的水池。第一个水池已经干涸，空无一物。第二个水池那渐渐倾斜的池底里稍稍有一点

---

① 据《旧约》记载，摩押女人路得嫁给犹太人，她的孙儿便是大卫王。

② 在伯利恒的西南面，靠近去希伯伦的道路。相传，当年这些水池的水是用来浇灌所罗门王的花园的。

碧水。第三个水池的池底则都是水。池壁上挂着茂密的野生常春藤的绿叶。透过叶子，一缕缕银白色的清泉汩汩流出，在一片寂静中发出催人入眠的琤琤声。有个牧人从旁边走过，他只管自己吹着木笛，发出如泣似诉的乐声，一边看顾着分散在四周陡坡上那些圆石头之间的黑山羊。他像女人一样裹着羊毛头巾，还套着双重的羊毛头箍。他的脸庞很瘦削，黑黑的，留着鬈曲的胡子，一双眼睛炯炯有神；脚穿一双粗糙的贝都因鞋，瘦骨嶙峋的身上穿着一件白衬衣，一直拖到膝盖，腰际缠着一条围巾；肩披一顶挺难看的白底黑色条纹的厚呢斗篷，还背着一支火石枪……这位以实玛利和夏甲的后裔根本无法叫人想起所罗门王来！生活绕了一个大圈子，在这片土地上建立起一些伟大的王国，却又被破坏了，消灭了，重新回到原始、简朴的状态……

傍晚时，我参观了又一个古犹太的遗址。我们再次乘车到谷地去，向导指着小山脚下的一个洞穴说，这是“耶利米的山洞”①。我便转身朝那边走去。夜晚异常宁静，远处的天际还抹着一重柔和的蓝色，真有点像俄罗斯南方夏季的黄昏。山洞旁边有一丛盛开的野蔷薇。一只胡狼如箭一般地从洞里冲出来，只见它把灵活而有弹性的尾巴一甩，便跳到小丘上，蹲在那里，竖起了双耳。山洞入口的地面有烟熏的痕

① 耶路撒冷城北边的一个山洞。从十五世纪起，便传说《旧约》中的先知耶利米葬身于此，并认为先知生前正是在此创作其哀歌的。

迹，那里有一堆被吃剩的花花绿绿的鹦鸟翅膀……

希伯伦郊外那些山丘的景色，要比前面提到的山美一点。它们给一重重梯田围绕着，那里有苍翠的老橡树，有青灰色的李树，有粗大的迦南葡萄藤。不过，使人感觉最强烈的，是在走近古代犹太王国的首都时，越来越令人深思起旧约时代游牧民族的国家来。迎面来了一支骆驼队。高大的骆驼慢悠悠地挪动着步子，它们挺起细细的头颈，仰起小小的脑袋，深色的眼睛显得很聪明，露出了狭长的大鼻孔。有几个肤色黝黑，衣着破旧，样子像强盗一样的人跟在后面……

希伯伦，这是荒野中的穆斯林之家，是狭窄的情人谷中的一个灰扑扑的石头房子小镇。市场的小街很古老，而且肮脏不堪。我穿过街道，登上小山。那里矗立着一座像小小的城堡一般的建筑物，这是亚伯拉罕[①]和撒拉的长眠之处——他们的遗骸对基督教徒、伊斯兰教徒和犹太教徒是同等神圣的。可是，一些小男孩还是朝前往该地瞻仰的非穆斯林们扔石头，放狗来咬他们……

在希腊、罗马、埃及，历史几乎未曾中断过。国家在一定的时候灭亡了。“它们的宫殿长满了荆棘，它们的城堡长满了荨麻和牛蒡草，成了胡狼的居所，鸵鸟的藏身之地；沙漠中的兽类同野猫在此相遇，妖魔鬼怪在此互为呼应。”但

① 亚伯拉罕是《旧约》中所提到的犹太人祖先，被穆斯林尊为先知。撒拉是其妻子。

是，这能否阻碍新的王国在废墟中崛起呢？

在犹太却不是这样！

世界上没有一个国家会有如此复杂和血腥的历史。在古代世界，似乎没有一个王国不给犹太带来巨大的灾难。在《旧约》中，犹太毕竟还是古代世界中的一部分。而在《新约》里，它却已经成为白骨撑天的旷野，只有以西结在噩梦中所见到的堆满死人的平原才能与其相比。它的望不到边际的废墟连哈德良[①]本人都感到震惊。同狄托[②]或哈德良相比，尼布甲尼撒王[③]算得了什么！尼布甲尼撒王“将锡安城犁为平地”。狄托则把尸体堆得“高过城墙”。他的到来也就是撒旦军队的到来。乌云密布，笼罩在所罗门神殿的上空，在死一般的寂静中神殿大门轰然洞开，耶和华的大军走了出来。“我们走啦！”不知是谁的声音在对犹太人说。在哈德良的统治下，大卫王的陵墓突然倒塌，“狼群和鬣狗号叫着出现在空荡荡的耶路撒冷的街头”。那是对犹太人最近一次冒险起义[④]进行报复的迹象，在那次起义中在基提岛[⑤]被杀害的异教徒近三十万，人们怀着《旧约》中所描写的那种狂怒，去生吞死者的肉，剥下他们的皮来制衣……而这次报复行动也是

① 罗马帝国皇帝，在132—135年间残酷镇压了犹太民族的反抗斗争。

② 罗马帝国军事统帅，后成为皇帝，在公元66—70年间扑灭了犹太人的起义。

③ 尼布甲尼撒二世，巴比伦国王，在公元前六世纪初攻占了犹太。

④ 即哈德良镇压的一次起义。

⑤ 即今之塞浦路斯岛。

骇人听闻！

它是预言的应验。“要使欢喜和快乐的声音，新郎和新妇的声音”在耶路撒冷止息。要让在血和火中毁灭过百次的伟大的世界之城彻底毁灭，因为它那浸透了鲜血的土地还要在很长、很长的时间里长着“荆棘和蒺藜”。

经历了这么多可怕的事件之后，犹太已经不会过正常的生活了。它应该有一段长时间的休养生息。让有关往事的一切记忆从这片土地上消失。让不可胜数的骨殖统统朽烂，让坟墓掩埋在罂粟花中。让这片土地在千年的酣梦中安睡，回到那个古朴的年代……

它已经回到了那个年代。

（1908）

石头

一

不知是什么原因，当我今天睁开眼睛看到自己那间阴凉的石头房间里开着窗户时，心里特别高兴。离窗口一俄尺远，便是旁边那幢房子泛黄的高墙。早晨的阳光为它抹上了一重金色，也照到了我这里。楼下有只山羊在咩咩地叫着，好像是在乡下似的；楼上传来了准备上学的孩子们的嚷嚷声。远处的市场上有头驴子在得意洋洋地高叫。

房顶上也很阴凉，不过耀眼的太阳尽管刚从摩押山后升到谷地的上方，沉浸在一片亮闪闪的雾霭之中，却已经把人的衣服、双手都晒热了。炉灶中的干粪块还在微微燃烧，从烟囱里冒起一股透明的、颤抖的热烟，在早晨的空气里散发出辛香。在一片寂静之中，听到有人从窗口把皮桶放到还笼罩着一片阴暗的碧水池里，发出了一阵阵汩汩声；听到奔走在市场有篷顶的小巷里的运水工人在响亮地喊叫，还有城堡旁边的广场上嗒嗒的马蹄声。不计其数的雨燕，在城市淡红带黄的屋顶的上空、在一个个如倒扣大碗的石头和泥土的上空、在圣墓教堂的黑色圆顶的周围，盘旋飞舞。富丽堂皇的欧穆尔清真寺顶上的那个新月在闪着热光，这所寺院在周围那些古老破旧的房屋中间显得多么孤单。

蹄声嗒嗒——有人牵马过来，供来自欧洲的旅游者和朝圣者骑坐。欧洲人总是住在旅馆里，住在天主教和新教的会馆里，他们在瞻仰圣地时表现得十分虔敬和平静。若是有人说话，那准是俄罗斯的农民和波兰的犹太人。他们是来痛哭的。一些人在圣墓大教堂的旁边流泪，另一些人则在耶和华圣殿残留下的哭墙[①]旁边悲泣。俄罗斯人通常住在西城门外东正教社团的那些单调乏味的楼房里。犹太人则在城南街区的那些贫民窟中落脚，他们在古老的锡安城遗址旁哀号，身穿丝绒长袍，头戴毛茸茸的波兰帽，波兰帽的下面还露出了套在头顶的犹太小圆帽，以及鬓际的一大绺鬈发。

所有那些匆匆忙忙赶往欧穆尔清真寺、哭墙或者直接去市场的人必定会到大卫街去走一走。在这一条沿着山坡呈梯形缓缓而下的长长的石头走廊里，在这些拥挤不堪、气味浓烈的古老东方的店铺之间，驴子、神甫、教长、骆驼、妇女、土耳其士兵、贝都因人和各种信仰的朝圣者川流不息。

---

① 罗马帝国统帅狄托下令拆毁耶路撒冷的神庙之后所残留的部分外墙。现已成为犹太人的宗教朝圣之地。

拱顶、粗麻布和席子把这条走廊遮掩得挺阴凉，但是在它们之间的空隙处还是能看得见晴朗的天空；阳光穿射进来，形成一道道金灿灿的、飘舞着尘埃的光柱，使人甚至在阴凉处也感到，炎热的巴勒斯坦早晨来得有多快。看，在这道生气勃勃的太阳光柱里有两个白色的妇女身影一闪而过，好像银铸的一般；看，光柱里又闪过一个老头，鬓发灰白鬈曲，有着厚厚的嘴唇，细细的小腿，敞开着胸膛，围着黑色的头巾，披着带花纹的牧人厚呢斗篷，这使我想起了雅法城里所见的情景；看，那座沉降在地里的屋子有一个角落给照亮了，屋子是用奇怪的石头残块和古代犹太的大理石堆砌起来的，屋檐上长着青草，就在肉铺门口的上方……我越来越强烈、越来越高兴地感到自己在同耶稣在世时的某个遥远而欢乐的早晨相接近……

左边一条小巷里尽是一些出售小十字架和小圣像的店铺。再走下去是石头围墙，墙上有扇小门，进了门便见到一个洒满火辣辣的阳光的石头院子，处在一些希腊和拉丁的教会会馆以及教堂本身的墙壁的包围之中。教堂的大理石台阶上挤满了小贩，他们陈列出来的依然是那一些用柏木雕就或用珠母做成的小十字架、念珠和贝壳画。这个院子，即这座教堂所在的地方，原来就是“死人谷”。从前，这里是城墙外边的一片空地，是堆垃圾和把犯人钉上十字架处死的场所。后来，它成了全世界最伟大的圣地。统治这块地方的先后有罗马人（他们在被十字架钉死的人的墓地上建起了维纳斯神庙），有拜占庭人，有科斯洛埃斯[①]，有欧穆尔，有戈特弗里德[②]，有伊斯坦布尔的苏丹……

教堂的正面看上去是灰扑扑、沉甸甸的。它的入口都有又高又深的拱门，饰着浮雕，但已经剥蚀了。其中有一个进口给草草地用石头封了起来。另外一个则敞开着，可以看到那里面一片昏暗，以及分布各处的神灯那星星点点的彩色光晕。位于第二层的两扇装有栅栏的窗户很小，同正门相比毫不起眼。所以，教堂的正面看上去就像城堡的一堵死墙。一群俄罗斯的善男信女从那里面走了出来，他们转过身子，鞠躬到地，并且摇头叹气，用衣襟擦掉眼中的泪水，然后去市场转悠……一些雨燕幸灾乐祸地尖叫着，像黑色的箭一般围着烤得火热的墙壁飞来飞去……在屋檐的突出地方，几只鸽子正在宽容温厚而又佯装生气地咕咕叫唤……

在教堂正门口的宽板凳上坐着几个土耳其士兵，一边抽烟，一边全神贯注地看着棋盘。往里是幽暗的第一道门廊，那里的低台上点着许多巨大的灵烛，在挂满贵重的彩色神灯的华盖下面有一方黄色泛红的石板——涂油石[③]。左边有一个

---

① 科斯洛埃斯二世，伊朗国王，在614年攻占了当时属于拜占庭的耶路撒冷。

② 布永的戈特弗里德，十字军将领，在1099—1100年间攻占耶路撒冷，并在那里建立了十字军的耶路撒冷王国。

③ 嵌入圣墓教堂地板的一块大理石石板。相传，耶稣基督的遗体从十字架取下之后便放在此石上进行涂油礼。

圆厅，在巨大的、没有合拢的圆顶上笔法幼稚地画着一些白云、蓝天、安琪儿。中央有一个用沙土色大理石砌成的小礼拜堂[①]，挂满了亮晶晶的饰物和点燃的神灯。在它的入口处还点着好几支包着金箔、有一人高的彩色蜡烛……看，这就是那个可怕的墓穴，里面是多么狭小，简直难以转身，但又给照得多么明亮，以致眼睛都花了，一下子没有看清靠墙有一张低矮的大理石床！世界各地的人正是冲着它才汇流到这里来的，正是为了它才每个小时都要洒上玫瑰水，并在它的上方燃起了五十盏神灯和多少支蜡烛……

感受了墓穴的炎热和光亮之后，就觉得圆厅里很阴暗。这里从早到晚都聚集着手捧十字架和圣像的宗教行列，摩肩接踵，号哭流涕，用各种各样的语言做着祈祷。旁边的希腊大教堂、天主教的侧祭坛、各各他，这几处都在举行宗教仪式；各各他是一个很小的阴暗的祭坛，从圆厅的门外边登上大理石梯级，便可以走到那里去。举行宗教仪式的地方，还有稍远一点的地下教堂，那里永远是黑夜，充满着被神灯照亮的昏暗和坟墓中冰冷的气息……到处是黄金、圣幛、宝石，还有各个时代写上形形色色文字的圣像、神香、十字架、圣母的雕像……

“为了此种痛苦而畅饮欢乐之酒吧！”

---

① 圆厅的直径约有二十米，在其中央，建筑物中再造一幢建筑物，那是圣墓小礼拜堂。在小礼拜堂的一个侧祭坛内安放着圣物，那里很挤，四个人便没有立足之地。但它却是全耶路撒冷最著名的圣地。

二

不过，更加痛苦的欢乐是表现在哭墙——耶和华圣殿遗址——的旁边。

若是没有从大卫街拐向圣墓教堂，而是笔直往前走，稍稍下坡去，那么必定会往右拐弯，走到一些又狭窄又炎热的偏僻小道上，它们的梯级把人引进一条幽静而又漫长的小巷。小巷尽头，有三面是石头小房子的墙壁。在另一面，若是脸向东方，则可以看到一堵巨大的要塞墙壁——哭墙，那是所罗门圣殿周围的工事的遗迹，而现在已经成为欧穆尔清真寺的围墙的一部分。

每天清晨，这儿总是一片阴凉。几棵洋槐树的绿荫使人赏心悦目，因为在耶路撒冷的这些天里难得见到树木。天空用快活的蓝眼睛俯视着下方。但是，在墙下，在它那已经被千百万人的嘴唇触磨得光溜溜的金黄色石头的下边，却不断地听到人们在呻吟，在颤抖着发出鼻音很重的号哭，在伤心地抱怨和倾诉。这种声音时轻时重，一会儿汇合成参差不齐的合唱；一会儿拖成声声长号。披着丝绸肩巾的妇女们把头靠在墙上，恭顺而又胆怯地轻声向它吐着怨言。男人们把左肩紧挨在墙上，左手拿着一本古老的祈祷书，而右手则伸向上方的石块。他们用极快的速度诵读，时而提高声音，像是在发咒语，并且热情地祈祷，寻求苍天的庇佑。他们在绝望中垂下眼睑，扬起眉毛，并且边呻吟边摇晃着身子……但突然又变得活跃起来，睁大了炯炯发亮的眼睛……

这里，有多少脸庞圆圆、目光炯炯、留着长鬓发、穿着西班牙犹太人服装的青年，又有多少两腿细细、瘦骨嶙峋、似乎刚从约沙法谷地跑来的老人！他们脸色苍白，犹如死灰，仰着脑袋，紧闭着鼓起的大眼睛，翘起的灰色鬓发和长长的白胡子在颤抖。可怕的是，这些活像《圣经》中死者的人物在小圆便帽上还戴着崭新的皮帽，身穿朱红色丝绒长袍，松弛无力的脚上套着白长统袜和入殓时穿的鞋。更加可怕的是，他们在星期五的晚间连祷时还要发出颤抖的嗓音，加入撕心裂肺的号哭中去，应和着主持人的呼声。

“为了废弃的宫殿！”主持人用凄厉的高音呼喊。

“我们孤独地坐着痛泣！”

“祈求你，对锡安山大发慈悲。”主持人唱了起来。

“把耶路撒冷的子孙聚集在一起！”老人们应和着。

“救主啊，请你赶快，赶快行动！”

“让和平和欢乐在锡安山重现！”

“让耶西的杖头重新开花[①]，无比鲜艳！”

《旧约》中的花朵再也不会在杖头绽开！可是，世人难

① 《旧约》中说，耶西是大卫王的父亲。“杖头开花”暗寓民族复兴。

道会忘记两千年前那个永志不忘的早晨有位少年进入拿撒勒[①]犹太会堂的情景吗?

“有人把先知以赛亚的书交给他，他就打开，找到一处写着说：‘主的灵在我身上，因为他用膏膏我，叫我传福音给贫穷的人。差遣我报告被掳的得释放，瞎眼的得看见，叫那受压制的得自由……’”[②]

三

欧穆尔清真寺有着淡黄色和青色的琉璃瓷砖、蓝黑色的圆顶，巨大的大理石庭院，还植有许多株千年古柏。它矗立在贫穷和赤裸的犹太上空，显得富丽堂皇、流光溢彩。

甚至远在死海那边，只要一登上摩押的山坡，就能望见这座寺庙。而在死海一带则展现出了一大片淹没了索多玛和蛾摩拉[③]的水域，像火焰一般在南方闪闪发亮，然后渐渐消失在天空和太阳的光华之中，形成了炎热的、一望无际的空间；在水域的对岸已经是神秘莫测、光明普照的阿拉伯了。死海的北边，在无数蜿蜒曲折的山谷的深处，是耶利哥城[④]。它黑乎

---

① 巴勒斯坦北部的小城镇，相传耶稣在此度过童年。

② 见《新约 · 路加福音》第四章第十七至十八节。

③ 在《旧约》中提到的两个古城，位于巴勒斯坦的南部，因罪孽深重而遭天火所灭。

④ 《旧约》中提到过的古城，位于耶路撒冷的东北面，死海之北。还在古代，此城就已衰落。

乎地横在重重叠叠的犹太山脉的脚下，在旷野中间，好像一片小小的绿洲。在高一些的地方，在犹太山脉那一览无余的灰黄色隘口和凹地中间，坐落着犹如阿拉伯城堡的样板一般的耶路撒冷；清真寺和圣墓大教堂的圆顶在它的上空闪着暗淡的光。来自阿拉伯，来自约旦，来自海边——世界各个国家和民族的崇拜者川流不息前来朝觐这座古堡的城墙和圣地。欧穆尔清真寺是伊斯兰教第一个朝觐的地方。先知本人就训谕要面向莫利阿石山①祈祷，因为清真寺现在就建在这座石山上；麦加成为朝觐之地要晚一点，在先知去世之后。“朝圣者进入清真寺神圣的院墙，并向石山礼拜之后，他会得到相当于一千名蒙难者所获的奖赏，因为在这里他的祷告是如此接近真主，犹如他是在天上祈祷一般。”

当我们沿着大卫街下坡，犹豫不决地站在城堡的大门口时，有个肤色黝黑的阿拉伯哨兵头戴非斯卡帽，身穿蓝色土耳其军服，肩扛一支卡宾枪，正在大门边慢慢地踱着方步。还在不久之前，别说进去，就是往圣地的院子里张望一下也颇费周折，而在一百年前这样做更要赔上性命。现在，哨兵却只瞟了一下而已，眼睛里露出泛青的眼白和黑色闪亮的眸子。

将近中午，透过正对大门单独而立的一长列柱廊中的通

---

① 欧穆尔清真寺的所在地，在古代是所罗门神殿兴建之处。《旧约》、犹太圣法经传和穆斯林的许多传说都同这座石山有关。

道，可以看到这座巍峨的清真寺耸立在大理石的基座上，处在石头院子白得耀眼的空间里，它的墙面闪耀着奇特的金属光泽。古老的柏树像卫兵那样站在它的旁边。几棵不知植于什么年代的橄榄树分布在各个角落，以银灰色树冠覆盖住院子里那些长着淡绿色细草的石板。在一棵橄榄树下面，坐着两位笃信宗教的穆斯林妇女，她们裹着淡粉红色面巾，按照女人的习惯伸直了腿。鸽子扑打着翅膀，发出哨声，不时地停落到基座火热的台阶上。不过，总有个感觉，似乎这个充满光明的院子早已不见人迹——似乎这些黑乎乎的美丽的树木生长的地方，这些洁净的石板闪光的地方是个禁止人们涉足的王国。在灰蒙蒙的阿拉伯天空下，在一片光明与炎热之中，清真寺高耸入云，充分地显示出了亚洲式的辉煌，但它那永远鲜艳的色彩却闪耀着毫无生气的冷光。

清真寺雄踞在周围万物之上，整体以这一片天空为背景。它那长长的用一色金光闪闪的大理石砌成的八角形体，以及支撑圆屋顶的淡青色鼓形部分，同沉重的深蓝色半球，同那个顶上装着极大的、两个尖端互联的金色新月，并带有凸纹的萨拉秦式圆屋顶相比，便显得有点低矮敦实了。清真寺的上半部分带有阿拉伯风格的朦胧味，而下半部分的镶嵌图案则带有大马士革风格的豪华味，从柱廊的通道望过去，两者对比分明。

我们走上了基座。这时，清真寺在我们的面前显得更加雄伟，更加灿烂夺目。几乎是正半球形的圆屋顶，在其顶端稍稍削尖了一点，而在靠基座的部分又稍稍凸出了一点——看上去非常轻巧。鼓形部分的上檐板以及在其窗户之间的地方全都镶着蓝色和白色的彩釉砖，上面用金色绘着古阿拉伯文的花体题词。一条用白色和青色瓷砖砌成、同样绘着金彩花字的宽带子沿着八角形体的墙壁，在宽大的半圆形窗户上方绕了一周。

一位身材瘦削、双目有神的毛拉迅速地开了门，我们便脱了鞋，踩在光滑的黄色芦席上，走进一片昏暗和阴凉之中，那里只有透过贵重的彩色玻璃射进来的一些蓝色和粉红色的微光。“这座清真寺有什么古怪之处？”在眼睛习惯于半暗不明的环境之后，我暗自思忖。最后，我恍然大悟：噢，它没有别的清真寺那么宽敞！

不宽敞的原因在于里面还有一个八角形的柱廊：八块宽阔的柱石和十六根圆柱，借助柱顶过梁连接了起来。它们之间的过道则用拱券相连。墨绿、暗银、紫金的镶嵌图案布满了这些柱石和柱顶过梁，好像裹上了古色古香的锦缎，使人想起了拜占庭时代。圆柱的柱头也带有拜占庭风格。

不仅如此，在这道拱廊之后还有第二道拱廊——那是一个由四块柱石和十二根圆柱组成的环，它支撑着鼓形部分和圆屋顶，此种用碧玉和斑岩雕成的圆柱环是所罗门和哈德良时代的遗风。最不同寻常的，是在这个圆环内，在这些圆柱的后面，在连接它们的一些不高的青铜栅栏的后面所见的东西：在绿色的丝绸华盖下面，竟然陈列着一块又笨重又粗糙、布满皱纹、样子古怪的黑色大石头，这简直是有悖于人类关于建筑布局的一切构想！圆屋顶的内层也缀着如锦缎一般的暗色金绿镶嵌图案。从红宝石的、青玉的、晶黄的玻璃窗射进了好像童话世界中才有的五彩光芒。在大理石和无数水晶吊灯的交相辉映下，整座殿堂在朦胧中熠熠发亮。清凉的昏暗中充溢着柏树和玫瑰水的幽香……大自然干吗要这样直接地闯进这个向神祈祷的殿堂呢？

《塔木德书》① 说：

“莫利阿石山，在这块石山上第一个人向上帝奉献第一次祭品，它是世界的中心。在莫利阿石头所在之处曾经建造过所罗门圣殿，现在则由欧穆尔清真寺护卫着，它是由上帝亲自奠定的宇宙的基石。”

犹太和阿拉伯的古籍及传说中说：

“在耶路撒冷，上帝对岩石说：你是基础，我从你开始创造世界……由于你，人子将从死者中复活。”

“梅德希尔-叶德-达恩走到山岩下的洞穴里，看到莫大的奇迹：一大块摇摇晃晃的石头没有任何支撑，悬在高处，犹如翱翔的雄鹰。”

---

① 即犹太教圣法经传。

穆罕默德在骑着那头叫“闪电”的母骆驼[①]从麦地那赶到耶路撒冷的那个夜里，在“摇晃于天地之间的莫利阿石山上留下了神圣的足迹”。他一挥手，便同石头一起飞近天堂的大门——石头发出了欢呼声。不过，先知嘱咐它保持沉默——然后从大门走进天堂。而石头则重新降到地面——接着又重新升到天空——并且至今还处于这种运动之中：“不同凡尘相混杂，又不敢进入天界”。

卡巴拉教派[②]的经书说：

“我主阿多纳依在深渊之中竖起一块石头，并在石头上写下圣名。当深渊中的洪水升到石头处时，水会在恐惧之中又退回原处。当有人说出谎言时，石头会沉入水中，圣名的字迹便给冲洗不见。不过，持有解开圣名之谜的十七把钥匙的天使阿扎里艾拉会在石头上重新写下圣名，使其重新获得驱赶洪水之力。”

“在诸先知之日，石头处在所罗门圣殿内，于是最高司祭将冒烟的香炉置在其上。放在其上面的还有金制的约柜[③]、装着甘露的瓶子和永远开着花的亚伦的牧羊杖。现在，约柜已经秘藏在石头下面，这是所罗门王本人这样做

① 根据穆斯林传说，先知穆罕默德骑着一匹神马从麦地那，经耶路撒冷，升上天空。该马具有人的脸，鹰的翅膀，双眼如明星，尾巴如彗星等。

② 中世纪的犹太教神秘教派。

③ 装着刻有摩西十诫的碑石的金柜，放在所罗门圣殿最神圣的地方。

的，使其免遭敌手，也正是石头使所罗门王具有如此神力：王从石头上可以眼观整个世界，四面八方，并且懂得飞禽走兽的语言。”

但是，在圣殿陷落的日子，在五月初九，生命之石渐渐停止运动。它的神力渐渐消失。最大的秘密，标示圣名的那些非语言所能表达的字迹被耶稣解读了出来。于是，石头的神力转移到了他的身上。“耶稣接受了它的神力，用这一神力创造了种种奇迹”。那末，现在石头的神力在哪里呢？

伊斯兰教说，耶稣之后，石头的神力转移到了先知身上。伊斯兰教是对的：先知“推动”了石头。“但是，光辉的伊斯兰的太阳照耀之后……”那么，世界的未来将会是怎样的呢？

（1908）

冥界

黄昏时，我走过雅法城的市场，无意中仰望天空，看到了一弦月牙。在暮色中，店铺纷纷关门打烊，从喷水池那里运走了最后一批水罐。几只狗钻在下面的暗角落里，寻找市场丢弃的食物。突然，不知在何处开花的树木送来了一阵清香。我抬起头来，看到清澄明净的天幕衬托出一绺棕榈叶，而在其上方则挂着两端尖尖、纤细而又纯洁的“阿斯塔尔达[①]之弓”。

海面粼粼起波，一望无际，从那里吹来阵阵和风，直送到岸边的城墙脚下。几片隐约显现的浮云，给抹上一重柔和而又绚丽的灰蓝色，渐渐消融在西边的天际……“黄昏，大海，迦南—阿拉伯海岸的一角……”我思忖起来。城墙脚下有一间破旧的石头房子，窗洞里漆黑一片，也没有玻璃。只听到小屋里有人在摸黑上床，孩子们在哭闹吵架。在西边，在黑色泛紫的海面上空斜挂着一弯新月，颜色发红，黯淡无光，渐渐躲到云层的后面。在业已从地球上消失的迦南国家的土地上，在海湾的上空，黄昏时分是多么凄凉，周围的一切又是多么简陋和贫穷，似乎只剩下我一个人在世界上，在它的渺无人迹的源头……

第二天，我离开雅法港。人们正在收起舷梯，时间已近傍晚。炎热的太阳渐渐向金灿灿的海面倾斜。海港里波平如镜，礁石都裸露了出来；盘旋在船尾上空的白色海鸥正在休息，它们看上去挺大。雅法城的房子麇集在我们面前的小山丘上，受到阳光的直射，并与水中的倒影交相辉映，使整个城市染上了一重香蕉色。船尾颤抖着转了过去，螺旋桨哗哗地运转起来——雅法城也从一旁移往后去。但是，我依然目不转睛地望着它，直到它渐渐远去，最后同南方的沙漠，同在蓝幽幽的云霭中变成紫色的沙漠和落日融成一片。

然后，我遥望着沙仑谷地。我们正沿着它往北方航行。谷地的景象变得越来越朦胧越来越凄凉。太阳已经西沉，海岸边的水呈现出宝蓝色，显得十分浓重。远处，在灰蓝色的平原中间露出些许白点，那是小小的村落，看上去既孤单又偏僻。我边看，边为这些海岸的荒无人烟而感到惊讶。看，就在那边，在几条从迦密山奔流而来的小河的出海口，曾经坐落着恺撒里亚[②]城。从前，这是希律王的著名港口和城

① 古代腓尼基多神教中的月亮女神、生育女神。

② 巴勒斯坦的古城，在地中海边。由犹太国王希律王于公元前 40—前 4 年间建造，以纪念罗马帝国恺撒-奥古斯都皇帝。十三世纪之后开始衰落。

市；现在只见到一片沙漠、石头和带刺的灌木……而且，整个海岸都是如此。

从傍晚起，天气便温和、晴朗。甲板亮闪闪的，尽管上面横七竖八地布满了缆索投下的淡淡的影子。透过缆索，可以看到高空那一弯新月闪着温柔的光。已经靠近黎巴嫩了。我在船舱过夜时把舷窗打开——到了下半夜便醒了过来：觉得有点凉意，一阵带着潮气的强风刮进黑洞洞的船舱里。我朝窗外一望：外面是灰蒙蒙、黑魆魆的，飘来一股海腥味。黎巴嫩笼罩在昏暗之中。只有两座灯塔，像是挂在地球的边缘，透过昏暗送来一些浑浊的光。稍远的灯光有点偏红。我想：这便是提尔或者西顿①了，心里觉得有点畏惧。

恺撒里亚的那一边留存着埃及和腓尼基的遗迹。在崇拜阿斯塔尔达女神的年代里，在恺撒里亚的原地上有过一座隶属于迦南的大城市，早在埃什穆纳扎尔王②墓碑的咒语中就提到过它。再早一点，在崇拜“吞噬一切的时间之神”——鳄鱼的年代里，这里曾有过埃及人建造的鳄鱼神殿。沙子把这些城市的遗迹掩埋了起来，至今还能在沙漠中找到打碎的正长岩和为鳄鱼举行葬礼的深井……

---

① 提尔（现名苏尔）和西顿（现名赛达），古代腓尼基人在地中海东岸兴建的两大商业城邦国家。两城均在今之黎巴嫩境内。

② 埃什穆纳扎尔二世，西顿的国王。他在公元前 290 年左右立碑，诅咒挖开他墓穴的人将遭到严厉的惩罚。

我们的船在半夜里过了迦密，那是雷神巴力的山岬。犹太的先知们正是从迦密山顶向多神教发出了极度狂怒的诅咒。在迦密山一个原始的洞穴里曾经居住过以利亚[①]——他是巴力神的死敌。但是，以利亚曾经住在作为巴力神象征的迦密山上这段经历并没有给人忘记。成千上万的传说把他的形象同太阳神的形象合为一体：以利亚是被乌鸦喂养大的，他掌管雷霆和暴风雨，他能让天火和大雨自天而降，能使植物变成石头，最后乘着喷火的马车升天，作为太阳之子回到他父亲身边。这都是因迦密山而造成的，尽管山上没有一座神庙，只有几个石头的祭坛；就在迦密山的脚下，拉麦[②]误把变成野人的该隐当成兽类，把他杀了。在迦密山下，三面都是一望无际的大海，终年波涛汹涌。现在，迦密山上有一座卡尔美里特僧团的修道院，那里的祈祷仪式有时候竟像古代多神教的祭礼，既壮观又可怖。“大海的呼啸盖没了唱诗声和风琴声，”有位朝圣者说，“山的上空雷声轰鸣，隆隆不断——那是上帝的声音，震撼了沙漠，使群山颤抖……”

现在，在迦密山下也颠簸得很厉害。我在入睡时感到黑洞洞的船舱不时地在下沉和上升，听到舱壁隔板在吱嘎作

① 《旧约》中提到的先知。在以色列王亚哈受其妻子、腓尼基女人耶洗别的影响，放弃对耶和华的信仰，崇拜多神教的巴力神时，以利亚竭力抗争，并战胜了多神教教徒。见《列王纪》。

② 按《旧约》记载，拉麦为该隐的后裔。该隐杀了兄弟亚伯之后，遭上帝诅咒，流窜他乡。该隐被其后裔拉麦误杀，为后人之传说。

响。不过，此刻又安静了。我们离迦密山已经很远。海水平缓地沿着船舷往后奔去，发出单调的哗哗声，轮船陷入黑甜乡中。我们已经在“阿斯塔尔达女神的怡乐洞”[①]和许多墓穴的旁边，在黎巴嫩高低起伏的城堡和斜坡下方的沙石地带旁边，即在“冥界”这个在提尔与西顿之间的连绵不断的墓穴区旁边，行驶着。曾经有段时间，从提尔到西顿“可以直接在地下通行——沿着墓穴和墓井的通道”。阿斯塔尔达女神的“怡乐洞”同它们混杂在一起是多么放肆！她的男女信徒竟然把神秘的三角形记号[②]画到墓穴的石壁上。而提尔呢？它是“太阳和大海之子，诞生于英雄的年代，对生活的渴望胜过一切国家，期盼获得全世界的土地”，难道它想到有朝一日会灭亡吗？

结果，还是“死亡”取得了胜利。“在大海之中缄默不语的提尔啊！你从大海得到了什么奖赏？我主耶和华说：这是我与你为敌。苏尔[③]，是我把许多民族的人领到你这里，就像大海中涌起的波浪一般……”可怕的话语！不过，还有更可怕的：“提尔，现在我把各个民族中最凶恶的人领到你这里，他们要亮出剑来对付你的珍宝……我要把你横扫，变成

① 按古代腓尼基多神教的风俗，少女在婚前需到阿斯塔尔达女神庙去“赎身”，即与陌生男子发生性关系。“怡乐洞”即是“赎身”的场所。

② 暗寓性行为的符号。

③ 即提尔，同一城市在不同时期的名称。

一座无人居住的空城，让你陷入深渊……我要把你同那些即将进入坟墓的人一起送到早已灭亡的民族中去，将你打入人世地狱……因为你的心太高傲，竟然说：我就是上帝！”

“我就是上帝……”《旧约》中的先知们怀着极度的震怒诅咒过于“高傲”的生命。于是，他们的话应验了：受到生命女神眷顾而如此繁荣的提尔—西顿海岸成了冥界——地狱形象的滥觞。它那同怡乐洞混在一起的墓穴和墓井获得了可怕的“死神之网”、“灭亡之井”的称号。“对死亡的恐惧笼罩住了欢乐的太阳女神巴力的国家”。正是这种恐惧促使埃什穆纳扎尔王忧伤而又无奈地祷告：

“在本朝第十四年雨月……朕，英雄时代的继承人，不幸战败被执，沦落地狱，成为死神之子……朕向全王国和全人类发出咒语：任何人不准打开我的墓道，移动我的灵柩，不准葬入他人棺木使我受辱！”

人是不是上帝？或者是“死神之子”？

只有上帝之子才能作出回答。

（1909）

魔鬼的旷野

一

“在旷野有人声喊着说，预备主的道，修直他的路……”[①]

从耶路撒冷城的屋顶上遥望着它的嶙峋起伏的周边地区，特别是遥望东边那犹太的旷野时，我便总是记起这些话来，因为这是地球上一场最壮丽的悲剧的前言。

魔鬼阿扎泽尔自古以来便是旷野的统治者，它的名字和形象始终还是一个谜。正因为它住在旷野这一片炎热的灰色石头的海洋里，这片海洋曾经被地下的力量搅扰得汹涌澎湃，而现今已经永远凝固不动。每年七月初十，古代犹太的教士和最高司祭便要代表全体以色列人向其奉献替罪的羔羊，以便赦免他们的一切罪孽。可是，正是从那里发出了先驱者[②]最早的召唤，这岂不令人惊奇！

在暴风骤雨、电闪雷鸣之后，上帝乘着一阵和畅的微风来到先知以利亚的山洞。耶稣也乘着和畅的微风降临世上。

可是，“一柄利斧横在树根旁边”。先知为后者的未来作出了可怕的预言。

那时候，就富饶和美丽而言，还没有一个城市能比得上耶路撒冷。从雅法城便能望得见它那些装饰着黄金和大理石的漂亮楼房：“这约翰身穿骆驼毛衣服，腰束皮带”。

耶稣在宁静的绿色谷地，在和睦的乡村居民中度过了青年时代。但是，一旦他开始传道，他就得上旷野去。他受了洗，已经想把莫大的喜讯传遍世界。但是，“圣灵就把耶稣催到旷野”，引到阿扎泽尔的王国，引到被上帝诅咒的古老的地方。“毒打自己兄弟流血致死的该隐就曾在那里藏身”。耶稣“在旷野四十天受撒旦的试探。并与野兽同在一处”[③]。

从耶路撒冷城的屋顶上能望得见旷野。被称为“旷野”的只是那一片山坡，那一片位于橄榄山后面的荒凉不堪、自古寸草不长、由火山岩构成的地方，那些由于太阳的灼烤而裂纹纵横的小丘，以及布满荆棘和大圆石头的山隘，还有那些由昔日的地震所造成的坑洼和凹地。不过，难道阿扎泽尔的统治地盘就没有扩展到火热的约旦河河谷，这个世界上最深的低地，这个流行着致命热病，以及有着单单气味就能使

① 见《新约·马太福音》第三章第三节。

② 即施洗者约翰。

③ 见《新约·马可福音》第一章第十二至十三节。

一切生物丧命的名符其实的死海的地方吗?

今天的天色很明净，蓝幽幽的。但天空和太阳还是有着正午那种干燥、炎热、窒闷的气息。从古老的石头城市，从它被灰黄色屋顶密密层层地遮盖起来的狭窄而又肮脏的市场通道那里散发出了一股热气。耸立在南郊的那株孤独的棕榈树也垂下了像大扇子一般的叶子，一动也不动。圣墓教堂和欧穆尔清真寺显露出了灰黑色圆屋顶。成千上万只黑色雨燕在盘旋飞舞，用叽叽喳喳的刺耳叫声打破了正午的寂静。绵延起伏的紫灰色山丘沉思着，渐渐消失在弥漫的烟雾中……

甚至连摩押山脚下的那一片清亮亮的碧水也显得暗淡了。

二

正午过后，吹来了一阵清风，苍穹、空气、太阳——一切都变得明亮和清朗起来。

在凯德伦河已经干涸的河床那一边，道路渐渐往上去了——经过圣母的墓穴①、橄榄山花园②、押沙龙③和约沙法④

① 在七世纪时建造的洞穴教堂，传说圣母马利亚的遗体即葬于此。教堂的地下室里保存着据称是马利亚的石棺。

② 据《新约》记载，耶稣基督于被捕之前在此祈祷。

③ 大卫王之子。

④ 公元前九世纪的犹太王国国王。

的陵墓，沿着橄榄山多石的山坡，走在犹太墓地的无数墓碑之间，这些墓碑犹如一本本打开的书，刻满了巨大的字母。

世界上是否还有别的地方，能够把这么多为人们所衷心珍爱的回忆联系在一起？

马利亚的坟墓！就在儿子心爱的花园墙边，在多石的山谷怀抱里，在古老的、半在地下的圣殿的拱顶下，灯火、圣像的金饰、宝石在昏暗中闪闪发亮，而她——一个获得了人间和天上的最高荣誉的来自拿撒勒的普通妇女就在那里安息。

而凯德伦河的河床呢？这便是约沙法谷，是以后进行最后审判之地，是死神的大谷仓。没有一个虔诚的犹太教徒和穆斯林不以身后葬在这一谷地为莫大的荣幸，他们个个深信，一切得不到这种荣幸的人在最后审判的那一天也会被上帝召集到这里。要知道上帝已经通过约珥之口宣告："万民都当兴起，上到约沙法谷。①"

太阳已经偏西，落到耶路撒冷城那一头。从东边的城墙投下了阴影。不过，橄榄山的山坡、弯弯曲曲地穿过山坡的道路，以及那一块块石碑和陵墓却依然还是金光耀眼。凯德伦河和山丘上方的蓝天是金灿灿的，在我们头顶上方，扑打着镶黑边的翅膀、正自由飞翔的鹞鹰也是金灿灿的，也许它

① 见《旧约·约珥书》第三章第十二节。约珥为《旧约》中所记的先知。

们喜欢这些山坡，喜欢这些干旱的旷野，而我们则正在绕过山上落满尘土的橄榄林，慢慢地往那儿走。

过了橄榄山是维法尼亚村。这里好比是旷野的门口。有几头毛色棕黄而又干枯肮脏的老骆驼占住了路口拐弯的地方，样子疲惫懒散，说明它们在石头和沙漠之中已经漂泊了好长一段时间。不过，周围依然是那样宁静，令人感到快意。傍晚的霞光清纯而又灿烂，远处的景色尽收眼底，天空广漠无垠，斜坡和山丘上处处都有葡萄架和花园。花园和葡萄架之间的泥地里还长着一些庄稼，尽管不粗壮，倒也成熟起来了。不管是右边的阿布迪斯村，还是左边的维法尼亚村，都不过是几间用灰色圆石砌成的小房子，周围是一些无花果树、巨大的仙人掌、盖满尘土的刺花李；小房子之间的那些又陡又窄、弯弯曲曲的通道里到处可见到垃圾，破布，半裸的黑不溜秋的孩子，瞎子和肢体不全的人。不过，在看够了旷野之后，这些花园和人群毕竟还能使人感到一些快慰吧！

于是，耶稣的形象似乎活生生地出现在眼前。他到这里已经来过了多少次，由于在旷野长途奔走而变得瘦骨嶙峋、脸容憔悴！这里住着他的朋友。拉撒路的坟墓是多么古老，从这些堆砌墓穴门口的还是在希律王那个时代打制的石块上，便可以得到证明。从门口往下走，必须手持蜡烛，沿着冰冷狭窄的坑道。而真正古老的还是从维法尼亚通往阿扎泽尔国度的那条路，它要穿过一条幽深冷僻、蜿蜒曲折、阴森可怖的埃尔-胡特细谷。这条路线自古以来没有变过。别的可以走走的路在犹太旷野上没有，不会有也不可能有，因为只有在这条路线上有一个水源——圣徒泉，而没有水源在这里过往简直不可思议。

从维法尼亚村开始下坡，一直走下去。周围的景色极美，美得出乎意料，令人又惊又喜，觉得这不是真的，好像是有人设下的圈套。

我们在维法尼亚村外的一个斜坡上停下脚步，已是心醉神迷。天空清澄明净，好像根本不存在似的。而旷野，这个犹如波涛起伏的石头海洋似的一直延伸到约旦河畔的旷野看起来是那么小！远方那一望无际的约旦河谷就像一片闪着银光的青灰色雾霭。而它南边的河口此刻则镶着一大块如此厚实、如此明亮的海蓝宝石，简直是非人间所见的景象。而摩押山脉就像一大片迎着太阳的乌云，把整个东方都遮掩起来，显示出无与伦比的柔和和轻盈。可是，不一会儿，这一幻影就慢慢地消失了……

我们现在所到的地方，除了偶尔有几朵红艳艳的罂粟花增添些许生气之外，简直毫无迷人之处。道路盘旋而上，急剧地打着转弯，从一个高坡通向另一个高坡。地平线很快便被重重叠叠的土石山包挡住了，下方是纵横交叉的沟壑……我们早已走到一道幽深、弯曲的河床里，这条河还在远古时代便已经干涸了，而一条也是在远古时代便在这里开凿出来的石灰石小路则不时地从河床的这一头穿到那一头去。除了蜥蜴之外，在此见不到也听不到有什么别的生物存在；这个地方是如此贫瘠，笼罩着死一般的寂静，以致最古老的游牧民族也对其心存恐惧，以为这个地方同隐身居住在此的魔鬼的形象永远联系在一起。难怪贝都因人至今还沿着埃尔-胡特细谷用碎石堆起许多小小的金字塔——用以抵御旷野中的邪恶力量。有些人认为，古代的犹太教士正是沿着这条路，走到神秘的“半途”，向魔鬼阿扎泽尔奉献牺牲，这无疑是对的。施洗者约翰决心住到这样的地方，当他穿着骆驼毛的衣服，从石头后面挺身而起，蓦然出现在行人面前，发出雷鸣一般的喊声时，过往的行人会受到多大的惊吓啊！当耶稣命定要在这里度过多少个夜晚，处在种种幻影之中，迎着死海那边吹来的一阵阵狂烈的热风时，他的内心会有多大的感受啊！

三

一间白色的小房子，有点像板棚，但不过是用石头砌成的，坐落在凹地的深处，从那里只能看到周围山丘单调的轮廓和晚间的天空，旁边有一股泉流在夕照下闪亮，透出一丝暖意。耶稣曾经多次到这个地方歇息。这便是“圣徒泉”，或者照古人的说法，是太阳泉，因为古人不可能不把这一“旷野的生命”奉献给生命之神。三个卸下斗篷的贝都因人，手持套上银箍的黑色棍子，站在几头瘦小的驴子和正在贪婪地饮水的马匹旁边，那些马匹挺健壮，备着鞍，浑身汗涔涔的。还有两个人坐在房子的门槛上，抽着烟，一边用拜占庭式的黑眼睛注视着我们。这些眼睛毫无感情，不过谁知道这些以实玛利的后裔在想些什么呢?

站在泉水边的那些人衣服破旧，样子很普通。坐在门槛上的人可是另外一回事，特别是其中的一个。当我们在饮马时，他总是紧盯着。然后，他面无表情地对同伴说了一句简短的话，不动嘴唇，喉音很重，而且说得如此冷漠，似乎这不是他，而是他腹中的另一个人在开口。然后，他那高大的身子整个地挺立了起来。他那套在踩烂的靴子中的双脚很长，而且有点弯；头很小，往后仰着；身体非常瘦，身穿的衣服似乎不计其数；头上缠着白色羊毛头巾，两端一直垂到双肩，把那双乌黑的眼睛，晒得红中透青的瘦削、刚毅的脸庞，稀疏粗硬而又闪闪发亮的黑胡子衬托得格外分明；深褐色的脖子很细，围着一条紫色丝布。身上是一件长衬衫，一直拖到膝盖，衬衫外面罩着一件带蓝色条纹的羊皮长袍，长袍外面还加上件靛蓝色棉袄；最后还披着一袭用藏青色羊毛织就的又宽又长的斗篷。他走了过来，一只手整了整插在宽腰带里的火石枪和匕首，另一只手移动了一下肩后的卡宾枪。

“从哪里来的？”

“从加沙来的。”

“往哪儿去？”

“去耶路撒冷。”

不过，他骑上自己那匹性子暴烈、健步如飞的小马之后，干吗掉转马头，还要跟在我们后面？我们策马朝那道长山坡奔去——他不甘落后。我们加鞭催马向前，他也加快了步子，一边把茫无表情的眼睛睁得老大，发现我们惊讶的目光之后又咧开嘴巴，露出洁白的牙齿……当他同我并驾齐驱时，突然把一个铜质的拉丁小圣像塞到我手里。他喊道，这是金制的，只卖十个法郎。不过还表示，付两个法郎也行。拿到钱之后，便猛地掉过马头，消失在重峦叠嶂之中，那边已是一片蓝色阴影。

走过一个个山垭时，我们已越来越难见到挂得低低的太阳。有时候，从旁边的沟壑和山谷里，从岩崖和石灰石山包的后面刮来一阵风——时断时续，好像患热病的人的呼吸。只有嗒嗒的马蹄声打破了笼罩着四周、笼罩着埃尔-胡特细谷，以及沿着弯弯曲曲的谷底延伸的那道斜坡的死一般的寂静。“从这里走下去，便是最荒凉偏僻的地方。”一位年迈的朝圣者告诉我们说，“这条路自古就有，是大自然自己开辟出来的。约瑟夫 · 弗拉维[①]曾经提到过它有多么荒凉。我们

① 约瑟夫 · 弗拉维（37—102），古代史学家，几部犹太史的作者。出身于犹太名门望族，曾积极参与公元 66—70 年间反抗罗马的斗争。晚年长期住在罗马，用希腊文写作。

离开耶路撒冷，走了不到两个小时，便到了上山的路，在山顶上可以看到慈悲的撒玛利亚人[①]的房子或者客栈。这个地方自古以来便叫做“阿多米姆’或者‘血腥之地’，因为这里经常发生抢劫杀人的事情……”

在夕阳中，站在这座山头上，看到空荡荡的房子，深深的悲哀袭上了我的心头。看，这就是“半途”，贝特-加特罗尔，以前人们就把献给阿扎泽尔的牺牲留在这个石灰石隘口，听任命运的摆布——这个隘口曾经激发起耶稣的想象力，编出了如此感人的劝诫故事！这个“半途”被认为是通向地狱的关口，人类的始祖[②]被逐出伊甸园之后就在这里痛哭……

离“半途”越远，石灰石道路便越来越陡，直通陷坑和山谷；还在山隘口便已经发现，周围的山丘改变了形状和结构——成为一个个圆锥体，很像已经熄灭的火山，而且全都是骆驼色的。约旦河谷已经有好几次显现在我们的眼前，予人一种近在咫尺的假象，那是一片荒无人迹的空间，灰色的盐碱地在微微闪光，沿着狭窄的河道绵延着一道弯弯曲曲的深绿色林带。夕阳把约旦河谷那一头的空间，把此刻显得更

① 《新约》中的劝谕故事：有人在从耶路撒冷到耶利哥的途中遭到强盗抢劫，被剥去衣服，打个半死。别人见到了不加理会，唯有慈悲的撒玛利亚人替他洗净伤口，包扎好，护送他到客店，还留下钱，嘱咐店主照应他。耶稣以这一故事劝人们“爱邻舍如同自己”。见《路加福音》第十章第三十至三十五节。

② 即亚当。

像一片片乌云似的群山，以及通入死海的蓝晶晶的河口照得通明。但是，河谷的一半却已经落在阴影之中；犹太旷野到了耶利哥城的附近便猝然中断，峭壁像一堵高墙似的矗立在城的上方，阴影便是从它而来的。我们的周围也是一片阴影——在所有的山上，在所有的凹地里。

我们现在赶过了许多人，许多像在史前时期那样野蛮和贫穷的人。看，又走来了一群骆驼，跟在后面的是一些伊杜梅人；由于热风的灼烤和饥饿的煎熬，他们的脸色漆黑如炭，身上光穿一件湛蓝色破旧长袍，后面是半裸的孩子，丑陋的癞皮狗，还有从少女时代便已经变老，长着一双慵懒而又悲哀的深色眼睛，就像古代阿拉伯传说中所提到的那种女人。看，一个皮肤墨黑、嘴唇肥厚的老人穿着一件脏兮兮的衬衫，敞开着胸膛。他骑在一头小驴子背上，一边赶着它，一边把两只黑黝黝的光脚拖在地上。看，一个骑着马的土耳其士兵，把卡宾枪斜揣在手里，一边警觉地扫视着周围的山谷和沟壑……大家都在急急忙忙地往耶利哥跑——那是整个约旦河谷中唯一可以居留的地方，唯一的绿洲。天刚擦黑，这条可怕的古道上便会不见一个人影。

四

这里的夜晚美不胜收。它们使一片早已死寂的土地陷入狂热的迷梦，在梦境中重现了奢华放荡的昔日生活的情景。

在苍茫的暮色中，我们从最后一道，也是最为陡峭的一道山坡走下去，在路的左边突然发现一条幽深的岩石嶙峋的罅缝——凯尔特山隘，这个山隘把我们一直引到约旦河谷。白色的道路隐约可见，谷底已是昏暗一片，只听见小涧在潺潺流动，山隘后的峭壁上有几盏灯火在忧郁地发出红光，灯光所在的地方是苦修教徒们最古老的聚居场所，几千年来他们把自己活活地关闭在地下圣堂里，这种圣堂开凿在凯尔特的山岩上，到处都有。而当我们走入河谷，往左边，朝耶利哥方向拐弯时，“四十日山”[①]在我们的面前突兀而起，好像一座黑魆魆、沉甸甸的悬崖，削立长空。在这座悬崖上也有灯光，像一个隐隐约约的红点，使人又想起了在这里曾经进行过的同诱惑者的可怕搏斗。

整个约旦低地曾经是个“从来不需灌溉的上帝的花园”，是个以物产富饶建筑华丽风气浮靡的五大城市、以三度在废墟上复兴的耶利哥城的宫殿和堡垒闻名于世的地方，现在却因其荒凉而令人惊叹，“在那里只有一片使人生畏的盐碱土，庄稼颗粒不长，在那里只有一片寂静，既无人的说话声，也无动物的跑动声”。耶利哥的花园在其光辉的日子里曾经充溢着香料作物、印度花草的芬芳。“棕榈和金合欢

---

① 传说耶稣独处四十日，接受魔鬼试探的地方。山顶有洞穴修道院。

树，甘蔗和水稻，木兰和棉花曾经在约旦河谷生长”。即便是在业已从地球上消失的约旦花园的旧址上保留下来的那片绿洲也可以证明这一点。那个继承了耶利哥遗产的小村子的名字叫“利哈”，意为“芳香”。不过，这片位于“四十日山”的山脚下，靠近“先知叶利谢伊”泉、长着绿色热带植物的绿洲同周围的旷野相比显得多么小，整个村子不过是由两三间石头屋子、几间阿拉伯泥土房和贝都因人的帐篷组成的。

黄昏时的河谷缄默无声，陷入一片沉思之中。我坐在利哈村后的一个由坚硬的黑页岩构成的小丘上，这些小丘呈波浪形绵延到山里——这里曾是耶利哥的墓地，有的地方覆盖着一些带刺的野草，已经给灼烤得焦黑了。远处的摩押山脉——那是谜一般的摩西墓葬的地方[①]——呈现在我的眼前，而西边则给犹太山脉那黑乎乎的悬崖峭壁挡住了，崇山峻岭直指明净的夜空，就在那里魔鬼企图诱惑耶稣。从那里吹来一阵暖洋洋的清风。天空有一缕深紫色的轻云在消融，在变淡。在灰蒙蒙的河谷、在冷漠凄凉的空间的那一边山岭也带有这样的色调。死海的河口在南边隐隐约约地泛着碧波，渐渐消失在群山汇合的地方……

夜，终于来临了。它很短，但似乎又无比漫长。还在黄

---

① 据《旧约》记载，摩西死在摩押之地，但具体墓地不详。

昏时分，躲在绿洲闷热的草木丛中的无数看不见的昆虫便已经起劲地开始了神秘而又响亮的絮语，爬满无数萤火虫的桉树和金合欢树散发出一种甜丝丝的香气。现在，昆虫响亮的絮语变得格外清脆，连续不断，同远处隐隐约约的喧哗声，同整个河谷那颤抖的呻吟声，同癞蛤蟆那犹如梦呓一般的鸣叫声混合交杂在一起。热带的星星像一颗颗巨大的宝石悬挂在广漠无垠的天幕上；在这些星星的银光之下，旅馆的墙壁、石砌的院子——一切都显得那么凝固、苍白，而又格外清晰。天幕广漠无垠是由于空气洁净非凡——星星真像是悬挂上去的，而在地面上从很远很远的地方便能看得见每一株灌木，每一块石头。我惊讶地看着自己白色的衣服，它似乎在星星的闪耀下发出了磷光。我觉得自己成了一个幽灵，因为索多玛和蛾摩拉的魔鬼使我陷入似睡似醒之中，而我已经完全处于这种炎热的、清脆响亮的朦胧状态。

我像个梦游病人似的，在花园、在旅馆的院子里转悠，不过我的视觉和听觉似乎比任何时候都要灵敏。一切都融合在光华和寂静之中。但与此同时，我看到了每一点星火，听到了每一种声响。我掏出表来。我明白，时已两点，那些从东方漂过来的宝石在无垠的空间中正在变得越来越大，越来越亮，而我的双腿由于极度的疲劳已经难以支撑。可我难道能够控制得住自己吗？

萤火虫闪烁着绿色和紫色的光，它们像飞掠而过的火旋风一般无声地回翔着，花园也在这种旋涡中转动了起来。院子中那棵无花果树，就像天堂中的树一样，在噼啪作响，溅发出火花。灌木丛、甘蔗田自上至下都在燃烧，在闪光……

我有好几次想努力入睡，走进屋子，来到自己那间又暗又热的房间，躺在气闷的纱帐下面，可是在这里依然有这些香气，有这些盘旋的火花，有这些使整个世界入迷的颤抖的、清脆的梦呓。我的心也在颤抖，不时被蚊子叮咬的身体淌着热汗。院子水池中的癞蛤蟆叫得有多欢，它那种单调的召唤在这幢敞开着门窗的石头屋子里引起了极大的回声，于是我又急着走出屋子，在门口的台阶上带着病态的贪婪和喜悦深深地吸了一口气……

白色的台阶显得越来越分明，睡在台阶上的那位阿拉伯侍役显得越加黑了。分成两股的银河，像浓密而又透明的闪着磷光的烟幕，从北向南延伸，它似乎已经完全脱离了天宇，悬挂在天地之间的正中央。黎明似乎将近！周围的梦呓和絮语似乎在渐渐静息！我匆匆赶往村外，先是踩在石头上，然后踩在热烘烘的沙子里，想看一看河谷，看一看摩押山[①]，看一看东方。但是，东边依然挂着巨大的星星，不过它们是后来才升起的。它们把苍白的银光洒向远处那苍白的死海。河谷中苍白的沙子像碎麦米一般闪烁着。一团团苍白

① 死海东岸的多山地区。据《旧约》的说法，此地的居民是索多玛等五大城市毁灭时唯一幸存的义人罗得的长女之子的后裔。

色雾气弥漫在约旦河河湾——空气中已经感到有一股致命的潮气。一朵浮云像苍白色烟霭一般飘落下来，缭绕在“四十日山”的山脚下，而黑魆魆的山顶却依然耸立在群星之间……

“撒旦，退去吧！”①

（1909）

① 这是耶稣经受考验之后对魔鬼说的话。见《新约·马太福音》第四章第十节。

索多玛地方

直到拂晓时分，窗外才送进一丝凉意，夹着桉树的清香。

夜里，旅馆院子里的那些老树在星光下显得出奇地高大和茂盛。现在，它们才恢复了平常的样子。癞蛤蟆不作声了。灌木丛的虫鸣停止了，萤火虫也不再发光。我们走出大门，骑上了马，在被称为“耶利哥”或者“利哈”的那几间小屋里也是一片寂静，人们还在睡梦中，只有一只蟋蟀在嚯嚯地叫着，躲在还透出夜间温热的石头门框里。可是，清真寺的后面已经传来了说话声。

清真寺那并不高大的白色尖塔就矗立在利哈村外的路边。贝都因人经常在塔下歇宿。现在，就有一小支骆驼队在那里过夜。我们从骆驼队旁边走过。几只骆驼在领路人的催促下从温暖的沙子里站起身来，一边发出低沉的呼噜声。在清真寺的上方，在渐渐变亮的天空中，高挂着金星，犹如一颗巨大的泪珠。东边，蓝幽幽的摩押山脉上方的天空却显现出了一大片番红花的颜色。不过，骆驼队在夜间烧起的篝火还未熄灭，许多蝙蝠还在绕着清真寺飞舞。

在利哈村的花园后边，在西头，便是犹太峭壁。“诱惑山”[①]那灰紫色的高低突出的部位层次分明。不过，下方依然还笼罩在阴影之中，看来，在耶稣基督创造出老鼠的那个时候，小动物准会把这阴影当成了黄昏。相传，基督在耶利哥上方那座遮住西边天空的峭壁的山洞里度过了四十个昼夜，他无法知道太阳何时西沉，何时应该做祷告。有一天，他登上山顶，刚好逢到太阳下山的时候，便在尘土上画出了一只喜欢阴暗的灵活、神秘的小动物。他吹了一口气，使其获得了生命，并且说：“每天傍晚，太阳下山时，你便从你栖居的山缝里跑出来，让我知道什么时候该做祷告……”我一门心思地回忆着这一大马士革的传说，抬起头来时已经认不出周围的景象，因为我们骑马跑了还不到一俄里，天就亮了，完全是大白天。

一大片由石灰石和沙土构成的荒原，沿着冷漠偏僻的凹地和贫瘠无人的山谷，从太巴列湖起自北向南延伸，而从利哈到约旦方向的道路几乎是直接穿其而过。那些企图考察旷野的人沿河只看到两三个村子，甚至在被太阳灼烤得发黑的岩石嶙峋的摩押山区也比约旦河岸一带见到的人要多。这里就是如此：在我们周围的整个巨大的空间里，只有一个有生命的地方——利哈绿洲。环顾四周，只看到峭壁下方深绿色

① 即“四十日山”。

草木丛里总算有几间小屋，犹如白色小点。那边的花园里生长着一种叫“奈勃达”的会引来蝗虫的小树，生长着叫“蔡库姆”的含香树胶的植物，还有青灰色刺花李，当初正是用它编成荆冠，戴在耶稣的头上，而在春天则有许多野生的罂粟花在开放。可是，怎么能够相信，就是在那里曾经有过坚不可摧的迦南的耶利哥城①，有过希律王的“神奇的花园城市”②，而魔鬼就是用这个河谷来引诱耶稣的？

前边的景色很单调：烟灰色沙丘，某些地方露出坚硬的、泛出盐霜的灌木。天空无比辽阔。淡红色的金星几乎就在中天渐渐地消融。但从摩押山后缓缓升起的那一片橘红散金的霞光无情地夺取了半个世界，也已经到了天顶。只有死海还在躲开亮光。看，它就在山脚下，在远处光秃秃的白色河岸的那一头，靠右边。北边的海湾清晰可见，予人一种近在眼前的假象。不过，它是暗蓝色的，像煤油一般浑浊……

“这个可怕的地方的象征便是死海。”有人曾经这样说过。这个地方曾经受到三次诅咒和三次祝福，至今仍然使朝圣者望而却步。很少有人愿意冒着酷暑和染上热病的风险，踩着蜿蜒曲折、崎岖陡峭的约旦的山路去完成这一旅程，而愿意到神秘莫测的死海边的人就更少。他们说，遨游全球各大洋也比探访这个小小的海来得容易；它的岸边那些黑色悬

---

① 耶利哥城是由迦南人建造的。

② 公元前一世纪末，耶利哥曾是希律王的冬宫所在地。

崖是多么陡峭，根本无法攀登，形状千奇百怪，令人胆战心惊，而且沾满沥青，不小心碰上，人会像火炬那样烧起来——这个海的底部由于频发地震而多次开裂，神秘的物质给喷到了表面，埃及人曾经把这种物质用作保存尸体的防腐剂；这个海的水热得滚烫，咸得发苦，它的波浪重如生铁，“覆盖着一重沸腾的盐水”，在刮起暴风时沉重地拍打岸边，发出阵阵轰隆声。而在此时，火热的风卷起沙子和盐粒，像一根根柱子似的直送到耶路撒冷……现在正是橙红色的、闪着金光的阿拉伯早晨，周围变得越来越明亮。我们的马蹄子不停地敲击着坚硬开裂的路面。此时河谷上方还没有一只鸟儿起飞和唱起欢乐的晨歌。看来，除了贪婪胆小的牧人或者那只鬣狗之外，我们真的是不会碰到什么生物了。前方，在浮云和荒原中间，沿着约旦河河岸，有一道绿色林带，那里长着一些杨柳、柽柳和芦苇丛……

这片河谷曾经是那么富饶美丽，以致自古以来魔鬼便把它选为造孽和诱惑世人的地方。正是魔鬼引诱五大古城沉溺于情欲和罪恶之中，致使上帝忍无可忍。正是魔鬼引诱罗得的女儿乱伦，以致大女儿同其父亲同寝受孕，生下了摩押：“耶和华将硫磺与火，从天上耶和华那里降与索多玛和蛾摩拉，把那些城和全平原，并城里所有的居民，连地上生长的，都毁灭了……”①

---

① 见《旧约·创世记》第十九章第二十四至二十五节。

但是，耶和华震怒的日子成了祖先的传说，“上帝的花园”又百花盛开，又变得争奇斗妍，草木欣荣起来，成了上帝最心爱的子民的一块宝地。

太阳高挂在摩押山上空，使其沐浴在一片光华之中，并且已经开始灼烤河谷。有些闪着金属光泽的灰色大苍蝇叮在马儿热烘烘的鬃毛上，一只蝎子发出簌簌的响声，赶快躲到已经静止的波状沙地下边的蓝色阴影里。从头盔下边看道路，感到眼睛发疼，不过还是禁不住要去看看闪着光华的摩押山，禁不住要去寻找那个高峰，正是从那里上帝向摩西晓示福地的一切欢乐：“你上这亚巴琳山中的尼波山去，在摩押地与耶利哥相对，观看我所要赐给以色列人为业的迦南地。你必死在你所登的山上，归你列祖……”[①]

《圣经》中指出，当以色列人最初潜入耶利哥城侦察时，有个妓女掩护了他们。以色列王嫩的儿子约书亚[②]在攻下耶利哥并将美丽的城市付之一炬之后还立下可怕的誓言：“有兴起重修这耶利哥城的人，当在耶和华面前受咒诅！”[③]那些至今散落在耶利哥谷地的巨大的石头圆盘，那些由以色列人自己满怀崇敬地摆成圆圈，以便向主神巴力贡奉牺牲的野蛮血腥的祭台，莫非就是嫩的儿子约书亚那个时代留下的

① 见《旧约 · 申命记》第三十二章第四九至五十节。

② 摩西的继承者。

③ 见《旧约 · 约书亚记》第六章第二十六节。

痕迹？

我们在防晒的头盔上再蒙上一条贝都因人的披巾。马儿开始放慢步子，一边不断地摆着头，驱赶苍蝇；装饰头络的流苏和五颜六色的珠子也摆动个不停。它们的头颈全给汗湿透了，变得又黑又细。虽然披巾留下淡淡的阴影，但依然很闷，呼吸到的似乎是从火堆发出的热气。约旦河已经近了——闻到一股河水的气味，一股晒热的淤泥的气味……现在，那条大河只留下一段狭窄而又浑浊的湍流，岸边那些原始的丛林只留下了一条由柳树、芦苇和缠绕着藤蔓的灌木构成的带子。

朝圣者们在约旦河边休息的那个地方叫"马萨拉"，相传当年耶稣就是在这里受洗的。"那时，耶稣从加利利的拿撒勒来……"那时，河谷正处在第三次，也是最后一次的繁荣时期。尽管嫩的儿子约书亚立下了誓言，新的耶利哥城还是出现了。于是，魔鬼便用这座迷人的城市引诱起受过洗礼的上帝之子来。"魔鬼又领他上了高山，霎时间把天下的万国都指给他看，对他说，这一切权柄荣华，我都要给你，因为这原是交付我的……[①]"灰蒙蒙的沙土河岸十分陡峭、险峻。浓稠发黄的河水打着漩涡，从柳树的枝叶下，从覆盖着杂草和淤泥的树根下奔流而去。马儿争先恐后地跑到河边，

① 见《新约 · 路加福音》，第四章第五至六节。

把腿陷入泥里，久久地、贪婪地饮着水。周围是死一般的寂静，头顶上方是稀稀落落、散发热气的树荫。我思绪纷繁，定不下心，但还是想把眼前这种平凡的景象同这个旷野可怕的过去联系起来。我真想体验一下只有上帝才会明白的东西——了解一下传说中的迦南城市，那些至今只留下了名称的城市的生活。我想到炎热而又阴沉的摩押山，似乎又听到了《申命记》中的话：于是，摩西看到了南地和棕树城耶利哥的平原，直到琐珥……他死在摩押地，正如耶和华所说的。耶和华将他埋葬在摩押地，只是至今无人知晓他的坟墓……[①]我想起了克莱奥帕特拉[②]所用的耶利哥香膏，想起了希律王时代的公共浴室，便又回到了耶稣抵御魔鬼诱惑的那一段传说中去……于是，我沉浸在对罗马、拜占庭、倭马亚[③]各个朝代的想象之中……伟大的十字军东征，为了维护否定尘世一切荣誉的上帝的名字和他的荣誉，打断了这个国家的历史。自此之后，是几个世纪的缄默，是那些隐修士们将自己活活地封闭在早已被忘却的犹太墓坑中，从而建立了无人知晓而又不幸的功绩。在犹太和阿拉伯群山的悬崖峭壁

① 见《旧约 · 申命记》，第三十四章第一至六节。

② 公元前一世纪末，罗马军事统帅安东尼将耶利哥城作为礼物赠给埃及女王克莱奥帕特拉。后者又把该城卖给希律王。

③ 661年，时任哈里发的穆罕默德的女婿阿里在同倭马亚家族的内战中被杀。自此，阿拉伯帝国废除了哈里发选举制度，改为君主世袭制。定都大马士革，开始了倭马亚王朝统治。

上，在远离尘世生活的沉默之中，地下圣堂和墓道像黄蜂的蜂房一般在不断扩大；在可怕的死海沿岸的岩石上，在火热的狭谷中建立起古怪的修道院。但是，从大马士革，从巴格达，从汉志[①]来的大军不时地像暴风骤雨一般扫荡着这些地方，结果，地下圣堂和墓道里堆满了被杀僧人的白骨，遭到洗劫的修道院轰然倒塌……于是，古老的旷野之神再一次，再一次降临到这里！

我们是在死海边度过正午的。在它那光秃秃的、白得耀眼的岸边，“正午”这个词听起来挺可怕。约旦河边的那些芦苇和灌木是不敢随着河水跻身到这里来的。还在离约旦河同死海那含有油质的又热又苦的深绿色海水交汇处很远的方圆之内，便已经全是石头和沙子，还覆盖着一层硝盐。被河水夹带过来的树枝似乎已经变成化石，极像珊瑚枝，即便早已枯死，也被死海抛到了岸上。死海向南延伸，渐渐消失在炎热而又阴沉的远方。那边曾经生活过亚伯拉罕、夏甲和以实玛利。那边，在多神教的埃尔-拉脱神庙里，塔里克部族至今还朝着半是上帝、半是魔鬼的太阳神的石盘顶礼膜拜。

（1909）

① 阿拉伯半岛北部的沙漠地区。伊斯兰教正是从那里开始传播的。

太阳神庙

耶和华如此说，“我必折断大马
士革的门闩，剪除亚文平原的居民”。
——《旧约·阿摩司书》第一章第五节

一

大清早，我们便离开贝鲁特。过了一个小时，火车已经抵达哈代特的城郊。过了哈代特，火车便改变了速度，开始从容不迫、趾高气扬地行进。它一边发出咔嚓咔嚓的声音，一边摇摇晃晃地沿着红彤彤的山前地带那曲折的路轨攀登得越来越高。从遍布这一地带的草木欣荣的花园后面，从石榴树、桑树、柏树、玫瑰和紫藤花丛的后面，一再闪现出笼罩在雾气之中的碧蓝的大海。我听着各种语言的交谈声、车轮的咔嚓声和蒸汽机车全力运作的轰鸣声，眼望着窗外，呼吸着变得凉爽起来的空气：在我们后面，遥远的谷地变得又狭小、又平坦，屋顶成了白色和橘黄色的小点，花园成了一块块绿色斑纹，海湾成了一片片砖瓦色的浅滩，再往后便是一碧万顷的大海——这一切都越来越低地掉入无限的空间。不久，这一切又消失了，然后又更加开阔地出现在眼前……那些斑斑点点变得越来越小，越来越挤，海湾变得越来越不起眼，而大海却变得越来越壮观，越来越广漠，它那雾蒙蒙的一片蓝色水域越升越高，同明亮的天空相接，而天空则寥廓无比。

将近杰姆胡尔站时，机车折向贝鲁特的方向，开始往上，朝火山口那边驶去——而在山后的右边，我突然从近处看到了巍峨的桑宁山，闪耀着乌银色的光芒，闻到一股雪的气息，但小车站的灰色石墙边却丛丛簇簇地盛开着火红色的天竺葵。然后，蒸汽机车像山里人打招呼那样响亮地鸣了一下笛，又开始短促地喘着气，向陡坡奔去。眼前又展示出一幅令人头晕目眩的全景画，那遥远的贝鲁特就在画的底部。一边是深深的峡谷，张着大口，另一边是高高的桑宁山，岿然独立……而过了阿拉亚站之后，上坡的路变得更陡了。周围变得空荡荡、光秃秃的，气温凉爽，弥漫着云雾。白云如轻烟一般沿着斜坡缓缓地飘浮而下。我们过了阿莱站，又转向东去。出了隧道，左边展现出了哈马纳谷地，再过去便是连绵的山丘，上面密匝匝地长着苍翠的松林……在索法尔站之后，我们又进入昏暗、浓烟和轰鸣之中，待到过了隧道一看：喔，周围是多么荒凉和开阔啊！在光秃秃的山顶后面耸立着克内泽峰，它布满了亮闪闪的银带，在这一片明朗而又清冷的旷野中熠熠生辉，轮廓清晰而又孤独。临近山隘了，机车竭尽全力，要攀上最后一个高坡。有几个戴非斯卡帽的人从车厢的窗子里探头张望，浓烟往下方飘去，漫散在铁轨两旁的山岩中……将近中午时，我们抵达佩达尔站，离山隘不远。周围一片寂静，空气很新鲜。身处在海拔五千英尺的地方，也不算太高，可是心里很激动，因为想到自己已经登上黎巴嫩山了。前边就是太阳神的谷地，亚文平原，克列西利亚[①]。火车一开动，便以令人头晕的速度向前飞驰。我们又轰隆轰隆地钻进了长长的隧道。一当轰隆声中断，便被强烈的光线照花了眼，一时间弄不清楚，前面那一片像大海一般闪亮的是什么。原来前面就是克列西利亚谷地。

它展现在很远的地方，平坦而又空旷，仿佛一块凹地，处在由于太阳的照耀和云雾的弥漫而显得影影绰绰的群山之间。在左边车窗的对面，依然是那座披着银白带子的光秃秃的山峰，巍然屹立在斜坡的上方。而在我们这一边的斜坡上是一片正在融化的积雪。道路渐渐往下延伸，开阔的谷地漾青泛绿，夹着一块块宛如紫色斑纹的耕田，变得越来越近。坐在我旁边的那位乘客突然用布满青筋的手碰碰我的袖子，咧嘴露牙地说道：

① 位于黎巴嫩山与前黎巴嫩山之间的一大片谷地的希腊名称，原意为“敞开的叙利亚”。

“看，谢赫山！”

我朝外望了一眼，突然发现在谷地那一头的阳光和云雾之中，在起伏的黎巴嫩山冈的后边，一座雄伟的高峰突兀而起，犹如大教堂的圆屋顶。它自上而下布满了一条条雪带，活像犹太人在晨祷时所穿的那种带有许多条纹的衣服。伟大的谢赫山啊！在它的上方，几乎就在它的身上，缭绕着一缕缕轻柔的白云……

在梅拉亚特站上已经感到十分暖和。吹拂着夏日的风，洋槐树花开满枝……但是，在左边的山头还留有积雪，映衬着明朗的碧空。过了梅拉亚特站，下了一道陡坡，便出现了一个名叫“什托拉”的看起来挺古怪的阿拉伯大村落，黏土屋顶都是平平的。过了什托拉村已是下午，我们已处在谷地中。出现了一片片花园，花园里长着白杨树、桑树，花木丛中闪现出叙利亚人蓝色和红色的衣衫，他们正赶着犍牛翻耕着葡萄园里赤褐色土地……将近赖亚克站了，从那里我们将离开去大马士革的路线，转向北去。

我们越来越走近伊甸园——巴勒贝克所在的地方了。

二

这是传说中的部族的国土，是亚当的故乡，太阳神的圣地！这一片低地方圆大约有一百五十俄里，自古以来就被称为"贝克"，即"国土"、"谷地"的意思。这样，巴勒贝克即指"太阳神巴勒的谷地"。"叙利亚"这个词来自梵语，意思亦就是"太阳"[①]。不仅如此，这片谷地还是太阳神崇拜的中心，它跟"天堂"的名字有联系；巴勒贝克同"天堂"相接近，这在古代便已经成为不容争议的事实。

我望着窗外。这是一个凉爽的、灰蒙蒙的白天。从赖亚克站出发的那一段路很平坦，眼睛几乎看不出来是在上坡，是在不断地往北去。周围是一片稍有起伏的旷野，稀疏的庄稼，露出了略带红色的土壤——上帝正是用这种泥土做出了亚当！某些地方还长着一丛丛开花的野生灌木。从左边打开的车窗外吹进一股来自草原的清风，在谷地的那一头可以看得见山前地带的一个个丘陵和绵延不断、峰峦高耸的黎巴嫩山脉——景色是多么荒凉，自上而下布满了白色条纹。右边也有一道山峦，那是前黎巴嫩山。我遥望着，突然又想起了犹太人在做晨祷时所穿戴的袍服和围巾，它们正同远古游牧民族的衣装相类似。在东方流行的这些带花斑的厚呢斗篷，甚至还有清真寺中大理石的条纹交错的图案原来都是由此而来！一切都来自这些气势磅礴、非同一般的山岭。

它们似乎并不高，因为谷地本身已在海拔四千英尺以上。从远处看，它们的外形也并不使人吃惊。但是，有什么

① 蒲宁的这一解释尚有争议。

东西能够比得上这些似乎搬自另一个更古老的行星的郁郁葱葱的峰峦和带条纹的山脊呢？它们的一切古迹也来自另一个行星。看，在黎巴嫩山上有个灰不溜丢的小镇，叫“凯拉克”，那里的山崖上有开凿出来的挪亚[①]陵墓，高达一百英尺。看，在前黎巴嫩山上有个叫“涅比-什特”的村子，那里的人至今还在祭扫塞特[②]的坟墓。而前边便是巴勒贝克，那里有着“其规模超越了人间一切创造物”的神庙遗址。它的石块是大力士们运来的，在它的殿堂里，阿拉米亚和埃及、亚述和腓尼基、希腊和罗马的宗教仪式已经融合为对唯一的太阳神的礼拜。与巴勒贝克相比，不仅所有的腓尼基神庙，而且埃及神庙都大为逊色。在那里，太阳神的面目被弄得支离破碎，那些神祇们屈尊纡贵，纠缠在人间的纷争之中，体现在国王和首领们的身上，而在这里却是唯一的神……过了巴勒贝克往北去，旷野变得更加荒凉。在这片旷野上，无数城市和神庙残留下来的石块同山前地带的巉崖峭壁混杂在一起，而这些城市和神庙的名字则已经永远湮没无闻。那里的土地，曾经是世上最肥沃的土地也已经荒芜不堪了。那里矗立着“盖尔米里”，“天堂的纪念碑”——黑色玄武岩底座上的一个石头立方体，上面装饰着弓、箭、老虎、野猪和大象形体的浮雕、昔日的狩猎图像，当年的黎巴嫩有着极为丰富

① 即《圣经》挪亚方舟传说中的人物，在伊斯兰教中被奉为先知。

② 据《旧约》记载，塞特是亚当的第三个儿子，活了912年。

的水源，有着绿荫蔽天的雪松树林，还是个真正的天堂……

从打开的车窗吹进来一股强风。北方的山后飘来了一大片乌云，预示着一场冰雹的到来，它笼罩着山顶，使其淹没在雾气之中。我想起那边有个克德雷村……有人说，是否应该在黎巴嫩寻找某些同伊甸园传说相关的地方呢？整个黎巴嫩不就是一个伊甸园吗？要知道，除了“盖尔米里”之外，过去和现在还有好几个村子都用了这个名字，比如，在前黎巴嫩山上有个古代叙利亚的村子——“盖迪姆”；后来，大马士革附近有个“伊甸”村……最能同“盖尔米里”的伊甸园相匹敌的是克德雷村附近的伊甸园，那是在西北方向。到这座伊甸园去还得攀登令人生畏的黎巴嫩山陡崖，直抵四季积雪的山峰下面。从那里可以俯瞰四面八方——山岭、谷地、泉水、森林和村落；还有一望无际的克列西利亚旷野、河流、巴勒贝克神庙那雄伟的遗址、东边前黎巴嫩山那朦胧的蓝色剪影，西边同地平线连在一起的深不可测的地中海……在这些村落中，有一个便是“伊甸”，几处小小的针叶树林便是黎巴嫩雪松的残余，在《圣经》中曾经把这些雪松称为“高耸入云的”大树，它们的影子盖过了世上的一切王国，它们的树脂是一种神奇的香膏，可以用于遗体的防腐，保存几千年，它们的木材坚硬无比、永不毁坏……伊甸园附近有五处小树林，其中有一处至今还为人们奉为圣地。

我望着窗外……现在的巴勒贝克会是什么样子呢？甚至

它的来历都已经无人知晓。只知道在古埃及和亚述的石碑铭文上提到过它，它曾经是罗马帝国的领地，正是在那个时期建造了两座举世闻名的巴勒贝克神庙：大神殿和小神殿，为此，我来礼拜太阳神①。阿拉伯人和蒙古人曾经占领过它，把它破坏，几次可怕的大地震更使神庙雪上加霜；正是这样，在原先是大城市的地方只留下了一个可怜的小镇，住着五千名属于不同部族的叙利亚居民，只留下了卫城的遗址，从昔日的大神庙中得以完整保存的只有六根立柱……

突然，阳光照亮了车厢。我在无意中发现远处的景色十分奇异。一片草木茂盛的绿洲，有许多花园和白杨树绵延在谷地之中，把一座黄白色的城堡废墟团团围住，这城堡是多么雄伟，以致在其下方的花园看起来不过像是一丛灌木林而已，而在城堡上方则矗立着六根大理石的巨型圆柱，好像挂在半空中似的。

太阳从乌云后面钻了出来，把花园和废墟照得十分明亮和清晰。灰蓝色的天空衬托着树木的绿荫和古老的圆柱，使圆柱显得更加突出。从立柱之间的孔道里遥望带有条纹花斑的山岭，觉得山也分外古老。山头那些宽阔的积雪条纹闪着白光。当我们接近巴勒贝克时，它们更是洁白耀眼。可是，

① 在现今巴勒贝克镇的上方矗立着古代的卫城，那里还留存着建于公元前 2—公元 3 世纪的两座规模宏大的神殿。大神殿是供奉诸神祇的，后来成了朱庇特（罗马的主神）神殿。小神殿则是专门供奉太阳神的。

突然又暗淡了下来，天空变得一团昏黄——从黎巴嫩山上刮来的暴风雨卷起尘土，盘旋在废墟后白色小镇的上空，随乌云直冲花园，从圆柱之间穿过……旅馆坐落在圆柱附近多石的山丘上。我们刚刚躲进清冷、空荡的房间，一场滂沱大雨便夹着冰雹从天而降。雹子噼噼啪啪地打在变得浑浊的玻璃窗上，飞落而下，在地面弹跳。巴勒神从九天云霄之外威严地把阵阵惊雷投向群山，群山阴沉地应和着，紫色的闪电在恐惧中东窜西跳……

但是，过了一个小时，当我走上阳台时，那里的积水金光闪闪，亮得我睁不开眼来。暴风雨过去了，大地上笼罩着一片宁静与祥和；在这样的傍晚时分，燕子特别高兴。空气洁净而又温煦，远处那布满条纹的像圆屋顶似的山峰看起来一清二楚、近在眼前，阳台对面的花园里湿漉漉的，显得格外清新茂密，青翠欲滴。而在花园的上空，在被花园掩映起来的古堡废墟的上空，傲然挺立着六根淡黄色的巨型圆柱，六根大神殿的圆柱。我从阳台上遥望着渐渐沉落的太阳，遥望着黎巴嫩山，遥望着西北方。废墟渐渐往谷地的西边延伸。沿着它的南墙有一排白杨树和果树林，城墙高过林木，不时地显露出石头的雉堞和巨大的缺口。我看清了整个卫城，包括东边城门的柱廊式入口，西边的大神殿，以及中间的六角形建筑和供奉牺牲的院子。小神殿是在城墙外单独建造的。它那庞大的围柱式建筑保存得出奇地完好。但是，它在这里却并不起眼：一切都给大神殿的圆柱压倒了。在这些圆柱中，最靠右边的那一根的顶端几乎已经完全脱离了额枋。我想，它过不久便会倒下来，那就太可怕了！要知道光是卫城的基座就有十五俄尺高，而圆柱还不是直接立在它上面的，大神殿还另外建有一个自己的基座，高度几乎与第一个基座相仿。圆柱本身高达四十俄尺！当初，围着大神殿的列柱廊是由五十四根这样的圆柱组成的。现在只剩下了六根，是列柱廊南边部分的三分之一，依靠第二个基座仅存的一堵墙壁支撑着。谷地的天空渐渐变成宝蓝色，黎巴嫩山的重峦叠嶂也泛青了。在西北方向的远处，在一道最高的山脊上，那些条纹开始变黄，越来越清楚地凸现在空中。天与地之间是一片无法形容的辽阔空间。而这些伟大的圆柱，这些孤独的“英雄时代的继承者”则更是无与伦比。

三

太阳偏西：青翠湿润的花园在山涧那浑绿色流水的淙淙声中似乎变得格外清新悦目，现在，这些花园和环绕卫城的茂密草木都已落在阴影里。沿着基座挺立的白杨树也显得矮小起来……看门人让我们进入铁栅栏门，我们便朝柱廊走去。

从前，这里有过一道大理石阶梯，可是萨拉秦人把它彻底破坏，不留一块石板，把卫城改建成一座堡垒。从前，柱廊曾经是一座结构匀称、气势恢宏的建筑物，它有着十二根正长岩圆柱，后面是有着三个通道的正门，两边是用巨大的石块堆砌而成的带有半圆形壁龛的厢房，双层的壁龛里放着众神的雕像，充分表现出古代建筑和雕塑艺术的精巧和魅力。现在，圆柱已经不见，只剩下了底座，正门成了堡垒墙壁上的一个破洞，通道已经用石块和破碎的柱头堵起来、半已圮坍的厢房壁龛张开了大口。在这些露天瓦砾场上笼罩着阴影。它们的上方则是傍晚那犹如穹庐一般的碧空。白杨树的绿色树顶自下方朝墙上的破洞里窥察着。周围是死一般的寂静……

在柱廊的墙后是六角形建筑，也就是第一个院子。巨大的六角形院子被六面墙壁围住，墙上满是半圆形的壁龛，可是也全给毁坏了。离壁龛约二十步远，围绕院子的中央，还用光滑的大理石砌成一个三级阶梯，也呈六角形。上面曾经矗立着六角形的柱列，这柱列同墙上的半圆形壁龛用拱顶相连。当年，在这道走廊的阴影里聚集过许多人，他们等着进入供奉牺牲的院子。但现在已经是没有一根圆柱了，只有一大堆断垣残壁围着空荡荡的院子。萨拉秦人曾经在上面凿了许多洞，作为炮门，还马马虎虎地挖了许多枪眼。地震和多次的围攻已经把这里的一切一扫而光。人们感觉到的只是古堡的怪异，只是古代残酷征战的痕迹，以及罗马帝国的强大和威严。

六角形建筑的后面是供奉牺牲的院子，格局同第一个院子相似，只不过是四方形的，而且规模要比前者大两倍。从六角形建筑到燔祭院本来有一条路，有第二座三通道的正门，但由于年代久远也所剩无几：正门不见了，现今在四面圆形壁龛的残垣中间是一片空地，而这些残垣则像某些史前住房的框架，像四通八达的洞穴。我在环顾六角形建筑之后再把目光投远一些，眼前出现了一个无边无际的乱成一团的石头世界，一个整座城市被地震摧毁之后留下的乱成一团的石头世界。而地下的破坏力、可怖的围攻和拜占庭帝国的野蛮行径并不是冲着六角形建筑和柱廊，而正是冲着体现出太阳神庙的巨大规模和威严神权的这一场所而来的。但是，伟大的东西依然是伟大的。在这乱成一团的世界里，却给无数双脚磨出了将近半俄里长的通道，尽管有的地方已经出现深深的陷坑，有的地方长起了荆棘。六根巨型圆柱屹立在通道的尽头，在残存的基座上，傲视着南方，并且融为一体，占据了半爿天空。它们的柱体饱经风吹日晒，从远处看来已经有点泛红。在它们后边的地平线与高大的城墙上的雉堞和窟窿连在了一起。天色渐渐变得苍白起来，低低的落日把一切都抹上一重淡金色……我坐到院子里的一块石头上。

院子里静悄悄的。无数正长岩雕塑的碎块直立和横卧在我的周围，好像是某种可怕的石头怪物。在我身后和右边的那些遭到破坏、已经变形的圆形壁龛把石头内囊全都敞开；其中只有二三个还保留着贝壳形的龛洞、壁柱和浮雕，使人想起昔日的风光。左边有一大堆石块，还有一些壕沟和陷坑——那里矗立着小神殿，显得沉重而又轻巧，挺拔而又庞大，它像奇迹一般保存着如同由整块淡黄色大理石打制而成的屋体和整整九根圆柱，从我这儿刚好能把它们所在的那一侧看得一清二楚。我凝视着它们，一直弄不明白，是什么使它们同那六根圆柱相差很大。小神殿，这是体现出希腊的美和罗马的强大国力的典范，它比大神殿略小一点。它没有柱廊式入口，没有六角形建筑，没有燔祭的院子，不过它的基座同大神殿所在的那个业已消失的基座几乎一样高。它们的列柱廊也几乎一样高……那末，原因在哪里呢？原因只在于大神殿的圆柱上端没有缩小。而这，却给世世代代后人留下了无比强烈的印象！

可以想象一下，当年的小神殿、柱廊、六角形建筑、燔祭院有多美，那时候，“人世间最卓越的东西和最壮丽的东西”刚好在巴勒贝克结合起来，体现于臻善臻美的形式之中。现今，这一片杂乱无章的空间很像先知以赛亚所描绘的可怕情景，而在当年却铺满了闪闪发光的镶嵌画面。墙壁和圆形的壁龛有着三百多个龛洞，安放着奥林匹斯所有神祇的雕像，它们整齐地从三面围着这一空间，而第四面，在西边的一面则有一道阶梯通往大神殿那高高耸立的正门。巨大的正长岩圆柱组成一个正方形——这些圆柱全是用整块的埃及石头磨光打制而成的，呈暗粉红色，它们占据了院子的中央部分；圆柱之间的走廊和圆形壁龛总是充满着亮光、阴影和朝拜者的白色长衣。没有一个地方找不到洁白耀眼的雕像、壁柱、山墙和屋檐的精巧雕塑、柱头装饰——这些变成石头的树叶、图案和花朵。明朗的碧空在正方形的院子上方呆然不动。从巨大的祭台上，从其烧得通红的铜板上——从大理石梯级旁边的神几上不断地飘起燔祭的轻烟和火舌，而那些梯级则从三个过道往上通到伟大圣地的奇特的圆柱形神殿上去……不过，说说“奇特”是容易的！怎么把它想象出来呢?

神殿的基座所占的主基座的那一部分只相当于燔祭院的一半。不过，古人不是平白无故地把神殿称为“太初时代的”建筑的。其原因不在于其宽度和长度，而是在于其高度和建筑所用的石块的大小。只要看一看神殿的围柱式建筑是建造在第二个硕大的基座之上，里面还有地下室，便可以证明，这不是罗马时代建造的。是谁砌造主基座的呢？是某些古代的阿拉米亚部族的人们，他们用“当时人力还能抬起的”整块巨石来砌造，在那些日子里有关巨人的传说还挺有生命力。至于何人建造神殿本身，现在也不清楚，因为罗马人仅仅把神殿修复了一下。不过，他们在修复时无疑是接受了有关伟大的多神教神庙、有关巴别塔的建造、有关梯形的

“齐库拉特”[①] 这些“通天塔”传说的影响，便把这座神殿奉献给太阳神巴勒，而巴勒的名字在这里是同朱庇特的名字结合在一起的。于是，巴勒的神殿，首先是属于巴勒的神殿，始终作为伟大神庙的圣地，沿着梯级，在上下粗细一样的巨形圆柱的支持下直升天宇——保持着太初时代的格局。至于用来砌造主基座的那些整块的巨石、主基座里的地下室和高大的城墙，罗马人只能对之表示惊叹：如何推动和砌置这些整块的巨石，这些几乎长达三十俄尺的巨石，连他们也觉得是个不解之谜。

太阳下山了，就如在东方常见的那样，一时间显得特别明亮。就在这种没有太阳的奇特光亮中，在似乎没有大气的空间里，遭到强烈灼烤而显得红彤彤的圆柱突然令人生畏地凸现出来，变得格外沉重和高大。我踩着巨大的石块，沿着沟壑和高地，跨过残留的大理石梯级和千年的瓦砾堆，拐到圆柱所在的基座下面，仰起头来望着上方……深邃的浅蓝色天空同天底下这些红彤彤的圆柱结合得多么奇妙啊！不过，这些圆柱已经变得暗淡起来。暮色很快便自天而降。我跌跌撞撞地跑进壕沟，待在高大的城墙角落里。城墙现在有两堵：西边的和北边的。两堵墙都有了破洞，挺难看。不过，难看的样子使它们显得更加古老。我从黑洞洞的沟壑里登上

---

① 古代两河流域的阶梯形塔式神殿。

由石头瓦砾垒起的小山，往墙角的破洞走去，然后面对落日的余晖，站在墙洞里。我的下方是峭壁，远处展现出像黑沉沉的海洋一般的谷地，再远处是黎巴嫩山脉，及其在远处暮色中微微泛红的一道道山脊。在我的脚下是太阳神的子民们砌造的城墙，它的石块永留在此，岿然不动，直至世界的末日。

(1909)

革尼撒勒湖[①]

在伯利恒，在圣诞教堂的地下副祭坛那些由于岁月久远而高低不平的大理石地板中间，闪耀着一颗巨大的银制星星。在它的周围用巨大的拉丁字母铭刻着简洁有力的题词：

童贞女马利亚在此生下耶稣基督。

副祭坛里就跟在所有洞穴中一样，陈设很简单。但是，星星上方的那些永不熄灭的神灯却映射出了火花、银光和宝石的异彩。在那边的地面上，现在正是炎热而阳光明媚的早晨，东方的市场上色彩纷呈，一片喧腾。而在这里却是寒冷、阴暗，虔敬的缄默。

童贞女马利亚在此生下耶稣基督。

有一种叫做“刮写本”的古代羊皮纸卷——上面的文本字母已经半被刮掉或者涂上一层什么东西，以便在其上面再可以写上别的词句。而在伯利恒则可以感觉到、看到保存在神圣的“刮写本”上那种珍贵的、原初的东西。

有人给在此诞生的孩子披上国王的衣装，吩咐受明星指引而来的诸王[②]把自己的王冠、香料、没药奉献给躺在摇篮里的人，并且用世上最美好的传说来渲染世上最甜蜜的长诗——他诞生的长诗。但是，当你在伯利恒俯首读到这一题词时，领略到的却是某种朴实的、原初的东西。

拿撒勒，是他度过童年的地方。在那里，他默默无闻地安然度日。在那里，跟同龄人的游戏使他烦恼，也使他欢乐；在那里，母亲那温柔的手曾经给他缝补童年的衣衫……拿撒勒的羊皮纸卷完全保持着古老的、质朴的样子。可是，保全在上面的字句是多么简略，而且只能勉强看清楚！拿撒勒在世人的心头留下了无穷的忧愁和柔情。我记得暮色苍茫的春晚，沿着多石的小街奔过一群黑山羊，那古老而又简陋的石头水池曾经是马利亚常来的地方；我记得她的住所，又小又挤，像一个窑洞，里面一片昏暗，已经空关了两千年……而在这里，产生了最美好、最感人的传说，就像一朵田野的小花，难得为人知晓，偶然有一阵风把种子送到废弃房屋的角落，便开了起来：由于父母贫穷，上帝的婴儿只能在无灯的房间里睡觉；母亲坐在他的小床边，轻声地说着话，催他进入梦乡；为了不让他在即将到来的夜晚里感到寂

① 又名“太巴列湖”“加利利海”，在今之巴勒斯坦。

② 据《圣经》的传说，耶稣降生后，有几名东方来的博士受明星的指引，前来向“新生的犹太王”礼拜。后来，这些博士给描绘成各国的君王，代表了人类的三大种族。

寞和害怕，萤火虫一个一个地飞来用绿色的星火把他逗乐。

在革尼撒勒湖一带，他度过整个青年时代，整个传道的年代，度过他为之而来到世上的那些永志不忘的日子，而这里却根本没有留下他的可见的痕迹。但是，没有一个地方比这里更美好，没有一个地方能够比这里更真切地感觉到他的存在！

在一个晴朗的傍晚，在夕阳西下的时分，我们沿着约旦河河谷走向革尼撒勒湖。景色是多么荒凉、空旷、单调。不管是在河谷，还是在周围的山前地带那些灰褐色的斜坡上，被太阳晒死的野草留下了一个个棕黄散金的斑点。我们沿着小路，穿过一片已经成熟、有点干枯的黄澄澄的大麦田。再过去是一个只有几间泥土房屋的小村子，但不见一棵树木，看来这里没有人居住。村子建在灰色的沙地上，我们走过沙地，便看到一大片静影沉碧、美不胜收的湖面，它渐渐地向着远处的山里延伸，被巨大的、带有花纹的赫尔蒙山峰[①]那朦朦胧胧的剪影遮掩了起来。

太阳已经下山了，它在这里很快便收起了余晖。而一当阳光消失，从山里便刮来了一股持续不断的强风。渐渐变黑的湖水掀起波浪，发出了汩汩声。我们那四位桨手赶快放下木桨，拉起帆来，然后靠着船舷，唱起了一支悠闲而又忧伤

① 前黎巴嫩山脉（位于叙利亚与黎巴嫩交界处）的一个山峰，在革尼撒勒湖的北面。

的歌。风猛吹着船帆，使它倾斜得很厉害——我们在暮色中飞快地朝着远处那些散布在黑魆魆的山冈下面的太巴列[1]城的灯火驶去，只听见船底哗哗地撞击着波浪，冲开了湖水。我喊了一声，想叫他们把帆收拢一点，这些戴着顶盖过头顶的圆毡帽、半裸着瘦削的身子、被太阳晒得黑黑的加利利人也喊着什么作为回答。“天黑了，耶稣又没有来。风那么大，浪又那么高……”是的，是的，这件事情是发生在这里！他曾经操纵着这一阵柔和、强劲而又散发清香的风[2]！过了一个小时，我们就抵达太巴列城，城市很小，既拥挤又肮脏，只有一个地方还可以将就着住住，那是岸边古老的拉丁修道院。

恺撒时代的太巴列城早已无影无踪。那位修道院院长是法国人，他邀请我们在修道院歇宿，并邀我们在临睡之前走上屋顶，从那里可以远眺月光下湖平如镜的景色。他边走边抱怨说：他们在这个遍地牲口粪的小镇上生活单调乏味，被酷热弄得疲惫不堪；周围是一片旷野；抹大拉镇现在只剩下一个名字；伽百农镇只留下一堆石头，那里有几个意大利修士在进行发掘；在塔布哈镇只有五个僧侣……“就是靠近伽百农，在北岸的那个镇吗？”“对，对。”修道院院长说，一

① 革尼撒勒湖岸的一个古城，建于纪元之初。其命名是为了纪念罗马皇帝太巴列。

② 《圣经》中记有耶稣平定加利利海上的风波一事，见《马可福音》第五章第三七至三九节。

边望着湖那头雾蒙蒙的加达林山麓。一轮明月高高地挂着，整个湖面笼罩在一片亮闪闪、轻飘飘的水汽之中。下边，在盖满尘土的灌木丛里，在路边长了百年的仙人掌上，夜间的知了聒噪着，令人感到格外闷热，太巴列城在沉睡……

附近什么地方有只小山羊悲悲戚戚地叫个不停，弄得我好久没有入睡。在靠近天花板的石头墙壁上开着一扇小窗，透过窗上的铁栅栏可以看到月光中的银色夜空。半暗不明的闷热的小房间里有一些蚊子在嗡嗡地低吟。至于太巴列城有跳蚤，那甚至在导游手册上都提到过……不过，我还是再三地想：我可到了太巴列啦！这是我有生以来最幸福的一个夜晚。

大清早，我们乘船去伽百农镇。湖面上短时间还透出一点清晨的凉意。但不久，船上便拉起了帆布遮阳，但是阳光仍把我们的脸照亮了。太阳晒得越来越热，越来越耀眼。湖面倒是很平静。加达林山麓那棕黄色的顶部把岸边如镜的水面染成一片金黄。船下的水却是绿色透明的，似乎深不见底。桨手们齐心协力地划着，由于木桨在水中的翻动，一些银肚子蜥蜴扭动身躯，像粗大的蛇一般钻到了深水里。桨手们红彤彤的脸上已经淌满汗珠。他们是渔夫，船里还放着打鱼的网……“耶稣在加利利海边行走，看见弟兄二人，就是那称呼彼得的西门和他的兄弟安得烈，在海里撒网……”[①]

---

① 见《新约 · 马太福音》第四章第十八节。

难道他就不能召唤这些人当自己的信徒吗?

他们再用力划了几下便把桨抬起来，随即船很快地往岸边靠去，响起潺潺的水声。我们上了岸，环顾一下四周。岸上，在长刺的灌木丛和夹竹桃的粉红色花朵之中，有几堆白色的石头和圆柱：这就是著名的伽百农会堂的遗址。耶稣曾经在这样炎热的日子里被许多想接触他的民众簇拥着，一次又一次地来到这会堂里。宁静、太阳、水光。干燥、炎热而欢畅。他就这样光着头、穿着白色的衣装，在岸边，从像我们的桨手那样的渔夫身边走过……西门和安得烈“立刻舍了船，别了父亲，跟从了耶稣”……

塔布哈镇位于伽百农镇和抹大拉镇之间。我们再次乘船从那些长满褐色枯草的小山丘旁边经过。在塔布哈镇附近，有一个地方是这片旷野中唯一有点生气之处：一注泉水流入湖中，那里长着几株桉树，并且在小山丘之间的谷地里有几块庄稼田。桉树下面有个皮肤黑黑的男孩在放牧近十只耷拉着耳朵的黑山羊，羊的头颈里还挂着小铃铛。这是属于基督教僧团的牲口。而僧团成员的住处就在旁边的小山上，那住房有点像一座小小的城堡，高墙里边有二三幢石头房子。这里的住持是个德国老头，在他那里完全保持着德国式的整洁习惯。他在接待我们这些饱受太阳灼烤的人时态度有点拘谨，但很殷勤，给了我们底层最阴凉的房间，门通向很大的石头凉台和山丘斜坡上的花园，花园里撒满了砾石，胡椒树、娇柔的金合欢和挺拔俊俏并有着轻若鸿毛的银青色针叶的树木那透光的绿荫投下了淡淡的斑驳叶影，其中还有二三棵棕榈树，有一些栽下不久的黑乎乎的柏树，还有盛开的玫瑰花；几只野斑鸠在啼叫呼应，领略着阳光下静谧的乐趣……我一个人留在凉台上，从石桌上拿起一本放在那里的《圣经》，它刚好翻到有关加利利海的那些篇页。现在，加利利海就在我的面前。它是绿莹莹的，在酷热之中显得十分柔和，纹丝不动地沉浸在正午的一片银光之中，渐渐消失在南方。

有时，刮来一阵强劲的南风，它由于山里蒸腾的热气而变得暖洋洋的，真是令人心旷神怡！在它的拂动下，金灿灿的山麓下方那靠岸的镜面上荡漾起紫色的涟漪，它们越来越稠，越来越暗，奔腾向前，变成好大的一片！风过之后，柏树还在睡意蒙眬中久久地摇晃着，棕榈树叶还在絮絮细语，使人想起了埃及，那里保存着萌生时期的风的宝贵的生命！

（1911）

远渡重洋

大水

主在大水之上……

——《旧约·诗篇》①

1911年2月12日，夜，于塞得港

在尤诺恩号船上的第一夜。船长说，我们不忙于启程，抵达锡兰岛总要在半个月之后，而我在这一间又大又宽敞的船舱里已经觉得像在家里一样，是个主人了。

事情恰恰像是我们去年冬天在埃及所希望的那样：搭乘一艘大轮船。这船本来是载客的，但由于设备落后，舱位太少，再加在各个港口停靠时间太长而改成了货船。尤诺恩号轮船相当大，简朴而又陈旧，但非常干净，且结实，吃水挺深，它的餐厅和十二间客舱不在船尾，而在上甲板上。所有客舱，除了我们这两间之外，全都是空的——“你们就像坐在自己的私人游艇上一样。”船长开玩笑地说，他是作为特例让我们搭乘尤诺恩号的。他还补上一句：“不过，你们只

好同船员们一起过家常日子，只好是我们吃什么，你们也吃什么，而且没有人陪你们，因为我们白天黑夜都在忙。”我们对他说，这正合我们的心意。

船长是个身体壮实、正在发福的法国人，带着法国人特有的那种洋洋得意、自以为是的神气，按照法国人的方式对我们非常殷勤，彬彬有礼，但又显示出了法国人特有的那种冷漠，无论是说客套话还是俏皮话，脸上都是同一种表情。他的两位助手和助理机械师都是些不起眼的角色。那个总机械师是个身材高大的胖子，长着一头黑发，眼神里流露出一丝惊讶，又有点凶光，我想，此人智力不高，脾气挺大，不过也容易息怒。尤诺恩号船上的其他人员有：一名厨师，两名小厨工，一名打杂差的中国男孩，一名漂亮的仆役，几名司炉工和十名水手。

我们是在进午餐的时候登上尤诺恩号的。午餐完全是家常风味的。连煮咖啡也跟在家里一样，不是在大厨房，而是在饭厅里自己动手：磨咖啡豆的是总机械师，装咖啡和煮咖啡的是大副。这是午餐的高潮，有点像神圣的仪式。饭后，大家便各奔东西，有的去值班，有的在当班前去睡一会儿。

轮船上早已是静悄悄的。碇泊场上也是一片寂静。传来了第二遍钟声，使人感到安宁，又引起淡淡的愁思，“当当，当——当”，十点钟了。我在靠近饭厅的三间客舱中挑

---

① 见《旧约·诗篇》，第二十九篇第三节。

了一间——上甲板的客舱比较少，而且驶近热带地区时比较热。我那一间很宽敞，一切都很牢靠，有点古色古香的味道，甚至还有一张真正的书桌，沉甸甸的，钉死在舱壁上，桌上还装有电灯，套着绿色灯罩。这种柔和的灯光是多么优雅，从打开的舷窗透过护窗栅栏泻进来的夜晚的空气又是多么清新，而我又为自己能够居住在如此洁净、朴素的地方而感到多么幸福！

我随身总是带着一幅镶着发黑银框的古老的苏兹达里小圣像，它是使我怀着温柔和虔敬之情同我的家族、我的摇篮、我的童年的那个世界联系在一起的圣物，这幅小圣像此刻就挂在船舱中床位的上方。“你的路在海里，你的道在大水中，你的足迹无人知晓……”现在，为了这灯光、这一片恬静，为了我得以生存、旅行、爱恋、欢乐，我怀着感激之情向着在我的一切旅程中予我以关爱的无形的护佑者膜拜，然后躺下安睡，以便醒来时能身处旅途之中。我有生命，这意味着我能参与我所心爱的这个地球上所有过去和现在的，永恒和暂时的，遥远和贴近的，一切时代和国家的生活。上帝啊，请延续我的生命吧！

2月13日，苏伊士运河

我没有听到怎样起锚的——我们出发的时间比原先估计

的要早，远在拂晓之前，那时我还在熟睡。然后，头顶上方的哐啷声把我吵醒了——这是舵机的链条在上方甲板上前后滑动所发出的声音，因为运河弯弯曲曲，行驶时老是要转弯抹角。不过，这种哐啷声也催人入睡。它那单调的响声，以及身在旅途的感觉又使人进入梦乡。

天气阴沉多云，刮着强劲而又暖和的风。近中午时，我们已经离塞得港很远，进入一个世世代代渺无人迹的、完全死寂的王国了。左边，隐隐约约地显现出远处那西奈山的高峰，它矗立在沙漠和天空的一片混沌之中，久久地陪送着我们；整整一天都是在它那庄严和神圣的标志下度过的，始终都能感受到它是多么毗近，感受到它那古老而又永恒的权威，因为这是不朽的，不朽的："我耶和华，你的神……当记念永息日，守为圣日……当孝敬父母……不可杀人……不可贪恋别人的财物……"①

我在上甲板上散步，坐下来阅读，想起了形形色色的许多事情，但思路却转到了西奈山上。我遥望右边蒙蒙雾霭中的旷原，往埃及方向看去，只见到前边有一大片沙漠，但总是感觉到，左边阿拉伯那头有一个以其惊心动魄的、古老而又不朽的，高挂在朦胧的天空、高挂在粉红色的雾霭之上的巨大形体在伴随着我们。如同所有壮丽的景

---

① 见《旧约·出埃及记》，第二十章第五至十七节。这里是指摩西在西奈山上接受上帝的十条诫命。

象一样，既使人害怕，又使人惊喜。难道这座山会同地球上所有的山一样吗？几千年来，有数不清的人出生在地球上，他们从孩提时代，从人生的第一步起，便知道有这座山，并且至死都生活在这座西奈山所传的训诫的影响之下，不管是俯首听命还是桀骜不驯，不管是罪孽深重还是超凡入圣，反正全都是处在这种影响之下。这是人类真正的坚固不拔的灯塔，是人生的柱石和基础，是一切法律的根本，违背它们必会受到惩罚！

想到这一坚不可摧的根本，这一引导人们一起尊重西奈山的石板[1]，将其变成千百万人共同履行的神圣天职的纽带时，心里便感到莫大的安慰。是啊，已经有几千年之久，世世代代，时时刻刻，在心灵之间传布着对所有人都是一视同仁的约言：要尊重西奈山的诫命。人类曾经有过多少次对抗这些诫命的行动，放肆地要求重新作出评价，废除它们的圣训，为让新的戒律得势而挑起血腥的争斗，在亵渎圣物的狂热之中围着金牛犊和铁牛犊[2]手舞足蹈！也曾经有过多少次羞惭和绝望，确信用新的真理来取代那个像世界一样古老而又极为朴实的真理，取代那个在电闪雷鸣之中从耸立在亘古蛮荒的旷野之中的多石的西奈山顶传授下来的真理实在是徒劳无功！

① 即指写有摩西十诫的石板。

② 寓意金钱和暴力。

我坐着，看着……夏日的风猛烈地吹拂着我的脸庞，不时隐没在团团轻云后面的炎热的太阳灼烤着我，也灼烤着干燥的白色甲板。风吹来了肉眼看不出的极细的沙尘，一层层地撒在沙丘上，渐渐地填满运河，带着那股漫无目的的顽强劲头，从前，它正是以这样的劲头来填满法老时代的运河的，那些运河早已消失，早已不为我们所知晓。运河蜿蜒向前，碧绿的河水时明时暗，这是因为太阳时而躲到云层里，时而又露了出来，射出欢乐的光芒。栽种在沿河沙丘之上，给撒上一层沙子的灌木林正在慢慢地往后移动。世界显得空旷无边，周围不见一个生物，不见一幢住房，只有几间供哨兵落脚的土坯小屋，孤零零地坐落在这一大片灰黄色海洋之中，被黄澄澄的沙堆包围着。但是，全人类的精神，几千年的精神似乎就同我在一起，就在我的心中。“不可贪恋人的房屋，也不可贪恋人的妻子、仆婢、牛驴……”于是，我的心里充满了柔情。这些牧人的话语是多么天真！但又是多么使人感动和快慰，以致人类至今还原封不动地保留着这些诫命的古老朴实的形式！我们不怀疑这些古老的诫命，这些不以世态变易而更动的诫命所具有的神秘影响和威力。它们打破了时间、地域、民族的界限；它们只用一种语言向人类所有的民族讲述，只用阿拉伯土地上的语言，于是几千年来，不同民族的人们，打从其生存的第一天起，打从其牙牙学语时起，便在提醒自己和别人，要履行世人都得遵守的戒律，只用这种语言保留下来的戒律：不可贪恋人的仆婢、人的牛驴。

我坐着，一边在想，世上毕竟还有着某种神圣的、不可动摇的东西。一大队人群不管经受多少挫折，依然勇往直前，向着一片上帝许给的乐土走去[①]；在高山的脚下，在低低的谷地里驻扎起营盘，那里人群混杂，声音喧闹，过的是一种琐碎而又平淡的生活，那里到处可以看到人类的卑贱，人类的弱点，浅薄的自傲、仇恨、妒忌，以致置身在这一大队人群之中为上帝所选中的人、先知、智者多次为这群人的卑贱行为而感到震惊，在失望之中把刻有人类和上帝的西奈山约言的石板摔到山岩上，成为碎片——然而，人们还是一次又一次地收拾起碎片，重新将那些戒律树立起来，因为从黑沉沉的高空，从乌云里一次又一次地震响起令人恐惧而又予人安慰地指出救命之路的声音：

“你们已经看到，由于埃及人犯下恶行，我是如何处置他们的，也看到我如何令鹰将你们背在翅膀上（那是我的不朽威力的翅膀）……现在，我要在密云闪电之中降临到你们那里（因为我的真理的王位黯然无光，我的心里充满愤怒）：让百姓听到我说的话，让他们永远相信……”

在那本永恒的经书中说到“永远”。永远成为我们的信

① 指摩西率领以色列人离开埃及，到上帝所许的迦南地方去。见《旧约·出埃及记》《旧约·申命记》。

仰和我们的准则的那些诫命是多么天真和朴实，而其力量也正在于此。它们念起来就像牧人的话语那样简单，但在简单之中体现出了它们的永恒，就像这一片永恒的天空（那是简单的蓝莹莹的空间），就像这一片永恒的土地（简单的沙漠和石头）。

“当孝敬父母”——还有比这更为简单、更为朴实的话语吗？然而，宁可让太阳从西头升起，也不能让这些话失去其命令人的力量和神圣的涵义，因为自古以来子女对养育他的人，对那些在他处于幼稚弱小、无力自卫状态时满怀爱心呵护着他的人的感情总是神圣的。而且，这条最富有温情的诫命真是那么简单吗？它说：“当孝敬父母”——还补上一句：“使你的日子得以长久。”这里干吗要补上一句有关长寿的话呢？指的到底是什么？难道是指由于孝敬父母而从上帝那里得到的奖励？不，诫命的涵义要深刻得多。它说的是：联系世代的感情——没有对父母的孝敬，便不会有联系世代的感情——这是一种同养育你的人、同你的父辈的生命结合在一起的感情，它会使你自身的、个人的、短暂的生命得到扩展，当你珍视这种世代的联系，向饱受生活的磨难、探究人生的奥秘并对你显示爱心的父辈表现出亲子的敬意时，你便珍视了自己，即珍视了同父辈一样的生命，因为你是他们的子息，他们的果实，如果你自己想受到敬重，那你就得敬重结了果实的树，因为好的果实不可能是从坏树上长出来的，统一的生命通过我们的躯体在完成神秘的历程——要努力去感知这种统一的进程，并表示虔敬，正是在这中间体现出了你的不朽（日子之长久）和自我肯定。

那么，关于财产的诫命呢？“不可贪恋人的房屋，也不可贪恋人的妻子、仆婢、牛驴并他所有的一切东西……”道理似乎又是那么简单，并且更主要的是那么容易引起争议！不可贪恋！而我却正在贪恋，而且贪恋得颇有根据：“财产便是偷盗，不管怎么样，我看不出其中有任何神圣不可侵犯的东西！”① 然而，道理的简单和易于引起争议在此也不过是一种假象。不，只要稍加思索，便能明白这一条西奈山的诫命的永恒和深刻。不，尽管人由于愚蠢和妒忌说出了多少放肆的话语，但别人并非全是靠运气，而通常是不仅以其一生的代价，而且是以其整个家族世代努力的代价来获得财产的，这实在是神圣的。因此，别人的父亲栽下的一棵棕榈树是三倍的神圣，决不能拿来作为公有；别人的祖父挖下的一口井也是神圣的，它保留着祖父的某一部分业绩和劳动，他的思想，他的心灵，这也体现着他的尘世生活的某种不朽、持续和延长；别人住过，并且还想按自己的方式住下去的老房子也是神圣的，在那里他能够充分地按照自己的个性、特点和起居习惯来生活，不时地感知、回忆（即使之复活）自

① 这是蒲宁对法国思想家蒲鲁东（1809—1865）的《财产是什么？》一书中的观点所作的自由解释。

已的孩提、少年、青年和壮年时代，连带昔日的一切痛苦和欢乐，此外还觉得自己是在老家的宅基上建立起来的所有那种文化、那种传统的继承者和发扬者……旁人侵犯这种“财产”，侵犯这种人类最神圣的东西，得用多少鲜血才能洗刷掉罪孽！

2月14日，红海

昨天，天刚擦黑的时候，在尤诺恩号船的上层前甲板上挂起了一盏大电灯，像个小太阳一般，把耀眼的白光远远地投向前方的黑暗中。尤诺恩号船活像一条游到河里的鲸鱼，在弯弯曲曲的运河里缓缓地向前漂浮，一边警觉地把航道上的一切照得通明——浑浊的河水，靠岸的一层层黑褐色的淤泥，撒满沙土的灌木丛，哨所附近的小船，蹲在船尾、身穿长衬衣、赤着双脚的农妇的身影……这些淤泥，这些阿拉伯的沙漠，这些未开化的人又使人想起了远古洪荒年代的生活，不过，在前边，不时有轮船迎面而来，它们的探照灯穿破了黑沉沉的地平线。有一次，尤诺恩号船甚至完全熄了火，很不方便地贴在岸边，给一艘像座漂在水上的城市一般的大船让路，那巨轮从对面驶来，朝我们靠近，气势汹汹，泛着紫色的光彩，像一团燃烧的镁矿石，散发出道道宽阔的、令人目眩的光带，然后把我们淹没在一片亮如白昼的光明之中——那一层层的船舱，那高高的桅杆和黑黑的烟囱，那闪着金灿灿的灯火的舷窗和打开的舱门，门内那挤满人群的客厅，以及饭后演奏的音乐……全都闹哄哄地从我们身旁一掠而过。真是西奈沙漠中的一大奇观！

当我们重新落在黑暗的包围之中时，我仰望了一下苍穹。风已经静息了，天空十分明净。由于闪耀着颗颗巨大的星星，夜空显得又黑又庄严。

近十二点时，在昏黑中隐约显现的两边河岸渐渐岔了开去，空气也不一样，变得湿润起来，闻到了海的气息，只觉得周围似乎只有一片水域，前边远处有一些灯火星星点点地散布在苏伊士运河的碇泊场上……

我醒来时，已经是航行在红海上了。夜里刮起风，掀起了大浪，我去饭厅喝咖啡，发现那里一片昏暗，觉得很奇怪——原来，所有面向船头的舷窗全给密封了起来，因为迎面打来的浪头太大了。

甲板上什么也看不清楚。风在缆索之间吼叫着，呼啸着。空气中弥漫着一股清新的水汽，不过它同挂得高高的太阳所散发出的热气混杂在一起。整个海面动荡起伏，时而形成一个又一个深谷，时而形成一座又一座高峰，而在峰顶泛起许多泡沫。风把泡沫刮起来，白色的水花不时飞溅到甲板上，又迅速地从平板上流淌而去，闪着耀眼的银光。尤诺恩号船慢慢地向着阳光中的大海，向着不断翻滚、闪闪发亮的大海鞠躬行进。一群奇特的灰色小鸟，鼓着镶上黑边的圆圆的翅膀，在缆绳和船舷的栏杆之间穿梭飞翔。它们是从哪里来的！世上有多少我们不知道也从来没有想到的各式各样的生物啊！

我站在左右颠簸的船上，久久地跟踪着这些小鸟，不无贪婪地想凭着小聪明把它们抓住。这些小鸟往往让人走到离它们很近的地方，但一发觉有什么不对头，便蓦地飞到一边。然后再停下来，用小眼睛呆呆地盯着人：你是谁？想对我干什么？人刚移动脚步，小鸟便腾空而起，已经高高地飞停在横桁上了。不，任何一种生物都不会轻信别的生物的！而且也不无根据……

打钟了，这是招呼进早餐的。大海在一片光与热之中渐渐平息了下来，风也小了。

2月15日

昨天一天里发生了许多变化——几乎每个小时都在变。似乎进入了一个我不熟悉的新世界，开始了充满光明的夏天，这意味着开始了某种早已被我们忘却的天堂般悠闲的生活。傍晚时，我们大家都穿起了白色衣服，显得喜气洋洋。风完全停了，海面完全平息了，照水手们的说法，一切都进入正轨，一切都太平无事，开始了那种快乐的、令人兴奋而又显得单调的日子，这种日子一直要到返回地中海时才会结束。

稍晚的时候，船长向大家表示祝贺，因为我们已经顺利地进入热带海域。这样，我朝思暮想的那条界线已经跨越了过去。夜里，我久久地站在船尾。眼前，螺旋桨掀起的波涛在闪闪发光，在汹涌的泡沫中游动着千万颗蓝莹莹的星星，像一团团火花似的在蔚蓝色轻烟之中时隐时没。

太闷热了，令人难以入睡。在热烘烘、黑沉沉的船舱里，电风扇有节奏地嗡嗡叫着，但它的风只是使人感到惬意一点而已。

今天早上更加热。我是在六点被哗哗的水声惊醒的——水手们在这个时辰总是要“冲”甲板，用自来水管浇水，用拖把擦洗。在这一片热和光的世界中，这种令人感到清新的、夹着汩汩水声的喧闹显得十分亲切。而这种热和光，我还在床上时便已经感觉到了。

然后，为下层甲板拉起了白色遮阳——事情才了结。现在船上有了热带的景象，瞧，遮阳下面这些淡淡的、炎热的阴影；瞧，水手身上这些银光闪闪的白色衣衫、白色鞋子和白色头盔，还有他们所戴的吓人的黑眼镜。

我们也开始了热带生活，悠闲无事，整天躺在长长的用芦苇编制的安乐椅上，待在充满光亮的淡淡的阴影里。在船舷和遮阳之间露出一块亮闪闪、空荡荡的天空。栏杆外涌进来的海水又使我惊讶不已。它活像透明的宝石，熔化的绿宝石，透明之中夹着一点浑绿的颜色。绿宝石在流动，在摇晃，有时候形成一个个尖峰，汹涌激荡，发出一阵阵震撼人心的轰隆声。我们的厨师来自比利牛斯山区，他一边在厨房干活，一边亮开美妙的嗓音，有时是极高的嗓音，唱着。他的歌声带着甜蜜的忧伤，诉说着：在这个充满光明的上帝的世界上，生活、恋爱和幻想是多么幸福……

午饭以后，我们待在上边宽敞的船长室里。船长邀请我们到领航室去，给我们看天球仪，向我们介绍新出现的南方的星星，那些星星我们已经可以观察到了。

夜里

凌晨两点。我仍无法入睡，因为感到自己实在太幸福了。

躺在黑暗中，我回忆起领航室里的情景，想到了操舵员。他现在就挺直身子平稳地站在那里，在上方，一身水手服在昏暗中闪着白光，手里握着舵轮的尖角，一边观察着那个放在舵轮前边、被用黑色灯罩盖住的电灯神秘地照亮着的大铜盘，盘里有根磁针在摇摆、哆嗦，慢慢地转动，好像活的东西一般……现在，这个指引着我们的海上航路、具有摆弄、操纵这根磁针的不可揣测的神力的男人真是居于至高无上的地位。

躺在黑暗中，我又高兴又激动，浮想联翩。一阵阵清风从敞开的舷窗和门洞吹进船舱，而在下方，从船舷两侧不断地传来涛声，时高时低，颇有节奏，好像有一颗巨大的心脏在怦怦地跳动。

2 月 16 日

午时两点，我们经过塔伊尔山岛。它一点也不像地中海的岛屿。地中海岛屿远远望去高低起伏，轮廓柔和，总是被笼罩在浅蓝或淡紫色的烟雾之中。而这个小岛却是线条刚强，草木稀少，四面像是给斧头砍过的一般。它的色彩也前所未见——驼色的。

傍晚时，左边出现了一些小岛，它们很分散，一个个相距挺远。较近的几个岛屿被强烈而又柔和的阳光照耀着，它们的石灰岩斜坡闪着泛黄和泛红的白光，而远处那个最大的岛却依然是驼色的。这是十二使徒岛。在这段时间里，我们的船始终在平稳、缓慢地颠簸着。

在六点钟，太阳一下山，我便看到头顶上方，在桅杆上方，在无比寥廓和明亮的天空中撒着银光闪闪的猎户星座。白天出现猎户星座！真是感谢上帝，让我多么欣喜地看到这一奇景！难道所有这些对我来说是如此亲切、习惯、珍贵的东西，有朝一日会突然消失？会突然永远地消失而再过几千年也不会再现？怎么能相信、怎么能容忍这种情况呢？怎么能够理解这种残酷和荒谬的事情呢？不管怎样，没有一个人会真心相信的。那么，为什么我们感到那么痛苦，一生都感到痛苦，由于一去不复返的每一天每一时每一刻而感到痛苦？

午饭时，我们争论得十分热烈。“他们认为，他们的房子会永世长存，他们的住所会代代相传……”话题是从俄罗斯开始的。当然，不一会儿便转到“沙皇政权”上去了——要知道，在欧洲人的眼里，这是整个俄罗斯的形象，是某种特别费解的，甚至是可怕的东西——也谈到俄日战争，以及这场战争所引起的转折，然后又谈到伴随这种转折而发生的那些事件，最后又转到普遍性的问题上：关于议会制度和专政政体，关于保守派，关于社会的不平等现象，关于私有制。这时，正如可以料想的那样，情绪变得激昂起来……

2月17日

早晨，我们驶过了丕林岛①。

现在，在进了早餐之后，我们正紧靠着非洲海岸航行，那些海岸低低的，荒凉极了，灰扑扑的，颜色如象的皮肤一般。可以望见奥博克城②了。再远一点，在洒满阳光、雾气腾腾的远方，炎热的阿比西尼亚山脉影影绰绰，高耸入云。

---

① 位于红海与亚丁湾之间，现属也门。

② 现属吉布提。

我躺在甲板的一张用芦苇编制的安乐椅上，待在遮阳那炎热、明亮而又气闷的阴影里。船舷外的水奔流不息，亮晶晶的，但有点浑浊。我从遮阳下面望过去，灼热的阳光是灰蒙蒙的，这些遥远而又神秘的群山似乎也成了灰蒙蒙的，隐约可见的烟云……周围的一切似乎充溢着一种莫名的巨大悲哀。它是因何而来？是不是因为使人不由自主地想起了那些小城堡的人们，他们被命运抛弃到这个极为孤独冷僻的地方；想起了那些不得不在这块蛮荒的寸土之地上栖身的人们，他们被命运抛弃到非洲这片自古以来渺无人烟、饱受酷日的炎热海岸上？

四点钟，我们的船停泊在吉布提港的对面，离城还相当远。海湾很宽阔，水绿莹莹的。左边，在远处那一排礁石的外面，这一片碧绿明显地被宝蓝色截断了——那边已经是印度洋了。前方，在低低的海岸上呈现出一座白晃晃的小城，还有法国总督那摩尔宫殿式的官邸。我站在上甲板上，眺望着小城，突然发现有几只狭长的、灰黑的独木舟朝我们的船飞驰而来，小船吃水很深，几乎全浸在碧绿的水中，里面露出一些瘦削、赤裸的黑色身躯和灰色头发。过了几分钟，尤诺恩号船的上层前甲板上已经站着一群我从来没有见过的人，那就是我在童年时代从书里读到过的“野人”，即一群高个子、深巧克力肤色、肩膀和胯股都很狭窄的人，他们的肌肤看上去甚至像丝绸那样光滑。这便是索马里人，据说他们至今还不反对吃人。他们的牙齿闪闪发亮，头顶上高高地盘着鬈曲的浅黄色头发——他们有把头发弄浅的习俗——脖子特别长，从一侧看，清瘦的面容有点像山羊脸。有几个还手持一人高的弓。我瞧着他们赤裸的身子，产生了一种奇特的，甚至有点令人羞愧的、身居天堂（是的，真是身居天堂）的感觉。

直到太阳下山，索马里人一直在干活——从吉布提驶来了一艘装着煤的驳船，他们就把煤从驳船搬运到我们轮船的货舱里。傍晚时，驳船空了。每个索马里人得到了一只面包， 再加一小纸包枣子。他们便坐在驳船里休息，进晚餐，有个人站在船尾，按照穆斯林的习惯祈祷起来。我似乎从来没有看到过这种祈祷的样子——为了能够生活，为了一天的劳动，为了这只面包和一把枣子，竟要如此热情地感谢真主！

2月18日

我们去了吉布提。划船的人光着身子，在独木舟里碰到的人也都一丝不挂。这只独木舟几乎齐边浸在温暖的水里，一个赤裸的身躯站着使劲地划桨。这又使人强烈而又生动地感受到某种原始的、温暖的、天堂里的东西。

城市很小，是新建的，不过似乎被上帝遗忘了，显得挺冷落。这里的商店很像我们县城里的那些铺子。我们还走到城郊去，那里有一些茅舍，垃圾和污物堆上苍蝇乱飞，天气酷热，但仍有集市。再过去便是沙漠，空旷一片，那里成群的索马里人已经完全按照自己的方式，按照原始的野蛮习俗来生活了。帐篷、羊群、赤裸的黑皮肤孩子，当然又是垃圾堆……令人感到肮脏吗？不，而是感到可怕，原始得可怕，古老得可怕；既然这样，使人产生的感情也完全是另一种的，是崇高的，几乎是肃穆的感情。这种半人半兽的生活已经延续了几千年。但是，在这种生活之上，却有着我们未知的上帝的目标。在这个肮脏的人类巢穴中，在这片原始的荒漠里，几千年来不断地有着出生和死亡、情欲、欢乐、苦难……为了什么？没有某种人生的意义，这是不可能有，也不可能得以延续的。

尽管如此，某种巨大的悲哀，巨大而无望的痛苦依然还是笼罩在这片荒凉和贫穷的人间土地上。

2月19日

已经在大洋中了。完全是一种独特的感受：茫无边际，自由自在。

季风阵阵，天气变凉快了一点，轮船整天在左右摇晃。

黄昏时，我们又在领航室，查看航程海图。这一路我们的航线一直往东。然后，我走到上甲板。一弦月牙高挂空中，清辉洒落，右边展现出了一幅真正的月夜图景。猎户星座缀在天顶。南十字座悬在南天那澄碧如洗的巨大空间。我仰望着星座，突然回想起但丁说过的话："南十字座照耀着天堂的门口。"左边，在深蓝色苍穹里低低地撒布着大熊星座，在它的下方，在几乎靠近地平线的地方，北极星在幽幽地闪着白光。而在东方，一颗灿烂的大星似乎被风越吹越大，散发出了强烈的红光。我们的船，正笔直朝它的方向驶去。

2月20日

天气晴朗、温暖，刮着风。

正午时有了一次相遇：在远方，在亮闪闪的大浪里平稳、缓慢地驶来了一条帆船，船头时隐时没，不停地起伏。船长说，这是从波斯湾来的阿拉伯人，他们要按照古人的方式航海，乘着如此破旧的船只来完成长途旅程，而且随身只带点大米和淡水，作为路上的给养。想到这些阿拉伯人，钦佩之感油然而生。真是万幸，世上竟然还有来自另一个遥远的时代，来自身陷清贫却依旧怡然自得的那个时代的人们！

我在甲板上久久地转悠，脸上拂过一阵阵清风，心头感到十分轻松。然后，我下决心往船舱里走，把那只我们随身带了一个冬天、并讨厌地从埃及的一家旅馆拖到另一家旅馆的箱子打开，里面装满了书。我匆匆地把已经读过的和不值一读的东西挑选出来。挑好之后，便往船舷外扔，怀着十分轻松的心情看着书本在空中翻了开来，平平地掉在波涛上，摇晃着，浸在水里，永远地往后飞去，进了大洋。当初，它太太平平地放在奥廖尔乡下时，是否想起有朝一日会来到开罗，到尼罗河河滩，到红海，最后会在印度洋中找到自己的归宿呢！人生的命运也实在是不可预料，充满意外。比如，我就一定能确信，访问锡兰之后便会回到俄罗斯吗？也许，明天，后天，人们便会把我的躯体扔到这些波涛中去……总的来说，这些想法一直颇有意味地在我的脑海里萦绕。我正是那种见到摇篮便不可能不想到坟墓的人。有时，我会想：我们的生存是件多么奇怪而又可怕的事情——每一秒钟都系于一发！现在，我活着，挺健康，可是谁知道过了一秒钟我的心脏会怎么样，要知道我的心脏同所有人的心脏一样，有着某种就其奥妙和精巧而言是独一无二的东西！我的幸福和安宁，也就是我心爱的，我珍视的，我看得比自己还要重的所有那些人的生命、健康也是系于一发……这一切是为了什么，出于什么目的呢？

我扔了几本书，心里平静了下来，似乎干了什么要紧的事，此后便会万事顺遂似的；然后，从甲板上环顾着从四周包围着我们的这一片空旷、辽阔的“大水”，心里却一直存有疑问：为了什么，出于什么目的？——并在这种上帝制定的难题中，在这种无法索解，但决不能没有答案的难题中获得了某种神圣的解脱。船长从旁边走过；由于我的膝头放着莫泊桑的《在水上》一书，我便问他，知不知道这本书，是否喜欢。

“是的，”他答道，“这挺可爱。”

要是在别的时候，我大概会觉得这种回答愚蠢透顶。但在此刻，我却认为他那种宽宏的漫不经心的态度也许完全是对的。属于那个小小的文学世界的人们是多么可笑地夸大了文学对巨大的人类世界所过的日常生活的作用，而人类世界在实际上往往只知道《圣经》、《古兰经》和《吠陀经》[①]！

“为了什么，出于什么目的？”对我们刚才遇到的那些阿拉伯人来说，这个问题是不存在的。他们只知道一点：自古以来要“服从领路人”，服从那个在《古兰经》里说“颈部血管虽连身，但我们比它更与人贴近”的人。

夜里

我开了台灯（它透过绿色的灯罩照亮了船舱，显得多么安详！），然后坐到桌子边，只觉得手下的桌子正在缓慢地离开我，往旁边滑行，地板正向在我脚下摇摆的无底的深处

① 古印度吠陀教的经籍。

掉下去，墙壁在左右倾斜，门帘晃来晃去……

九点时，我去了船头。前方的海洋黑沉沉的，天空倒是挺明净，晴空万里，上面低低地挂着一颗大得吓人的星星，闪烁着血红色光芒。而在船尾，在后边遥远的地方，一弯金晃晃的月牙几乎紧贴着海面，粼粼起波的水面上漫无边际地反映出浅红色的月光。

十点半时，我再次来到这里，再次往后边望去。月牙已经失去光华，渐渐消失，景色变得十分凄凉。船舷两侧涌起了如山一般的黑油油的大浪，浪尖上冒出亮闪闪的绿色泡沫。而在船尾后边的远处，海面泛着浓重而浑浊的、又红又金的光，高低起伏，动荡不停，好像有无数生物，有无数夜间的海怪在游动……

现在颠簸得很厉害，已经无法执笔。我躺了下来，整个夜里都会摇来摆去，好像睡在摇篮里。“颈部血管虽连身，但我们比它更与人贴近”。

2月22日

在昨天和今天，阳光都亮得耀眼。可是，风刮得真猛，穿过缆索，发出阵阵呼啸。掀起的大浪叫人站立不稳，也无法行走……吃早饭、午饭都不无困难，尽管兴致还是挺好。我们那位弯腿的仆役表现出了中国人独有的机灵，他蹲着，跳着，快速地托着食物和餐具在厨房和饭厅之间来回跑。

现在，风已经静息下来。据说，到夜里一切都会恢复正常。

2月23日

确实，一切又都恢复了常态。

又是灿烂而炎热的太阳，平静的海面，清洁的船舱，船上所有的门窗都敞开着，空无一人——大家都在干活，各就各位——只有我们俩在一起，真的像是在自己的私人游艇里一般。整个早晨水手们都在唱歌。唱得多么忧伤啊！可是，这个丽日当空的早晨，这种我俩独处的情境，这片从创世纪到世界末日都是亮闪闪的大洋和这支歌，这支唱出我们未知的某个遥远地方——布列塔尼、旺代、普罗旺斯的生活和灵魂的歌岂不是极为美满的幸福吗？歌声充溢着法兰西古老的情调、历史，渗透着传说和风俗的特点，也就是说带着每个民族的神圣诗歌里都会有的一切独具的东西……

整个早晨，我们都在瓜达富伊角[①]旁边航行，只见到远处深棕色的海岸以及岸边一条条黄澄澄的沙土带。这是个可怕的地方，以往连年发生海难，已经出了名。不过，在这样

---

① 非洲大陆伸入亚丁湾与阿拉伯海之间的海角，现属索马里。

好的天气，简直难以相信会有这种事情。

前边什么地方好像有一注喷泉。船长说，这是鲸鱼。然后又补了一句：

“就是现在，瓜达富伊角附近也常常发生沉船事故。逢到这种情况，当地土人便会跑来，把遭难的船只洗劫一空，把落海的人打死，再把他们吃掉。”

上帝宽恕我——我的心头似乎又乐了起来。因为我在童年时代从游记中津津有味地读到的那些遥远的、古老的东西此刻重又浮现在面前了。

2月24日

依然还是那种单调而又美妙的生活。

最近几天来，太阳在西沉时总是那么耀眼。傍晚的天空始终是金灿灿、亮堂堂的，后来，它才渐渐变红起来，此时太阳像个红色圆球似的触到了地平线，稍稍拉长一点，变成一顶火红色法冠。

今天一整天都飘着云，太阳晒得很厉害，像是要下雷雨了——已经靠近陆地，那是印度。到五点钟，这些轻盈的、真像在伊甸园里的彩云遍布在落日之上的天宇，简直美得无法比拟。

现在已是夜里九点。我站在船尾。闻到了一股干草味，在那边栅栏里有几头牛。明天一早，其中的一头就要给宰了。这是它的最后一夜！这简直不可能，难以置信，但事情就是这样。不过，真是这样吗？也许，这不过是在地球上的最后一夜呢？即便是对一头牛的死亡，心里也不愿意相信……

夜晚是迷人的，月悬碧空，照亮了白云，云层中透出疏落的几颗星星，显得格外美丽。要不是老人星，这个天狼星的孪生星座，闪耀着红艳艳的光芒，变幻着奇妙的色彩，那简直就像是在我们奥廖尔老家的夜里。南十字星位置不高，往右边倾斜着。一团团浮云不断地往东飘去，像是一座座险峻雄伟的山岭。它们已经飘了一整天，又随着不断增强的季风聚积了一整天。现在，它们聚积得更顺利了，不过依然还是那样平稳和缓慢，没有破坏美妙夜空的安宁（指我们头顶的夜空，而不是东边地平线上浓云密布的地方）。

我从船尾久久地往右边，往南方眺望。那边，在明亮和寥廓的天空，在南十字星座下方，有一颗星星挂得低低的，孤零零地眨着眼。这是什么星星？明天该去向水手们打听一下。也许是半人马座 α 星吧？这一类词念起来使我一辈子都感到新奇，感到神秘！而现在，上帝却使我有幸目睹了这一切……

“那头牛在度过最后一夜”——这个念头始终盘旋在我的心里。它应该死去，为了我能够生存，能够继续看到美妙的夜景，并且能够思考它的命运，对此种命运感到惊讶……我命定一辈子都在惊讶，几乎每一分钟都在惊讶，对什么都不理解。我只好说服自己：本来就该这样。

2月25日

昨夜，我熄了灯，久久地躺着，眼前浮现出东边地平线上那犹如崇山峻岭的云层。银白色的月光，透过甲板遮阳的阴影，从打开的窗子照进来，敞开的门外吹进一阵和畅的轻风。我想起了水手们讲的故事，这里从四月份起经常会碰到大雷雨，十分可怕。我在睡意蒙眬中想象这些云层变得越来越威严、昏黑、吓人，已经闪烁着电火……然后，我醒了，没有开灯便写下这些诗句：

温暖、苍白的明月
高挂在大洋之上，
海面平静，银波粼粼，
反映出炽热的电光。
大块浮云如山一般涌起：
天使长[①]在为上帝烧香，

① 指天使长迦百列。

天堂的大门浓烟弥漫，
香炉在喷火，闪亮。

今天，浮云还在缓慢、平稳地升起，渐渐堆集到一边，然后移向另一边，更加缓慢地降下来，一切再从头开始。而在遥远的东北方向，在神秘的印度国土的上空，却有一大片云层整天凝固不动地聚积着。饭厅里空荡荡的，电风扇在角落里嗡嗡地吹着风。我一直在读啊，读啊，一面把读过的书往船舷外扔。但愿永远过着这样的日子！

我甚至对早餐时端上来的罐装牛奶都已经习惯了；在热烘烘的床上躺了一夜之后洗个淋浴，感到神清气爽，再换上洁白的衣服，便觉得自己似乎只有二十岁，坐到餐桌边时就像小青年那样胃口极好。十一点钟时，体会到了另一种极大的快感——厨房中传来的香气，早餐。上的菜太普通了——牛乳蛋饼，加上些青葱什么的，还有类似小块焖肉之类，往往还有蜗牛……不过，玻璃杯、高脚酒杯、桌布总是亮闪闪的，水手们晒得黑黑的健康肤色和凸纹布制服，还有也是一身白色衣装的漂亮的仆役，还有我们那位弯腿的、总是默不出声而一旦需要便马上行动起来的中国小孩那慵懒的笑容都挺讨人喜欢；船上生活的秩序也挺讨人喜欢。还有中午的喝茶，还有午餐，一切都严格按照劳动作息制度……午餐时，水手们经常会讲起什么故事来。

真奇怪，船长比谁都会讲故事。总的来说，尽管他有着种种令人不快的毛病——比如，凡是不属于法国的，他统统都不放在眼里！——我还是挺喜欢他：这是一个坚强果断的人。我还喜欢他坐在桌子的上座，作为我们大家的上级，而且意识到自己是上级，对我们有着无限的权力。当然，是无限的——在海里，在船上，难道能不是这样吗？在茫茫的大海中，每时每刻都会感到自己的命运是在上天的掌握之中，都会感到世上存在着严格的责任等级制度，便特别能够体会到，在服从之中、在尊重别人的职责（也就是尊重自己）之中蕴涵着多么崇高的感情。

今天，一整天都有飞鱼出没。我们在航行，而它们就像小麻雀一般成群地飞跃而起，沿着直线平稳地滑翔，又掉入海中，溅起一大片水花，犹如下了场大雨，然后又飞了起来……

夜里的情景跟昨天差不多。

那颗每天夜里在我们前方的地平线上放射出血红色光芒、忽闪忽闪地眨着眼睛的星星，那颗好像在召唤我们，要我们不断向前，一直抵达神秘的热带国家腹地的星星原来是室女座 α 星。

世上已经少了一头牛。船尾依然是那一片波涛的拍击声、流水的哗哗声，依然是那一股幽幽的干草味，依然是那一阵阵柔和的夜风，而这头牛却已经没有了。真是不可思议！

船舱里越来越热。我脱光了衣服睡觉。保护和运送我们的这艘并不十分结实的轮船便在无底的深渊之上摇晃着，不停地摇晃着；从门窗吹进了一股清风，电风扇仍在角落里嗡嗡直响……有时候，我想象自己睡着的样子——软弱无力，没有知觉也没有思想，躺在这船舱里，孤零零地漂泊在大洋之中。多么可怕，又是多么美妙！我在睡觉，我们大家都在睡觉，除了那两三个人，他们彻夜不眠，沉默少语，坚守岗位，为了我们大家而在上面值班守卫；我们在睡觉，而夜，永恒不变的夜——依然还是这个样子，就跟几千年前一样！夜，无法形容的美好的夜，不知为何而存在的夜，亮闪闪地笼罩着大洋，星星在闪烁着宝石一般的光华，而风则是上帝的气息，是上帝在这整个美妙而又不可理喻的世界上的气息。它透过所有的门窗吹了进来，进入我们的心灵，而我们的心灵则无比信赖地向着这夜晚，向着这清纯非凡的气息敞开。

2月26日

我睡到上甲板的船舱里，本以为在那里比较容易吹到风，不至于像下面的船舱里那样又热又闷。可是并非如此，那里反而更热，给太阳晒了一整天，温度渐渐升高，热得像蒸笼。

像通常一样，我在清晨六点钟醒来，一听到拖把的簌簌声，水龙头冲洗的哗哗声，便一跃而起。在这些阳光充足的地方可以睡得很少，只要一睁开眼睛，便梦境顿消。永远都在期待着，期待在即将开始的一个早晨，在这个永远洋溢着青春气息的上帝怀抱里，特别是在浩淼的大洋中会有某种新的、幸福的东西。我拉开门帘，炎热的太阳已经升起，汩汩的流水声十分悦耳，给人一种凉爽的错觉；看到那些健壮的青年人在干活，看到他们光着的双脚，结实的小腿肚，赤裸的褐色胸膛，觉得挺愉快。再次向你问好，早晨！又一次跳跃出一轮威严的热带太阳，就如它在以往的千百万年中在此刻所做的那样，也如它在今后的千百万年中，当我在人世间早已不留一点痕迹的时候，在此刻所做的那样。

季风在一天里变小了。可是，船却颠簸得越加厉害——整天好像在荡秋千，摇来晃去。

我读完了《在水上》。“我看到了水、太阳、白云，此外没有什么可讲了……”读完，便把书往船舷外一扔。我走到上甲板，然后往更高的地方去，爬到船长室的顶上，站在那儿同轮船一起摇晃，现在，整个轮船都在我的脚下，尽收眼底，从船首斜桅到船尾，所有的桅杆、缆绳，还有沉甸甸、黑乎乎的烟囱，烟囱是圆圆的、笨笨的，口子里吐着轻烟。所有这一切在不断地上升、下降，一会儿往那边，一会儿往这边倾斜……此刻，我身在何处！正在赤道附近！

现在是五点。大洋渐渐平息了下来，变得蓝莹莹的——出现了颠簸静止之后的长浪。远处某些地方已经呈现出银灰色的平平的水面。

夜里

今天，太阳缓缓地沉没到一片耀眼的金光之中。洋面上依然没有风。在我们四周缓缓滚动的青铜色的涟波也闪映出了金光。

我们从上甲板再往上攀登，到了船长台。此刻，整个大洋已经成为一片银白，微荡着碧绿的涟漪，而在这无边无际的银白色洋面上，从落日（它已不那么耀眼，橙红之中闪着金光）那边投来了一道道橙红色霞光，东边的天空则已经变成绛紫色了，一条条长浪沿着船舷两侧缓缓翻滚，弯弯曲曲，犹如青紫相间的蟒蛇。

我们匆匆地登上制高点——船长室。此时，太阳已经西沉，东边的天空变成紫色一片，西边的天空显得绿莹莹的，绿色之中夹着一条条橙红似火的霞光，而在我们头顶上方、在无比深邃的碧空中，则飘着几朵犹如大马士革薄纱似的轻云，抹上一重淡紫红的色调。

不一会儿，景象又有了变化。只见东边天空的颜色变成雪青夹着深蓝，在其下方的海洋泛出了一片紫色。西边天空的霞光烧得通红。这些霞光深红发亮，好像熔铁炉里的铁水，此时随着夜幕的降临，西边的海洋也染上了紫色。天色暗得越来越快，在霞光的上方闪烁起了第一颗星星。一直高挂在我们头顶上方小小的苍白的月亮，本来不引人注意，这时也显得有了生气。我们又站了几分钟，听到了钟声，便下舱去进餐。这时月亮已经洒下了清辉，沿着船舷流动着亮闪闪的白银，甲板在月色下出现了缆绳的影子……东方吹来了一阵轻风。

进餐时，大家都说在太阳下山时看到了著名的绿光。它曾经使我多么倾心，多么着迷！很遗憾，我竟然没有看到。

然后，我不停地在上甲板上踱步，从烟囱口有一些看不见的烟尘飘撒出来，落在地板上，踩上去窸窣作响，甚至感到有点快意。头顶上方的月亮挂得有多高，海面上甚至看不到一点它的反光。救生艇的套子又白又亮，似乎是用银子和白垩制的。东方又吹来了一阵风，星星亮晶晶地闪烁着。尤诺恩号那钢铁的心脏在匀整有力地跳动，我跟着它的节奏迈步，而滔滔波浪也在船舷之外有节奏地时起时伏，向后奔腾而去。锅炉房有几个白生生的帆布通风筒，固定在侧面三角旗后边的甲板支架上，在靠近烟囱的地方，现在它们在不断地摇晃、颤抖，活像一些裹着白布尸衣的魔鬼，挥舞着叉开的三角形长袖子。

2月27日

我在五点钟醒来——还是睡在上层船舱里——撩起门帘往外望了一眼。外面，太阳还没有升起，但天色已大亮了，前边，在大洋的那一头，有许多美丽的云，很大，淡紫色的；东方的天空在云彩之中渐渐泛红。

正午。迎面刮着强风——照水手们的说法，那是由于已经靠近陆地的缘故。一团团白云遮掩了整个天空，我们奥廖尔老家在夏天的云也是这样的！洋面一片湛蓝，粼粼起波。水手们正在准备“上岸”，都在卖劲地洗衣服，上层前甲板上挂满了衬衫，袖口朝下，风把它们吹得啪啪响，一齐鼓了起来——活像一个个砍了脑袋的身躯。

傍晚，钟声召唤大家进餐。大洋变成青铜色的，青铜的表面泛着绿莹莹的金属光泽，又闪现出红红的色调。一溜溜轻柔的云丝，粉红色的，棕黄色的，飘得极高极高。一切都是那么柔和，那么柔和，出奇地柔和，包括风、空气以及所有的色彩、所有的基调。

我又在制高点上，借着月光来写作。一切都硕大无朋：不管是海洋，不管是天空，还是它们之间的整个空间；一切又都无比高远：不管是天空，不管是月亮，还是这些飘浮的云。啊，这风是多么和畅，多么强劲，多么有力地把你推送，摇晃！风声、涛声、轮机声——我倾听着这一切，真是感到心醉神迷！

醒来以后，我这样写道：

一颗星星在前边地平线上闪耀着，活像一堆金灿灿的篝火。我站在船长台上，我成了船长，我在指挥，不时地向后边操舵室发令，为快速行进而高兴：

“继续向前！”

而在操舵室里，除了舵手之外，还有我的父亲和母亲，我记得他们早已去世，但依然还活着——我从未梦见过他们已死，也从未因为在梦中见到他们活着而感到惊讶。他们带着和蔼、慈祥的笑容看着我，为我表现得勇敢而骄傲。而我则对他们怀着非凡的柔情。而在他们的笑容中还有着某种朦胧的深意，似乎是在说：愿上帝祝福你，让你好好生活，快快活活，充分地利用他赐给你的这一段短促的人生历程！

2月28日

陆地越来越近——今天多云，太阳晒得火辣辣的，是那种所谓的“蒸笼”天气。上甲板的遮阳下边比以往任何时候都要闷热，叫人恨不得把衣服全脱光，尽管我们身上已经所剩无几。

六点，我在船尾写作。离太阳下山还有很长一段时间，西边的洋面平坦无浪，一望无际。火红的晚霞辉映着淡紫色云彩，布满了整个天宇。

当我从船尾回去进餐时，禁不住惊呼起来：月亮是绿莹莹的！从饭厅那扇对着船头的窗口往外看了一眼，哦，真的是绿莹莹的！淡绿色的，衬映着绛紫色的天空，被一朵朵银灰色浮云簇拥着，挂在闪着绿光的大洋上空！又颠簸了起来，尤诺恩号船头翘向天空，一阵风吹到窗内，令人通体舒坦，直到心灵深处。一切又是那么柔和，那么亲切，令人感受到一种天堂里的气息，真的是天堂里的气息！

3月1日，夜里

陆地，天堂越来越近——整夜有浮云在飘荡，整夜有月亮从云间泻下清辉，为云层的边缘镀上一重银光。

这是在大洋中的最后一夜，明天就要抵达锡兰、科伦坡。

“你的路在海里，你的道在大水之中，你的足迹无人知晓……”而我在恐惧和欢乐之中同你接近，对你怀着无比的爱，坚定不移地信仰着你，信仰着你的可亲可爱的天父的怀抱！

现在，我在世上似乎是孤身一人，想象自己最后一次在这月光如水的甲板上跪下双膝。浮云似乎有意地飘散开去，皎洁的月亮从高空洒下欢乐而又柔和的光，而在它的下方，在清澄明朗、无边无际的南方天空中幽幽地闪烁着南十字星座，犹如一颗颗钻石。你的光辉的夜晚充满了宁静而又永恒的欢乐。“我该如何向你致谢？”

（1925—1926）

众王之王的城市

这是一张旧的世界地图。现在，我又注视着它——这不知是我一生中的第几次，但每次都是那么热切！——视线又一次游移在印度洋巨大的空间。我找到了赤道线，把目光集中在其上方那个显目的小小的地方，它在锡兰——神圣的狮子岛，犹如一滴垂得长长的水珠，从印度斯坦[①]那张三角形的树叶尖上掉落下来，于是我又回想起众王之王的城市——阿纳拉特哈浦拉……

阿纳拉特哈浦拉是什么地方？现在有谁知道它，或者听说过它呢？阿纳拉特哈浦拉曾经是佛教世界最伟大的圣地，是锡兰最古老的都城，现在已被热带林莽所覆盖，变成锡兰岛一个最荒僻的村落，它只能以闪耀着昔日荣光的庞大的建筑遗址使朝圣者惊叹，这些建筑物已经存在了整整二千五百年。在其中的二千年里，它以自己的繁荣驰名于整个古代东方。就规模的宏大而言，它相当于现代的巴黎；就建筑物饰着黄金和大理石的华丽而言，它不亚于罗马。那里所建的用于保存佛陀圣物的舍利子塔甚至比埃及的金字塔更壮观。

造物主把世上所有珍贵和美好的东西全赐给了锡兰。造物主使它成为天堂，成为创造出人的场所，并把这块地方完全交给亚当来支配，但有一道禁令：不准思考，也不准观望天堂之外的一切。然而，亚当渴望着了解发生在远方的未知的事情，渴望着“认识和拥有”。一天早晨，他从天堂最高的山上，怀着欣喜和贪婪的心情，环顾周围那些沉浸在阳光和蓝沉沉的云雾之中的无数国家和茫茫大海。他违背了禁令，在天堂岛和印度之间的海峡里用岩石堆起一座桥，然后同夏娃一起踩着这座桥去了印度。他的小儿子亚伯不愿违抗上帝的旨意，依然留在天堂，而大儿子该隐则跟着父母一起走了。但是，不管走到哪里，该隐心里却始终怀念着他离开的天堂。于是，他在世界上转了一周，又回到天堂去，还把亚伯杀了，以便“永远独占”这块地方。

我们所了解的有关锡兰的情况，在实质上同这则当地的传说很相似。锡兰同印度之间确实由一道所谓的“亚当桥”相连，那是一长列礁石和巉岩；锡兰确实曾是人类祖先最早居住的地方。它的地理构造复杂多样，它的自然宝藏不可胜数。全岛四分之三是山地，那里有许多幽深的谷地和奔腾的江河，覆盖着原始森林。尖尖的亚当峰高耸入云，航海者在数海里外的船上便能望见。它的东岸地势高峻，林荫蔽天；

① 即印度半岛。

与之相反，西岸却是一片低地，蓬蓬勃勃地生长着热带湿润地区的各种植物，而北部则遍布沼泽，林莽阴森。锡兰周围的大洋盛产珍珠、珊瑚，还在创世纪那个时代，便有万千生物在那里繁殖生息。在锡兰的山地下蕴藏着丰富的水晶和石墨，在它的江河河床里可以采集到数不清的宝石。就所拥有的植物种类而言，世界上没有一个地方可以同锡兰相匹敌。自古以来，那里的花草树木终年欣欣向荣，芳香馥郁，为形形色色的飞禽、爬虫，为各种各样的猴子、飞狐、野猪、豹子、大象和鹿……提供了栖身之所。

锡兰的历史至今模糊不清。不过，早在两千多年前，阿纳拉特哈浦拉的佛寺里已经有人开始记载史事了，在这些资料的基础上，再参照中国、缅甸、暹罗的古书，可以满有把握地确定，流传在当地的有关亚当及其不幸的孩子们的寓言故事和神话相当精确地反映出了锡兰岛上人类居住的历史。确实，最早在锡兰岛上立足的是太古的先民，是至今那个（已经很小的）部族的祖先，那个名为“弓箭手”的部族生活在锡兰东南海岸的山地森林中，现已濒临灭绝，现代科学确认，“弓箭手”是世界上最古老的种族，是地球初民的后裔。我看到过这一片森林。那里始终保持着史前的洪荒状态，与澳大利亚的原始森林有许多相同之处：灰色的树干和蟠结的根株密密层层地覆盖着深绿色的革状树叶，纵横交叉地缠满了藤蔓，叫人无法通行。英国人试图在这些密林中开辟出一条条几公里长的小道，修建公路，但现在只有那些蟒蛇像一根根铁管呈波浪形扭动着在那里爬行。就是这块古老的蛮荒之地成了“弓箭手”们，成了锡兰“亚伯”的嫡系子孙们所在的家园。

我看着地图：这就是地球上最为隐秘的地方，那里生活着历史最为悠久的人群。我记得那个阳光灿烂而又天气凉爽（由于地势很高）的日子。我站在锡兰的制高点——皮杜鲁塔拉加尔山峰上，整个锡兰岛都在我的下方。重重叠叠的山峦披着密林，在蓝沉沉的雾气之中，向着一望无际的远方绵延，眺望四周，只见一片浩淼的大洋。于是，我的整个心灵陶醉在一种由于居高临下而产生的欢乐和自豪之中。但是，人间一切引为自豪的东西都是难以持久的！看到下方那些山地的密林，我便想到尘世生活是多么空幻，内心的自豪感也顿时烟消云散，取而代之的是巨大的忧伤。因为我想到，在那些森林里，同样有一颗人的心在频频跳动，可是那个人，那个生物是多么可怜，其处境是多么可怕，他比任何野兽都要小心地躲避着我，躲避着同样是人类的兄弟，藏身在林莽深处的巢穴之中！直到现在，他还只会使用弓箭和石斧，不知道用火，也不知道有其他的工具。他用植物的块根和果实来充饥，把蜥蜴和死去的猴子当作美味。他没有宗教，他只是模模糊糊地崇拜（即害怕）祖先的亡灵，甚至死亡也没有以什么仪式来加以神圣化。他没有法律和道德的准则，甚至也没有家庭，——难道他的幼子和他的异性伙伴（往往是他的亲姐妹）能构成家庭吗？他的躯体是黑黝黝的，个子矮小，尽管四肢匀称，动作极为灵活。他的颅骨是世界上最小的，头发却很长，长着一双招风耳，而且耳朵还会活动……最特别的是，锡兰的“亚伯”从来不会笑：他被剥夺了人类的这一天赋。

而锡兰岛的“该隐”则来自印度。根据佛教史册记载，当时的印度被苏里安人、雅利安人控制着。他们是“太阳的孩子”，似乎天性十分平和，可是在他们之中出了一位领袖，一个伟大的君主，此人的出身挺神奇（“是一个女人同狮子所生”），而且从青年时代起便以“残酷的维贾亚”的名声威震四方。在他的指挥下，苏里安人跨过亚当桥进入“亚伯”的国土，占领了天堂，并且将其命名为“狮子岛”（僧伽罗），来纪念他们的领袖。至于被他们打败的对手，也就是现在只知道叫做“弓箭手”的那些部族，一部分遭到杀戮，另一部分沦为奴隶，还有一部分则被驱赶到深山密林之中。从此，这个岛上再也不存在天堂的生活，而纯粹是人间的生活了。整整两千年里，这里存在着一个繁荣的、新的雅利安人王国，一个僧伽罗王国。它的强大，它的成就，它的种种工程，农田的耕作，沼泽的排干，城堡、宫殿、屋舍、防护农田免受洪水之灾的大坝、用于灌溉的巨大的水渠网和世上最伟大的神圣金字塔的建设曾经使世界叹为观止。整整两千年里，在全亚洲找不到一个城市，可以同兴建在海岛北部、矗立在经过清理的热带密林之中的僧伽罗王国的都城相媲美。这个都城具有一个极为堂皇的称号：众王之王的城市——阿纳拉特哈浦拉……

曾记得，我是怀着多么奇怪的感情，从皮杜鲁塔拉加尔山峰上，远眺北方那一片泛着蓝色的模模糊糊的土地的。那边，又如在远古时代那样，万木争荣，葱葱茏茏，茫茫林海一望无际，而在这密林之中静静地躺卧着已经被人遗忘的阿纳拉特哈浦拉城的遗址。

人类的历史首先就是一部人类流血的历史。僧伽罗王国的史册讲到它同“女人同狮子所生的”其他几个儿子之间连年进行的战争，那些人以第一个天堂征服者为榜样，从印度本土不断地向狮子岛出兵，尽管攻击的对象同样是维贾亚的后代。几个世纪过去了，征战却依然见不到尽头。不过，僧伽罗王国总是能够克敌制胜，它的疆域不断扩大，国势日益增强。到了基督降生之前的第五个世纪，它达到了全盛时期，而从纪元前第三个世纪起，它的都城渐渐成为由释迦部族的王子所创立的一种人类新宗教①的中心，并且开始作为圣城而闻名于世。“佛陀那温柔而又刚强的话语，犹如悬挂在天宇的银铃，响彻世界”，同时也传到了狮子岛。

① 即释迦牟尼创立的佛教。

在第三世纪，国王从高高的御座上宣布新宗教为唯一的真理。当时在位的是蒂萨王。有一天，他在阿纳拉特哈浦拉的城郊狩猎，走到米欣塔勒山区，进入山顶的密林之中。他手持弩弓，在花繁叶茂的丛林中穿行。蓦地，一头美丽的小鹿蹦跳出来，如箭一般在他的眼前飞掠而去。国王赶快紧追在后，但在这一刹那，从丛生的花木中走出一个人，挡住国王的去路。此人身穿薄薄的长袍，在绿荫的映衬下闪着金黄色的光华。他赤着双足，裸露右肩，黝黑、瘦削的脸上流露出灵悟的激情。

“王啊，别杀生吧！”他说，“赶快抛掉罪孽和愚昧的魔障。我是伟大的阿育王①之子马欣达，一个为真理而奔走的人。我召唤你走上佛陀大慈大悲之路。是佛陀把涅槃和轮回之道授予我们。”

蒂萨王请求他讲解轮回的道理，聆听之后还恭顺地向第一个访问狮子岛的佛陀弟子躬身致礼。

蒂萨王下达谕旨，将米欣塔勒山划归马欣达的神圣信徒——“黄衣僧团”② 所有，于是善男信女从全岛源源不断地来到马欣达的门下。为此，国王在米欣塔勒山上和阿纳拉

① 公元前三世纪印度孔雀王朝的第三代君主（公元前273—前236年在位）。是古代印度的大政治家、军事家，同时也是一位大力弘扬佛法的宗教家。

② 相传，释迦牟尼离家出走时把自己华丽的王子衣装赠给一个乞丐，只穿着黄色的大氅周游四方。从此，他的学生——佛门弟子也都穿着黄色衣服。

特哈浦拉城郊为信徒们建造起许多寺院，供信徒们在雨季居住，他在都城划出最好的地段，来栽种菩提圣树，当初正是在菩提树下释迦牟尼感悟成道；他还把自己的余生全部献给笃信佛陀的事业，为其而思，为其而行，以使阿纳拉特哈浦拉变成佛陀的京都，将其装饰得同佛陀的声望和神圣相称。他的后人在以后的几个世纪里继续他所开创的工程。这些工程取得了辉煌的成果！

生活在基督降生之后的第五个世纪，因其周游佛教圣地并著书加以描述而闻名于世的中国高僧法显指出，僧伽罗王国确实有资格为其京城而感到自豪。阿纳拉特哈浦拉是一座气势恢宏、金碧辉煌的大城市。它的长和阔的距离均有百余里之多。主要的街道有沙土街、江河街、国王街和月亮街，至于小巷就不计其数了。在每一条主要的街道上都坐落着数以万计的宽敞而又豪华的两层或三层的宅邸。这些街道上还撒着沙子，白色沙子在中间，黑色沙子在两边，还架起许多表示喜庆的门楼，门楼上饰着旗帜和鲜花。成千上万的行人、马匹、瘤牛、大象、轿子从早到晚地在那里熙来攘往。而在这种美好的、喧腾热闹的人间生活场面的上方，在不可胜数的屋舍和市集的上方，高耸着寺院、宫殿和佛塔的黄金屋顶和塔尖……

在其他一些古籍中，也以几乎是同样的赞叹口吻谈到了阿纳拉特哈浦拉城。读到这些文献，便可以想象出一个处于低地的大国，人口众多，富比天堂，每一寸土地都经过精耕细作，遍布着村镇、树林、花园和纵横交叉的河道，而在其中央则雄踞着一座富丽堂皇的大城市，在城市的周围和上方矗立着许多金碧辉煌的金字塔形、圆顶形和钟形的建筑物，它们简直不像人工所建，而像一座座山岭。

释迦牟尼经过多年心灵和肉体的磨难，禅思静虑，以求真谛，终于有一天在迦耶丛林中一棵吉祥的菩提树下大彻大悟，犹如电光石火一闪，顿时得道成佛。这棵菩提树长在印度，离狮子岛太远了。尽管每个岛民都想在一生之中能有一次机会到这棵树下领略接受其庇荫的极乐，但难以办到。于是，从阿纳拉特哈浦拉派出一个朝圣团，前往印度，恭请这棵吉祥树的树枝。树枝由阿育王的女儿、马欣达的妹妹桑伽米塔公主亲自护送，又由专门的船只运到狮子岛。它以十分隆重的仪式插种在阿纳拉特哈浦拉城郊的特定地区，这一仪式的过程在以后的几个世纪里一直是信徒们讲述和描写的话题。然后，开始兴建图帕拉马寺院和青铜精舍（这一寺院的废墟至今还留存在由圣树蘖生的那棵有着两千年历史的古木旁边）。接着，又从印度恭请另一件珍贵的圣物——佛陀的锁骨……

现在，阿纳拉特哈浦拉是个荒僻的林间小村落，全村只有一条街，说得准确一点，是一条夹在古木丛中的村路，但还保留着古老的名称："圣街"。两千多年来，无数朝圣者在这条村路上留下了足迹。就在这条路的一边是马加-维哈拉寺院，它的围墙里长着菩提树，而另一边是罗迦-帕扎达，即青铜精舍。

马加-维哈拉寺院是一处用低低的石墙围起来的地方。在它的大门边，两千年来始终完好无损地保留着一块大理石——月亮石。门内有两尊巨大的石雕佛像。院子中间耸立着几个阶梯形的土台，土台的每一层都是正方形的，一层要比一层小，打从马欣达的那位笃信佛教的妹妹光临之日起，菩提树已经长高和变老了不知有多少倍，为了不让其枯死，需要用泥土把树干围起来，只留出枝叶繁茂的树顶。在土台的最高一层，有三个宽大的石头台阶把人引到亭亭如盖的树荫下面，这树荫的覆盖面非常大，以至有一株漂亮的硬木棕榈树就夹在树荫里生长，一些伶俐的小猴子在棕榈树上顽皮地上蹿下跳。

青铜精舍曾经设有九百个房间，住着九百位僧人。七个层次的楼面以一千六百根大理石圆柱为基础，这些圆柱从外及里逐渐升高，在大殿中央达到至高点，而每层楼面又随高度而逐渐缩小。这样，精舍便具有金字塔的形状，“它的铜顶金光锃亮，犹如天上的宫阙”。

在公元五世纪的一本神圣的史册中说，许多人为建造青铜精舍而无偿地劳动，为了不加重他们的负担，国君拉尼下令拨出大批钱财、衣服、白糖、食油和蜂蜜。大殿的墙壁全都贴上青铜薄片，由此而得名“罗迦-帕扎达”，即青铜精舍。楼中所有房间都装饰得十分华丽：壁上镶嵌着晶莹闪亮的宝石，构成花形图案；沿墙设有一排排雕木座位；地板上铺着贵重的地毯。在精舍中央的大殿全部镀上黄金，有的地方还缀着千式百样的奇珍异宝，天花板是由许多绘着神祇和动物图案的立柱支撑的。大殿中所设的宝座由象牙雕刻而成，在其上方闪耀着金制的太阳、银制的月亮和珠母缀成的星星。宝座旁边摆着一把象牙扇，这是大僧正的标志，又张开着一柄白色绸伞，这是王权的象征。洗手濯足的器皿、厨房煮粥的汤勺……全都用黄金打制而成。而如今，这派豪华的景象已荡然无存，只留下了一千六百根石柱，犹如一片光秃秃的石头树林。

其他古迹分布在阿纳拉特哈浦拉村周围的草木丛和密林之中。这是乌帕扎达精舍——高僧们每月两次向众信徒讲经并主持法事的圣地的遗址，还有开着莲花的池塘，里面爬满了乌龟和鳄鱼，还有用于洁身的水池、石槽以及不知作何用的石块，还有半圆形的月亮石，上面刻着大象、马匹、水牛、狮子、莲花和鹅的图形，还有许多雪白的钟形塔。最后，还有许多舍利子塔。

蒂萨王把城外树林中的一大片土地赐给众僧侣，并用两头王家的大象套上金犁，亲自为这片土地犁出了一道地界。这个地方称为“马哈梅迦林”。正是在这里，国王下旨用神圣的白云石（一种专用于建造庙宇和王宫的白色石灰岩）兴建起锡兰第一座舍利子塔——德胡帕拉马塔。那是全印度现存最古老的建筑之一，是锡兰的至圣之地，在此保存着佛陀的锁骨。舍利子塔高耸入云，至今仍闪耀着洁白的光华，它的周围有三排雕花的圆柱，许多柱头已经掉落在地，湮没在草木丛中。

在蒂萨王时代，还建造了伊苏鲁摩尼亚舍利子塔，后来还建造了罗安维利舍利子塔。现在，它们都已经倾圮，变成一片废墟。从远处看去，只能见到一个巨大的土丘，覆盖着一丛丛灌木，走到近处，见到的是一大堆瓦砾，杂树纵横，野草蔓生。

但是，阿布哈帕里塔以其惊人的规模超过了以上所有的建筑，它堪与埃及的胡夫大金字塔相匹敌。现在，它只有昔日一半的高度了，若踩着已经毁坏的石级登上塔顶要费不少力气。然而，一登上塔顶，往四周极目瞭望，只见附近如海一般的热带丛林、沼泽、河流，以及像一个个岛屿似的耸立其间的峻峭山峰，啊，展现在眼前的景象是多么美妙、多么开阔！离塔不远的森林中有一尊巨大的佛陀坐姿雕像，黑乎乎的，已有两千年的历史，雕像脸上洋溢着一种忧郁而又带着嘲讽的微笑，在它的肩头不时闪现出蜥蜴的影子，犹如彩色的闪电。要是搭乘双轮牛车，只要过一个小时便可以进入密林，那里有许多蚂蚁窝，像一个个黑褐色的坟堆；那里有许多胡狼、鹿和野猪，它们时常穿过山路跑来跑去。然后，便抵达米欣塔勒山脚下，那里开凿出了两千个石级，直通山头。在岩石峥嵘的山顶上，便是被一片椰林掩映着的马欣达的灵庙。椰树上栖留着鸟儿和猴子。庙前的祭桌上爬满了蜥蜴。附近的悬崖峭壁从低地的林海中突兀而起，孤零零地直刺蓝天。在死去的神圣的国土上笼罩着一片伟大的寂静。

（1924）

旅欧点滴

寂静

我们是在一个细雨蒙蒙的夜晚抵达日内瓦的，不过拂晓时雨停了，空气挺新鲜。打开通往阳台的门，只觉得深秋的早晨那种令人惬意的清风扑面而来。从湖面飘来的乳白色轻雾在街头弥漫，正渐渐地消散。阳光有点黯淡，但透过雾霭也已经渐渐变得明亮起来。带着潮气的风轻轻地吹拂着绕在阳台圆柱上的野葡萄红叶。盥洗和穿戴好以后，我们匆匆地走出了旅馆，经过一夜充足的睡眠，头脑分外清醒，心里打算游遍任何地方，并且怀着一种年轻人的预感：新的一天必将带来某种美好的东西。

“上帝又赐给我们一个可爱的早晨！”旅伴对我说，“你可发现，我们到了什么地方，第二天必定是个好天气？不抽烟，光喝牛奶，吃绿色蔬菜，生活在野外，同太阳一起苏醒，这真会使人的精神变得高尚起来！过不久，将不是医生，而是诗人来谈论这个了……别抽烟，别抽烟，这样你才会体验到一种前所未有的感受，一种纯净的感受，一种充满青春朝气的感受。”

不过，湖[1]在哪里呢？我们一时疑惑起来，举棋不定。远处的一切全给笼罩在白茫茫的轻雾之中，街头那一端的马路在阳光下变得亮铮铮的，像是用金子铺就的一般。我们便赶快朝那边，朝似乎是潮湿发亮的马路走去。

阳光穿过雾气，把空荡荡的滨湖街晒暖了，眼前一片通明。但是，谷地、大湖和远处的萨瓦山[2]依然还洋溢着一股凉意。我们走到滨湖街，便不由自主地停下了脚步，心头又惊又喜，就如通常从高处俯瞰无际的大海、浩荡的湖水和开阔的谷地时那样。萨瓦山在早晨亮闪闪的水汽中显得影影绰绰，勉强才看得分明，只有注目凝望，才能分得清凸现在空中的山脊那一道道金黄色纹路，捉摸出巍峨庞大的山体。近处，在宽广的谷地中，透过清凉湿润的朝雾，可以看到一片碧绿的湖水，清澈透明，深不见底。湖还在沉睡，聚集在岸边的那些挂着三角帆的小船也在沉睡。灰白色的帆篷高高地扬起，好像鸟儿的翅膀，但在平静无风的早晨显得有气无力。二三只鸥鸟在水面上低低地滑翔，其中有一只忽然从我们身旁一闪而过，直往街那边冲去。我们回头一瞧，它已经被不同寻常的景象吓坏了，正在赶快往回飞……这里的人们真是幸福，在他们居住的城市里，在阳光明媚的早晨，竟然有鸥鸟在盘旋飞舞！

---

① 即日内瓦湖。

② 在法国境内。

于是，我们热切地盼望着到山里去，到湖边去，到远方去……趁雾气还没有消散的时候，我们到城里走了一趟，在小店里买了一些酒和奶酪，顺便浏览了一下整洁可爱的街道，以及金秋宁静的花园里那些繁茂挺秀的白杨和法国梧桐。此时，我们头顶上方的碧空已是晶莹透明、一尘不染。

“你可知道，”旅伴对我说，“以前，我总是看着地图，朝思暮想到什么地方去游览，可是一旦到了那里，又不由自主地怀疑起来，老是暗问自己，难道我真的来到了。你是不是也觉得有点不可思议，就在这些山的那一边是意大利，竟会离我们那么近？那边就是萨伏伊[①]，就是那些牵着小猴子到处流浪的孩子们的故乡，我们在童年时代就读过关于这些孩子的故事，多么感人啊！”

在码头的踏板边，那些小船和船夫都在晒太阳，打瞌睡。蓝莹莹的湖水很清，可以看得见靠岸的湖底沙子，水下的木桩和船的底部。简直完全像是夏天的早晨，只是根据如洗的碧空下所笼罩的那一片寂静才能觉察到，这已是安谧的晚秋的日子。雾已经消散，整个谷地和湖面自近至远可以看得清清楚楚。我们脱下外套，卷起袖子，便划起桨来。码头退到一边，渐渐离远。在阳光下变得金灿灿的城市、滨湖

① 历史地名，即萨伏伊公国。现在法国的萨瓦省。

街、公园也渐渐远去……前面的湖面闪亮耀眼，小船边的水变得越来越深，越来越沉重和透明了。把木桨浸到水里，感觉到水的弹性，并看着桨下飞溅而起的水花，心里是多么愉快。掉过头去，我看到我的旅伴那涨得通红的脸，以及被平缓的山丘所环抱的那一大片碧水，山上覆盖着渐渐发黄的树林、葡萄园，遍布着花园别墅。我们把木桨搁上一会儿——顿时感到四周悄然无声。我们闭上眼睛，久久地倾听着湖水沿着船舷流动所发出的潺潺声。甚至从声音中也可以听出，它是多么清洁，多么透明。

“再往前吧？”我问道。

“等一等，你听！”

我把木桨抬得高高的，潺潺的水声开始静息下来。从桨上掉下了一滴水，两滴水……太阳越来越热地晒着我们的脸……这时，从远处传来了一阵悠扬飘逸、清脆悦耳的钟声。它孤零零地在山里回响着，显得多么遥远，有时简直是依稀难闻。

“你可记得科隆大教堂①的钟声？”旅伴低声问我，“我那时醒得比你早，天刚蒙蒙亮，便站在打开的窗前，久久地听着那钟声孤独而又响亮地在古老的城市上空回荡。你可记得大教堂的风琴，以及它那种中世纪的古色古香的美？莱茵

① 在德国科隆市，为著名的哥特式建筑物，建于十三至十五世纪。

河、一座座古老的城市、一幅幅古老的图画、巴黎……不过，这里可不一样，这里要更有意思……”

钟声，清纯柔和的钟声一阵阵地传到我们的耳际。倾听这种声音，一边闭起双眼坐着，一边感受阳光对你的脸庞的抚弄，闻着湖水清凉的气息，真是心旷神怡。在约两俄里之外，驶过一艘洁白闪亮的小轮船。小船从远处传来低沉、急促的轮机突突声。一重重像玻璃似的波浪，平缓、宽阔地朝我们涌来，轻轻地摇动着小船。

“我们现在进入山里啦。”旅伴对我说，这时轮船已渐渐远去，变得越来越小，“在山的那一边，人们依然过着他们的日子，而我们却要进入一片宁静的福地，这种宁静简直无法用我们的语言来形容。”

他慢慢地划着桨，一边说，一边又在倾听，而我们周围的湖面则变得越来越广阔了。钟声一会儿显得很近，一会儿又显得十分遥远。

“在山里的某个地方，”我想，“深藏着一座小小的钟楼，它以洪亮的钟声颂扬星期日早晨的祥和和安宁，召唤人们沿着盘旋在碧湖旁的山间小径走到它的身边……”

远处山坡上那些大大小小的树林已经给抹上一重柔和的秋色，五彩缤纷，一幢幢漂亮的花园别墅正在寂寞中度过这晴朗的秋日……我为了把玻璃杯洗干净，舀了一点水，泼到空中。水珠飞溅开去，闪闪发亮。

“你可记得《曼弗雷德》[1]吗？”旅伴说，“曼弗雷德在伯尔尼附近的阿尔卑斯山里，在瀑布边。正午，他念起咒语，双手掬水，泼到空中。在瀑布泛起的彩虹中便出现了山中少女……这有多美！现在，我就想，对水也可以像对火那样崇拜……这是很容易理解的——把大自然神化呗！活着，生存在这个世界上，呼吸，看到天空、水和太阳——那是多么巨大的幸福！可是，我们依然是不幸的！为什么？是因为我们的生命太短促、孤独和不合理吗？雪莱、拜伦……都曾经流连在这湖上，后来还有莫泊桑，他是孤独的，但心里却渴望着为全世界造福。所有的理想主义者，所有曾经恋爱过、年轻过的人们，所有来到这里寻求幸福的人们，他们已经统统消失了，一去不复返了。你我也会这样消失的……想喝酒吗？”

我把杯子递过去。他往里斟满酒，苦笑地接着说：

“我觉得，总有一天我会同这永恒的寂静融合成一体的。现在我们正站在这种寂静的边缘，只有在这种寂静之中才有幸福。你可记得易卜生[2]所说的‘迈娅，你听到寂静吗[3]？’你是不是听到寂静，这种山里的寂静？”

我们长时间地眺望着群山，以及群山之上那净无纤云的浩浩长空，似乎那里也充溢着悲秋的无比惆怅。我们想象自

---

① 英国诗人拜伦（1788—1824）的诗剧，曼弗雷德为剧中主人公。

② 易卜生，挪威剧作家（1828—1906）。

③ 这句话引自易卜生的剧本《当我们死而复醒时》（1899）中的对白。

己置身在远方渺无人迹的深山里……太阳高挂在处于群山重围的深谷之上，一只老鹰在山与天的广阔空间展翅翱翔……只有我们两个人不停地往深山里走，就像那些为寻找火绒草而献身的人那样……

我们不慌不忙地划着桨，倾听着渐渐消逝的钟声，一边谈论起去萨伏伊的旅程，在什么地方可以逗留多少时间，而思绪又回到了对幸福的憧憬上去。无论在何时何地，新奇的自然风光之美，艺术和宗教之美总会在我们年轻的心中激起强烈的愿望，要让我们的生活也达到美的境界，使其充满真正的欢乐，并且同人们一起分享这种欢乐。我们在旅途中所见到的那些女性总会激起我们对爱的渴求，这是一种崇高的、浪漫的、细致而又感性的爱，几乎要把她们当作闪现在眼前的理想的女性形象来顶礼膜拜……不过，为了追求这种幸福，就得随着它往深山老林里越走越远，这岂不是童话？

我的旅伴①是我为数不多的挚友中的一个。我们在旅途中一起分享了多少甘苦！现在，我写下这些词句献给他。同时，也向我们所有那些有着共同的旅程、理想和感情的朋友们致意。

(1901)

① 指画家弗·库罗夫斯基。1900年，他同蒲宁一起在瑞士、德国和法国旅游。

在阿尔卑斯山中

在深秋的那些灰蒙蒙的日子里，阿尔卑斯山的山谷中是那么静谧，渺无人迹！一道道蓝幽幽的冈峦向着远方绵延，一座座险峰直刺云天。那天空是铅灰色的，显得挺冷漠，低低地挂在一片片湖泊的上方。湖泊也是铅灰色的，只是更暗一点，更美一点。它们分布在群山之间，而山丘则像是用瓦蓝色的大理石堆砌而成，正从湖底缓缓上升。眼望这一爿多云的天空，真想到云雾深处，到隐藏在高山烟霭之中的那些游客罕至的旅舍去度过一夜……

十一月初的一天，我跟我的旅伴一起在格拉鲁斯山谷[①]中漫游。早晨，我们乘轮船离开城市，午后便已经到了遥远的山中。心里有一点害怕，因为山上可能会刮起暴风雪来。不过，我们还是沿着那条弯弯曲曲的铁路往上走，这是一条开春之前暂停通行的铁路。刚走几步，便碰到了几个农民，他们说，今天没有刮暴风雪的迹象。然而，山中的景色却是够凄凉的！悬崖上一些低矮的树木长得稀稀拉拉，像在打瞌睡一般，只是不住地飘洒着小小的黄叶。时而可以看到几头吃草的母牛，它们向你探出了惊讶而又愚钝的嘴脸。时而可以听到一两声唿哨，那是一些男孩子在灌木丛中拾柴……然后，种种声响渐渐静息，空气变得凉爽起来……在一片寂静之中，我们迈着轻快的脚步，在陡峭的山路上越走越高。而从山上，从覆盖着郁郁苍苍的松林的峰峦巉岩那边，冬天像一阵灰蒙蒙的烟雾一般降临到我们的身边。我们正在向冬天走近，便稍稍放慢了脚步，想歇一会儿，一边久久地遥望着山谷。那山谷已经远远地落到我们的下方，透过树林显露出一抹浅蓝的颜色。这时，林中每片树叶飘落的窸窣声都能听得分明；湿淋淋的灌木在无声地滴着泪水。山中的沉寂渐渐取代了安谧。我们被这一片寂静所陶醉了，又加紧在人烟稀少的山中赶起路来。随着忧郁的十一月份白昼的消逝，暮色渐渐变得浓重了。

在雾霭中隐隐约约地看到了一个很大的隧道入口，在它的附近有一个小村落——山坡上零零落落地建着五六间小屋。我们慢慢地沿着这道山坡，踏着泥泞的道路，步履维艰地往上走。但过不久，村落便成了下方一个模模糊糊的小点，而从山头则飘送过来一股积雪的潮气。雾霭变得更加浓重和暗淡，我们迎着它向前，绕过黑洞洞的隧道口，那里的回声很响，穿过一座几乎是笔直的桥梁，桥下是深不见底的

---

① 在瑞士境内。

峡谷，那里弥漫着潮湿的灰蓝色云烟。不一会儿，它便同隧道、村落一起从视野里消失了。我们的周围一片荒凉。要是我的旅伴掉在我的后面，那他马上会在浓雾中迷失了方向。我们相互召唤，这互相呼应的声音听起来又低沉，又奇特。铁路轨道上盖着一重融雪，变得湿漉漉的，自上往下延伸着，从那儿沿着岩崖还长着一些松树和枞树。不过，隔着一重雾气，我们与其说是分辨，倒不如说是猜测出了前边朦朦胧胧的深紫色剪影是一片松林。那些树木在十步开外便已经融化在苍茫的暮色之中。而在这些阴森森的丛林上空，笼罩着一片超凡的静穆，它似乎排除了任何一种生命的迹象。不过，依然还有什么东西在簌簌作响，哦，一只灰色的小鸟扑着翅膀，从湿乎乎的松树枝上腾飞而起，扬起了一阵雪雾。它在转瞬间飞停在山路上，回过头来用明亮的小眼睛朝我们打量了一下，又悄悄地飞向左边的山崖，当即消失在烟雾之中。我们看到它之后，不由自主地停下了脚步……一股欣喜之情突然涌上我的心头。我自己也不知道为了什么，想把旅伴的手紧紧地握住，而从他在刹那间投向我的温柔的目光中，我觉得他是理解我在此刻的心情的。我们的周围影影绰绰地又出现了密匝匝、阴森森的松林，还有聚积在陡峭的山路上的苍白的湿雪，还有雾气弥漫的峡谷和山崖，而在下方的深处，则是一片浓重的阴影，黑沉沉的，以及那种非人间的死一般的寂静……但是，那只灰色小鸟，那只在阴森森的山林中孤独地度过秋天的灰色小鸟却依然久久地在我的脑海里盘旋……

是的，它在山林中虽说小心翼翼，却还是从容不迫地从一个地方飞往另一个地方。在冬日的暮霭里，在死一般的寂静中，它悄悄地忙着干自己的事情，从容地等待着夜晚的来临。它指望把小脑袋藏在翅膀下面，靠着上天的护佑，在某棵枞树下安度这个夜晚。它给荒山野岭带来了一丝微弱的生命的痕迹，而在这一痕迹中蕴含着某种无比感人的东西。在这一片荒野中，我们同样是那么孤独，那么孱弱无力。但是，我们也给这个雾霭沉沉的夜晚带来了一星火花，一星上天所赐的神圣的火花。那是我们的思想和感受，那是我们之间的兄弟情义，那是我们充满青春活力的友谊。沉寂的大自然用永恒的、怀着敌意的一切包围着我们，而这一切却又促使人的精神在诗歌中获得最高的表现。面对这一切，我们意识到自己有思想、有感受、有情谊，心头是多么甜蜜！

（1902）

译后记

伊凡·蒲宁（1870—1953）是第一个荣获诺贝尔文学奖的俄罗斯作家，也是二十世纪俄罗斯文学史上公认的语言大师。他在从事创作的六十七年中写了大量脍炙人口的诗歌、散文和小说，其中不少作品已在我国有了翻译介绍。除此，蒲宁还擅长游记体裁的写作，这一点在我国恐怕鲜为人知。正因为如此，我们编译了这一本以名篇《耶利哥的玫瑰》命名的游记随笔集，以便大家对这位俄罗斯经典作家有一个比较全面深刻的了解，也使大家从这位俄罗斯大自然的歌手和哲理诗的大师那里，领略到另一种情趣。

从青年时代起，蒲宁便喜爱上了旅行。最初，他漫游了当时俄国的南方。旅途的观感使他对乌克兰人民产生了深情厚谊，也使他明白了：

“为了能使自己的生活充实起来，光是有学问，光是有书本知识和安宁的生活是不够的。……［我］正是在浪游生涯中发现了大自然的美，发现了艺术杰作同其创造者的故乡之间的深刻联系，发现了研究民间风俗的引人入胜之处，发现了自由自在的生活的诗意。”

而对他来说，旅行还不仅是为了领略大自然的美，不仅是为了求知，更重要的是为了探索人生的意义：“生活是多么美好，多么诱人。只是应该明白，生活中最需要、最珍贵的是什么！”

蒲宁很早就认识到，人生是短促的，个人的生命是脆弱的。人只有依靠所有先辈的经验才能把自己微薄的才力加以扩展，人只有融入大自然之中，成为其中的一部分，才能体会到生活的崇高和幸福，才能找到和谐、合理、美好的人生真谛。离开了历史，离开了大自然，人会变得十分渺小，因为只有在历史的长河中人的生命才会得到真正的延续，而大自然既是人的出发点，也是人的归宿。所以，在他的游记，特别是在他的国外游记中总是充满了对历史文化的回顾和人生哲理的思索。

蒲宁于 1900 年 11 月第一次出国旅行。他去了瑞士、德国和法国。1902 年 4 月，他到土耳其去了两周。1903 年 12 月，出游法国和意大利。1907 年 4 月，在他的朋友捷列绍夫的资助下，蒲宁第四次到了国外，同行的还有与他相识不久的维拉 · 尼古拉耶芙娜 · 穆罗姆采娃——当时俄罗斯国家杜马主席的女儿，后来成了作家的妻子。这次，他游历了埃及、叙利亚和巴勒斯坦，为创作积累了大量的素材。自此之后，蒲宁几乎每年都要同妻子一起去国外一两次。他们几乎走遍了东欧、南欧、中欧、巴尔干半岛、中东和北非……1911 年 2 月，他们还出了红海，经索马里，渡过印度洋，到了锡兰岛。蒲宁还计划去新加坡、香港、上海、长崎……只是由于健康原因才没有成行。

在游历欧、亚、非的这些年代里，蒲宁对古代东方、古代希腊和罗马以及早期基督教的文化产生了巨大的兴趣。他想探究古老文明的源头和一个民族生存与发展的规律，并且对基督教、佛教、道教和伊斯兰教的教义也有所研究。他在旅途中总是带着不少书，边旅游边读书，而寻访古代文明遗迹则成了他旅行的主要目的。多瑙河畔的中世纪城堡、罗马的圣彼得大教堂和斗兽场、庞贝城的遗址、雅典的卫城和苏格拉底墓、埃及的金字塔和萨拉秦王宫、巴勒贝克的太阳神庙、耶路撒冷的圣地、君士坦丁堡的寺院、锡兰的阿纳拉特哈浦拉古都……到处都留下了蒲宁的足迹。他对古老文明的思考，对生命价值的探索，在当时所写的大量抒情哲理诗，特别是在题为《鸟影》、《犹太》、《太阳神庙》等的游记中得到了集中的反映。后来，在侨居国外的岁月里，蒲宁又写了不少追述性的游记作品，如《大水》、《众王之王的城市》，等等。

蒲宁的创作总是以其塑造人物形象之生动、描写自然景色之细腻、表现心理过程之深刻而使人叹为观止。这些特点在他的游记中也有了充分的体现。读蒲宁的游记，往往会使人觉得自己也成了作家的旅伴，同他一起感受旅途的艰险和欢乐，思索人类的过去和未来。读蒲宁的游记，往往会使人获得双重的美感：作家笔下的大自然的美和他的语言本身的美。

译介蒲宁的游记是件挺不容易的事情。转达作家的自身风格特点已经很难，还要查阅大量的历史地理资料，并接触多种外语：乌克兰语、波斯语、土耳其语、希腊语、阿拉伯语……因此，免不了会出现疏误，还望广大读者和同行专家批评指正。

冯玉律

1999 年秋　于上海外国语大学

И. Бунин
РОЗА ИЕРИХОНА

图书在版编目(CIP)数据

耶利哥的玫瑰/(俄罗斯)蒲宁著;冯玉律译.—
上海:上海译文出版社,2020.10(2024.8重印)
(译文经典)
书名原文:Роза Иерихона
ISBN 978-7-5327-8473-8

Ⅰ.①耶… Ⅱ.①蒲…②冯… Ⅲ.①游记—作品集—俄罗斯—现代②随笔—作品集—俄罗斯—现代 Ⅳ.①I512.65

中国版本图书馆CIP数据核字(2020)第166856号

耶利哥的玫瑰
[俄]蒲宁 著 冯玉律 译
责任编辑/刘 晨 装帧设计/张志全工作室

上海译文出版社有限公司出版、发行
网址:www.yiwen.com.cn
201101 上海市闵行区号景路159弄B座
江阴市机关印刷服务有限公司印刷

开本 787×1072 1/32 印张 8.5 插页 5 字数 122,000
2020年11月第1版 2024年8月第5次印刷
印数:13,001—16,000册

ISBN 978-7-5327-8473-8/I·5207
定价:46.00元